Die List des Highlanders

Amanda Scott

Die List des Highlanders

Der Macleod-Clan 3

Deutsch von Carola Kasperek

Weltbild

Originaltitel: *Lady's Choice*
Originalverlag: Warner Books, New York

Dieses Werk wurde vermittelt durch die
Literarische Agentur Thomas Schlück GmbH, 30827 Garbsen.

Die Autorin

Amanda Scott stammt aus einer alten Juristen-Dynastie und ist in Kalifornien aufgewachsen. Die studierte Historikerin mit Schwerpunkt in englischer Geschichte hat einige Jahre als Lehrerin gearbeitet, bevor ihr Ehemann sie zum Schreiben brachte. Seither hat Amanda Scott jedes ihrer Manuskripte verkauft und mittlerweile weit über 40 Titel veröffentlicht. Ihre Romane stehen auf den Bestsellerlisten und haben zahlreiche Auszeichnungen gewonnen. Die Autorin lebt mit ihrer Familie in Nordkalifornien. Im Weltbild Buchverlag erschienen folgende Titel von Amanda Scott: *Das Erbe des Highlanders, Die Rückkehr des Highlanders, Das Vermächtnis des Highlanders, Das Schwert des Highlanders, Die Tochter des Highlanders* und *Der Schatz des Highlanders.*

Weltbild Taschenbuch

Für Kevin,

stets und immer die allerbeste Schwester!

SCHOTTISCHE INSELN

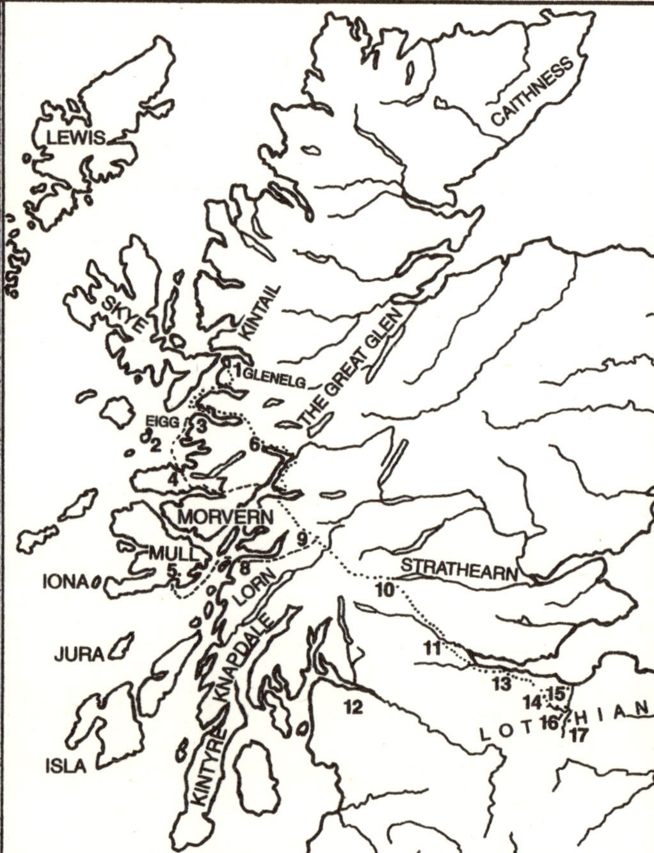

1. Glenelg Village
2. Kildonan (Eigg)
3. Glenancross
4. Shielfoot
5. Lochbuie
6. Kinlocheil
7. Strontian
8. Oban
9. Dail Righ
10. Lochearnhead
11. Stirling
12. Glasgow
13. Linlithgow
14. Ratho
15. Edinburgh
16. Roslin Castle
17. Edgelaw

Vorbemerkung der Autorin

Da »ch« im Gälischen wie »h« ausgesprochen wird, klingt der Hochlandname Sorcha in etwa wie Sarah. Sidony entspricht Sidney. Kilchurn Castle wird »Kill-Hern« und Dail Righ »Dal-Rie« ausgesprochen.

Prolog

Roslin Castle, Schottland, August 1379

Er konnte es einfach nicht fassen, dass eine Frau, die noch dazu einen Kopf kleiner war als er, ihn von den Zinnen der Burg gestoßen hatte. Er war etwa dreißig Meter tief gefallen und mit einer solchen Wucht auf der Wasseroberfläche aufgeschlagen, dass ein weniger robuster Mann es nicht überlebt hätte. Zwar war er kopfüber von der Brüstung gestürzt, doch im Fallen gelang es ihm, sich mit katzenhafter Behändigkeit von der Mauer abzustoßen und sich dabei zu drehen, sodass er rücklings im rasch dahinströmenden Fluss North Esk landete.

Die Strömung wirbelte ihn herum wie einen Kreisel und schmetterte ihn so heftig gegen einen gewaltigen Felsbrocken, dass ihm fast die Sinne schwanden. Nur mit äußerster Anstrengung gelang es ihm, sich von den übrigen Felsen fernzuhalten und in der Mitte des Flusses zu bleiben, der ihn mit furchterregender Geschwindigkeit fortriss. Hilflos auf dem Rücken liegend, mit den Füßen voran, trieb er dahin, ohne zu sehen, wohin die Reise ging, und schluckte bei jedem Atemzug eine beträchtliche Menge Wasser – alles in allem eine Situation, die ihm zutiefst zuwider war. Dennoch blieb ihm keine andere Wahl, als sich der Strömung zu überlassen, bis er seine fünf Sinne wieder beisammenhatte.

Das Mädchen hatte ihn völlig überrumpelt, doch das würde sie ihm teuer bezahlen, sie und alle, die ihr nahestanden. Er musste um jeden Preis überleben, um für Gott, den Herrn, den Schatz zu erringen und für sich selbst Vergeltung zu üben.

1

Glenelg im schottischen Hochland, 14. April 1380

»Wo bleibt Sir Hugo bloß?«, fragte die neunzehnjährige Lady Sorcha Macleod ungeduldig. Die Arme voller Blumen, spähte sie den steilen Abhang zum Sund von Sleat hinab, der tiefen Meeresstraße, die zwischen Glenelg auf dem Festland und der Insel Skye verlief.

Ihre jüngere Schwester, Lady Sidony, die sich gerade nach einigen Stängeln gelbem Schöllkraut bückte, sagte über die Schulter gewandt: »Du weißt doch noch nicht einmal, ob Sir Hugo deine Nachricht überhaupt bekommen hat. Die Boten sind noch nicht alle zurückgekehrt. Und selbst wenn er auf dein Schreiben hin anreist, ist es ungewiss, ob mit dem Schiff oder zu Pferd von Lothian. Vielleicht hält er sich ja auch in Caithness auf.«

»Meine Güte, Sidony, es ist mir doch egal, wie der Mann hierherkommt. Hauptsache, er kommt überhaupt«, erwiderte Sorcha ungehalten. »Wenn er nicht bald auftaucht, ist es zu spät.«

»Was für ein Unglück, dass der Lord der Inseln ausgerechnet jetzt sterben musste«, sagte Sidony mit Bedauern in der Stimme, während sie sich aufrichtete und ihrer Schwester die Blumen reichte. »Adela hat eine fröhliche Hochzeitsfeier verdient, aber ich fürchte, es wird eine ziemlich triste Angelegenheit werden. Ich verstehe immer noch nicht, warum Vater damit einverstanden war, dass die Trauung hier anstatt auf Chalamine abgehalten wird. Aber wenigstens findet das Fest in der Burg statt, wo die anderen auch geheiratet haben.«

»Nicht alle«, erinnerte Sorcha sie. »Isobels Hochzeit fand auf Duart Castle statt.«

»Ja, aber Cristina, Maura und Kate haben alle zu Hause geheiratet. Und ich hoffe, das werden wir beide auch – falls Vater jemals einen Mann für uns findet«, fügte sie schelmisch hinzu.

»Ich will keinen Mann, den Vater für mich ausgesucht hat«, entgegnete Sorcha und verzog das Gesicht. »Aber wenigstens hat Adela schönes Wetter, und die kleine Kirche von Glenelg ist wirklich hübsch. Lord Pomp hat darauf bestanden, hier zu heiraten, weil es auf Chalamine keinen Kaplan gibt. Und Lord Pomps Wort ist natürlich Befehl. Schließlich wird er ihr Ehemann, falls Sir Hugo nicht rechtzeitig eintrifft, um diese Hochzeit zu verhindern.«

»Wieso bist du eigentlich so sicher, dass er das überhaupt vorhat?«, fragte Sidony und strich sich eine blonde Strähne aus dem Gesicht. Als Kinder waren die beiden Mädchen mit ihren seidenweichen Locken und den hellblauen Augen einander so ähnlich wie Zwillinge gewesen, doch während Sidonys taillenlanges Haar seine weißblonde Farbe behalten hatte, waren Sorchas Locken zu einem bernsteingoldenen Ton nachgedunkelt und neigten zu ihrem großen Leidwesen dazu, sich bei dem häufigen Nebel und Regen zu kräuseln.

Beide hatten noch immer die gleichen blauen Augen, doch Sorchas besaßen einen dunklen Rand um die Iris und wirkten bei einem bestimmten Licht grau.

In unbewusster Nachahmung der Geste ihrer Schwester nahm Sorcha den Blumenstrauß in einen Arm, um sich ebenfalls eine verirrte Locke unter ihre Haube zu schieben.

»Du hast ein solches Getue darum gemacht, dass jetzt alle erwarten, dass Sir Hugo auftaucht«, fuhr Sidony fort. »Dabei scheint Adela durchaus einverstanden mit dieser Hochzeit zu sein.«

»Quatsch!«, entgegnete ihre Schwester barsch und vergaß

die Haarlocke. »Adela würde jeden heiraten, der sie haben will. Sie hat es satt, Vater den Haushalt zu führen und sich um uns zu kümmern, zumal er ja bald Lord Pomps Cousine, Lady Clendenen, heiraten wird. Aber im Grunde liebt sie nur Sir Hugo. Da bin ich mir ganz sicher. Und ich glaube, dass sie auch ihm sehr am Herzen liegt.«

»Aber sie sind sich doch nur zweimal begegnet«, wandte Sidony ein. »Einmal im letzten Sommer, hier im Glen Mòr und dann kurz darauf auf Orkney.«

»Ein einziges Mal genügt«, erwiderte Sorcha mit mehr Überzeugung, als man von einer jungen Frau erwartet hätte, die noch nie einen Heiratsantrag bekommen hatte. »Noch Wochen nach Fürst Henrys Einsetzung hat Adela von Sir Hugo gesprochen.«

»Bist du dir wirklich so sicher?«, fragte Sidony zweifelnd. »Sie hat doch erzählt, dass sie gleich bei ihrer ersten Begegnung eine Auseinandersetzung gehabt hätten. Und beim zweiten Mal hat sie ihm eine Schale Weihwasser über den Kopf gegossen.«

In diesem Augenblick rief Sorcha, die noch immer auf den Sund hinunterblickte: »Da kommen drei Schiffe! Ach verflixt, wenn ich das Banner recht erkenne, ist es bloß Lord Pomp!«

»Du solltest ihn nicht so nennen«, sagte Sidony mit sanftem Tadel.

»Ach was«, erwiderte Sorcha entschieden. »Ardelve ist der größte Wichtigtuer auf der Welt und viel zu alt für Adela. Er muss fast in Vaters Alter sein, und sie ist erst vierundzwanzig.«

»Beinahe *fünf*undzwanzig«, wandte Sidony ein.

»Trotzdem. Sir Hugo passt vom Alter her viel besser zu ihr. Sie nimmt dieses Opfer nur auf sich, um von Chalamine zu entkommen.«

»Mag sein, aber Vater sagt, er hätte schon nicht mehr daran geglaubt, dass sie überhaupt jemals heiraten würde«, erwiderte Sidony lebhaft. »Wir beide sind ja auch schon alte Jungfern. Wobei ich mir nicht sicher bin, ob ich mich überhaupt vermählen möchte, selbst wenn mich jemand haben wollte.«

»Du bist dir doch nie sicher, egal, um was es geht«, sagte Sorcha und tätschelte ihrer Schwester die Schulter. »Wenn du jemals in den Stand der Ehe trittst, dann nur, weil Vater es befiehlt. Bis du einen Entschluss gefasst hättest, wäre jeder Freier an Altersschwäche gestorben.«

Sidony hatte schon so oft Sorchas Ansichten über ihre eigene Wankelmütigkeit zu hören bekommen, dass es ihr nichts mehr ausmachte. Daher sagte sie nur: »Es ist wirklich Seine Lordschaft. Und da kommen auch schon die Hochzeitsgäste. Meinst du nicht, wir sollten langsam zurückgehen und Adela die Blumen bringen?«

»Ja, sicher. Außerdem haben wir bereits so viele gepflückt, dass es auch noch für den Brautkranz reicht«, antwortete Sorcha und lief mit ihrer Schwester den Reitern entgegen.

Als der Brautzug das sprudelnde Bächlein am Fuße des Hügels überquerte und den Weg zu der höher gelegenen Kirche nahm, empfand Lady Adela einen tiefen inneren Frieden. Zum ersten Mal seit vielen Jahren musste sie sich um nichts und niemanden kümmern. Sie brauchte sich lediglich zu einer bestimmten Zeit an einem bestimmten Ort einzufinden und die Worte des Priesters, der ein Vetter ihres Vaters von der Insel Lewis war, nachzusprechen.

Es war ein geradezu berauschendes Gefühl, und die Stille, die sie umfing, als sie neben ihrem Vater, Macleod von Glenelg, einherritt, war wohltuend.

Alles wäre wunderbar gewesen, hätte es da nicht diese leise Stimme in ihrem Hinterkopf gegeben.

Lächelnd und schweigend standen Dorfbewohner und Freunde an der Kirchentreppe in kleinen Grüppchen beisammen und warteten. Sogar Adelas normalerweise recht redselige Tante, Lady Euphemia Macleod, war ungewöhnlich ruhig. Auf ihrem mit Schaffell gepolsterten kastenförmigen Damensattel ritt sie unmittelbar hinter der Braut, flankiert von zwei Dienern auf ebenso lammfrommen Ponys wie dem ihren. Die fünfzigjährige, gertenschlanke Lady Euphemia saß nicht gern zu Pferd und musste sich voll und ganz konzentrieren, um bei dem Geschaukel nicht von ihrem sperrigen Sattel zu fallen.

Den Rest des Brautzuges bildeten Adelas Schwester Maura mit ihrem Mann und den drei Kindern sowie einige der Dienstboten aus der Burg. Die Übrigen waren zu Hause geblieben, um das Festmahl vorzubereiten. Ansonsten waren nur wenige Gäste gekommen, da MacDonald, der Lord der Inseln, vor Kurzem gestorben war und jedermann im Hochland und auf den Inseln der Einsetzung seines Nachfolgers in zwei Tagen beiwohnen wollte.

Adela störte es nicht, dass die Feier so klein ausfiel, ja, sie hätte sich sogar mit einer ganz schlichten Zeremonie auf der Burg begnügt, doch das schickte sich nicht für eine Dame ihres Standes.

Ebenso wie ihre Tante saß auch sie im Damensitz auf dem Pferd, wobei sich jedoch zwischen ihr und dem Rücken ihres Lieblingstieres – einem Fuchswallach – nichts als eine dunkelblaue samtene Satteldecke zum Schutz ihres Kleides befand. Kate, eine ihrer jüngeren Schwestern, hatte die Schabracke mit grünen Wacholderzweigen, einer Wappenpflanze der Macleods von Glenelg, bestickt und sie ihr zur Hochzeit geschickt.

Wie ihre sechs Schwestern ritt auch Adela lieber wie ein Mann, doch in dem neuen himmelblauen Seidenkleid, einem Hochzeitsgeschenk ihres Vaters, kam das natürlich nicht infrage. Blau ist die Treue, hatte er gesagt und ihr verboten, ihre Lieblingsfarbe Rosa zu tragen, da das seiner Meinung nach Unglück brachte.

Als sie ihre beiden jüngsten Schwestern auf der grasbewachsenen Hügelkuppe in der Nähe der Kirche erblickte, war sie froh, dass sie die beiden losgeschickt hatte, um Blumen für ihren Brautstrauß und den Kranz zu pflücken. Einerseits wuchsen auf dieser offenen Lichtung inmitten der waldreichen Umgegend zwar tatsächlich unzählige Wildblumen, andererseits hatte sich Adela so in Ruhe für die Hochzeit ankleiden können.

Ihrem abergläubischen Vater hatte es missfallen, dass Adela ihren Brautstrauß nicht selbst pflücken wollte, wie es Glück verheißender Brauch war. Der strahlende Sonnenschein hatte ihn besänftigt, doch als er jetzt Sidony und Sorcha erblickte, sagte er seufzend: »Ich hoffe, du wirst Ardelve eine gute Frau sein, Mädchen.«

»Gewiss, Sir«, erwiderte Adela. »Ich habe bisher stets meine Pflicht erfüllt.«

»Das hast du wahrhaftig immer getan. Aber mir wäre es lieber gewesen, wenn du heute ein bisschen mehr darauf geachtet hättest, Dinge zu tun, die das Schicksal günstig stimmen.«

»Heute ist ein wunderbarer Tag«, sagte Adela und fügte mit einem schrägen Blick in seine Richtung hinzu: »Gestern war es nicht so schön, Sir.«

»Das stimmt«, pflichtete er ihr bei. »Nichts als dichter Nebel von früh bis spät. Gut, dass ich Ardelve bei unseren Verhandlungen davon überzeugen konnte, die Hochzeit um einen Tag zu verschieben.«

»Warum glaubt Ihr, Freitag wäre ein schlechter Tag zum Heiraten?«, fragte sie. »Tante Euphemia hat mir erzählt, dass viele gerade den Freitag wählen, da er der nordischen Göttin der Liebe geweiht ist. Sie sagt, die Vorstellung vom Freitag als Unglückstag ist noch keine hundert Jahre alt.«

»Na, Euphemia weiß auch nicht alles«, erwiderte Macleod. »Es war ja überaus freundlich von ihr, von Lochbuie zu deiner Hochzeit zu kommen, aber wie jedermann weiß, bringt ein Freitag der Dreizehnte geradezu mörderisches Unglück. Niemals würde ich zulassen, dass eine meiner Töchter an so einem Tag getraut wird!«

»Ich glaube nicht, dass das jedermann bekannt ist«, beharrte Adela. »Ardelve wusste es jedenfalls nicht. Zumindest ...« Sie schwieg, da ihr Vater sich vermutlich nur ungern an Ardelves Worte erinnerte.

»Ja, mir ist schon bewusst, dass er meine Haltung unsinnig findet«, gab Macleod unverblümt zu. »Doch er hat nachgegeben, und wie du siehst, hat der Allmächtige den Tag meiner Wahl mit Sonnenschein gesegnet.«

Adela nickte nur und unternahm keinen weiteren Versuch, das Gespräch in Gang zu halten, als ihr Vater schwieg. Die einzigen Geräusche, die sie auf ihrem Weg zum Kirchplatz begleiteten, waren der gedämpfte Hufschlag auf dem unbefestigten Weg, die Schreie der über ihnen dahinsegelnden Seevögel und das Singen und Zwitschern ihrer Artgenossen im nahen Wald.

Dennoch war ihr Friede dahin, und als sie sich dabei ertappte, wie sie die Schar der Gäste eingehend musterte, wusste sie auch, warum.

Sorcha hatte kein Geheimnis aus ihrer Hoffnung gemacht, dass Sir Hugo Robison noch rechtzeitig käme, um die Hochzeit zu verhindern.

Adela glaubte nicht daran. Dennoch ging ihr der Gedanke nicht aus dem Kopf, und sie fragte sich, wie ihr in diesem Fall wohl zumute wäre.

Als sie den großen, energiegeladenen und vor allem gut aussehenden Gentleman nirgends entdecken konnte, atmete sie tief durch. Wenn sie überhaupt ein wenig Enttäuschung verspürte, dann nur deshalb – sagte sie sich selbst –, weil seine Anwesenheit diesem trotz des schönen Wetters ziemlich öden Tag ein wenig Würze verliehen hätte. Während ihr ein Page beim Absitzen behilflich war, kamen ihre beiden jüngsten Schwestern herbeigelaufen, um Blumen um ihren Stirnreif zu flechten und ihr den Strauß zu überreichen, den sie gepflückt hatten.

»Das sind aber schöne Blumen«, sagte Adela lächelnd. »So bunt und fröhlich.«

»Sorcha hat auch einen Korb mit Blütenblättern bereitgestellt, die wir dir nachher auf den Weg streuen wollen«, sagte Sidony und umarmte die Braut, bevor sie alle ihre Plätze einnahmen und Macleod seinem Dudelsackspieler ein Zeichen gab.

Seufzend ließ Adela ihre Augen noch einmal über die wenigen Zuschauer schweifen, von denen sich einige ebenfalls suchend umblickten. Dann verbannte sie Sir Hugo entschlossen aus ihren Gedanken und legte die Hand auf den Unterarm ihres Vaters.

Zum Klang des Dudelsacks bewegte sich der Brautzug auf die flache Kirchentreppe zu. Sorcha, die voranging und ihre Blütenblätter streute, fragte sich, ob der Pfeifer wohl Adelas Hochzeit mit MacDonalds Begräbnis verwechselte. Angesichts seiner Trauerweisen konnte man jedenfalls auf diesen Gedanken kommen.

Die Flügel der Kirchentür waren fest veschlossen und würden erst nach der Trauungszeremonie für die Hochzeitsmesse geöffnet werden. Vor dem Tor hatte man einen behelfsmäßigen Altar errichtet, neben dem der Priester, Wee Geordie Macleod of Lewis, in strenger, aufrechter Haltung wartete. Neben ihm hatten der Bräutigam und sein Trauzeuge Aufstellung genommen, um Braut und Brautjungfern willkommen zu heißen.

Calum Tolmie, Baron Ardelve, ein naher Verwandter der Witwe, die Macleod zu heiraten gedachte, besaß ausgedehnte Ländereien am Nordufer des Loch Alsh.

Er war nicht nur wohlhabend, sondern auch liebenswürdig und daher in den Augen Macleods eine ausgezeichnete Partie für Adela.

Sorcha war diesbezüglich anderer Meinung. Sie hätte Sir Hugo vorgezogen, obgleich sie ihn zugegebenermaßen noch nie gesehen hatte. Sie ärgerte sich noch immer, dass sie zur Einsetzung des Fürsten von Orkney im vergangenen Jahr nicht hatte mitfahren dürfen, denn bei dieser Gelegenheit hatten Adela und ihre Schwester Isobel Sir Hugo Robison, den sie bereits flüchtig kannten, wiedergetroffen.

Isobel war mittlerweile glücklich verheiratet mit Sir Hugos Vetter Michael St. Clair (oder Sinclair, wie die Familie ihren Namen seit Neuestem schrieb) und lebte mit ihm auf Roslin Castle in Lothian. Doch Sir Hugo hatte zweifellos Eindruck auf Adela gemacht, weshalb Sorcha es sich in den Kopf gesetzt hatte, dass ihre Schwester ihn ehelichen sollte.

Am Fuße der Treppe angekommen, ging Sorcha ein wenig nach links, während sich Sidony nach rechts wandte, um den Weg für Adela und Macleod freizugeben. Ihr Vater blieb auf der untersten Stufe stehen, und Adela stieg allein die Treppe zum Portal hinauf, von wo Ardelve ihr einige Schritte entgegenkam.

Bevor sich das Brautpaar auf die niedrigen Betschemel kniete, trat der Priester vor und breitete die Arme weit aus.

Der Dudelsack verstummte.

Am Himmel schrie eine Möwe.

Sorcha hatte einem Segensspruch erwartet, doch stattdessen sprach Wee Geordie mit weithin hallender Stimme: »Bevor ich den Allmächtigen anrufe und ihn bitte, sein Angesicht über diesem Paar leuchten zu lassen und den Bund ihrer Ehe zu segnen, ist es meine Pflicht, zu fragen, ob einer der Anwesenden einen berechtigten Einwand gegen diesen Bund vorzubringen hat. Wenn dem so ist, möge er jetzt sprechen oder für immer schweigen.«

Stille senkte sich über den Platz. Sorcha blickte sich um, und auch die übrigen Gäste beäugten ihre jeweiligen Nachbarn.

Da ertönte in der Ferne ein leises Grollen, fast, dachte Sorcha, als sei Gott ungeduldig geworden und wolle den Priester zur Eile antreiben.

Bei dem Gedanken musste sie fast ein wenig lächeln, doch als sie bemerkte, dass sich alle Köpfe nun in dieselbe Richtung drehten, riss sie sich zusammen und blickte sich ebenfalls um.

Aufgeregt sah sie, wie aus den Wäldern im Süden vier Reiter heransprengten.

Die Anwesenden schauten einander erstaunt an.

Sorcha hatte erwartet, dass sich auf dem Gesicht ihrer Schwester freudige Überraschung zeigen würde, doch Adela wirkte ebenfalls völlig verblüfft.

Als sich ringsum ein leises Gemurmel erhob, musste Sorcha lächeln. Von diesem Tag würde man noch jahrelang sprechen.

Doch die Pferde donnerten viel zu schnell heran. War der Anführer der Fremden von Sinnen, oder befürchtete er, es könnte bereits zu spät sein?

Die Dorfbewohner sprangen zur Seite, als die Reiter ihre Rösser vor der Kirchentreppe zum Stehen brachten.

Sorcha tat ein paar Schritte, doch Adela stand wie angewurzelt und starrte den Ankömmlingen mit offenem Mund entgegen.

Mit finsterem Blick stemmte Ardelve die Hände in die Hüften, rührte sich jedoch ebenfalls nicht vom Fleck. Vermutlich hielt er das Ganze für den misslungenen Auftritt eines verspäteten Gastes.

Mit Unbehagen bemerkte Sorcha, dass die Reiter Masken trugen.

Drei der Männer ließen ihre Pferde unmittelbar vor den versammelten Menschen steigen und zwangen die Leute so, zurückzuweichen. Zugleich lenkte der Anführer sein Tier die wenigen flachen Stufen hinauf.

Noch immer lächelnd sah Sorcha, dass er nur Augen für

Adela hatte, die sich ihm jetzt zuwandte, als erwarte sie eine Erklärung.

Doch der Fremde beugte sich nur aus dem Sattel, streckte den Arm aus und riss die Braut zu sich hinauf, als wäre sie leicht wie eine Feder. Dann wendete er sein Pferd und galoppierte davon.

Verblüfft angesichts solcher Körperkraft, gaffte Sorcha mit offenem Mund.

Ein, zwei Leute in der Menge jubelten, doch die meisten blickten den vier Reitern, die mit ihrer Beute entschwanden, verdutzt nach.

Kildonan, Insel Eigg, 16. April 1380

Sorcha hatte noch nie einen Fuß auf die Insel Eigg gesetzt, war jedoch schon häufig mit dem Schiff daran vorbeigefahren. Immerhin war das Eiland nur etwa dreißig Meilen von ihrem Zuhause entfernt und lag überdies an der Route, die von Glenelg zur Insel Mull führte, wo ihre Schwester Cristina wohnte. Zudem hatte Isobel, ihre andere Schwester, bis zu ihrer Heirat mit Sir Michael Sinclair im vergangenen Sommer mehrere Jahre lang bei Cristina und ihrem Gatten gelebt.

Sorcha hatte eigentlich vorgehabt, ihre beiden Schwestern im Herbst zu besuchen, doch dann war der Winter im Hochland und auf den Inseln unerwartet früh hereingebrochen. Eine Reise über Land zu Isobels neuem Heim auf Roslin Castle südlich von Edinburgh oder zu Wasser zur Insel Mull wäre unter diesen Umständen zu beschwerlich gewesen.

Daher hatte Sorcha Isobel seit dem letzten Sommer nicht mehr gesehen, und bei Cristina waren es schon beinahe zwei Jahre.

Nun freute sie sich sehr, dass beide zur Einsetzungszeremonie kommen wollten. Es war so viel geschehen in der Zwischenzeit!

Isobel hatte Sir Michael Sinclair, den jüngeren Bruder des Fürsten von Orkney, geheiratet, und John von Isla aus dem Clan MacDonald, der Oberste Lord der Inseln, war vor zwei Monaten gestorben und kurz darauf auf der Heiligen Insel Iona beigesetzt worden.

Obgleich der mächtige Lord umsichtige Regelungen für seine Nachfolge getroffen hatte, war das Königreich der Inseln noch immer ohne Herrscher, denn es bestand keine Einigkeit darüber, welcher von MacDonalds Söhnen ihm auf den Thron folgen sollte.

Daher hatte sein ältester Sohn, Ranald von den Inseln, eine Versammlung in Kildonan auf Eigg einberufen. Nach Aussage von Tante Euphemia hatten auf der Insel einstmals räuberische Wikinger gehaust. Sie wurden später von adeligen norwegischen Siedlern vertrieben, die von Eigg aus Handel mit Island und noch entlegeneren Orten trieben. Und heute Mittag würden dort, in Kildonan, die Männer der Inseln ihr neues Oberhaupt wählen.

Keiner wollte sich das große Ereignis entgehen lassen, und so konnte Sorcha damit rechnen, außer ihren Schwestern noch viele weitere Verwandte dort zu treffen. Am meisten freute sie sich darauf, Adela wiederzusehen und zu erfahren, ob ihre Schwester und Sir Hugo mittlerweile verheiratet waren. Falls nicht, würden sie es hoffentlich so schnell wie möglich nachholen, damit Adelas Ruf keinen Schaden nahm.

Als die beiden Langboote Macleods in den u-förmigen Hafen am südöstlichen Ende von Eigg einfuhren und auf die weitläufige Pier zuhielten, gaben beide Steuermänner den Ruderern den Befehl »Ruder – halt!«, da am Landungssteg bereits drei weitere Schiffe angelegt hatten, damit die Fahrgäste und ein Teil der Mannschaften an Land gehen konnten. Auch entlang dem Strand hatten bereits Boote festgemacht, und Schleppkähne eilten geschäftig hin und her, um die Besatzung derjenigen Schiffe an Land zu bringen, die ein

Stückchen vor der Küste an dem lang gestreckten, flachen Inselchen mit Namen Green Island ankern mussten.

Während sie darauf wartete, dass sie an die Reihe kamen, blickte Sorcha zu der hohen Klippe zu ihrer Rechten empor, wo die Zeremonie bei der alten Kapelle von Kildonan stattfinden sollte. Bei dem Kirchlein handelte es sich um das letzte Überbleibsel eines bedeutenden Klosters, das einst von Donan gegründet worden war, einem irischen Missionar, der das Christentum auf die Insel gebracht hatte. Wie die Geschichtenerzähler berichteten, hatte Donan, nachdem er den Zorn der Inselkönigin auf sich gezogen hatte, im Jahr 617 zusammen mit allen anderen Bewohnern des Klosters den Märtyrertod erlitten.

Da war doch heute ein wesentlich erfreulicherer Tag, dachte Sorcha.

Auf dem gesamten Burgfelsen wimmelte es wie in einem Ameisenbau. In langen Reihen stiegen die Besucher vom Hafen bis hinauf zum Gipfel, wo sich bereits zahlreiche Inseladelige mit ihren Familien eingefunden hatten. Von einem großen Zelt nahe der Kapelle flatterten farbenfrohe Banner.

Sidony, die neben ihrer Schwester stand, bemerkte: »Es ist sicher ein großer Tag, und alles sieht so prächtig aus, Sorcha. Aber ich bin immer davon ausgegangen, ein derart bedeutendes Ereignis müsste in Finlaggan auf der Insel Isla stattfinden.«

»Hast du denn nicht zugehört, als Vater es uns erklärte?«, fragte Sorcha mit strengem Blick. »Wie willst du jemals begreifen, was um dich herum vorgeht, wenn du nie zuhörst?«

»Ich höre ja zu«, protestierte Sidony. »Aber ich interessiere mich nun einmal nicht so sehr für Politik wie du und Isobel.« Sie biss sich sichtlich betreten auf die Lippen, sodass Sorcha ihre schroffen Worte bereute.

»Ich weiß, dass du nicht viel für solche Dinge übrighast«, sagte sie seufzend. »Aber ich verstehe einfach nicht, wie du mit am Tisch sitzen kannst, während wir uns darüber unterhalten, und nicht einmal die wichtigsten Dinge mitbekommst.«

»Ich verabscheue Streit«, erwiderte Sidony, die offensichtlich selbst schon darüber nachgedacht hatte. »Gespräche über Politik führen fast immer zu Auseinandersetzungen, oder etwa nicht? Als zum Beispiel Isobel letzten Sommer, bevor sie Sir Michael begegnete, zu Hause war – oder muss ich ihn anders ansprechen, wo sein Bruder doch jetzt ein Fürst ist?«

»Er ist doch dein Schwager«, erwiderte Sorcha. »Da kannst du einfach Michael zu ihm sagen.«

»Dagegen hätte Vater bestimmt etwas einzuwenden, zumal ich weder Sir Michael noch seinen Bruder kenne«, widersprach Sidony und fügte hinzu: »Du übrigens auch nicht.«

»Das wird sich heute ändern«, sagte Sorcha. »Ich bin sicher, dass er heute hier ist, und ich für meinen Teil habe vor, ihn Michael zu nennen. Schließlich ist auch Hector der Grimmige für mich schlicht Hector, und er ist auch nur mein Schwager. Wenn er damit einverstanden ist, dass wir ihn so anreden, als wäre er unser Bruder, warum sollte Michael Sinclair dann etwas dagegen haben?«

»Du hast meine Frage nicht beantwortet«, hakte Sidony in ruhigem Ton nach.

»Welche Frage? Ach ja, warum die Zusammenkunft nicht auf Finlaggan stattfindet. Du hast mich mit dem Gerede über Michael abgelenkt.«

»Ich möchte es aber trotzdem wissen.«

»Der Grund liegt darin, dass das Königreich der Inseln so groß geworden ist«, erklärte Sorcha, »und die meisten neuen Landesteile im Norden liegen.«

»Mir kam das Reich immer schon riesig vor.«

»Na ja, der Herrschaftsbereich erstreckt sich mittlerweile auch über mehr als fünfhundert Meilen, von der Nordspitze der Insel Lewis bis zum Mull of Kintyre im Süden der Halbinsel Kintyre. Früher einmal lag Finlaggan in der Mitte, doch heute ist das nicht mehr so. Und nach altem keltischem Gesetz und Brauch muss jeder Einwohner des Königreichs der Inseln die Möglichkeit haben, an der Einsetzung eines neuen Herrschers ebenso persönlich teilzunehmen wie an den Versammlungen des Inselrates. Doch dafür liegt Isla inzwischen zu weit im Süden des Reiches. Vater sagt, viele Leute hätten sich über den langen Anreiseweg beschwert, als der Rat letztes Jahr auf Finlaggan tagte. Daher hat Lord Ranald für die heutige Zeremonie die Insel Eigg gewählt. Sie ist nicht nur zentraler gelegen, sondern gehört auch zu Ranalds Besitz. Daher kann er die Ereignisse hier leichter unter Kontrolle behalten.«

»Ich wünschte, du würdest immer alles so gut erklären«, sagte Sidony. Dann rief sie: »Oh, fein, wir fahren wieder!«

Ihr Schiff, das dem ihres Vaters folgte, näherte sich der Pier, und die jungen Frauen schwiegen, um nach bekannten Gesichtern Ausschau zu halten.

Schon rissen die Ruderer auf der Landseite die Riemen senkrecht in die Höhe, worauf ihr Fahrzeug gemächlich hinter dem von Macleod an den Landungssteg glitt. Dort fingen Männer die Taue auf, die ihnen von den Schiffen aus zugeworfen wurden, und machten sie fest, bevor sie den Fahrgästen beim Aussteigen behilflich waren.

Sofort entdeckten Sorcha und Sidony Freunde und Verwandte, die sie zur Begrüßung freudig umarmten. Während sie plaudernd den Burghügel erklommen, sah sich Sorcha nach ihren älteren Schwestern und deren Männern, insbesondere nach Isobel und Michael, um. Denn eines hatte sie den zahlreichen Nachrichten Isobels sowie den beiden kurzen Briefen entnommen, die ihre Schwester ihnen auf feinem italienischem Schreibpapier – einem Geschenk ihres Mannes – geschrieben hatte: Wo immer sich Sir Michael Sinclair of Roslin aufhielt, war sein Vetter, enger Freund und munterer Kumpan, Sir Hugo Robison, nicht weit. Und in Sir

Hugos Nähe würde man jetzt wahrscheinlich auch Adela finden.

Sorcha hatte mit den beiden noch ein Wörtchen über Höflichkeit und Familienpflichten zu reden. Was sie sich zwei Tage zuvor geleistet hatten, war wirklich unerhört – so einfach in die Wälder zu entschwinden, das ganze Dorf um eine schöne Feier zu bringen und hinterher noch nicht einmal etwas von sich hören zu lassen! Sorcha hatte nicht vor, mit ihrer Meinung dazu hinter dem Berg zu halten, wenn sie die beiden nur erst entdeckt hätte.

»Da ist Isobel!«, rief Sidony und fügte verblüfft hinzu: »Meine Güte, ich wusste ja, dass sie dicker sein würde, aber ihr Bauchumfang ist wirklich enorm!«

»Na ja, so ist es eben«, erwiderte Sorcha. »Ich glaube, ihr Kind soll nächsten Monat zur Welt kommen.«

»Ich hoffe, wir sind dann bei ihr«, sagte Sidony.

Auch Sorcha freute sich auf das neue Familienmitglied, doch sie sagte nichts, denn in diesem Augenblick bemerkte sie die beiden hochgewachsenen Männer hinter Isobel, von denen einer ihr besitzergreifend die Hände auf die Schultern gelegt hatte.

»Das muss Michael sein, denn niemand sonst würde sich eine solche Freiheit herausnehmen«, sagte sie. »Und der Bursche neben ihm ist bestimmt Sir Hugo. Aber wo ist Adela?«

»Ich sehe sie auch nirgends«, erwiderte Sidony. »Wo kann sie nur sein?«

Sorcha überlief es kalt, und sie eilte weiter, ohne die Augen von Sir Hugo zu lassen – wenn er denn wirklich der große, gut aussehende Mann neben Michael Sinclair war.

Er überragte Michael noch ein wenig. Rotgoldene Lichter tanzten in seinem hellbraunen Haar, und als Sorcha näher kam, bemerkte sie, dass seine Augen blau waren wie der schottische Himmel an einem schönen Sommertag. Adela hatte zwar gesagt, dass er attraktiv wäre, doch sie hatte weder seine Größe und die breiten Schultern erwähnt noch die

Tatsache, dass er einherschritt, als gehörte ihm die ganze Welt.

Isobel, die ihre Schwestern ebenfalls erspäht hatte, winkte ihnen zu. Nicht weit von ihr entfernt sah Sorcha ihre älteste Schwester Cristina und deren Schwägerin, Mairi von den Inseln. Der neue Lord der Inseln war Mairis jüngerer Bruder, Donald von Isla.

Mit ihrem glänzenden schwarzen Haar und den tiefblauen Augen hob sich Mairi stark von den Umstehenden ab. Obgleich sie auf die Dreißig zuging, war sie noch immer eine wahre Schönheit. Doch die Schwestern Macleod standen ihr darin nicht nach, und Sorcha fand den Kontrast zwischen Mairis rabenschwarzen Zöpfen und Cristinas goldenem Haar sehr apart.

Rasch lief sie auf die drei Frauen zu und umarmte sie zur Begrüßung. Dann blickte sie Sir Michael erwartungsvoll an und sagte: »Ihr müsst mein neuer Schwager sein, Sir. Ich bin Sorcha Macleod.«

»Das habe ich mir schon gedacht, Mylady«, erwiderte er augenzwinkernd und gab ihr einen Kuss auf die Wange. »Und das dort ist bestimmt Lady Sidony.«

Errötend bot ihm auch Sidony die Wange zum Kuss.

Während die anderen Neuigkeiten austauschten, blickte Sorcha ungeduldig zu dem fremden Gentleman hinüber. Sie überhörte sogar eine Frage, die Cristina an sie richtete. Zu gern hätte sie gewusst, ob es sich bei dem Herrn tatsächlich um Sir Hugo handelte, doch es wäre unschicklich gewesen, nach seinem Namen zu fragen, da man sie einander noch nicht vorgestellt hatte.

Als er sie plötzlich unverfroren anlächelte, errötete sie heftig und blickte rasch zu Isobel hinüber.

Da deutete Sir Michael, der sich bisher mit Sidony unterhalten hatte, auf den Mann neben sich und sagte: »Aber nun möchte ich euch beiden Sir Hugo Robison, meinen Vetter und besten Freund, vorstellen.«

Noch immer grinsend verbeugte sich Sir Hugo. Als er sich wieder aufrichtete, sagte er belustigt: »Mach's nicht zu feierlich, Michael. Lady Sorcha nimmt es mit der Etikette offenbar nicht so genau.«

»Falls Ihr darauf anspielt, dass ich es war, die Euch die Botschaft geschickt hat, und nicht mein Vater, Sir, so müsst Ihr auch zugeben, dass es wirklich dringend war. Ihr solltet mir überhaupt dankbar sein. Aber wo ist eigentlich Adela? Ich sehe sie nirgends.«

Er runzelte die Stirn und sagte in ernstem Ton: »Aber Lady Adela hat doch am Samstag Baron Ardelve geheiratet, oder etwa nicht? Wo sollte sie da schon sein außer bei ihrem Gatten?«

2

Anfangs wehrte sich Adela wütend und verbissen, doch dann entschied sie, dass es besser wäre, sich ruhig zu verhalten. Da sie noch immer in vollem Galopp dahinpreschten, bestand die Gefahr, dass sie vom Pferd stürzte und sich schwer, vielleicht sogar tödlich, verletzte.

Er saß hinter ihr im Sattel und hielt sie mit eisernem Griff umklammert, sodass ihr beinahe die Tränen kamen. Sie konnte kaum atmen, geschweige denn schreien, doch das kümmerte ihn nicht. Wie der Wind ritten er und seine Männer dahin, obwohl niemand irgendwelche Anstalten machte, ihnen zu folgen.

Sie ließen die verdutzte Festgesellschaft hinter sich und sprengten durch den Wald davon. Ihre Pferde bewegten sich mühelos in dem unwegsamen Gelände und durchquerten ohne zu zögern einen eiskalten Bach.

Endlich verlangsamten sie ihr Tempo. Adela versuchte, den Arm, der sie umklammert hielt, ein wenig beiseitezuschieben, um besser Luft zu bekommen, doch der Fremde packte nur noch fester zu.

»Ihr tut mir weh!«, wollte sie schreien, doch aus ihrer Kehle drang bloß ein heiseres Krächzen.

Er machte sich weder die Mühe, zu antworten, noch, seinen Griff zu lockern, sondern zog sie nur ein wenig hoch, bis sie – unbequem, doch halbwegs sicher – teils auf seinem Oberschenkel und teils auf dem Rand des Sattels saß.

Daraufhin versuchte sie, sich ein wenig zu entspannen, damit bei dem Gezerre ihre Rippen nicht noch stärker gequetscht wurden.

Noch immer ritten sie in halsbrecherischem Tempo. Adela

bezweifelte, dass ihnen jemand folgen würde, es sei denn, Ardelve wollte seine Braut zurückhaben. Auch wenn Sorcha ihn pompös fand, so war er doch ein sanfter, freundlicher Mann. Er war etwa im selben Alter wie Macleod, besaß jedoch nicht dessen polterndes Temperament.

Seine guten Eigenschaften hatten Adela dazu bewogen, seinen Heiratsantrag anzunehmen, doch sie konnte sich einfach nicht vorstellen, dass Ardelve in den Sattel sprang, um ihre Entführer zu verfolgen. Vielleicht wusste er ja, wie so viele andere auch, dass Sorcha Sir Hugo über die Hochzeit in Kenntnis gesetzt hatte, und nahm an, dass Hugo sie mit ihrem Einverständnis entführt hatte. In diesem Fall wären er und ihr Vater zwar wütend, würden jedoch nichts unternehmen.

Sie selbst war zwar verstimmt, aber auch geschmeichelt, dass Sir Hugo ihretwegen gekommen war. Heiraten würde sie ihn natürlich trotzdem nicht, denn wenn er sie wirklich zur Frau wollte, hätte er bei ihrem Vater um ihre Hand anhalten und um sie werben müssen, wie es sich gehörte.

Doch der charmante Ritter hatte nichts dergleichen getan.

Überhaupt war ihr Sir Hugo Robison nicht wie ein Mann erschienen, der sich auch nur im Geringsten um eine Frau bemühen würde. Er war wohl eher der Typ, der erwartete, dass die Frauen ihm nachliefen und in Ohnmacht fielen, wenn er sie nur ansah.

Wegen eines Mannes würde Adela bestimmt nicht in Ohnmacht fallen, und für Leute, die sich für etwas Besseres hielten, hatte sie schon gar nichts übrig. Falls Sir Hugo annahm, dass er ihr mit dieser haarsträubenden Unternehmung imponieren konnte, würde er sein blaues Wunder erleben.

Wortlos ritten die vier Männer dahin und trieben ihre Pferde erneut an, nachdem sie einen Höhenrücken erklommen hatten, der, wie Adela wusste, die Südgrenze von Glenelg bildete. Im Südwesten lagen der Sund von Sleat und das Meer, im Südosten Loch Hourn.

Sie waren ein ganzes Stück von Chalamine und Glen Shiel, und damit von der Hauptroute ins Landesinnere, entfernt. Wohin um alles in der Welt brachten die Männer sie nur? Und wie sollte sie noch länger den Klammergriff des Reiters aushalten, ohne vor Atemnot das Bewusstsein zu verlieren?

Scheinbar ziellos bahnten sie sich einen Weg durch den dichten Wald, bis Adela jedes Zeitgefühl verloren hatte. Als sie endlich auf einer Lichtung haltmachten, wusste sie nicht, wo sie sich befanden. Doch sie war froh, dass sie den wilden Ritt hinter sich hatte und Sir Hugo Robison endlich ihre Meinung sagen konnte.

Er saß ab und zerrte sie mit vom Pferd. Anscheinend hatte es ihn nicht die geringste Mühe gekostet, sie die ganze Zeit über festzuhalten. Als er sie schließlich losließ, taumelte sie und wäre beinahe gefallen, doch er tat nichts, um sie zu stützen.

Trotz ihrer Erschöpfung stieg heißer Zorn in ihr auf, als er sich jetzt die Maske vom Gesicht zog.

Sie hatte fest damit gerechnet, Sir Hugos freches Grinsen zu sehen, doch stattdessen blickte sie in das grimmige Gesicht eines Fremden, der ihr allerdings vage bekannt vorkam. Doch das war unmöglich – er konnte es einfach nicht sein! Unwirsch wollte sie ihn anfahren und ihn fragen, was er sich bei der ganzen Sache gedacht hatte. Doch sein Blick war so eisig, dass ihr die Stimme versagte und die Kälte ihr bis ins Mark drang.

»Nun?«, sagte er, die Hand in die Hüfte gestützt, und sah mit finsterem Blick auf sie herab. Er war mindestens einen Kopf größer als sie und vermutlich doppelt so schwer; sein Haar war dunkler als das Hugos, seine Augen waren eher grau als blau, und er hatte auffallend breite Schultern. Schaudernd erinnerte sie sich daran, mit welcher Leichtigkeit er sie festgehalten hatte, obwohl sie mit aller Macht versucht hatte, sich zu befreien.

Während er sie weiter grimmig anstarrte, sagte er: »Ihr habt mir doch bestimmt etwas zu sagen. Normalerweise bin ich nicht so großzügig, doch jetzt erlaube ich Euch ausnahmsweise, Euch zu äußern.«

»Ich dachte, Ihr ... Ihr wärt tot.«

»Noch nicht«, entgegnete er. »Gott hat mir erneut das Leben geschenkt, damit ich sein Werk vollenden kann. Aber ich freue mich, dass Ihr Euch an mich erinnert. Unsere Bekanntschaft war so flüchtig, dass ich dachte, Ihr hättet mich völlig vergessen.«

»Um ehrlich zu sein, Sir, ich weiß Euren Namen nicht mehr.«

»Den braucht Ihr auch nicht zu kennen. Nennt mich ›Herr‹ oder ›Lord‹«.

Nie im Leben würde sie einen Mann als ihren »Herrn« anreden, doch sie hielt es für besser, diese Tatsache im Augenblick für sich zu behalten.

Von einer kurzen, unerfreulichen Begegnung auf Orkney wusste sie nur noch, dass er irgendwie mit den Sinclairs verwandt war. Auch damals fand sie ihn schon einschüchternd, und jetzt behauptete er obendrein, Gott habe ihn wieder zum Leben erweckt. So etwas konnte doch nur ein Verrückter glauben.

»Ich habe gehört, Ihr wärt letzten Sommer durch einen tragischen Sturz zu Tode gekommen.«

»Ich habe es Euch doch gesagt, Gott hat mich verschont, weil er meine Dienste noch benötigt.«

»Aber er wollte doch bestimmt nicht, dass Ihr mich entführt. Warum habt Ihr es dann getan?«

»Ich verabscheue Undank«, sagte er, und seine Augen funkelten so bösartig, dass sie zu zittern begann. Dieser Mann war offensichtlich verrückt. »Man hat mir berichtet, dass Ihr Euch Rettung vor einer unerwünschten Ehe erhofftet«, fuhr er fort. »Wenn mein Gewährsmann die Unwahrheit gesprochen hat, lasse ich ihn hängen.«

Es klang so beiläufig, dass sie sie nicht vorstellen konnte, dass er es ernst meinte.

»Wenn ich Euch sage, dass es nicht stimmt, bringt Ihr mich dann wieder nach Hause?«

Statt einer Antwort brüllte er: »Fin Wylie, komm her zu mir!«

Einer seiner Männer wendete sein Pferd und kam herangaloppiert. Kurz vor seinem Anführer zügelte er das Tier so heftig, dass es sich aufbäumte.

»Ja, Herr?«

»Hast du nicht behauptet, Lady Adela wäre unzufrieden mit dem Mann, den ihr Vater für sie ausgewählt hat, und wollte der Verheiratung entgehen?«

»Ja, Mylord.«

»Sie sagt, du lügst.«

»Nein, Herr!« Der Mann erbleichte, mied jedoch Adelas Blick.

Da bekam sie Angst, dass sie ihren Entführer noch stärker reizen könnte, wenn sie seine Behauptung weiterhin bestritt. Außerdem bestärkte das offensichtliche Entsetzen seines Handlangers sie noch in der Einschätzung seines Geisteszustandes. Womöglich würde er den armen Teufel wirklich aufknüpfen, wenn sie nicht einlenkte.

»Gewiss möchte die Lady erfahren, was dich auf den Gedanken gebracht hat, Fin Wylie«, sagte der Anführer.

»Das war wegen den beiden Botschaften, Sir. Sie waren alle beide für Sir Hugo Robison. Aber das wisst Ihr doch, Sir. Schließlich haben wir die Nachricht ja in Eurem Auftrag ausgekundschaftet. Und dass die Angelegenheit dringend war, wusstet Ihr auch.«

»Haben diese Botschaften nicht der Wahrheit entsprochen, Mädchen?«

Am liebsten hätte sie es ihm untersagt, in einem derart vertraulichen Ton mit ihr zu reden. Sorcha oder Isobel hätten es sich an ihrer Stelle bestimmt verbeten, dachte sie. Doch Adela hatte der Mut gänzlich verlassen.

Auf keinen Fall jedoch würde sie Sorcha der Lüge bezichtigen, selbst wenn deren Briefe an Sir Hugo für diese ganze schreckliche Situation verantwortlich waren.

Mit erzwungener Ruhe sagte Adela: »Ich habe diese Botschaften nicht geschickt.«

Als er ihr heftig ins Gesicht schlug, biss sie sich auf das Innere ihrer Wange, dass es blutete. Schreck und Entsetzen fluteten wie eine Welle über sie hinweg.

»Wenn ich dir eine Frage stelle, wirst du sie gefälligst beantworten«, zischte er. »Und wenn ich dir etwas befehle, wirst du gehorchen – und zwar unverzüglich. Mit anderen Worten, du wirst immer genau das tun, was ich sage. Verstanden?«

Sie nickte ängstlich und leckte sich dabei das Blut von den Lippen.

»Verstanden?«, wiederholte er.

»Ja«, murmelte sie.

»Ja, was?«

»Ja, Sir.« Als sie sah, wie sich seine Augen verengten, fielen ihr seine Worte wieder ein, und sie verbesserte sich hastig: »Ja, Mylord.«

»Braves Mädchen. Ich bin sicher, wir werden hervorragend miteinander auskommen.« Als er ihr die Schulter tätschelte, wurde ihr abermals eiskalt.

Die Tränen brannten ihr in den Augen, doch sie sagte sich, dass er nie und nimmer mit seiner Tat davonkommen würde. Überall im Hochland lebten Verbündete ihres Vaters, ganz zu schweigen von den Gefolgsleuten seines mächtigen Schwiegersohnes, Hector Reaganach Maclean, und dessen Zwillingsbruders Lachlan Lubanach, Großadmiral der Inseln.

Bestimmt würde man sie bald befreien.

Als hätte er ihre Gedanken gelesen, sagte er in dem gleichen beiläufigen Ton: »Falls jemand auf die Idee kommt, dich retten zu wollen, werde ich zuerst ihn und dann dich töten. Und wenn du glaubst, sie könnten mich besiegen, versichere ich dir: Das können sie nicht. Ganz gleich, wie viele Männer sie auch aufstellen mögen, ich habe den stärkeren Verbündeten.«

Als sie in seine glühenden Augen blickte, wusste sie, welche Frage er von ihr erwartete. Wenn sie sie nicht stellte, würde es ihr zweifellos schlecht bekommen.

»Wer ist stärker als die Verbündeten des Lords der Inseln?«, fragte sie also leise.

»Gott. Ich habe dir ja gesagt, dass er mich vom Tode errettet hat. Ich bin sein Krieger und kämpfe für eine gerechte Sache. Er wird mir alle Taten vergeben, die ich in seinem Namen vollbringe, und daher werde ich stets siegreich bleiben.«

»Aber von welcher Sache redet Ihr?«

»Ich übe Vergeltung für das furchtbare Unrecht, das seiner Heiligen Kirche angetan wurde. Du siehst also, Mädchen, Gott ist auf meiner Seite, und dein Leben ist in meiner Hand. Vergiss das nie, denn jeden Ungehorsam werde ich streng bestrafen.«

Adela rang vergeblich nach Worten.

»Hochlandfrauen, die sich etwas auf ihre Unabhängigkeit einbilden, könnten viel von den Französinnen lernen«, fuhr er mit gesenkter Stimme fort. »Die sind nämlich ihren Männern gefügig, wie es sich gehört. Aber ich werde aus dir eine ebenso gute Frau machen. Also tu, was ich dir sage, denn wenn du mir Scherereien machst, schneide ich dir den Kopf ab, stecke ihn in einen Sack und schicke ihn deinem Vater.«

Adela starrte ihn entsetzt an, bis ihr schließlich schwarz vor Augen wurde und sie ohnmächtig zu seinen Füßen niedersank.

Mit Bestürzung sah Sorcha, dass Sir Hugo verwirrt die Stirn runzelte. »Aber Ihr habt doch eben gesagt, Ihr hättet meine Botschaft erhalten!«, rief sie. »Ihr wart es doch, der …«

Sie wurde rot und verstummte, als sie bemerkte, wie interessiert die Umstehenden mittlerweile dem Wortwechsel lauschten.

»Ich war was?«, fragte Sir Hugo, noch immer stirnrunzelnd.

»Vielleicht sollten wir uns an einem ruhigeren Ort weiter unterhalten«, schlug Sorcha ein wenig verspätet vor.

Sidony, die das Gespräch mit wachsender Bestürzung verfolgt hatte, sagte fassungslos: »Um Himmels willen, Sir Hugo. Wollt Ihr damit etwa sagen, dass Adela nicht bei Euch ist?«

»Nein, natürlich ist sie nicht hier. Wie kommt Ihr denn darauf?«

»Nun ja, wir dachten doch, Ihr hättet sie von der Trauung weggeholt«, erwiderte Sidony, ohne zu merken, wie still es auf einmal um sie her wurde.

Sorcha stöhnte leise und funkelte Sir Hugo wütend an. Es war nur seine Schuld, dass Sidony so unbesonnen daherplapperte.

»Sie weggeholt?« Er blickte immer finsterer drein. »Traut Ihr mir wahrhaftig zu, dass ich eine Frau auf ihrer eigenen Hochzeit entführe?«

»Sprecht nicht in diesem Ton mit meiner Schwester!«, mischte sich Sorcha ein. Sie war mittlerweile so wütend, dass sie sich um die Zuhörer nicht mehr kümmerte. »Es ist schließlich kein Wunder, dass sie so von Euch denkt, Sir. Einem Schuft, der eine unschuldige junge Frau und ihre Familie glauben macht, dass er sie heiraten will, und dann zulässt, dass ein anderer sie ihm wegschnappt, ist es auch zuzutrauen, dass er es sich anders überlegt und sie vom Altar weg raubt.

Aber wenn Ihr mit der ganzen Sache nichts zu tun habt«, schloss sie und warf den Kopf in den Nacken, »dann vergeuden wir hier nur unsere Zeit.«

Mit diesen Worten kehrte sie ihm den Rücken zu und wollte gerade davonstolzieren und ihn mit offenem Mund stehen lassen. Doch dieser Mensch legte ihr tatsächlich eine seiner großen Pranken auf die Schulter und drehte sie zu sich herum.

»Ich verstehe nicht, warum Ihr so wütend auf mich seid, Lady Sorcha«, sagte er ungehalten. »Eure Schwester und ich waren schließlich nicht verlobt.«

»Nur die Ruhe, Hugo«, mischte sich Sir Michael ein. »Sprecht offen mit uns, Lady Sorcha. Wurde Eure Schwester wirklich bei ihrer Hochzeit entführt?«

»Ja, Sir, von vier Männern. Und wenn der Anführer nicht Sir Hugo war …«

»Ich habe es ganz gewiss nicht getan«, erklärte der betreffende Gentleman.

»Ihr hättet es aber tun sollen«, gab sie zurück. Dann fuhr sie mit gedämpfter Stimme fort: »Nach ihrer Rückkehr von Orkney letzten Sommer hat Adela wochenlang nur von Euch gesprochen. Offenbar habt Ihr sie durch Euer Verhalten glauben gemacht, Ihr hättet etwas für sie übrig. Daher nahm ich an, Ihr würdet gern von ihren Heiratsplänen erfahren, damit Ihr etwas dagegen unternehmen könntet.«

»Damit ich die Hochzeit verhindern würde, meint Ihr wohl. Das ist doch …«

»Ich dachte, meine Schwester würde Euch etwas bedeuten!« Wieder hatte Sorcha die Umstehenden völlig vergessen. »Ich wollte doch nur helfen und die arme Adela vor einer reinen Zweckheirat bewahren. Ich dachte, Ihr würdet ihr zu Hilfe kommen. Aber Ihr habt auf meine Botschaften nicht reagiert. Sie sagte, Ihr wärt dickköpfig und nur auf Euch selbst bedacht, aber ich habe das nicht weiter beachtet. Ich dachte, sie meint es nicht so. Aber es war ihr durchaus ernst, und sie hatte recht. Und jetzt habt Ihr sie mit Eurer selbstsüchtigen, arroganten Gleichgültigkeit ins Unglück gestürzt!«

»Redet keinen Unsinn!«, fuhr er sie an. »Zwischen uns gab es keinerlei Vereinbarungen, und da ich vollauf mit den Vorbereitungen für die heutige Zeremonie beschäftigt war …«

»Das mag ja sein«, erwiderte Sorcha, nun wieder mit gesenkter Stimme. »Aber ich bin davon überzeugt, jemand anders hätte Eure Aufgaben übernehmen können, wenn Ihr erklärt hättet, dass es um wichtige private Angelegenheiten geht.«

»Ich habe es aber nicht getan!« Seine Augen sprühten blaue Funken. »Und selbst wenn – als sich herausstellte, dass nicht alle Männer auf den Inseln damit einverstanden sind, dass Ranald Donald als Oberhaupt einsetzen will, habe ich ihm meine Unterstützung zugesagt. Und mein Wort gilt so viel wie das Ranalds, Mylady«, fügte er in grimmigem Ton hinzu. »Wenn es um die Pflicht geht, müssen Privatangelegenheiten zurückstehen.«

»Und was ist mit Eurer Pflicht gegen Adela?«

»Wollt Ihr damit vielleicht sagen, dass Adela ebenfalls wollte, dass ich sie rette?«, fragte er und sah ihr fest in die Augen.

Errötend zwang sich Sorcha, seinem bohrenden Blick standzuhalten. Dann sagte sie steif: »So etwas würde Adela niemals eingestehen. Doch da die ganze Hochzeitsgesellschaft davon ausging, dass Ihr Adela mit ihrem Einverständnis entführt hättet, verfolgte niemand die Täter. Weiß der Himmel, wo sie sich jetzt aufhält und was ihr zugestoßen ist! Ihr hättet wenigstens auf meine Botschaft antworten können, wenn Ihr schon nicht vorhattet, einzugreifen. Wegen Eurer Untätigkeit ist sie jetzt ruiniert und hat keinerlei Aussichten mehr auf einen respektablen Gatten.«

»Seid doch nicht dumm. Wenn überhaupt jemand an ihrem Ruin Schuld trägt, dann Ihr, mein Mädchen. Weil Ihr Euch in Dinge gemischt habt, die Euch nichts angehen.«

»Wie könnt Ihr es wagen!«, schrie sie und versetzte ihm eine schallende Ohrfeige. »Ich bin ganz gewiss nicht Euer Mädchen, Ihr eingebildeter Laffe! Ihr solltet Euch schämen, andere für Euren Fehler verantwortlich zu machen. Aber wahrscheinlich ist Scham für Euch ja ein Fremdwort. So langsam begreife ich, wie es dazu kommen konnte, dass Adela, dieses Muster an Schicklichkeit, Euch Weihwasser ins Gesicht geschüttet hat!«

3

Durch das entsetzte Keuchen und das verstohlene Kichern der Umstehenden hörte Sorcha Cristinas Empörungsschrei. Von irgendwoher klang rasch unterdrücktes Lachen. Doch Sorcha war so wütend, dass sie sich nicht darum scherte. Dieser Mensch war ein unausstehlicher Flegel und hätte noch viel mehr Ohrfeigen verdient. Sie reckte das Kinn und stelzte steif davon. Dabei erhaschte sie einen Blick auf Sir Hugos Gesicht.

Er war fuchsteufelswild.

Da ihr Vater seinen Töchtern meist ohne viel Federlesens eine herunterhaut, wenn sie frech waren, hielt es Sorcha durchaus für möglich, dass Sir Hugo zurückschlagen könnte. Doch vielleicht war seine Ritterlichkeit ja ebenso tief verwurzelt wie sein Ehrbegriff. Zumindest würde er es wohl kaum wagen, sie hier vor allen Leuten zu züchtigen.

Vielleicht, dachte sie, war es nicht recht gewesen, ihn in aller Öffentlichkeit zu beschimpfen, obgleich er es verdient hatte. Auch ihr Vater blickte zornig, stellte Sorcha fest, als sie den Rückzug von diesem unvermuteten Kampfplatz antrat. Doch Macleod war schon so oft böse auf sie gewesen und würde es auch in Zukunft noch häufig sein. Und wie immer würde sie es auch diesmal überstehen.

Da sagte Sir Hugo in einem Ton, der ihr das Blut in den Adern gefrieren ließ: »Es ist nur zu hoffen, Lady Sorcha, dass Euer Vater Euch langsam Manieren beibringt.«

»Da könnt Ihr sicher sein, Sir«, erwiderte Macleod mit drohender Stimme. »Sobald die Zeremonie vorbei ist, werden wir uns unterhalten, Tochter. Darauf kannst du dich verlassen.«

Sorcha antwortete nicht, sondern redete sich ein, dass sie weder Sir Hugo noch ihren Vater fürchtete.

Doch Sir Hugo war noch nicht fertig.

Mit weithin vernehmbarer Stimme sagte er: »Wenn Ihr meine Tochter wärt, würde ich Euch mit einer strammen Gerte das Hinterteil versohlen, bis Ihr um Vergebung winselt. Und danach würdet Ihr die Mahlzeiten vierzehn Tage lang im Stehen einnehmen, Mädchen. Darauf könnt Ihr wetten.«

Sorcha tat, als hätte sie ihn nicht gehört. Verzweifelt um Würde bemüht, stakste sie davon, ohne nach rechts und links zu blicken.

»Warte, Sorcha! Bleib stehen, du dummes Kind. Soll ich dir vielleicht nachrennen und mein Baby gleich hier an Ort und Stelle bekommen?«

Als Sorcha Isobels Stimme erkannte, hielt sie inne, drehte sich jedoch nicht um. Sie wusste, ihre Schwester würde ohnehin nicht lockerlassen.

»Dummerchen«, sagte Isobel liebevoll, als sie sie erreicht hatte. »Du bist im Kreis gelaufen. Schau nur, im nächsten Augenblick wärst du in den Festzug Seiner Gnaden hineingerannt. Und wie willst du dein Verhalten ihm oder Ranald gegenüber erklären?«

Als Sorcha begriff, dass Isobel recht hatte, fluchte sie im Stillen vor sich hin. Bestimmt hatte sie schon bei einigen Leuten im königlichen Festzug Aufmerksamkeit erregt, und sie hatten sich gefragt, warum sie genau in dem Augenblick wegging, da die Zeremonie beginnen sollte. Zudem wollte sich ihr Vater als Mitglied des Inselrates soeben dem Zug anschließen, und auch wenn sie den Mund zuvor reichlich voll genommen hatte, hielt sie es für besser, ihn nicht noch mehr zu reizen.

»Ich verstehe ja, dass du dich am liebsten davonmachen würdest, mein Schatz«, sagte Isobel. »Aber damit musst du warten, bis die Zeremonie und das anschließende Fest vorüber sind. Und wenn du niemanden überreden kannst, dich in seinem Schiff mitzunehmen, wirst du mit Vater zurückfahren müssen. Also reizt du ihn heute besser nicht noch mehr.«

Sorcha hörte schweigend zu, und als Isobel geendet hatte, holte sie tief Luft und blickte ihre Schwester an. »Ich hätte ihn nicht schlagen sollen«, gab sie zu. »Aber er hat mich so wütend gemacht, dass ich keinen klaren Gedanken mehr fassen konnte. Ich hoffe nur, ich habe dich nicht in Schwierigkeiten gebracht, Isobel. Schließlich ist er der beste Freund deines Mannes.«

»Mach dir darum keine Sorgen«, erwiderte Isobel mit einem herzlichen Lachen. »Ich weiß gar nicht mehr, wie oft ich Hugo am liebsten eine Ohrfeige gegeben hätte. Er kann eine schreckliche Nervensäge sein, und manchmal benimmt er sich so überheblich, dass es mich förmlich in den Fingern juckt.«

»Trotzdem …« Sorcha verstummte.

»Komm, wir gehen ein Stückchen«, schlug Isobel vor. »Wir können ja sagen, dass mir nicht gut war.«

»Es würde mich nicht wundern, wenn es so wäre«, erwiderte Sorcha, die sich sorgte, dass das schnelle Laufen Isobel oder dem Kind geschadet haben könnte.

»Mir geht es gut«, versicherte Isobel. »Außerdem habe ich Michael gesagt, ich wollte mich um dich kümmern und er brauchte sich keine Sorgen um mich zu machen.«

»Bestimmt ist er auch böse auf mich«, sagte Sorcha.

»Kein bisschen«, erwiderte Isobel. »Schließlich ist er mit mir verheiratet und hat mit dem Temperament der Macleods bereits Bekanntschaft gemacht, auch wenn er es zurzeit nicht oft zu spüren bekommt. Er ist immer so freundlich, dass ich ihm geradeheraus sagen kann, wenn mir etwas missfällt. Aber Hugo ist nicht Michael. Hast du wirklich geglaubt, dass er vorhat, Adela zu heiraten?«

»Du etwa nicht?«

»Eine Zeit lang schon«, gab Isobel zu. »Als wir alle zusammen auf Orkney waren, hat er zumindest mit ihr geflirtet, und mir kam es so vor, als könnte sie ihn auch gut leiden. Doch inzwischen kenne ich ihn gut genug, um zu wissen, dass er mit jeder Frau schäkert, die keine alte Hexe, völlig verblödet oder altersschwach ist. Ich fürchte, es war ihm nicht ernst mit Adela.«

Sorcha verzog das Gesicht. »Dann bin ich froh, dass ich ihm eine saftige Ohrfeige verpasst habe.«

»Na ja, aber halte dich lieber in nächster Zeit von ihm fern. Er unterstützt Michael, so wie Hector den Großadmiral der Inseln, und ist es gewöhnt, Entscheidungen rasch und instinktiv zu treffen. Er ist ein impulsiver Mann, Sorcha, also nimm dich vor ihm in Acht.«

»Ich habe keine Angst vor ihm«, sagte Sorcha ungeachtet des kleinen Schauers, der sie bei Isobels Worten überlief. »Wahrscheinlich werde ich ihn sowieso nicht wiedersehen, bis ich dich eines Tages auf Roslin besuchen komme. Und selbst dann werde ich seine Gegenwart schwerlich allein erdulden müssen.«

Isobel grinste. »So leicht kommst du nicht davon, mein Schatz. Er und Michael bleiben noch mindestens eine Woche auf Lochbuie, bevor sie nach Roslin zurückkehren. Daher werden sie noch dort sein, wenn ihr, du und Sidony, zu uns kommt.«

»Hol doch der Teufel diesen Mann! Wie soll ich mich beherrschen, wenn ich ihn so lange ertragen muss?«

Isobel grinste noch immer. »Das wird dir nicht schwerfallen, wenn du dich darauf besinnst, dass Hector Reaganach dein Gastgeber ist. Nachdem ich die ganzen Jahre bei ihm und Cristina gelebt habe, kann ich dir nur raten, ihn nicht zu verärgern. Du und Hugo, ihr tätet gut daran, euch zu benehmen, solange ihr Hectors Gäste seid.«

»An Hector habe ich gar nicht gedacht«, musste Sorcha zugeben. Nach kurzem Zögern fügte sie hinzu: »Himmel,

Cristina hatte ich ja ganz vergessen! Sie wird bestimmt ebenso mit mir schimpfen wie Vater.«

Isobel wiegte bedenklich den Kopf. »Das hättest du dir früher überlegen sollen. Aber ich weiß, wie es ist, wenn das Temperament mit einem durchgeht. Sei nur froh, dass Adela die Szene vorhin nicht mitbekommen hat. Sie kann viel schlimmer schelten als Cristina.«

»Ja, aber ich wünschte trotzdem, sie wäre hier«, entgegnete Sorcha.

»Ich auch«, sagte Isobel und legte den Arm um ihre Schwester.

»Wenn du das tust, fange ich gleich an, zu weinen«, sagte Sorcha. »Wo kann sie nur sein, Isobel? Wer könnte sie entführt haben, wenn es nicht Sir Hugo war, und was ist ihr zugestoßen?«

Sie wischte sich die ersten Tränen mit dem Handrücken ab. »Ihr geht besser ohne mich weiter«, sagte sie. »Ich möchte nicht, dass mich jemand so sieht, sonst denken sie noch, es täte mir leid, dass ich diesen schrecklichen Kerl geohrfeigt habe.«

»Kommst du denn zurecht?«

»Ja. Schau dir ruhig zusammen mit deinem Mann die Zeremonie an. Es reicht, wenn man sich über eine der Macleod-Schwestern das Maul zerreißt.«

»Na gut, dann gehe ich jetzt«, sagte Isobel. »Aber du darfst die Feierlichkeit auf keinen Fall verpassen. So etwas bekommst du so schnell nicht wieder zu sehen.«

Sie ging davon, doch Sorcha folgte ihr bald nach, denn schon ertönten festlich die Hörner und riefen alle herbei, die der Einsetzung des neuen Lords der Inseln beiwohnen wollten. Sie trat zu Isobel, Sidony, Hector und Cristina, und gleich darauf kam auch Sir Michael und stellte sich neben seine Frau.

Sorcha fürchtete schon, Sir Hugo würde sich auch zu ihnen gesellen, doch dann sah sie, dass er neben Ranald von den Inseln stand und ihm half, den Ablauf der Feierlichkeiten zu beaufsichtigen.

Allein der festliche Einzug war schon eine großartige Angelegenheit. Neben Donald von Isla nahmen auch seine Mutter, die Prinzessin Margaret Stewart, und mehrere Bischöfe, Äbte und Priester daran teil, die später den Ritus abhalten würden. Darüber hinaus waren alle Mitglieder des Inselrates anwesend sowie zahlreiche Brehons, die Inhaber des erblichen Richteramtes auf den Inseln.

Der einzige Sorcha bekannte Geistliche, der nicht an der Zeremonie teilnahm, war der durchtriebene Grüne Abt der Heiligen Insel, der sich unter strikter Bewachung an seinem Wohnsitz aufhielt. Nach Auskunft von Macleod hatte Ranald dafür gesorgt, dass der Abt die Amtseinsetzung Donalds weder verhindern noch stören konnte.

Donald war ganz in Weiß gekleidet, während einige Adelige im Festzug die königliche Hoftracht aus prächtigem Samtwams, Pluderhose und schwarzem Samtcape trugen. Wieder andere hatten die traditionelle Hochlandtracht, einschließlich des Kilts und des safrangelben Hemdes, angelegt. Viele waren mit Schwertern gerüstet. Hector Reaganach hatte sich die berühmte Axt des Gillean-Clans auf den Rücken geschnallt. Dennoch schienen alle friedlicher Stimmung zu sein.

Zum Klang der Dudelsäcke und Trommeln bewegte sich der Zug vorwärts, bis er schließlich zum Stehen kam. In der eintretenden Stille hörte man nichts als die Gebete und Segenssprüche der Geistlichen. Sorcha fürchtete schon, dass jeder Einzelne von ihnen sich zu Wort melden wollte, doch endlich trat Ranald vor, breitete die Arme weit aus und sprach: »All jenen, die gekommen sind, um die Einsetzung Donalds von Isla mit eigenen Augen zu sehen, sage ich dies: Euch allen ist bekannt, dass Seine Gnaden, unser Herr Vater, John der Gute von Isla, Donald zu seinem rechtmäßigen Nachfolger ernannt hat. Und Ihr wisst ebenfalls, dass ich mein Einverständnis dazu gegeben habe. Also möge jeder, der Zweifel an der Rechtmäßigkeit der Entscheidung hat, nun vortreten und sprechen oder aber Donald Lehnstreue schwören an diesem ganz besonderen Tag.«

Sorcha vernahm das gleiche Stimmengemurmel wie bei Adelas Trauung, als der Priester gefragt hatte, ob jemand Einwände gegen die Eheschließung vorzubringen habe. Fast fürchtete sie, auch heute wieder könnten maskierte Reiter heranpreschen.

Das Murmeln verstummte, als Ranald einen Arm hob und mit lauter Stimme rief: »Man bringe *Lia Fáil,* unseren heiligen Stein der Vorsehung mit dem Fußabdruck, herbei!«

Vier Mann trugen den heiligen Stein. Angeblich war er noch älter als der Stein von Scone auf dem Festland, auf dem die Könige der Schotten gekrönt worden waren, bis Edward von England ihn fast einhundert Jahre zuvor hatte stehlen und nach England schaffen lassen. Ranald hatte daraufhin den Stein von Fáil von Finlaggan nach Eigg gebracht.

Ehrfurchtsvoll setzten die Männer den Stein ab, worauf zwei Priester ihn mit heiligem Sturmvogelöl salbten. Selbst von ihrem ziemlich weit entfernten Standpunkt aus konnte Sorcha sehen, dass sich zwei Fußabdrücke auf dem Stein befanden – ein sehr großer am Rand und mehr zur Mitte hin ein kleinerer, der etwa die Maße eines normalen Männerfußes hatte.

Als die Priester beiseitetraten, stellte sich Donald vor den Stein und setzte seinen bloßen linken Fuß auf den kleineren Abdruck, wobei er ein wenig die Zehen bewegte, bis sie genau in den Mulden lagen. Sein Fuß passte haargenau in die Vertiefung, was von den Zuschauern mit beifälligem Gemurmel, Lächeln und zustimmendem Nicken quittiert wurde.

Der Bischof von Argyll reichte ihm einen weißen Stab zum Zeichen, dass es seine heilige Pflicht war, Gerechtigkeit in seinem Reich walten zu lassen. Ein weiterer Bischof übergab ihm das Große Schwert, eines der beiden Hoheitszeichen des Clans Donald und des Lords der Inseln und Symbol für seine Stellung als Beschützer der Inseln.

Nachdem Donald sich, als sinnbildliche Geste für die Heilige Dreifaltigkeit, dreimal nach rechts um sich selbst gedreht und das Große Schwert dreimal hoch über seinem Haupt geschwungen hatte, brüllte die Menge: »MacDonald, MacDonald, MacDonald!«

Damit war Donald von Isla in aller Form als Lord der Inseln eingesetzt und bestätigt.

Als Adela allmählich wieder zu sich kam und feststellte, dass sie auf etwas Weichem ruhte, hoffte sie, das ganze schreckliche Erlebnis wäre nur ein Albtraum gewesen. Da ließ ein Geräusch sie die Augen öffnen.

Wenige Meter entfernt stand ihr Entführer und beobachtete sie. Sie befanden sich in einem Zelt, das so groß war, dass er aufrecht stehen konnte. Sie lag auf einem Stapel Fellen und Decken, offensichtlich seinem Bett. Ihre Hoffung erstarb, als sie sich wieder erinnerte, warum sie ohnmächtig geworden war.

Doch die Angst, die sie beim Anblick seines Gesichts empfunden hatte, kehrte zurück, stärker als zuvor, denn nun fiel ihr auch sein Name wieder ein.

Es waren seine Worte, die die Erinnerung geweckt hatten. Bereits auf Orkney hatte er gesagt, dass er besonderen Gefallen daran fand, einer Frau zu zeigen, wo ihr Platz war. Und schon damals hatte er sich eingebildet, ohne Sünde zu sein und Gottes Gunst in ganz besonderem Maße zu genießen. Damals war sie nur wenige Minuten mit ihm zusammen gewesen, doch die Erinnerung daran reichte aus, um sie erneut in Angst und Schrecken zu versetzen. Sie presste die Lippen zusammen, um nicht versehentlich seinen Namen auszusprechen und ihn damit womöglich erneut in Wut zu versetzen.

Er schwieg und blickte sie mit harten Augen an. »Ich ... mir war auf einmal so schwindlig«, sagte sie hastig. »Ich weiß gar nicht, wie das passieren konnte.«

»Du hast den ganzen Tag noch nichts gegessen«, erwiderte er. »Vermutlich hattest du einfach Hunger. Wenn du versprichst, dich zu benehmen, darfst du mit uns essen.«

»Oh ja, ich verspreche es. Vielen Dank«, sagte sie, von Dankbarkeit nahezu überwältigt. Wenn er ihr etwas zu essen geben wollte, hatte er zumindest nicht vor, sie umzubringen. Und vielleicht gelang es ihr ja, ihn gnädig zu stimmen.

Nach dem Essen bereiteten die Männer zu Adelas Überraschung noch nicht ihr Nachtlager, sondern saßen sogleich wieder auf. Zu gern hätte sie ihr eigenes Pferd gehabt, doch diesmal durfte sie wenigstens hinter dem Anführer sitzen.

Adela war froh, dass sie weiterritten, doch zugleich wuchs ihre Furcht. Der Augenblick, als sie sich, auf seinem Bett liegend, allein mit ihm im Zelt befunden hatte, hatte ihr ins Gedächtnis gerufen, in welch heikler Lage sie sich befand. Wenn es ihm in den Sinn kam, sie zu vergewaltigen oder zu töten, würde ihn niemand daran hindern. Vermutlich wartete er nur den richtigen Augenblick ab. Um sich ein wenig abzulenken, malte sich Adela aus, wie ihr Vater und Hector an der Spitze eines Suchtrupps zu ihrer Rettung auszogen. Doch dann fiel ihr wieder ein, was er ihr und ihren Rettern für diesen Fall angedroht hatte. Die Vorstellung versetzte sie noch stärker in Angst und Schrecken.

Bald darauf ließen sie den Wald hinter sich, und Adela stellte erstaunt fest, dass sie noch gar nicht allzu weit gekommen waren. Vor ihnen lag das Ufer des Loch Hourn, wo eine Galeere auf sie wartete. Die Ruderer bedachten Adela mit neugierigen Blicken, als man sie an Bord brachte, doch da niemand etwas sagte, hielt auch sie lieber den Mund. Bei Einbruch der Nacht stachen sie in See und nahmen Kurs gen Süden durch den Sund von Sleat.

Adela hatte vollkommen die Orientierung verloren. Während der gesamten anstrengenden Fahrt in der eisigen Kälte saß sie nur still da, ohne ein Wort zu sagen oder sich zu beklagen. Beim Licht des Halbmondes legten sie schließlich an.

Am Ufer empfingen sie zwei Männer mit Pferden, doch die ganze Gegend schien unbewohnt. Hier fand sie mit Sicherheit keine Hilfe. Nachdem die Männer am Strand ihr Nachtlager vorbereitet hatten, stellte Adela erleichtert fest, dass sie allein in dem großen Zelt schlafen durfte. Als sie spät am Sonntagmorgen erwachte, war die Galeere verschwunden, doch die Männer mit den Pferden waren noch da.

Weil sie spät aufgebrochen waren, machten sie erst wieder halt, als es bereits dunkel wurde. Diesmal schlugen sie ihr Lager einige Meilen östlich von einem Dorf namens Kinlocheil auf. Adela kam der Name vage bekannt vor, doch sie wusste noch immer nicht genau, wo sie sich befand. Sie war erschöpft, nicht so sehr vom Reiten als vielmehr von der ständigen Anstrengung, nicht den Zorn des Lords zu erregen, und vom Ansturm der Gefühle, der sie immer wieder zu überwältigen drohte.

Wenn er ihr Wasser oder etwas zu essen anbot, empfand sie die gleiche tiefe Dankbarkeit wie am Tag zuvor. Zweimal hätte sie ihn sogar vor Freude umarmen können, doch zugleich war sie über diesen Impuls bestürzt, als hätte ihre eigene Seele sie verraten. War es wirklich ihre Seele? Was wäre, wenn er tatsächlich von Gott auserwählt war?

Blickte er sie an, so fragte sie sich ängstlich, womit sie ihn gereizt haben könnte, beachtete er sie hingegen nicht, ärgerte sie sich.

Krampfhaft lauschte sie auf jeden Unterton in seiner Stimme und steigerte sich immer mehr in ihre Furcht hinein, je weiter sie sich von Glenelg entfernten.

Am Montag stießen weitere Reiter zu ihrer Gruppe, und

Adela wurde bald klar, dass ihr Vater schon eine ziemlich große Armee würde aufstellen müssen, um sie zu befreien. Sie wusste, dass sich die meisten Inselbewohner auf Eigg aufhielten, um der Einsetzung des zweiten Lords der Inseln beizuwohnen. Als Ratsmitglied konnte auch Macleod diesem wichtigen Anlass nicht fernbleiben. Zuweilen hoffte sie, dass ihr Vater nach ihr suchen ließ, dann wieder wünschte sie, er täte es nicht.

Wann immer ihr furchteinflößender Entführer sie mit diesem eigenartigen Blick ansah, bekam sie eine Gänsehaut, und dann dachte sie an seine Drohung und daran, was er ihr womöglich antun würde. Außerdem rief es ihr in Erinnerung, dass er absoluten Gehorsam von ihr erwartete.

Es war eine eindrucksvolle Zeremonie gewesen. Dennoch war Sorcha froh, als sie vorüber war und alle dem großen Festzelt zustrebten. Sie ließ sich mit der Menge treiben, immer darauf bedacht, weder ihrem Vater noch Sir Hugo Robison unter die Augen zu kommen, denn Isobel hatte sicher recht – es war besser, den Mann nicht noch mehr zu reizen.

Während sie also ihre Umgebung im Auge behielt, schritt sie gedankenverloren dahin und hoffte, dass man sie nicht ansprechen würde. Plötzlich hörte sie, wie jemand den Namen ihres Vaters nannte.

»Eine von Macleods Töchtern ist sie«, sagte eine Frauenstimme.

»Einfach schamlos«, meldete sich eine andere zu Wort. »Ihr Vater sollte sie übers Knie legen, genau wie der junge Mann gesagt hat.«

»Jaja, das ist eine wilde Bande. Alle sieben«, ließ sich eine dritte vernehmen.

»Nein, nicht alle!«, widersprach die erste.

»Na ja, bis gestern hätte ich gesagt, dass Lady Adela eine Ausnahme ist, aber ihr habt ja von dem Skandal bei ihrer

Hochzeit gehört. Wie kann ihre eigene Schwester das nur in aller Öffentlichkeit herumposaunen!«

»Weißt du was?«, erwiderte die zweite Frau nachdenklich. »Ich möchte mal wissen, ob die Männer, die gestern in der Nähe von Kinlocheil kampiert haben, wohl Lady Adelas Entführer waren. Ein Vetter, dem wir auf dem Weg hierher begegnet sind, hat uns davon erzählt. Er hat gesagt, eine schöne Frau hätte hinter einem der Männer auf dem Pferd gesessen. Es waren mindestens ein Dutzend, gekleidet wie Edelleute, meinte er. Und sie waren auf dem Weg nach Edinburgh.«

»Wenn es sich um Edelleute handelte, war sie es vielleicht wirklich«, sagte eine der anderen. »Die Schwestern Macleod sind sich ihrer Stellung wohl bewusst, und ich möchte wetten, Adela kannte ihren Entführer sehr gut.«

Am liebsten hätte Sorcha den drei Klatschtanten ihre Meinung gesagt, doch sie beherrschte sich. Nachdem sie kurz erwogen hatte, die Frau, die die Reiter erwähnt hatte, nach weiteren Einzelheiten zu fragen, entschloss sie sich, doch lieber mit ihrem Vater zu sprechen. Vielleicht würde die Fremde auch gar nicht mit ihr reden, wenn sie erfuhr, wer Sorcha war. Es half also alles nichts; Sorcha konnte sich nicht länger vor der Auseinandersetzung mit ihrem Vater drücken. Schließlich ging es um Adela.

Sir Hugo Robison hatte schon vor langer Zeit gelernt, persönliche Belange zurückzustellen, wenn die Pflicht rief. Daher war es ihm nicht schwergefallen, während Donalds Einsetzung die unerfreuliche Szene mit Sorcha aus seinen Gedanken zu verbannen.

Doch kaum hatten sich Ranald und der neue MacDonald der Inseln sich in das große Zelt begeben, das Ranalds Leute für das Fest errichtet hatten, schaute sich Hugo nach dem Mädchen um, das ihn geohrfeigt hatte. Als er sie nirgends entdecken konnte, hoffte er, ihr Vater würde ihr irgendwo eine ordentliche Tracht Prügel verpassen.

Das hätte sie jedenfalls verdient, sagte er sich. Doch dann musste er wieder an ihren Zornesausbruch denken und an das Grübchen neben ihrem linken Mundwinkel, und er schmunzelte vor sich hin. Angesichts seiner eigenen Stellung und der seiner Lehnsherren, der mächtigen Sinclairs, hätten nur wenige Mädchen den Mut gehabt, ihn zu schlagen. Doch sie stand ebenfalls unter dem Schutz des einflussreichen Clans. Immerhin hatte ihre Schwester Isobel den jüngeren Bruder des Fürsten von Orkney geheiratet – oder des Grafen von Orkney, wie Henrys Titel in Schottland lautete. In Norwegen jedoch galt er als Fürst und stand damit im Rang unmittelbar unter dem norwegischen König. Wie dem auch sei, vor der verdienten Strafe konnten sie auch ihre Familienbande nicht bewahren.

Doch im Grunde genommen war Hugo davon überzeugt, dass sie keinen Gedanken an seine Stellung oder an ihre eigene verschwendet hatte, bevor sie zuschlug.

Auf jeden Fall war sie eine ausgesprochene Schönheit, noch faszinierender als ihre Schwestern – zumindest diejenigen, die er bisher kennengelernt hatte. Und im Unterschied zu anderen jungen Frauen, die sich in seiner Gegenwart übertrieben scheu und affektiert gaben, hatte sie ihn offen angeblickt – wenn auch wutentbrannt.

Da er halb verhungert war, machte er sich auf den Weg zu dem großen Zelt. Abermals musste er lächeln, als er an das vorwitzige Grübchen in ihrer Wange dachte und an ihr trotzig gerecktes Kinn. Im Eifer des Gefechts hatten sich einige bernsteingelbe Locken unter ihrer Haube hervorgestohlen, und ihre weit auseinanderstehenden Augen mit den dunklen Wimpern hatten Funken gesprüht. Schneeweiß hatten ihre Zähne geblitzt, als sie ihn anschrie, und ihre vollen rosigen Lippen waren wie zum Küssen geschaffen.

Er wusste, dass sie zur gleichen Zeit wie er und Michael nach Lochbuie fahren wollte. Vielleicht konnte er sie dort dazu bringen, ihre Meinung über ihn zu ändern. Das wäre sicher amüsant. Doch falls sie noch einmal versuchen sollte, ihn zu schlagen, würde er ihre Bestrafung nicht Macleod überlassen.

»Hugo, ich würde gern ein Wort mit dir reden.«

Der ernste Ton, den Michael ihm gegenüber nur selten anschlug, veranlasste Hugo, sofort stehen zu bleiben und auf seinen Vetter zu warten.

Mit gerunzelter Stirn ließ Sir Michael Sinclair seinen Blick über die Menge schweifen, die auf dem Weg zum Mittagsmahl war. Er wartete, bis eine Gruppe von Männern an ihnen vorüber ins Zelt gegangen war, dann sagte er leise: »Bevor wir uns zu Tisch begeben, möchte ich wissen, was da vor der Zeremonie vorgefallen ist.«

»Das weißt du doch genauso gut wie ich«, erwiderte Hugo. »Schließlich warst du auch dabei.«

»Du hattest also nichts mit der Entführung dieser jungen Frau zu schaffen.«

Obwohl Michaels Worte eher wie eine Feststellung und nicht wie eine Frage klangen, hätte er die Angelegenheit wohl kaum erwähnt, wenn ihn nicht gelinde Zweifel geplagt hätten. Darüber ärgerte sich Hugo, doch er sagte so sanft wie möglich: »Das solltest du doch wissen.«

Michael blickte ihn eindringlich an, bevor er erwiderte: »Ich hoffe es. Bist du sicher, dass du Lady Adela keinen Grund zu der Annahme gegeben hast, du würdest sie heiraten?«

»Sei doch nicht dumm«, erwiderte Hugo, der spürte, wie ihm die Hitze in die Wangen stieg.

Michaels Blick wurde noch eine Spur schärfer. »Wirklich nicht?«

»Nein, natürlich nicht«, erwiderte Hugo mit fester Stimme, bemüht, dem Blick seines Freundes standzuhalten. Falls er selbst auch nur einen winzigen Zweifel hegte, würde er es sich zumindest nicht anmerken lassen.

Er schwieg, bis Michael schließlich nickte und sagte: »Das

wollte ich nur wissen. Falls Macleod uns um Hilfe bittet, werden wir sie ihm gewähren.«

»Ja, natürlich«, erwiderte Hugo, als sie gemeinsam das Zelt betraten.

Nachdem sie ihre Plätze auf der Männerseite der hohen Tafel eingenommen hatten, stellte er fest, dass weder Lady Sorcha noch Isobel anwesend waren. Auf einmal hatte er gar keinen so großen Appetit mehr.

Er machte höflich Konversation mit seinen Sitznachbarn, doch seine Gedanken waren weit weg. Schließlich betrat Isobel das Zelt, begleitet von ihrer Schwester Cristina und Hector Reaganach, den man nicht umsonst »den Grimmigen« nannte. Heute blickte er jedenfalls reichlich grimmig, und Hugo konnte nur hoffen, dass Lady Sorcha der Grund für Hectors Unmut war und nicht der Mann, den sie geohrfeigt hatte. Denn noch weniger als mit Michael wollte Hugo es sich mit diesem mächtigen Krieger verderben, der auf Schritt und Tritt die sagenumwobene Streitaxt seiner Familie mit sich herumschleppte. Zu seinem Leidwesen konnte sich Hugo nur einen Grund vorstellen, warum Lady Sorcha Macleod auf die Idee gekommen war, er wolle ihre Schwester heiraten – Adela musste es ihr selbst gesagt haben.

Inmitten des allgemeinen Stimmengewirrs versuchte er sich zu entsinnen, was er über Lady Adela wusste. Außer ihrer goldblonden Schönheit war ihm vor allem die hochmütige Haltung im Gedächtnis geblieben, mit der sie auf Orkney seine Flirtversuche zurückgewiesen hatte. Und als er auf diese Zurückweisung reagiert hatte, wie es seine Art war, hatte sie ihm eine Schale mit Weihwasser ins Gesicht gekippt.

Auch bei dieser Szene war Michael Zeuge gewesen, doch offenbar erinnerte er sich nicht mehr an Adelas gezischte Worte, als sie ihm die kalte Dusche verabreichte. Ums Ehelichen war es schon gegangen, doch nur insofern, als sie ihm versichert hatte, sie würde ihn nie und nimmer heiraten.

Bestimmt hatte sie ihren Schwestern von dem Vorfall berichtet, doch er konnte sich nicht vorstellen, dass sie dabei die Unwahrheit gesagt hatte. Wie also kam Lady Sorcha auf die Idee, er wolle Adelas Eheschließung verhindern?

Auf dem Weg von Orkney zum Castle Sinclair in Caithness hatte er erneut versucht, mit Adela zu schäkern, doch wieder ohne Erfolg. Sie hatte sich genauso zugeknöpft gezeigt wie zuvor.

Er hatte es sich tatsächlich durch den Kopf gehen lassen, ob sie die richtige Frau für ihn sein könnte, wenn er eines Tages Lust und Zeit zum Heiraten hätte. Doch wie Adela dazu stand, daran hatte er keinen Gedanken verschwendet. Junge, wohlerzogene Damen hatten an dergleichen gar nicht zu denken, auch wenn sie es vermutlich hin und wieder doch taten.

Er hatte vorausgesetzt, dass sie ihn als Gatten akzeptieren würde, weil es seines Wissens niemanden gab, den sie ihm hätte vorziehen können. Und erst durch Lady Sorchas Nachricht hatte er erfahren, dass sich ein anderer Mann für Adela interessierte. Bis dahin war Hugo einfach davon ausgegangen, dass sie immer verfügbar sein würde, bis er eines Tages bereit wäre, sich zu vermählen, und dass ihr Vater ganz begeistert von einem so großartigen Freier wäre.

Peinlich berührt dachte Hugo über seine eigene Arroganz nach. Das Mädchen hatte ganz recht gehabt, als sie ihn einen eingebildeten Laffen schimpfte. Doch andererseits hatte er ja nur ein wenig geflirtet, das musste auch Lady Adela zugeben. Auf jeden Fall hätte ihre undamenhafte Schwester Sorcha ihm keine Botschaften schicken, geschweige denn ihn schlagen dürfen.

Seine Gedanken liefen im Kreis. Wenn er doch unschuldig an der ganzen Sache war, warum grübelte er dann darüber nach, was dieses kleine Biest gesagt hatte?

Endlich erblickte er sie am Eingang zum Zelt, doch zu seiner Überraschung ging sie geradewegs zu ihrem Vater und flüsterte ihm etwas ins Ohr. Daraufhin blickte Macleod sie finster an und begann sie auszuschelten, ohne Rücksicht auf die interessierten Zuhörer um sie herum. *Das geschieht ihr ganz recht,* dachte Hugo, doch zugleich verspürte er den unerklärlichen Drang, ihr zu Hilfe zu eilen.

»Bitte, Sir, redet doch wenigstens mit ihr«, bat Sorcha leise. »Es war Lady Gowrie, eine Freundin von Lady Clendenen. Ich bin sicher, dass die Männer, die ihr Vetter gesehen hat, die Entführer waren. Weiß der Himmel, was sie Adela antun, während wir noch zögern!«

»Du hast doch keine Ahnung!«, entgegnete Macleod und erhob sich. »Und außerdem habe ich für heute genug von deinem Geschwätz. Du kommst jetzt auf der Stelle mit mir, oder ich werde hier vor allen Leuten dafür sorgen, dass dir dein Benehmen gegenüber Sir Hugo leidtut.«

Er packte sie beim Arm, worauf sie sich widerstandslos von ihm hinausführen ließ. Dabei tat sie so, als hörte sie das vereinzelte Kichern nicht, das ihren Weggang begleitete. Sie musste ihren Vater unbedingt überzeugen, daher bestürmte sie ihn noch einmal, kaum dass sie das Zelt verlassen hatten.

»Bitte, Sir, Ihr dürft Adela nicht im Stich lassen. Ihr könnt doch nicht dulden, was man ihr angetan hat.«

»Wieso nicht?«, gab er zurück. »Du hast dich schön zum Narren gemacht – Sir Hugo mit deinen Botschaften zu belästigen. Jetzt siehst du mal, wohin das führt. Jedermann im weiten Umkreis hat davon erfahren, und alle waren davon überzeugt, dass es Sir Hugo war, der sie zu sich aufs Pferd gezogen hat. Und jetzt stellt sich heraus, dass wir untätig mit angesehen haben, dass irgendwelche Schurken meine Tochter entführten. Aber mit einem hatte Sir Hugo durchaus recht.«

Sie wollte gar nichts weiter hören, doch Macleod hielt sie bei den Oberarmen, blickte ihr aus nächster Nähe ins Gesicht und zischte: »Es stimmt, dass es ganz allein deine Schuld ist, Sorcha Macleod. Was immer Adela zustößt, sie kann sich dafür ausschließlich bei dir bedanken.«

»Dann werde ich nach ihr suchen«, entgegnete Sorcha mit wachsender Angst. »Wenn es wirklich meine Schuld ist, wie alle behaupten, dann werde ich es wiedergutmachen. Ihr werdet schon sehen!«

»Du wirst nichts dergleichen tun«, sagte er und schüttelte sie. »Ich verbiete es dir. Und außerdem werde ich dich nach Hause schicken, damit du nicht auch noch auf Lochbuie Dummheiten machst. Ich wollte sowieso ein Boot heimbeordern, um Ardelve zu berichten, was wir hier erfahren haben. Jetzt sende ich eben beide Schiffe aus und fahre mit Hector Reaganach nach Lochbuie. Da ich versprochen habe, zwei Schiffe für die Flottille Seiner Gnaden zu stellen, wenn er zum König fährt, um den Treueeid zu leisten, müssen meine Leute eben wieder nach Lochbuie kommen, sobald sie dich zu Hause abgesetzt haben.«

»Das könnt Ihr nicht tun! Bitte, Vater! Was werden die Leute sagen? Was sie über mich denken, ist mir gleich; aber was wird aus der armen Adela? Soll sie darunter leiden, dass ihre Schwester ein Dummkopf ist?«

»Ein Dummkopf bist du wahrhaftig, aber was soll ich von Adela halten? Wenn sie einem Mann schöne Augen gemacht hat, dann vielleicht noch einem Dutzend anderer. Immerhin stand dieses verflixte Mädchen einfach da und rief noch nicht mal um Hilfe.«

»Bestimmt dachte sie ebenfalls, es wäre Sir Hugo.«

»Umso schlimmer. Dann hat sie ihre gerechte Strafe erhalten. Ardelve ist ganz betrübt nach Hause gefahren. Dazu kannst du dir auch gratulieren.«

»Ich kann mir nicht vorstellen, dass er sehr traurig war«, erwiderte sie. »Er schien sich nicht besonders über die Hochzeit zu freuen, und wo keine Freude ist, kann es auch keine Trauer geben.«

»Du bringst mich, weiß Gott, noch so weit, dass ich Robisons Rat auf der Stelle befolge!«, fuhr Macleod sie an. »Geh sofort auf das Schiff, Mädchen, bevor ich dich übers Knie lege!«

Sorcha merkte, dass sie beinahe zu weit gegangen wäre. Normalerweise hatte es mit seinem Geschimpfe nicht viel auf sich, doch wenn sie es zu bunt trieb, machte ihr Vater seine Drohungen war. Das wusste sie aus Erfahrung. Und das Letzte, was sie wollte, war, schon wieder der Mittelpunkt eines öffentliches Spektakels zu sein, vor allem, wenn die Gefahr bestand, dass Sir Hugo unter den Zuschauern war. Also bat sie ihren Vater um Verzeihung und schwieg.

4

Während Macleod davonging, machte sich Sorcha auf den Weg zum Hafen. Plötzlich hörte sie, wie jemand ihren Namen rief. Sie blieb stehen und wartete, bis Sidony herankam.

»Du hattest ja gar keine Zeit zum Essen, daher habe ich dir ein Weißbrot und ein paar Scheiben Hammelbraten mitgebracht«, sagte ihre Schwester und gab Sorcha die Speisen, die sie in ein Leintuch eingeschlagen hatte.

»Danke«, antwortete Sorcha, die auf einmal merkte, wie hungrig sie war.

»Was hat Vater zu dir gesagt? Er sah wütend aus, doch mit mir hat er kein Wort gesprochen.«

»Er ist auch wütend«, gab Sorcha zu. »Ich habe mitbekommen, wie sich zwei Frauen über einen Trupp Reiter unterhielten, die bei Kinlocheil gesehen wurden. Sie hatten eine Frau dabei. Eine von den Damen, die darüber redeten, war Lady Gowrie, eine Freundin von Lady Clendenen. Ich bin sicher, dass es die Männer waren, die Adela entführt haben. Lady Gowrie sagte noch, sie seien auf dem Weg nach Edinburgh gewesen. Stell dir nur vor, was Adela in so einer großen Stadt alles passieren kann!«

»Was denn?«

»Na, alles Mögliche«, erwiderte Sorcha geheimnisvoll. »Jedenfalls nichts Gutes.«

»Aber ich dachte, du wolltest auch dorthin an den Königshof. Als Vater sagte, er würde Seine Gnaden dorthin begleiten, wolltest du doch unbedingt mit, oder etwa nicht?«

»Ja, schon, aber diese Männer bringen Adela doch nicht an den Hof. Sie haben bestimmt Schlimmes im Sinn, sonst wären sie nicht Hals über Kopf mit ihr verschwunden. Du weißt doch: Eine Missetat zieht die nächste nach sich. Dabei kann nichts Gutes herauskommen.«

»Aber warum ist Vater denn nun wütend auf dich?«, hakte Sidony nach.

Sorcha blickte sie nur schweigend an.

Da zuckte Sidony die Achseln. »Ich weiß, dass er böse ist, weil du Sir Hugo eine Ohrfeige gegeben hast. Und das war ja auch wirklich nicht richtig von dir, obwohl Sir Hugo dich dazu herausgefordert hat. Aber warum schaut Vater dann immer noch so finster drein? Sonst beruhigt er sich doch rasch; und außerdem sollte er sich freuen, dass du eine Spur von Adela gefunden hast.«

»Das tut er aber nicht«, entgegnete Sorcha. »Er sagt, Adela sei an ihrem Unglück selbst schuld. Seiner Meinung nach ist Ardelve traurig, aber ich kann mir nicht vorstellen, dass ihm viel an Adela gelegen ist. Er ist übrigens nicht hier; zumindest habe ich ihn nirgendwo gesehen.«

»Ich auch nicht«, sagte Sidony. »Vielleicht hat er ja selbst die Verfolgung aufgenommen.«

»Lord Pomp? Das glaube ich nicht. Der wollte sie doch nur, weil sie es versteht, einen großen Haushalt zu führen. Und wahrscheinlich denkt er jetzt, dass die Leute sich über ihn lustig machen. Er wird sich genauso wenig bequemen, nach ihr zu suchen, wie Vater.«

»Na ja, immerhin haben ein paar Hochzeitsgäste den Entführern zugejubelt«, erinnerte sich Sidony. »Darüber war Ardelve bestimmt nicht erfreut. Er nahm wohl auch an, die Entführung wäre ein abgekartetes Spiel zwischen Sir Hugo und Adela.«

Sorcha verzog das Gesicht. »Siddy, kein Mensch rührt auch nur einen Finger für sie. Und die Worte dieses schrecklichen Menschen, dass alles meine Schuld wäre, gellen mir noch immer in den Ohren.«

»Das war wirklich gemein von ihm! Schließlich wolltest du doch nur Adela helfen – und ihm auch.«

»Trotzdem glaube ich so langsam, dass er vielleicht doch recht hat.«

»Ich nicht!«

»Und was ist, wenn die Entführer erst durch meine Botschaften auf die Idee zu ihrer Tat gekommen sind? Wenn jemand dahintersteckt, der sie für sich haben wollte? Vielleicht hatte er es ja schlicht auf irgendeine der hübschen Macleod-Schwestern abgesehen.«

»Aber wie sollte jemand von der Hochzeit erfahren?«, wandte Sidony ein. »Schließlich hast du es doch nicht überall herumposaunt. Deine Boten an Sir Hugo werden doch nicht mit aller Welt darüber gesprochen haben.«

»Du weißt doch so gut wie ich, dass praktisch jeder in Glenelg und fast alle Gäste von den Briefen wussten. Nachdem du Adela davon erzählt hast, haben wir doch kein Geheimnis mehr daraus gemacht.«

Sidony ließ den Kopf hängen. »Es ist mir nur so rausgerutscht, weil sie so traurig aussah. Du hast versprochen, mir deswegen nicht böse zu sein.«

»Das bin ich auch nicht. Ich wollte es ihr ja selbst beichten, sobald eine Antwort von ihm gekommen wäre. Aber als ich dann nichts von ihm hörte, bekam ich Angst, er würde bis zum letzten Augenblick warten.«

»Manche Leute erledigen alles auf den letzten Drücker.«

»Stimmt. Und ich wollte Adela nicht erst am Tag vor ihrer Hochzeit damit überfallen. Deshalb war ich froh, dass sie Bescheid wusste, als es geschah. Und ich glaube, Vater hat recht, Siddy«, fuhr sie fort. »Adela hat wirklich nicht geschrien. Wahrscheinlich war sie froh, dass Sir Hugo sie holen kam. Das ist ja auch verständlich, nicht wahr?«

»Sie war sicher nicht erfreut, als sie herausfand, dass er es gar nicht war.«

»Bestimmt hat sie jetzt schreckliche Angst. Und deshalb muss ich sie suchen, wenn es sonst keiner tut.«

»Aber wie willst du sie ganz allein aufspüren?«

»Das weiß ich noch nicht. Am besten wird sein, ich folge ihr nach Edinburgh.«

»Meine Güte, du bist doch noch nie dort gewesen! Wie willst du den Weg finden?«

»Ich frage mich durch oder nehme jemanden mit, der sich auskennt. Ein paar von Vaters Dienern waren schon im Tiefland. Einer von denen soll mitkommen. Ich habe gehört, dass Reisende in Mönchs- oder Nonnenklöstern um Obdach bitten können. Das werde ich auch tun.«

»Aber was ist, wenn die Reiter, von denen Lady Gowrie sprach, nicht die richtigen sind?«, gab Sidony zu bedenken. »Was ist, wenn Adela gar nicht auf dem Weg nach Edinburgh ist? Und selbst wenn, du kannst auf keinen Fall allein gehen, Sorcha. Vater würde das niemals erlauben. Wenn du das tust, ist dein Ruf genauso ruiniert wie der von Adela.«

»Das wäre mir egal, aber ich will ja gar nicht allein gehen«, erwiderte Sorcha. »Ich habe doch gesagt, ich nehme einen kräftigen Diener mit. Und außerdem habe ich gehofft ...« Sie machte eine vielsagende Pause.

»Oh nein!« Sidony starrte sie entgeistert an. »Du erwartest doch wohl nicht, dass ich mitkomme!«

»Willst du mir denn nicht helfen, Siddy? Ich habe fest auf dich gezählt.«

»Ich tue für dich, was ich kann, und das weißt du auch. Aber das ist der helle Wahnsinn. Was wird Vater dazu sagen? Und wie sollen wir Lochbuie unbemerkt verlassen? Wir werden doch einen ganzen Monat dort bleiben.«

»Das werden wir nicht«, entgegnete Sorcha. »Ich jedenfalls nicht. Vater schickt mich mit Schimpf und Schande nach Hause. Du kannst ja mit Cristina und Isobel nach Lochbuie gehen, wenn du willst. Ich werde jedenfalls versuchen, Adela zu retten, und wenn ich mich allein auf den Weg machen muss.«

»Ohne dich macht es mir auf Lochbuie keinen Spaß«, sagte Sidony niedergeschlagen. »Aber ich glaube, ich möchte dich auch nicht nach Edinburgh begleiten. Ich weiß einfach nicht, was ich machen soll.«

»Das weißt du doch nie.« Sorcha lächelte ihre Schwester zärtlich an. »Aber ich möchte dich nicht gegen deinen Willen zu etwas überreden. Das musst du allein entscheiden.«

»Ich kann noch nicht einmal Vater oder Cristina um Rat fragen, denn was die sagen würden, weiß ich genau. Oh, Sorcha, glaubst du nicht, es wäre besser, wenn Hector Reaganach Adela rettet? Er ist ein mächtiger Mann und gebietet über Hunderte von Kriegern.«

»Aber genau wie er selbst unterstehen auch seine Männer dem Lord der Inseln«, erwiderte Sorcha. »Bestimmt wünscht Seine Gnaden, dass viele von ihnen ihn nach Edinburgh begleiten, und außerdem würde sich doch nicht ein ganzes Heer auf die Suche nach einer einzigen Frau machen. Und Vater würde Hector auch gar nicht um Hilfe bitten. Er ist davon überzeugt, dass Adela das alles eingefädelt hat, um ihn zu ärgern oder – was noch schlimmer ist – ihn lächerlich zu machen.«

»Nun, ich weiß es wirklich nicht, aber ich werde tun, was du willst.«

Sorcha schüttelte den Kopf. »Wenn ich wüsste, was das Richtige für dich ist, würde ich es dir sagen. Aber verstehst du denn nicht, Siddy, wenn ich dir zu etwas rate, liegt die ganze Last der Verantwortung auf mir. Mein Gewissen verbietet es mir, dich in etwas mit hineinzuziehen, von dem ich nicht weiß, wie es ausgeht.«

Sidony blickte sie ganz ergriffen an. »Wenn du gehst, gehe ich auch.«

»Dann müssen wir rasch einen Plan machen, bevor Vater uns nach Glenelg zurückschickt. Wenn die Entführer Adela wirklich nach Edinburgh bringen, entfernen wir uns mit jeder Meile, die wir nach Norden fahren, weiter von ihr.«

»Aber sollten wir die Verfolgung nicht von der Stelle aus aufnehmen, wo wir sie zuletzt gesehen haben?«

»Dann wäre uns Vater im Nu auf den Fersen. Und die Entführer haben sowieso schon drei Tage Vorsprung, die können wir nicht mehr einholen.«

»Also bleibt uns gar keine Möglichkeit«, sagte Sidony, insgeheim erleichtert.

»Wo ein Wille ist, ist auch ein Weg«, erwiderte Sorcha bestimmt. »Die Kunst besteht darin, ihn zu finden.«

Macleod machte seine Drohung war und brachte Sorcha auf einem der Langboote unter. Sidony beharrte darauf, ihre Schwester zu begleiten, und auch ihre gemeinsame Zofe kam mit. Sorchas einziger Trost, als die beiden Boote sich in Bewegung setzten, war Cristinas Versprechen, ihren Vater zu beknien, dass er nach Adela suchen ließ.

»Wenn Isobel und ich ihn nicht überreden können, sollen Hector und Sir Michael es versuchen. Wenn wir nur wüssten, wer sie entführt hat!«

Genau das war die Frage, dachte Sorcha seufzend, als sie ihren älteren Schwestern Lebewohl sagte und sich an der Backbordseite des schlanken Schiffes nahe dem hochgezogenen Bug niederließ.

Sie lehnte den Kopf gegen das blank polierte Holz, schloss die Augen und dachte nach.

Sie hörte die Unterhaltung von Sidony und Una MacIver, der Zofe, und die Kommandorufe des Steuermannes, doch bald schon verstummten die Stimmen, und es drang nichts weiter an ihr Ohr als das Rauschen der Bugwelle, die Rufe der Tölpel und Möwen am Himmel, das Knarren der Masttaue und das Klatschen des Luggersegels, das die Männer soeben hissten.

Zuerst freute sich Sorcha, als sie an Fahrt verloren, denn das verschaffte ihr genügend Zeit, um einen Plan zu schmieden. Der Wind kam noch immer von Nordosten, doch anstatt das Schiff, wie am Morgen, zügig voranzutreiben, schien es fast, als würden sie zur Insel Eigg zurückgedrängt.

Mit zunehmendem Seegang fiel es Sorcha immer schwerer, sich zu konzentrieren.

Als das Schiff zu schlingern begann, stieß Una ein schrilles Lachen aus. Es klang mehr wie der Schrei einer Möwe. Sorcha schlug die Augen auf, und sofort brach das Lachen ab. Una schaute sie betreten an.

»Du lachst genau wie deine Mutter«, rief Sorcha lächelnd durch das Brausen des Windes und das Knattern des Segels. Gern erinnerte sie sich an die dralle Bess MacIver.

Una errötete. »Mein Vater sagt immer, ich krächze wie ein Rabe. Ich wollte Euch nicht aufwecken.«

»Ich habe nicht geschlafen, sondern überlegt, wie wir ...« Sorcha verstummte plötzlich, als ihr eine Idee kam.

Sie schaute Una eindringlich an und sagte: »Deine Mutter und Ranulf leben doch jetzt in North Morar bei Glenancross, nicht wahr?«

»Ja doch, Mylady. Jedes Mal, wenn die Bettelmönche auf dem Weg nach Eilean Donan durch Glenelg kommen, bringen sie mir eine Nachricht von ihnen.«

»Aha«, sagte Sorcha und setzte sich neben das Mädchen, wo sie nicht so zu schreien brauchte.

Sidony, die auf der anderen Seite neben Una saß, sah ihre Schwester aufmerksam an. »So guckst du immer, wenn du etwas im Schilde führst«, sagte sie. »Du hast bestimmt einen Plan.«

»Genau«, erwiderte Sorcha und beugte sich über Una, damit die Ruderer nichts mitbekamen. »Hört mir jetzt genau zu. Ich weiß, was wir tun.«

Hugo starrte in die Ferne, wo sich der eigenartige Vulkankegel erhob, den die Bewohner von Eigg Sgurr nannten. Er war das Wahrzeichen des südlichen Teils der Insel.

Die hohe, schmale Spitze war meilenweit zu sehen und diente den Reisenden zu Lande ebenso wie den Schiffern als Orientierungspunkt. Hugo bewunderte die seltsame Schönheit des Berges. Er konnte sich gut vorstellen, dass die Menschen in alter Zeit ihn mit ehrfürchtiger Scheu betrachtet hatten. Doch das alles half ihm im Augenblick auch nicht weiter.

Er hatte ein schlechtes Gewissen, was bei ihm nur selten vorkam. Selbstverständlich beging auch er Fehler, doch dann machten sein Vater, Michael oder Henry ihn umgehend darauf aufmerksam. Es geschah jedoch nicht allzu oft, und er wusste, dass die Männer, denen er besondere Achtung entgegenbrachte, ihn ebenfalls respektierten. Und da Hugo stets gewissenhaft und zuverlässig war und sich nur selten etwas zuschulden kommen ließ, hatte er in aller Regel ein reines Gewissen.

Doch jetzt fühlte er sich schuldig, was ihm ganz und gar nicht behagte. Und dass das Mädchen ihm gegenüber keine Spur von Respekt gezeigt hatte, passte ihm ebenso wenig.

Zum Geier mit ihr und ihrer ganzen Familie! Und mit Michael obendrein, weil der ihn erst auf diese unerfreulichen Gedanken gebracht hatte.

Hugo musste schmunzeln, als er sich vorstellte, wie sein Vetter auf eine derartige Verwünschung reagieren würde.

»Was ist denn an dem Berg da so lustig?«

Erschrocken fuhr Hugo herum und sah sich Hector Reaganach gegenüber.

»Keine Sorge, mein Junge, ich fresse Euch schon nicht«, sagte Hector. »Ich würde gern wissen, was Ihr über die Sache mit Lady Adela wisst.«

»Anscheinend wurde sie auf ihrer Hochzeit von vier Männern entführt«, erwiderte Hugo vorsichtig.

»Macleod hat mir gesagt, dass seine zweitjüngste Tochter, Lady Sorcha …« Er brach ab und grinste. »Wie ich hörte, habt Ihr sie ja schon kennengelernt, Junge.«

»Ja«, antwortete Hugo nur.

Hector zwinkerte ihm mit seinen blauen Augen zu. »Es wird Euch freuen, zu hören, dass ihre Fingerabdrücke nicht mehr auf Eurer Wange zu sehen sind.«

Hugo stieß ein gequältes Ächzen aus. Bestimmt waren die Spuren der Ohrfeige mindestens eine Stunde lang deutlich sichtbar gewesen. Deshalb hatten so viele Leute bei seinem Anblick verstohlen gegrinst.

»Ich freue mich darauf, auf Lochbuie die Bekanntschaft mit ihr zu vertiefen«, sagte er.

»Ich muss Euch leider mitteilen, dass sie nicht dort sein wird«, erwiderte Hector. »Macleod hat sie nach Hause geschickt, und Lady Sidony wollte unbedingt mit ihr fahren. Er sagt, Sorcha wäre genau wie ihre Schwester Isobel, ein temperamentvolles, eigensinniges Mädchen. Sie macht sich anscheinend große Sorgen um Adela.«

»Das habe ich auch gemerkt«, sagte Hugo. Zu seinem eigenen Erstaunen war er enttäuscht, dass er auf weitere Wortgefechte mit Sorcha verzichten musste.

Hector nickte. »Dann könnt Ihr Euch bestimmt vorstellen, dass er Angst hat, sie könnte sich, unbesonnen, wie sie ist, auf eigene Faust auf die Suche nach ihrer Schwester machen.«

»Aber nicht doch!« Diesmal war Hugo ehrlich schockiert.

Kopfschüttelnd sagte Hector: »Ihr müsst noch viel über die Frauen lernen, mein Junge. Mit Sicherheit beknien in diesem Augenblick Cristina und Isobel ihren Vater, nach Adela zu suchen, und wahrscheinlich dauert es nicht mehr lange, dann fordern sie, dass Seine Gnaden seine gesamte Armee nach ihr ausschickt. Wenn wir nur wüssten, wer sie entführt hat und wohin sie geritten sind, würde ich selbst ein paar Männer losschicken.«

»Ein Unglück, dass Macleod sie nicht sofort verfolgen ließ.«

»Ja, aber vergesst nicht, dass er Euch für den Entführer hielt. Er nahm an, sie wäre Euch freiwillig gefolgt, und außerdem ärgerte er sich über den Skandal.«

»Dazu hatte er auch allen Grund«, erwiderte Hugo kleinlaut. »Das Mädchen hatte schon recht, ich hätte auf ihre Botschaften reagieren sollen. Aber ich fand eben, es stünde ihnen nicht zu, sich in meine Angelegenheiten oder die ihrer Schwester einzumischen, und wollte mich deshalb nicht zu einer Antwort herablassen. Außerdem habe ich fest damit gerechnet, dass Adela Ardelve heiratet.«

»Das hätte Euch offensichtlich nicht viel ausgemacht.« Im Licht seiner jüngsten Selbsterkenntnis klangen Hugo die Worte trügerisch sanft in den Ohren. Dennoch wollte er dem älteren Mann gegenüber, den er sehr schätzte, keine Ausflüchte machen.

Zerknirscht stellte er sich Hectors strengem Blick und sagte seufzend: »Es tut mir leid, dass ich mich so verhalten habe. Die Begegnung mit Lady Sorcha hat mir die Augen geöffnet, und ich muss gestehen, Sir, dass ich auf meine damalige Untätigkeit nicht gerade stolz bin.«

»Braver Junge«, sagte Hector und versetzte ihm einen herzhaften Schlag auf den Rücken. »Ihr müsst ihr unbedingt danken, wenn Ihr sie das nächste Mal seht.«

»Ich werde ihr wohl eher den Hals umdrehen«, entgegnete Hugo mit Nachdruck.

Hector lachte. »Dazu hätte ich bei einigen der Macleod-Schwestern auch schon Lust gehabt.«

»Das kann ich mir vorstellen«, erwiderte Hugo. Schließlich war Hector nicht nur mit Cristina verheiratet, sondern hatte seinerzeit auch Isobel als Pflegetochter aufgenommen. »Was also sollen wir jetzt tun?«

»Wir warten ab, bis wir Genaueres wissen«, sagte Hector. »Ihr wisst bestimmt, dass mein Bruder, der Admiral, dank seines Informantennetzes zu den am besten unterrichteten Männern im Hochland und auf den Inseln zählt. Er will sich um die Angelegenheit kümmern, und daher werden wir wohl in ein bis zwei Tagen Neuigkeiten erfahren.«

»In ein bis zwei Tagen! Können wir denn nicht gleich etwas unternehmen?«

»Sorcha Macleod sagte, sie habe mit angehört, wie Lady Gowrie von Glen Finnan einige gut gerüstete Männer erwähnte, die durch den Weiler Kinlocheil ritten. Sie hatten eine Frau dabei und wollten offenbar nach Edinburgh.«

»Mehr wusste Macleod nicht?«

»Er ist wütend auf Sorcha und Adela und hat gesagt, er wolle von der ganzen Geschichte nichts mehr hören. Wahrscheinlich ist es ihm unangenehm, dass er die Entführer entkommen ließ. Das ist ja auch verständlich. Außerdem will er jedes öffentliche Aufsehen vermeiden, da er vorhat, wieder zu heiraten.«

»Und seine neue Frau wünscht keinen Skandal, nehme ich an.«

»Wer will den schon«, sagte Hector. »Doch als Macleod uns davon erzählte, waren Gowrie und seine Lady bereits abgereist. Wenn Ihr also unbedingt etwas unternehmen wollt, könnt Ihr ihnen ja nachreiten und versuchen, mehr von ihnen zu erfahren.«

»Ich habe mir sagen lassen, dass sich Gerüchte hierzulande in Windeseile verbreiten«, erwiderte Hugo. »Da kann es lange dauern, bis man die Quelle gefunden hat.«

»Das stimmt«, pflichtete Hector ihm bei. »Deshalb überlasse ich diese Aufgabe auch gern Lachlan. Denn je mehr Informationen man hat, desto geringer ist die Gefahr, dass man in die falsche Richtung läuft. Und Lachlans Leute berichten ihm alles, was in Schottland vor sich geht. Aber ich verstehe auch Eure Ungeduld. Falls Lady Gowrie noch mehr weiß, werdet Ihr es eher in Erfahrung bringen als Lachlans Informanten.«

»Ich kann es versuchen, Sir. Doch zuerst muss ich mit Michael darüber reden, da ich in erster Linie ihm gegenüber verpflichtet bin.«

»Er ist am Hafen«, sagte Hector. »Ich habe ihm versprochen, nach Euch zu suchen. Da jedoch alle zur gleichen Zeit abreisen wollen, wird es noch ein wenig dauern. Wenn Ihr wollt, könnt Ihr ruhig noch eine halbe Stunde hier stehen bleiben und den Berg bewundern.«

»Wenn Ihr das glaubt, dann kennt Ihr Michael schlecht«, erwiderte Hugo grinsend.

Sie schlenderten gemeinsam zum Anlegeplatz hinunter, wo Michael bereits ungeduldig wartete. Die beiden Freunde bahnten sich einen Weg durch die Menge, und schon bald lenkten ihre Ruderer das Schiff aus dem Hafen hinaus in die steife Meeresbrise. Mit einem Blick nach Norden dachte Hugo, dass auch Lady Sorcha ihr Ziel kaum vor Einbruch der Nacht erreichen würde, obgleich es nach Lochbuie viel weiter war als nach Glenelg.

Immer stärker rollten und stampften Macleods Galeeren in der schweren See. Daher wunderte es niemanden, als Sorcha sich auf die glänzenden Decksplanken aus Eiche erbrach. Denn von den Männern hatte keiner gesehen, dass sie sich heimlich den Finger in den Hals gesteckt hatte.

Sidony befahl dem Steuermann, sofort anzulegen. Der gab seinem Kollegen auf dem anderen Schiff ein Zeichen, und gleich darauf hielten die beiden Schiffe auf die Küste von North Morar auf dem Festland zu.

Während einige der Männer die arme Sorcha stützten und andere das Deck reinigten, sagte Sidony: »Was sollen wir tun? Es geht ihr sehr schlecht.«

Auf dieses Stichwort hin mischte sich Una hastig ein: »Meine Mutter und mein Vater wohnen hier in der Nähe in Glenancross. Wenn wir die Lady dorthin bringen könnten, wird meine Mutter schon Rat wissen.«

»Du hast recht, Una, wir müssen dorthin«, sagte Sidony getreu ihrer Rolle. An den Steuermann gewandt setzte sie hinzu: »Bess und Ranulf MacIver werden sich um die Lady kümmern, aber sie können nicht alle deine Leute aufnehmen.«

»Aber Euer Herr Vater hat uns doch befohlen, auf direktem Weg nach Glenelg zu fahren, Mylady. Er wird wütend sein, dass wir überhaupt gehalten haben.«

»Aber nein«, beruhigte ihn Sidony. »Du weißt doch, dass Bess für uns gesorgt hat, bevor sie Ranulf MacIver heiratete. Und auch später noch, bis ihr Mann durch den Tritt eines unserer Pferde zum Krüppel wurde. Dann zog sie mit ihm hierher, wo sich ihre Familie mit um ihn kümmern kann. Mein Vater weiß, dass er sich auf Bess verlassen kann, und du siehst doch selbst, wie elend Lady Sorcha ist. Glaubst du vielleicht, mein Vater wäre erfreut, wenn wir sie, nur um seine Befehle zu befolgen, den ganzen Weg nach Chalamine schleppen und sie uns womöglich noch wegstirbt?«

»Nein, Mylady. Das habe ich nicht gesagt«, lenkte der Steuermann ein.

»Was schlägst du also vor?«

»Bitte«, ließ sich Sorcha mit schwacher Stimme vernehmen. »Tut, was ihr wollt, aber bitte schnell. Ich glaube, mir wird schon wieder übel.«

»Keine Angst, Mylady«, sagte Una. »Wir bringen Euch zu meiner Mutter, und im Handumdrehen liegt Ihr in einem schönen warmen Bett. Oder etwa nicht?«, fügte sie hinzu und blickte den Steuermann finster an.

Der gab sich schließlich geschlagen. »Dann sollen meine Jungs die Lady in Gottes Namen zu MacIvers Hütte tragen. Aber du musst vorangehen und uns den Weg zeigen, Una MacIver.«

»Ich gehe mit«, erklärte Sidony in ungewohnt entschiedenem Ton.

»Ja, Mylady. Es schickt sich auch nicht, dass Ihr allein mit uns Männern weiterfahrt. Aber was soll ich mit meinen Jungs machen? Wir hatten nicht vor, die Nacht auf dem Schiff zu verbringen.«

Sorcha befürchtete, dass ihre Schwester mit dieser Entscheidung überfordert wäre. Daher sprang sie rasch ein: »Ihr fahrt natürlich weiter nach Glenelg. Schließlich können euch die Leute hier nicht alle unterbringen und verköstigen. Und außerdem seid ihr in wenigen Stunden zu Hause. Ich bin sicher, in ein, zwei Tagen geht es mir wieder gut. Dann könnt ihr uns abholen kommen.«

»Ja, gewiss«, sagte der Mann. »Aber es ist wohl besser, wir bringen Euch schon morgen nach Glenelg, weil wir ja auch noch den Laird abholen müssen.«

»Wie du meinst«, erwiderte Sorcha. Wenn sie darauf bestand, länger hierzubleiben, würde der Steuermann womöglich Verdacht schöpfen, denn sie war sonst niemals krank. »Aber denk daran«, fügte sie hinzu, »dass mein Vater noch auf Lochbuie bleiben will, bis Seine Gnaden nach Edinburgh aufbricht. Und ihr könnt dann die ganze Zeit Däumchen drehen.«

»Stimmt auch wieder«, sagte er. »Aber trotzdem möchte ich ihn nicht warten lassen. Deshalb würde ich mich ungern noch länger hier aufhalten.«

»Morgen früh geht es Euch bestimmt wieder gut, Mylady«, bemerkte Una.

»Da hat sie recht«, pflichtete der Steuermann ihr bei. »Ihr seid wirklich noch nie länger als ein paar Stunden krank gewesen. Wir holen Euch also morgen wieder ab.«

Da Sorcha sich nicht mit ihm streiten wollte, stützte sie sich nur schwer auf Sidony und stöhnte, dass es ihr wieder schlechter gehe. Daraufhin hob einer der Männer sie auf und trug sie. Belustigt stellte sie fest, dass er offensichtlich befürchtete, sie müsste sich jeden Augenblick erneut übergeben.

Bei der Hütte der MacIvers angekommen, ging Una ihre Mutter suchen. Als sie sie gefunden hatte, erklärte sie ihr, dass Lady Sorcha auf dem Rückweg von Eigg krank geworden war.

Daraufhin wies Bess MacIver den Steuermann an, unverzüglich nach Glenelg weiterzufahren und die Lady später abzuholen.

Wenn sie unbedingt schon morgen kommen wollten, wäre das ihre Sache.

»Aber du kannst dich darauf verlassen, dass die Lady mir nirgendwohin geht, bevor sie wieder ganz gesund ist«, setzte sie hinzu.

Die Männer schienen heilfroh, endlich wegzukommen, und überließen Sorcha und Sidony bereitwillig Bess MacIvers umsichtiger Pflege.

»Wir haben nur ein Bett, Mylady«, sagte Bess. »Aber da stecken wir Euch jetzt gleich hinein, mit einem schönen warmen Ziegelstein für die Füße. Nach dem ganzen Tag auf dem Wasser bei diesem scheußlichen Wind seid Ihr bestimmt vollkommen durchgefroren.«

Sorcha überzeugte sich mit einem verstohlenen Blick durch das winzige Fenster, dass die Männer wirklich fort waren. Dann sagte sie mit gewohnt forscher Stimme: »Wir brauchen dein Bett nicht, Bess. Ich versichere dir, mir geht es ausgezeichnet.«

»Du meine Güte, was soll denn das?«, fragte Bess und warf den drei jungen Frauen einen so strengen Blick zu, als seien Sorcha und Sidony noch immer kleine ungezogene Gören. »Mir scheint, euch dreien sollte man auch in eurem Alter noch den Hosenboden stramm ziehen. Und jetzt erzählt mir, was eigentlich los ist, und zwar ein bisschen dalli.«

Während sie stundenlang schweigend dahinritten, hatte Adela Zeit zum Nachdenken. Sie vermied es noch immer, den Namen des Lords auch nur zu denken, aus Angst, sie könnte ihn versehentlich laut aussprechen und ihn dadurch erzürnen. Doch ihr war noch etwas zu dem Vorfall auf Orkney eingefallen. Damals stand ihr Entführer mit dem Grünen Abt von Iona im Bunde, einem erbitterten Feind des Lords der Inseln.

Seit Jahren hatten ihre Schwestern Cristina und Isobel sie gewarnt, dass der Abt, ein ehemaliger Verbündeter Macleods, ein ruchloser Schurke und Feind des Gillean-Clans sei. Ihr Entführer dagegen hatte bestimmt nicht recht gehandelt, doch nach zwei Tagen in seiner Gegenwart war Adela davon überzeugt, dass er nicht von Grund auf böse war.

Gewiss, am ersten Tag hatte er sie aus einem nichtigen Anlass geschlagen, doch damals hatte sie auch noch nicht gewusst, wie sehr ihn ausweichende Bemerkungen ärgerten. Seitdem hatte sie mehr als einmal die Erfahrung gemacht, dass er auf seine Fragen eine offene und ehrliche Antwort erwartete.

Im Gegenzug konnte er auch durchaus umgänglich sein. In den letzten zwei Tagen hatte er ihr sogar gestattet, unbeaufsichtigt ihre Notdurft zu verrichten. Allerdings hatte er jedes Mal in der Nähe Wachen aufgestellt und Adela gewarnt, er werde sie töten, falls sie versuchen sollte zu fliehen.

Adela hoffte, es wären nur leere Drohungen; doch sie musste sich eingestehen, dass seine Männer Angst vor ihm hatten. Und da sie weiterleben wollte, nahm sie sich in Acht. Wenn sie Ruhe bewahrte und tat, was er sagte, konnte sie vielleicht durchhalten, bis sich eine Gelegenheit zur Flucht ergab oder ihr jemand zu Hilfe kam.

5

Hastig erklärte Sorcha Bess, was Adela zugestoßen war, und dass sich noch niemand auf die Suche nach ihr gemacht hatte.

»Wir haben von der Hochzeit gehört«, sagte Bess. »Aber war der Entführer denn nicht der Mann, den sie in Wirklichkeit heiraten wollte?«

»Das haben wir auch geglaubt«, erwiderte Sorcha. »Erst heute Morgen erfuhren wir, dass es nicht so war. Mein Vater sagt, Adela wäre selbst dafür verantwortlich. Und ich«, fügte sie schuldbewusst hinzu. »Sidony und ich wollen nach ihr suchen, wenn es sonst keiner tut. Und du musst uns unbedingt helfen, Bess! Schließlich hast du mir doch immer gesagt, dass die Familie das Wichtigste auf der Welt ist.«

»Ja, das habe ich, und es ist auch wahr«, sagte Bess.

»Und als dann unsere Mutter starb«, fuhr Sorcha fort, »hast du gesagt, wir hätten ja noch dich und Vater und unsere Schwestern und dazu den ganzen übrigen Clan, die alle auf uns aufpassen würden. Doch als Ranulf verunglückte, hast du uns verlassen. Dann starb Mariota, und Cristina, Kate und Isobel heirateten und zogen fort. Nur Maura lebt noch in der Nähe. Ich möchte nicht noch eine Schwester verlieren.«

»Meine Güte, Mylady, ich verstehe ja, dass Ihr Euch Sorgen um Lady Adela macht, aber Ihr habt die anderen doch nicht verloren – nur Eure Mutter und die arme, liebe Lady Mariota.«

»Ja, aber du weißt schon, was ich meine, Bess. Ich muss Adela unbedingt finden, und du hilfst uns doch dabei, nicht wahr?«

»Was soll ich bloß dazu sagen? Wenn ich mir nur vorstelle,

dass drei junge Mädchen durch die Gegend ziehen, um ein viertes zu retten! Das ist doch eine bodenlose Dummheit!«

»Drei?«

»Ihr glaubt doch wohl nicht, ich würde Euch beide ohne Una gehen lassen. Da solltet Ihr mich aber besser kennen, Sorcha Macleod.«

»Aber wir können doch nicht als Frauen reisen«, widersprach Sorcha. »Und Una ist so drall, dass sie nie und nimmer als Mann durchgeht. Sidony und ich müssen allein gehen. Wir verkleiden uns als junge Burschen und nehmen zum Schutz einen Mann mit, wenn du einen weißt.«

»Und was wollt Ihr machen, wenn Ihr sie gefunden habt?«, erkundigte sich Bess. »Ihr könnt ja schlecht mit dem Schwert oder den blanken Fäusten auf die Entführer losgehen.«

»Darüber habe ich auch schon nachgedacht«, versicherte Sorcha. »Wir werden uns einfach an ihre Fersen heften, um herauszufinden, wohin sie sie bringen. Sie sind durch Kinlocheil gekommen und sollen auf dem Weg nach Edinburgh sein. Ich weiß zwar nicht, wo Kinlocheil ist, aber das werden wir schon herausfinden. Und von da aus lässt sich ihre Spur sicher leicht verfolgen. Adela ist so hübsch, dass sich die Leute bestimmt an sie erinnern, und außerdem kommt es wohl kaum so häufig vor, dass vier Männer mit einer Frau durch die Gegend reiten.«

»Vielleicht sind es ja mittlerweile mehr als vier Männer«, warf Sidony nachdenklich ein.

»Ja, das stimmt. Lady Gowrie hat von zwanzig gesprochen. Aber Adela ist noch immer die einzige Frau in der Gruppe«, erwiderte Sorcha. »Es sei denn, sie reiten durch das ganze Hochland und sammeln überall Bräute ein.«

»Oh Gott, glaubst du, das machen sie wirklich?«, fragte Sidony und erbleichte.

»Nein, du Gänschen, natürlich nicht.« Sorcha wandte sich an Bess: »Wirst du uns nun helfen?«

»Ich nehme an, wenn ich mich weigere, zieht Ihr eben auf eigene Faust los«, sagte Bess. »Aber ich finde nicht, dass Ihr Euch als Männer verkleiden solltet, Mistress. Könnt Ihr nicht als einfache Frauen gehen?«

Bevor Sorcha antworten konnte, mischte sich Una ein: »Schau sie dir doch nur an, Mam. Ob einfach oder vornehm gekleidet, sie erregen überall Aufmerksamkeit. Lady Sorcha hat recht. Als Burschen sind sie unterwegs sicherer. Aber was machen wir mit Eurem Haar?«

»Immer wenn Isobel sich als Mann verkleidete, stopfte sie es einfach unter eine Mütze«, sagte Sorcha.

»Isobel trug nur ein einziges Mal Männerkleidung«, sagte Sidony. »Und auch nur, um von Glenelg nach Skye über den Kyle zu setzen.«

»Nein, sie hat es öfter getan«, widersprach Sorcha. »Aber du hast recht, Bess. Wir werden uns die Haare wohl abschneiden müssen.«

»Abschneiden?« Sidony starrte sie entgeistert an. »Wie viel denn?«

»So viel, dass es wie eine Männerhaartracht aussieht natürlich. Hinterher musst du eben einfach den Kopf bedeckt halten, bis es nachgewachsen ist«, antwortete ihre Schwester. »Jetzt, wo du erwachsen bist, trägst du es sowieso nur noch selten offen.«

»Jedenfalls nicht so oft wie du«, gab Sidony zurück. »Na gut, ich tue es. Aber es ist überaus unschicklich, Sorcha.«

»Adela zu entführen war noch viel unschicklicher«, erwiderte Sorcha in ungewohnt scharfem Ton. »Und dass Vater ihr nicht helfen will, ist auch nicht recht.«

»Weißt du«, sagte Sidony, »ich glaube, das hat er nur gesagt, weil er böse auf dich war. Ich kann mir nicht vorstellen, dass er sie tatsächlich im Stich lässt.«

»Aber das hat er doch schon getan«, entgegnete Sorcha. »Denk doch mal nach, Siddy. In weniger als einer Woche fahren praktisch alle Mitglieder des Inselrates mit Seiner

Gnaden nach Edinburgh an den Königshof. Vorher hat Vater doch gar keine Zeit mehr, nach seiner Tochter zu suchen.«

In diesem Augenblick sagte Bess ruhig: »Ihr habt gesagt, Ihr wollt die Lady finden, aber was Ihr dann machen wollt, weiß ich noch immer nicht.«

Sorcha seufzte. »Um ehrlich zu sein, habe ich noch nicht so richtig darüber nachgedacht. Aber mir ist schon klar, dass Sidony und ich sie nicht auf eigene Faust befreien können. Vielleicht ist es ja eine Fügung des Schicksals, dass unser Vater mit den anderen Männern nach Edinburgh fährt. Wenn die Schurken Adela wirklich dorthin – oder auch nur in die Nähe der Stadt – bringen und es uns gelingt, sie aufzuspüren, können wir schnell Hilfe holen.«

Bess schüttelte den Kopf. »Es ist Wahnsinn, aber ich merke schon, dass Ihr unbedingt gehen wollt. Da wird es das Beste sein, Ihr nehmt jemanden mit, der nicht auf den Kopf gefallen ist und aufpasst, dass Ihr Euch nicht leichtsinnig in Gefahr bringt.«

»Wir brauchen einfach einen kräftigen Burschen, der sich um unsere Pferde kümmert. Oh!«, fügte Sorcha erschrocken hinzu. »Wir brauchen ja auch Pferde!«

»Nicht nur das«, sagte Bess. »Wenn Lady Adelas Entführer am Samstag von Glenelg fortgeritten sind und gestern durch Kinlocheil kamen, haben sie schon mehr als zwei Tage Vorsprung. Kinlocheil, müsst Ihr wissen, liegt ein ganzes Stück südlich von hier in der Nähe von Glen Finnan. Sie können es nur so schnell geschafft haben, wenn sie mit dem Schiff von Glenelg nach Ardnish oder zum Loch Ailort gefahren sind.«

»Dann brauchen wir auch ein Schiff«, sagte Sorcha. »Bekommen wir hier irgendwo eines?«

»Ja. Und welchen Weg die Männer auch genommen haben, sie müssen auf jeden Fall durch das Great Glen«, erwiderte Bess. »Wenn sie durch Kinlocheil geritten sind, stoßen sie ungefähr zwölf Meilen nördlich der Narrows und des Loch Linnhe auf das Tal.«

»Aber du warst doch noch nie dort, Mam«, warf Una ein. »Du bist nie über Shielfoot hinausgekommen.«

»Stimmt«, sagte Bess nur und schwieg.

Lachend sagte Una: »Ihr habt ja an vieles gedacht, Mylady, aber nicht an alles. Wo wollt Ihr nachts schlafen und was wollt Ihr essen?«

»Na ja, auf dem Weg wird es doch irgendwo ein Kloster geben, das Reisenden Obdach gewährt«, sagte Sorcha.

»In Männerkleidern könnt Ihr aber nicht in ein Nonnenkloster«, gab Bess zu bedenken. »Und in den Mönchsklöstern gibt es normalerweise nur einen großen Schlafsaal für Männer und einen für Frauen. Das weiß ich von meinen Reisen mit Eurer Frau Mutter. Dort könnt Ihr also auch nicht unterkommen.«

»Dann schlafen wir eben auf dem blanken Erdboden und ernähren uns von Wurzeln und Beeren«, murmelte Sorcha.

»Es wäre vernünftiger, bei Verwandten zu übernachten, wie wir es auch immer tun«, erwiderte Bess.

»Aber alle unsere Familienangehörigen, die zwischen hier und dem Great Glen wohnen, würden uns umgehend nach Hause zurückbringen«, protestierte Sorcha.

»Ich dachte eher an meine und Ranulfs Verwandte«, sagte Bess. »Wenn Ihr unseren Rory als Diener und Bootsmann mitnehmt, kann er sich um alles kümmern.«

»Ja, das ist eine gute Idee«, stimmte ihr Una zu. »Unser Rory ist ein helles Köpfchen, und außerdem war er schon zweimal im Great Glen, Mylady. Er wird gut auf Euch aufpassen.«

Sorcha erinnerte sich an Rory MacIver nur als einen frechen Bengel, der sie immer, ohne Rücksicht auf ihre Stellung, geärgert hatte. Aber da ihr nichts Besseres einfiel, willigte sie ein: »Na gut, aber wir müssen noch heute aufbrechen, Bess, und zwar so bald wie möglich. Ich möchte es bis Kinlocheil schaffen, um herauszufinden, wohin die Entführer geritten sind.«

»Wie Ihr wünscht«, erwiderte Bess. »Aber wenn Ihr den Weg über Loch Sunart und das Glen Tarbert nehmt, könnt Ihr bei meinem Bruder in Shielfoot übernachten und spart außerdem einen ganzen Tag. Von hier nach Shielfoot ist es fast genauso weit wie zum Loch Ailort, aber der Weg von Shielfoot zum Great Glen ist bedeutend kürzer.«

»Warum sind dann Adelas Entführer nicht dort entlang geritten?«

»Wahrscheinlich wussten sie es nicht. Außer den Einheimischen kennen nur wenige diese Abkürzung.«

»Was ist mit Lady Gowrie, Sorcha?«, fragte Sidony. »Sollten wir ihr nicht folgen, um noch mehr von ihr zu erfahren?«

»Sie sagte, sie habe die Information von einem Vetter. Ich nehme nicht an, dass sie noch mehr weiß, sonst hätte sie es bestimmt ihren Freundinnen weitererzählt«, antwortete Sorcha und setzte hinzu: »Neuigkeiten verbreiten sich hier im Hochland in Windeseile. Daher werden wohl noch mehr Leute davon gehört haben. Wir machen es so, wie Bess vorgeschlagen hat.« An Bess gewandt sagte sie: »Wir brauchen auch noch Kleider, Bess, und zwar rasch.«

Bess ging hinaus, und kurz darauf trat Rory McIver in die Hütte. Überrascht stellte Sorcha fest, dass er sich zu einem kräftigen jungen Mann von zweiundzwanzig Jahren mit dunklen Locken, breiten Schultern und einem fröhlichen Lächeln entwickelt hatte.

Er schien genauso begierig darauf zu sein, Adela zu finden, wie Sorcha selbst.

Die Kleidungsstücke erwiesen sich als abgetragen, aber sauber, und Rory hatte auf seiner Runde bei verschiedenen Leihgebern darauf geachtet, dass sie in etwa die richtige Größe hatten. Sidony betrachtete ihre Sachen mit ausdrucksloser Miene, doch Sorcha freute sich über die eng sitzende braune Hose, den langen safrangelben Kittel und das wattierte Wams. Außerdem gehörten zu der Ausstattung noch feste Stiefel und ein Kapuzenumhang aus Wolle.

»Mir ist da noch etwas eingefallen«, sagte sie. »Meine Schwester Isobel trug immer unter ihren Röcken verborgen einen kleinen Dolch. Könntest du uns wohl auch zwei davon beschaffen, damit wir sie uns in die Stiefel stecken können?«

»Ja, Mistress, ich glaube schon«, erwiderte er zögernd, doch Sidony sagte: »Ach, Sorcha, hältst du das wirklich für eine gute Idee? Ich glaube nicht, dass ich mit einem Dolch umgehen könnte. Ich würde womöglich noch jemanden damit verletzen.«

Sorcha musterte ihre Schwester zweifelnd, dann sagte sie mit einem kleinen, nachsichtigen Lächeln: »Bis du dich entschieden hättest, ihn zu benutzen, wäre es wahrscheinlich sowieso zu spät. Einer reicht also, Rory.«

Während Rory sich aufmachte, eine Waffe für sie zu finden, schnitt ihnen Bess das Haar ab. Als die Mädchen die Männerkleider angezogen hatten, schnürte Bess ihnen die eigenen Sachen zu einem Bündel, das sie mitnehmen wollten. Auch etwas zu essen packte sie ihnen ein. Erneut versuchte sie die beiden zu überreden, wenigstens über Nacht in ihrem Haus zu bleiben, doch Sorcha, die Angst hatte, ihr Vater könnte von ihren Plänen erfahren, wollte unbedingt so bald wie möglich aufbrechen.

Endlich waren sie bereit. Zu ihrem Erstaunen führte Rory sie zum Strand, wo sie bereits ein mit Ruderern besetztes Langboot erwartete.

»Es untersteht meinem Bruder«, erklärte Rory. »Er ist Kapitän im Dienst von Lord Ranald und ist zurzeit mit einem anderen Schiff auf dem Weg nach Ardtornish, um sich der großen Flottille anzuschließen, die Seine Gnaden nach Edinburgh geleitet. Doch die Ruderer hier müssen in Übung bleiben und sind über eine kleine Fahrt nach Shielfoot und zurück ganz froh.«

So kam es, dass sich Sorcha und Sidony bereits eine Stunde

nach ihrer Ankunft wieder auf den Weg machten. Die Ruderer legten sich kräftig in die Riemen, sie hatten Rückenwind, und das Boot war verhältnismäßig leicht; daher langten sie schon drei Stunden später an ihrem Ziel an. Bevor sie sich auf den Weg zu Bess' Bruder machten, fragte Sorcha Rory, ob sie sich nicht lieber gleich ein paar Pferde besorgen und noch ein paar Meilen mehr zurücklegen sollten.

»Noch brauchen wir keine Pferde«, erwiderte er. »Denn morgen überqueren wir den Bergkamm südlich von hier und gehen zum Loch Sunart. Dort lebt ein Vetter von mir, der ein Boot besitzt. Er wird uns nach Strontian am Ende des Lochs bringen. Falls der Wind so stark ist wie heute, sind wir zu Wasser schneller. Und bei ungünstigen Verhältnissen kann uns mein Vetter immer noch Pferde leihen.«

Obwohl Sorcha ihre Ungeduld kaum zügeln konnte, willigte sie ein, zumal Sidony schon reichlich erschöpft wirkte.

Wie Hugo vorausgesehen hatte, kam die Reisegesellschaft erst nach Einbruch der Dunkelheit in Lochbuie an der Südküste der Insel Mull an. Doch auf der Burg hatte man nach ihnen Ausschau gehalten, und als die Gruppe die große Halle betrat, stand ein warmes Abendessen für sie bereit.

Alle, besonders aber Macleod, sahen müde aus. Hugo, der neben ihm an der hohen Tafel saß, hatte den Eindruck, es bedrücke den älteren Mann, dass er sich geweigert hatte, nach seiner vermissten Tochter zu suchen.

Hugo hielt es für taktlos und unklug, dieses Thema jetzt anzuschneiden. Außerdem wollte er mit Macleod über etwas anderes reden.

Er wartete, bis sein Sitznachbar einen Becher mit Hectors ausgezeichnetem Claret vor sich stehen hatte, dann sagte er leise: »Ich muss mich bei Euch entschuldigen, Sir.«

»Tatsächlich, mein Junge?«

»Ja, Sir. Lady Sorcha hat zu Recht mit mir geschimpft, weil ich nicht auf ihre Botschaft geantwortet habe.«

»Ach was, dieses freche Ding hätte Euch überhaupt keine Botschaft schicken sollen.«

Hugo musste ihm im Stillen zustimmen, sagte jedoch: »Auf jeden Fall wäre es ritterlicher gewesen, ihr zu antworten. Wenn ich ihr – oder Euch, Sir – mitgeteilt hätte, dass ich voll und ganz mit den Vorbereitungen für die Einsetzungszeremonie beschäftigt war, wäre Lady Adela jetzt verheiratet und säße mit ihrem Gatten in einem sicheren Heim.«

»Das ist sehr freundlich von Euch, Junge. Vielen Dank«, erwiderte Macleod. »Aber ich darf gar nicht darüber nachdenken, was die Leute über einen Ratsmann Seiner Gnaden denken, der noch nicht einmal in der Lage ist, seine eigene Tochter an ihrem Hochzeitstag zu beschützen.«

»Aber Sir, wie hättet Ihr denn mit so etwas rechnen können? Im Hochland herrscht ebenso Friede wie in ganz Schottland – außer natürlich im Grenzgebiet. Aber dort ist der Friede ohnehin nichts als ein schöner Traum. Jedenfalls kann Euch keiner für das, was geschehen ist, verantwortlich machen.«

»Ich wüsste auch gar nicht, wo ich nach dem Mädchen suchen soll.«

»Was ist mit Lady Gowrie?«, mischte sich Hector in das Gespräch. »Hat sie Lady Adela nicht gesehen?«

»Nein. Sorcha sagt, die Lady wusste es auch nur von einem Vetter oder dergleichen. Wahrscheinlich ist sie lediglich ein geschwätziges Weib, mit dessen Gerede es nicht viel auf sich hat. Außerdem haben die Entführer inzwischen mehrere Tage Vorsprung und könnten schon wer weiß wo sein.«

»Das stimmt«, musste Hector zugeben.

»Eines ist mir jetzt klar«, fügte Macleod trübsinnig hinzu. »Man muss sich nicht nur vor einem Freitag dem Dreizehnten hüten, sondern auch vor der Woche davor und danach. Wenn ich mir vorstelle, dass Ardelve sogar an einem solchen Unglückstag heiraten wollte! Da hätte ja sonst etwas passieren können.«

Hugo wurde plötzlich aufmerksam. »Ihr glaubt also, dass man sich an einem Freitag, der auf den Dreizehnten fällt, in Acht nehmen sollte?«, fragte er.

»Ja, sicher, das weiß doch jeder vernünftige Mensch«, erwiderte Macleod bestimmt.

»Aber warum, glaubt Ihr, ist das so?«, fragte Hugo weiter. »Für die meisten Leute ist ein Freitag gar nichts Besonderes.«

Macleod zuckte die Achseln. »Das wird schon seinen Grund haben, mein Junge. Hinter jedem Aberglauben steckt in der Regel eine lange Erfahrung.«

»Vielleicht erinnert der Freitag aber auch an irgendeinen schrecklichen Vorfall, der sich den Menschen ins Gedächtnis gegraben hat.«

»Ja, das mag schon sein«, antwortete Macleod und blickte ihn forschend an.

»Darf ich Euch noch von dem Claret nachschenken, Sir?«, fragte Hugo leise.

»Nur zu, mein Junge, nur zu.«

Bei Einbruch der Dämmerung ließ der Lord haltmachen und befahl seinen Männern, das Lager in einem engen, dicht bewaldeten Tal aufzuschlagen. Es befand sich etwa eine halbe Meile hinter einem kleinen, aus vier oder fünf strohgedeckten Hütten und Gehöften bestehenden Weiler von der Art, wie ihn die Hochländer *clachan* nannten. Wie immer hatten die Reiter auch diese Ansiedlung weiträumig umgangen, so gut die steilen Hügel, die das Tal umschlossen, es zuließen. Doch Adela, die wusste, dass die Menschen hier stets auf der Hut waren, war davon überzeugt, dass man sie trotzdem bemerkt hatte.

Es war schon dunkel, als schließlich die Kochfeuer brannten. Nachdem alle hastig ihr Mahl eingenommen hatten, wandte sich Adela mit leiser Stimme an den Lord: »Ich würde mich gern zur Ruhe begeben, Mylord, und bitte um Erlaubnis, mich vorher kurz allein zurückziehen zu dürfen.«

Wie immer krampfte sich ihr der Magen zusammen, vor Empörung, weil sie ihn um Erlaubnis bitten musste, und vor Furcht, dass er ihr die Erlaubnis verweigern könnte.

»Nun gut, es sei dir gestattet, Mädchen«, erwiderte er. »Doch der Mond geht erst in einer Stunde auf. Wirst du den Weg trotzdem finden?«

In ihrem Bestreben, von ihm fortzukommen, bejahte sie rasch und eilte aufatmend zu dem Platz, den die Männer zuvor für diesen Zweck bestimmt hatten. Plötzlich trat einer der Reiter, die später zu dem Trüppchen gestoßen waren, hinter einem Baum hervor und versperrte ihr den Weg.

»Keine Angst, Mädchen«, sagte er leise. »Ich habe gehofft, dass du herkommen würdest.«

Als sie zurückwich, packte er sie beim Arm und flüsterte ihr ins Ohr: »Nun komm schon, gib mir ein Küsschen, dann werde ich mich vielleicht später erkenntlich zeigen.«

Erschrocken entriss sie ihm ihren Arm. Im gleichen Augenblick schoss eine Faust aus dem Dunkel und schlug den Mann nieder.

Der Anführer trat aus dem Schatten und blickte auf den Mann hinunter. Dann sagte er zu jemandem, der, für Adela unsichtbar, hinter ihm stand: »Hol ein Seil und häng den Kerl auf.«

»Um Himmels willen, Sir!«, rief sie. »Reicht es denn nicht, ihn bewusstlos zu schlagen? Er wollte mir doch nichts tun.«

»Ich lasse ihn nicht hängen, um dich zu beschützen«, erwiderte er kalt. »Sondern weil ich meinen Männern erklärt habe, dass sie dich – solange ich ihnen nichts anderes befehle – mit Respekt zu behandeln haben. Er hat mir nicht gehorcht. Das sollte auch dir eine Lehre sein.«

Er verschwand so lautlos, wie er gekommen war, doch Adela stand noch lange zitternd im Dunkeln.

Blitze durchzuckten die dunklen Wolken, die den Himmel bedeckten, und die Erde, mit allem, was da kreuchte und fleuchte, lag in tiefer Finsternis. Von irgendwoher ertönte leise Musik. Erst jetzt bemerkte er, dass kein Donner die Blitze begleitete, sondern der Klang von Harfen und bimmelnden Glöckchen. Da rissen vor seinen staunenden Augen die Wolken auf, und aus einer kreisrunden Öffnung drang goldenes Licht. Es dehnte sich aus, als fiele ein einzelner, dicht gebündelter Sonnenstrahl auf die Erde.

Doch unter dem verhangenen Himmel lag kein festes Land. Nur die See, so glaubte er, konnte von einer derart tiefen Schwärze sein, dass sie das goldene Licht nicht widerspiegelte, sondern es förmlich aufzusaugen schien. Immer weiter rissen die Wolken auf, immer mehr Licht drang hervor, und plötzlich erblickte er eine goldene Treppe. An ihrem oberen Ende stand dunkel und drohend eine Gestalt.

Mit Schaudern sah er, wie die Gestalt die Stufen hinunterzuschreiten begann. Doch irgendetwas an der Art, wie sie sich bewegte, etwas an ihrem ganzen Aussehen – den breiten kraftvollen Schultern – kam ihm bekannt vor. Er schaute genauer hin.

Die goldenen Stufen erstrahlten jetzt so hell, dass er in ihrem Schein die feine Trennlinie zwischen dem Meer und den wogenden schwarzen Wolken erkennen konnte. Nirgendwo war Land zu sehen; die Stufen schienen direkt zum Wasser hinabzuführen.

Die unheimliche, klingelnde Musik verstummte, als die Gestalt am Fuß der Treppe anlangte und ohne zu zögern über das Wasser auf ihn zugeschritten kam. Er spürte nicht einmal mehr ein Schaudern, sondern starrte dem Ankömmling nur reglos entgegen. Er nahm nicht wahr, worauf seine Füße standen, hörte, roch und schmeckte nichts. Ja, er hatte gänzlich das Gefühl für seinen Körper verloren und konzentrierte sich ausschließlich auf das Bild, das sich ihm bot. Immer näher kam die Gestalt, während sich der goldene Schein auf den Wellen ausbreitete.

In diesem Augenblick fiel ein wenig Licht auf das Gesicht

seines Gegenübers. Er erschrak wie jemand, dessen Befürchtungen sich bestätigen. Dieses Gesicht war ihm so vertraut wie sein eigenes, doch sein Besitzer hätte gar nicht hier sein und über das Wasser wandeln dürfen, denn er war acht Monate zuvor im Fluss North Esk ertrunken.

Der Ankömmling blickte ihm in die Augen, ein vertrautes herausforderndes Lächeln auf den Lippen. Dann trat er beiseite und gab den Blick auf die kleinere Gestalt der Lady Adela Macleod frei. Unvermittelt hörte der Beobachter wieder das Brausen der See, schmeckte die feuchte, salzige Luft und spürte den kalten Wind.

Das Licht verblasste, und aus der Finsternis donnerte eine Stimme, die er nur zu gut kannte: »Mein Rachefeldzug hat begonnen! Deine Lady gehört mir und wird mir zu Diensten sein, bis ich sie nicht mehr benötige.«

Er versuchte zu sprechen, wollte Adela zurufen, sie solle nicht den Mut verlieren. Doch kein Ton drang aus seiner Kehle. Stumm und starr stand er da, während das goldene Licht erlosch und abermals undurchdringliche Finsternis herrschte.

Stocksteif richtete sich Hugo im Bett auf. Noch ganz verwirrt von seinem Traum, wusste er nicht mehr, wo er sich befand. Ein knisternder Funke lenkte seine Aufmerksamkeit auf die glühende Asche im Kamin, und auf einmal fiel ihm wieder ein, dass er sich als Gast von Hector Reaganach auf Lochbuie Castle aufhielt.

In wenigen Sekunden hatte er sich ein paar Kleidungsstücke übergeworfen und rannte zu der Kammer nebenan, wo Michael und Isobel schliefen.

Das leise Klicken des Türriegels reichte aus, um seinen Vetter zu wecken. Isobel schlummerte derweil ruhig weiter.

»Was ist denn?«, murmelte Michael, als Hugo den Kopf zur Tür hereinsteckte.

»Komm«, antwortete Hugo leise, drückte behutsam die

Tür wieder zu und wartete, bis Michael sich eine Hose angezogen hatte und herauskam.

Dann deutete Hugo auf seine eigene Kammer, und Michael folgte ihm ohne ein Wort. Hugo schloss die Tür hinter ihnen und sagte: »Es ist Waldron.«

»Was?«

»Er hat Adela.«

»Du lieber Himmel, Hugo! Wenn ich dich nicht so gut kennen würde, müsste ich glauben …«

»Ich weiß, dass es sich töricht anhört«, unterbrach ihn Hugo. »Er muss einfach tot sein, sonst hätten wir schon früher etwas von ihm gehört. Aber ich bin mir trotzdem ganz sicher.«

»Hast du denn ein Lebenszeichen von ihm?«, fragte Michael, während er mit dem Schürhaken die glimmenden Holzreste im Kamin zusammenschob und nach einem neuen Scheit griff.

Hugo zögerte, dann sagte er seufzend: »Nein, aber ich hatte einen Traum. Darin hat er so klar zu mir gesprochen, dass ich beim Aufwachen wusste, er hat die Wahrheit gesagt.«

Michael legte das Holzscheit nach und blies behutsam in die Glut, bis die Flammen hochzüngelten. Dann richtete er sich auf und sagte: »Am besten erzählst du mir mehr über diesen Traum.«

Während er seine Hände am Feuer wärmte, erwiderte Hugo: »Du weißt doch, dass er Isobel gegenüber geschworen hat, sich an allen zu rächen, die sich ihm in den Weg …«

»Vorsicht«, warnte Michael. »Selbst hier könnten die Wände Ohren haben. Ich erinnere mich daran, was er zu Isobel gesagt hat, und ich muss gestehen, es würde mich nicht überraschen, wenn er den Sturz überlebt hätte. Er war wie eine Katze, die immer auf den Füßen landet. Allerdings fällt es mir schwer, zu glauben, dass er sich mit seiner Rache acht Monate lang Zeit gelassen hat.«

»Vielleicht hat er ja nur auf eine günstige Gelegenheit gewartet. Und die war mit Adelas Hochzeit gekommen.«

»Aber woher wusste er, wann und wo sie heiraten wollte?«

»Aus der gleichen Quelle wie du und ich«, antwortete Hugo. »Er hielt Augen und Ohren offen, und als Lady Sorcha mir diese Botschaften schickte, fing er einfach eine davon ab.«

»Möglicherweise ist Adela gar nicht das Hauptziel seiner Rache, und er hat es vor allem auf uns beide abgesehen. Mit Frauen geht er jedenfalls nicht besonders zimperlich um.«

»Stimmt«, sagte Hugo. »Er hätte keinerlei Bedenken, eine Frau als Köder zu benutzen, um an uns heranzukommen.«

Michael nickte. »Stell dir nur vor, was für eine Genugtuung es ihm bereitet hätte, wenn du auf dieser Hochzeit erschienen wärst und er sich vor der ganzen Gesellschaft an dir hätte rächen können.«

Hugo fiel etwas anderes ein. »Was ist, wenn das nicht sein ganzer Plan war? Er konnte doch damit rechnen, dass du und Isobel an der Hochzeit teilnehmen würdet, nicht wahr?«

»Ja, da hast du recht«, stimmte Michael ihm zu. »Außer der Familie weiß kaum jemand, dass sie in anderen Umständen ist und dass ich sie davon überzeugen konnte, Rücksicht auf ihre Gesundheit und die meines Erben zu nehmen. Wie du weißt, wäre sie liebend gern zu dieser Hochzeit gefahren, doch ohne mich reist sie nirgendwo hin, und da Henry Ranald die Unterstützung unserer Familie zugesagt hatte, konnten wir nicht daran teilnehmen.«

»Ja, das weiß ich nur allzu gut«, erwiderte Hugo.

»Hattest du denn wirklich so ernsthaftes Interesse an dem Mädchen? Dann hättest du es mir sagen sollen.«

Hugo zögerte mit der Antwort. »Sie wäre bestimmt jedem Mann eine gute Ehefrau, doch ich empfinde nicht das Gleiche für sie wie du für Isobel. Solche Gefühle hatte ich einer Frau gegenüber noch nie, und ich bezweifle, dass ich sie jemals haben werde. Ich hätte für dergleichen auch gar keine

Zeit. Schließlich gehen meine Pflichten dir gegenüber vor, und außerdem der Schutz des …«

Eingedenk Michaels Warnung blickte er sich wachsam um.

»… nun ja, und andere Aufgaben, die wichtiger sind als eine Familie und sonstige persönliche Belange. Allerdings muss ich zugeben, dass ihre Entführung mir einen größeren Schock versetzt hat, als ich gedacht hätte.«

»Also sind deine Gefühle für sie doch stärker, als du ahntest.«

»Ja, mag sein«, musste Hugo zugeben. »Ihre verflixte Schwester hat mir klargemacht, dass ich in gewisser Weise für das verantwortlich bin, was ihr zugestoßen ist. Und wenn das arme Mädchen Waldron in die Hände gefallen ist, dann geschah das ganz ohne eigenes Verschulden. Ihr steht Schreckliches bevor, denn unser Vetter ist zu allem fähig. Für mich ist es daher Ehrensache, ihr zu helfen, so gut ich kann.«

»Da stimme ich dir zu«, sagte Michael. »Ich habe Macleod schon gesagt, dass wir ihn nach besten Kräften unterstützen wollen. Doch wir sollten noch abwarten, was Lachlan Lubanachs Informanten über den Aufenthaltsort der Entführer herausbekommen haben, bevor wir uns auf die Suche machen.«

»Aber die Zeit drängt«, bemerkte Hugo. »In einer Woche zieht der König der Schotten mit seinem Hofstaat nach Edinburgh, und dann müssen wir Donald begleiten, wenn er als Lord der Inseln dem König den Treueeid leistet. Und in der darauffolgenden Nacht halten wir unseren eigenen Rat auf Roslin ab«, fügte er mit gedämpfter Stimme hinzu.

»Ja, schon, aber wenn Lady Sorcha recht hat, werden die Schurken sich dann ebenfalls in Edinburgh oder in der Nähe aufhalten«, erinnerte Michael ihn. »Und falls wirklich Waldron dahintersteckt, bringt er es fertig und nimmt das Mädchen mit nach Edgelaw. Vermutlich hat er sich in den letzten acht Monaten dort aufgehalten. Schließlich ist es sein Zuhause, und soviel wir wissen, hielten sich dort noch einige seiner Gefolgsleute auf. Solange wir keinen Beweis für seinen Tod hatten, haben wir sie nicht fortgeschickt, zumal sie seinen Pachtzins bezahlt haben. Dennoch solltest du dich gründlich umsehen, wenn du dorthin kommst. Frage auch nach, ob seine Leiche schon gefunden wurde.«

»Mit deiner Erlaubnis würde ich lieber Lady Adelas Entführer verfolgen und sie zur Strecke bringen«, erwiderte Hugo. »Wenn es sich tatsächlich um Waldron und seine Männer handelt, kann ich zwei Fliegen mit einer Klappe schlagen.«

»Erinnerst du dich noch an weitere Einzelheiten deines Traums?«

»Ich weiß alles noch ganz genau«, antwortete Hugo und erzählte seinem Vetter die Geschehnisse aus seinem Traum, als hätte er sie in Wirklichkeit erlebt.

»Das hat dich anscheinend sehr beeindruckt«, sagte Michael, als Hugo schwieg. »Manche glauben ja, in Träumen könnte man in die Zukunft sehen. Aber ich nehme an, man kombiniert nur Dinge, die man sowieso schon weiß. Diese Vision vom Sonnenstrahl und der Treppe hattest du wahrscheinlich nur, weil Waldron immer behauptet hat, er wäre von Gott auserwählt. Was willst du jetzt unternehmen?«

»Ich weiß es noch nicht«, erwiderte Hugo. »Lady Sorcha wollte, dass Macleod mit Lady Gowrie spricht, um herauszufinden, ob sie möglicherweise noch mehr Details kennt. Doch Macleod sagt, die Lady sei nur eine Klatschtante, die etwas weitererzählt, das sie von ihrem Vetter erfahren hat. Vermutlich sei nichts Wahres an der Sache.«

»Macleods Ansicht ist nicht von der Hand zu weisen«, erwiderte Michael. »Lady Gowrie ist mit der Witwe befreundet, die er heiraten will, also wird er schon wissen, was er von ihr zu halten hat.«

»Mag sein, aber er ist außergewöhnlich abergläubisch und

hat vielleicht einfach Angst, etwas zu unternehmen«, gab Hugo zu bedenken.

»Abergläubisch? Das habe ich auch schon gehört. Soweit ich weiß, hat Hector Reaganach es Macleods Aberglauben zu verdanken, dass er Lady Cristina zur Frau bekam. Hältst du Macleod für einen Dummkopf?«

»Nein«, antwortete Hugo, fügte jedoch mit einem prüfenden Blick auf seinen Vetter hinzu: »Allerdings war er dagegen, als Ardelve Adela am vergangenen Freitag heiraten wollte. Macleod ist davon überzeugt, dass ein Freitag, der auf einen Dreizehnten fällt, stets Unglück bringt.«

Michael runzelte die Stirn und zögerte kurz. Dann warf er Hugo einen finsteren Blick zu und sagte: »Also müssen wir Macleod auch im Auge behalten.«

»Ja«, sagte Hugo. »Das überlasse ich dir. Ich habe mir gerade überlegt, dass es wahrscheinlich schneller geht, auf Nachrichten von Lachlan Lubanachs Informanten zu warten, als Lady Gowrie ausfindig zu machen. Für den Fall, dass Lady Adelas Entführer auf dem Weg vom Hochland nach Edinburgh oder Edgelaw sind, wäre es wohl das Beste, einen Trupp Männer zu sammeln und mit dem Boot nach Oban zu fahren. Dort könnten wir uns Pferde nehmen und den Schurken den Weg abschneiden.«

»Gut, warten wir also auf Neuigkeiten von Lachlan«, erwiderte Michael.

6

Nach einer Nacht, die sie auf Strohsäcken im gemütlichen Häuschen von Bess MacIvers Bruder verbracht hatten, waren Sorcha und Sidony schon beim ersten Morgenlicht auf den Beinen. Eilig schlangen sie ein Frühstück aus Haferbrotfladen, Brombeermarmelade und warmer Milch hinunter, das ihnen Bess' muntere Schwägerin auftischte, bevor sie sich mit Rory zu Fuß auf den Weg zum Loch Sunart machten.

»Es ist nur eine Meile«, erklärte er. »Über den Bergrücken dort und dann wieder hinunter.«

Der steile Aufstieg erwies sich als beschwerlich, doch eine Stunde später hatten sie beinahe das Ufer des flachen, stillen Lochs erreicht.

»In diesen Kleidern wandert es sich leichter«, sagte Sidony. »Aber glaubst du wirklich, wir sind darin sicherer? Offen gestanden glaube ich nicht, dass wir die Leute damit auf die Dauer täuschen können.«

»Ich habe nicht vor, jemandem damit allzu nahe zu kommen«, erwiderte Sorcha. »Rory muss für uns die Fragen stellen. Wir ziehen uns so lange die Kapuzen über, senken den Kopf und halten den Mund, Siddy. Und falls jemand fragt, warum wir das tun, sagt Rory einfach, wir wären schüchtern oder ein bisschen blöde.« Normalerweise war der Diener durch nichts aus der Ruhe zu bringen, doch jetzt verriet ihr ein rascher Blick, dass seine Lippen zuckten. »Was ist daran so lustig?«, fragte sie.

»Nichts, Mylady«, erwiderte Rory mit funkelnden Augen.

»Nun rede schon«, forderte sie ihn auf.

»Na ja, ich habe Euch nicht mehr gesehen, seit wir Kinder waren. Aber ich kann mir vorstellen, dass Ihr mir, wenn ich es wagen würde, Euch blöde zu nennen, vor aller Augen den Kopf abreißen würdet.«

Sorcha kicherte. »Ja, zuweilen geht wirklich mein Temperament mit mir durch.«

»Ihr wart schon als kleines Mädchen ziemlich wild und seid es immer noch. Das habe ich zumindest gehört.«

»Du lieber Himmel, was ist dir denn sonst noch zu Ohren gekommen?«

»Nur, dass Ihr einen Edelmann so kräftig geohrfeigt habt, dass noch stundenlang der Abdruck aller fünf Finger auf seiner Wange zu sehen war«, erwiderte Rory. »Ihr wisst ja selbst, wie schnell Gerüchte hier die Runde machen, Mylady. Und Ihr hattet ja angeblich ein großes Publikum.«

»Und sie alle haben sich vermutlich das Maul darüber zerrissen. Aber er hatte es verdient«, sagte Sorcha.

»Ja, bestimmt«, lenkte Rory ein und fügte hinzu: »Da hinten liegt die Hütte meines Vetters. Er kann uns seinen Fischerkahn leihen. Doch es herrscht vollkommene Windstille, und falls wir keine Lust haben, den ganzen Weg nach Strontian zu rudern, brauchen wir Pferde. Überlegt Euch also besser jetzt schon, was wir ihm sagen und ob ich ihm verraten soll, wer Ihr seid.«

An der Hütte angekommen, bat Rory seinen Vetter um Pferde, worauf der ältere Mann versprach, ihnen drei kräftige Tiere zu geben. Auf die Frage, ob er Fremde im Tal gesichtet habe, kratzte sich der Mann den ergrauenden Kopf und sagte: »Tja, gestern Abend kam unser Vetter Ian vorbei und erzählte, er hätte am Sonntag ein paar Männer in der Nähe von Kinlocheil gesehen. Sie waren vornehm gekleidet und trugen kostbare Waffen, schienen ihm aber trotzdem eine üble Bande zu sein. Das Mädchen, das bei ihnen war, verhielt sich mucksmäuschenstill, sagte Ian, aber den Männern hätte er nicht über den Weg getraut.« Er warf einen Blick auf Sorcha und Sidony, doch als sie nichts sagten, vermied er es aus Höflichkeit, sie direkt anzusprechen.

»Hat Ian zufällig gehört, was die Männer hier wollten?«, fragte Rory, als sie zum Stall hinübergingen, um die Pferde zu satteln.

»Aber Junge, so was werden die doch einem wie Ian nicht verraten«, erwiderte der Alte. »Sie sagten bloß, sie wären Richtung Edinburgh unterwegs – nach Lothian, glaube ich, aber ich weiß es nicht genau. Falls ihr hinter ihnen her seid, rate ich euch, lasst sie laufen. Ian hat gesagt, sie waren nicht gerade gesprächig, doch er könne es riechen, wenn Unheil in der Luft liegt. Seiner Meinung nach war das Mädchen eine Verwandte des Anführers, weil sie hinter ihm im Sattel saß. Die ganze Zeit über hätte sie nicht einmal den Mund aufgemacht.«

Sorcha biss die Zähne zusammen. Zu gern hätte sie gesagt, was sie von diesem Ian hielt, der ein unschuldiges Opfer für die Verwandte eines Schurken hielt. Er musste doch gemerkt haben, dass Adela vor Angst fast verging. Warum nur war er ihr nicht zu Hilfe gekommen? Doch Sorcha konnte nichts sagen, ohne sich zu verraten. Also hielt sie den Mund, und bald darauf verabschiedeten sie sich von dem alten Mann.

Bess' Schwägerin in Shielfoot hatte ihnen etwas zu essen eingepackt, doch Sorcha hielt es für das Beste, weitere Vorräte zu beschaffen. Sie fragte Rory, ob seine Verwandten in Strontian ihnen wohl etwas mitgeben würden.

»Die werden sicher etwas zu essen für uns übrig haben«, antwortete er.

Der Vetter in Strontian war gern bereit, ihnen auszuhelfen, doch nicht ohne Gegenleistung. Da das ungewöhnlich trockene Wetter anhielt, hatte er beschlossen, sein Dach neu zu decken. Zusammen mit seiner Frau hatte er das alte, völlig verrußte Dachstroh entfernt und neben dem Haus zu einem Haufen aufgeschichtet. Das neue Dach war schon fast fertig, doch nun brauchten die beiden jemanden, der ihnen half, das alte Stroh zum Kuhstall hinüberzutragen und es dort unter den Mist zu mischen. Mit dem Gemenge wollte der Hausherr später seine Felder düngen.

»Falls es euch drei Burschen nichts ausmacht, mit anzupacken«, schloss er seine Bitte mit einem forschenden Blick.

Die Reisenden konnten schlecht ablehnen, da sie unbedingt Vorräte brauchten und kein Geld hatten, um sie zu bezahlen. Also schleppten sie mehr als eine Stunde lang das nach Schimmel und feuchtem Ruß stinkende Stroh zum Misthaufen und halfen, es unterzumengen. Da der Hausherr und seine Frau unmittelbar neben ihr arbeiteten, konnte Sorcha noch nicht einmal über die scheußliche Arbeit fluchen. Später jedoch war sie froh über die Vorräte, denn die Gegend, durch die sie kamen, erwies sich als nahezu unbewohnt. Sie ritten so lange weiter, bis Sidony auf dem Pferderücken einschlief.

Mittlerweile war es bereits später Nachmittag; daher ließ Sorcha anhalten und schickte Rory zum Wasserholen an einen nahe gelegenen Bach. Noch immer halb im Schlaf, rutschte Sidony aus dem Sattel.

»Meine Handschuhe sind hinüber, ich stinke nach Mist, von der ganzen Schufterei tun mir die Hände weh, und seit wir von Strontian fort sind, haben wir noch keine Menschenseele zu Gesicht bekommen«, maulte sie.

»Deine Hände werden sich schon wieder erholen, wir haben jede Menge zu essen, und unsere Kleider und uns selbst haben wir doch gleich im nächsten Bach gewaschen, an dem wir vorbeigekommen sind«, entgegnete Sorcha. »Dieser Teil des Hochlands ist genauso zerklüftet wie Glenelg, deshalb gibt es hier so wenig Bauernhöfe und *clachans*. Aber wir können zumindest sicher sein, dass die Männer, die wir verfolgen, keinen anderen Weg genommen haben.«

»Nein, hier gibt es nämlich keine anderen Wege«, seufzte Sidony schicksalsergeben. »Allerdings habe ich nicht damit gerechnet, dass wir niedere Arbeiten verrichten müssen. Und dass wir Ewigkeiten im Sattel verbringen würden, wusste ich auch nicht.«

»Du hast eben einfach nicht nachgedacht«, gab Sorcha zurück. »Ich war auch nicht erpicht auf die Schufterei, aber was hast du denn gedacht, wie wir ohne stundenlange Ritte nach Edinburgh kommen? Wir sind schon mehrere Tagesreisen von zu Hause entfernt, Siddy, und obgleich die Strecke von Glenancross kürzer ist als von Glenelg, ist es noch ein weiter Weg bis zur Stadt.«

»Ich weiß«, sagte Sidony, »aber ich hätte es mir nicht träumen lassen, wie anstrengend es ist. Und was sollen wir machen, wenn wir sie eingeholt haben? Du kannst ja schlecht nach Strontian zurückreiten und Hilfe holen.« Abermals seufzte sie. »Ich glaube, daran hat keiner von uns gedacht, bevor wir uns auf den Weg machten.«

»Wir tun, was getan werden muss«, erwiderte Sorcha mit fester Stimme. »Du wirst schon sehen, wenn es so weit ist, wird uns auch etwas einfallen.«

Sidony stieß einen weiteren Seufzer aus, sagte jedoch nichts mehr. Und als Rory mit dem Wasser zurückkam, aß sie, was Sorcha ihr gab, und versicherte, jetzt gehe es ihr schon besser.

Dann brachen sie wieder auf. Der Weg zog sich so eintönig hin, dass selbst Sorcha wünschte, es würde sich etwas Interessantes ereignen.

Eine Stunde später, nicht lange nachdem sie in das Great Glen gekommen waren, trafen sie auf einen Mann, der mit seinem Hund sechs zottige braun-weiße Hochlandkühe den Weg entlangtrieb. Auf Sorchas Anweisung hin fragte Rory ihn, ob er einen Trupp Reiter mit einer Frau gesehen hätte. Der Mann schüttelte den Kopf und sagte: »Nein, mein Junge, keine Menschenseele, seit ich heute Morgen von zu Hause fortgegangen bin.«

Da in der Gegend keine Verwandten der MacIvers lebten, baten sie am Abend an einem kleinen Kotten um ein Nachtlager. Der gastfreundliche Bauer ließ sie auf dem sauberen Stroh in seinem Stall schlafen, der die eine Hälfte der Hütte bildete. Die Wände des angrenzenden Wohnbereichs bestanden aus einem dicken Flechtwerk aus biegsamen Haselruten, das mit einer Mischung aus Lehm, Heidekraut und Stroh ausgefüllt war.

Der Stallteil dagegen hatte Wände aus unverputztem Flechtwerk, das wenig Schutz gegen die Kälte der Vorfrühlingsnacht bot.

Rory, der bisher mit allem zufrieden gewesen war, beklagte sich bitterlich über die Unterkunft. Leise, damit ihn die Familie nebenan nicht hörte, flüsterte er: »Es ist nicht recht, dass Ihr mit dem Vieh in einem Stall schlafen sollt, Mylady, oder dass ich mit Euch im selben Raum die Nacht verbringe. Meine Mutter würde uns dafür ganz schön die Meinung sagen.«

»Pst, still jetzt!«, zischte Sorcha. »Wir können doch schlecht den Hausherrn bitten, dass er uns bei seiner Familie schlafen lässt. Immerhin hält er uns für drei Männer.«

»Das weiß ich doch«, erwiderte Rory. »Aber ich weiß auch, dass es sich für mich nicht schickt, hier bei Euch zu übernachten. Glaubt Ihr etwa, Euer Vater, der Laird, würde so etwas gutheißen?«

»Keine Ahnung«, gab Sorcha zurück. »Aber ich bin sicher, er wäre nicht damit einverstanden, dass du uns allein lässt.«

»So etwas Feiges würde ich nie tun«, versicherte der Bursche ernsthaft. »Ich werde einfach einen Haufen Stroh aufschütten und auf der anderen Seite schlafen.«

»Vielen Dank, Rory«, erwiderte Sorcha schon etwas freundlicher. »Falls jemand daran etwas auszusetzen hat, nehme ich die Schuld auf mich. Wir sind dir sehr dankbar für deine Begleitung und werden es nicht zulassen, dass du unseretwegen Ärger bekommst.«

Während Rory schweigend das Stroh aufschichtete, half

Sorcha ihrer Schwester, sich ein Lager zu bereiten. Dabei dachte sie, wie tüchtig und umsichtig sie selbst mittlerweile war. Da würde es ihr bestimmt auch gelingen, Adela zu finden und zu befreien. Sie würde es ihnen allen zeigen.

Wieder einmal hatte Adela keine Ahnung, wo sie sich befand. Seit sie das Langboot verlassen hatten, waren sie immer weiter auf demselben schmalen Pfad dahingeritten, doch die Gegend war ihr völlig unbekannt. Jedes Mal, wenn ein Haus, eine Hütte oder ein *clachan* in Sicht kam, verließen sie den Weg und schlugen einen weiten Bogen, um nicht gesehen zu werden. Aus diesem Grund hatten sie in den vergangenen drei Tagen, außer von Weitem, keinen Menschen gesehen.

Einerseits war Adelas Furcht gewachsen, doch andererseits fühlte sie sich sicherer, da ihr Entführer sich offensichtlich an sie gewöhnt hatte. Zwar war er oft noch immer schroff und unhöflich, doch zumindest hatte er nicht mehr gedroht, er werde ihr den Kopf abschneiden. Er erlaubte ihr sogar hin und wieder, Fragen zu stellen, von denen er jedoch höchstens die Hälfte beantwortete. Es schien, als gebe er sich so unberechenbar wie möglich.

Nachdem er seinen Gefolgsmann hatte aufhängen lassen, hatte er ihr verboten, mit einem der Männer zu sprechen, und sie weitgehend von ihnen ferngehalten. Daher nutzte sie jede Gelegenheit, um sich mit ihm zu unterhalten. Auf diese Weise, so sagte sie sich, würden sie vertrauter miteinander werden, und er würde sie vielleicht doch am Leben lassen.

Das hoffte sie zumindest.

Sie wünschte sich noch immer, sie hätte ein eigenes Pferd, doch wenn sie hinter ihm saß, konnte sie wenigstens mit ihm reden. An diesem Nachmittag hatte sie ihn gebeten, zu erklären, was genau er für die römische Kirche tat. Bereitwillig gab er ihr Antwort: »Die Sinclairs und andere haben etwas gestohlen, das der Kirche gehört. Seine Heiligkeit, der Papst, erwartet von mir, dass ich es finde und sicher in den Vatikan zurückbringe.«

»Meine Güte, Sir«, rief sie leise, »was soll das denn sein?«

»Das brauchst du nicht zu wissen«, sagte er. »Doch ich versichere dir, dass ich nicht ruhen werde, bis ich es gefunden habe. Ich bin ein Soldat Christi – ein Werkzeug Gottes, wenn du so willst. Daher muss ich um jeden Preis wiederbeschaffen, was man der Kirche durch Lügen und Verrat genommen hat.«

Er wirkte so zuversichtlich, so überzeugt von der Richtigkeit seines Handelns, dass sie allmählich glaubte, er wäre nicht wirklich schlecht, sondern nur verbohrt. Sie konnte sich nicht vorstellen, dass Sir Michael Sinclair, Fürst Henry oder Sir Hugo es fertigbrächten, der Heiligen Kirche etwas zu stehlen, doch der Lord schien fest davon überzeugt. Zweifellos würden Sir Hugo und die anderen die Angelegenheit ganz anders darstellen, doch fürs Erste musste sie sich mit seiner Sicht der Dinge begnügen. Vielleicht sagte er ja wirklich die Wahrheit. Dann war er eindeutig im Recht, auch wenn das noch lange nicht ihre Entführung rechtfertigte.

Als der Abend hereinbrach, näherten sie sich einem *clachan* mit vier Hütten, verließen jedoch wie immer den Pfad, bevor sie die Ansiedlung erreicht hatten. Auf ihrem Weg durch den angrenzenden Wald kamen sie zu einer Lichtung, die sich als Lagerplatz eignete.

Im Handumdrehen hatten die Männer das Zelt des Anführers errichtet und die Kochfeuer entfacht. Eine halbe Stunde später zog der köstliche Duft nach Kanincheneintopf und gebratenem Wildbret durchs Lager.

Adela bemerkte, dass sie Heißhunger hatte. Wie immer verfolgte sie aufmerksam jede Bewegung des Lords, der durch das Lager schritt und seine Anweisungen gab. Auf diese Weise wollte sie herausfinden, in welcher Stimmung er sich befand. Bis jetzt hatte er sich ihr gegenüber noch keine

Übergriffe erlaubt, doch sie musste jederzeit damit rechnen. Und sie wusste nicht, wie sie es verhindern sollte. Von Zeit zu Zeit warf er ihr einen Blick zu, ebenso wie seinen Männern, die ihrer Arbeit nachgingen. Von denen schenkte ihr keiner auch nur die geringste Beachtung. Zu lebhaft war ihnen der Vorfall mit ihrem unglücklichen Kameraden in Erinnerung. Bei dem Gedanken daran krampfte sich Adela der Magen zusammen. Doch als der Lord sie zu sich herüberwinkte, ging sie hin, setzte sich neben ihn auf einen Baumstumpf und nahm das Holzbrett mit Fleisch und den Löffel entgegen, die er ihr reichte. Sie stocherte in ihrem Essen herum, brachte jedoch keinen Bissen hinunter.

»Ich denke, wir werden uns früh zur Ruhe begeben«, sagte er und machte sich über seine Mahzeit her.

Ihr stockte der Atem, und sie erstarrte.

In den vergangenen beiden Nächten hatte er angekündigt, dass er in seinem eigenen Bett schlafen wolle, aber dann hatte er ihr doch das Lager aus Fellen überlassen und anderswo genächtigt. Brach das Verhängnis nun etwa über sie herein? Während sie sich das Hirn zermarterte, wie sie dem entkommen könnte, überfiel sie ein noch schrecklicherer Gedanke. Lauerte er vielleicht nur darauf, dass sie sich ihm verweigerte, um ihr doch noch den Kopf abzuschneiden und ihn nach Glenelg zu schicken? Oder noch schlimmer – was war, wenn ihr Körper ihm nicht zusagte und er sie zur Strafe umbrachte?

Lange hatte Adela sich danach gesehnt, den beschwerlichen Pflichten, die ihr seit Cristinas Heirat auf Chalamine zugefallen waren, zu entkommen. Dafür war sie sogar bereit gewesen, Ardelve zu heiraten. Doch nun wünschte sie sich von ganzem Herzen, sie könnte sich im Handumdrehen wieder nach Hause zaubern.

Doch das war unmöglich. Also würgte sie das Essen hinunter und folgte ihm widerstandslos, als er sich erhob. Er brachte sie bis zu der Stelle im Wald, wo sie ihre Notdurft verrichten konnte, und begleitete sie dann zu dem nahe gelegenen Bach, wo sie sich Hände und Gesicht waschen und den Mund ausspülen konnte. Die ganze Zeit über stand er schweigend dabei, bevor er ebenso wortlos hinter ihr in das Zelt trat. Seit dem allerersten Tag war sie nie wieder allein mit ihm hier gewesen.

Sie holte tief Luft und sagte: »Falls Ihr die Absicht habt, mich zu vergewaltigen, Mylord, so sagt es bitte gleich und sagt mir auch, was Ihr von mir erwartet.«

»Nein, Mädchen, fürs Erste möchte ich nur mit dir reden. Das hilft mir beim Nachdenken, denn du bist die schweigsamste Frau, die mir jemals untergekommen ist, und eine vortreffliche Zuhörerin.«

Zum ersten Mal hatte er ihr ein Kompliment gemacht, und zu ihrer eigenen Überraschung empfand sie es wie eine Liebkosung. Sofort meldete sich eine tadelnde innere Stimme zu Wort: Du benimmst dich ja wie eine Hündin, die immer wieder getreten wurde und jetzt dennoch beim kleinsten Zeichen von Aufmerksamkeit ihrem Herrn die Hand leckt.

Adela nahm ihren ganzen Mut zusammen und sagte mit erzwungener Ruhe: »Wenn Ihr mir Gewalt antun wollt, so bringt es hinter Euch und spannt mich nicht länger auf die Folter.«

»Vielleicht macht es mir ja Spaß, dich auf die Folter zu spannen«, erwiderte er, zog sich ein kleines Kissen heran und bedeutete ihr, sich neben ihm auf den Fellen niederzulassen. Er hatte in einem so beiläufigen Ton gesprochen, dass sie fast mit einer frechen Bemerkung gekontert hätte. Doch als sie sein Gesicht sah, konnte sie sich gerade noch beherrschen. Ärgerlich über ihre eigene Unvorsichtigkeit ließ sie sich auf dem Bett nieder und ordnete sorgsam die Falten ihres einstmals neuen Hochzeitskleides.

Er betrachtete sie einen Augenblick, dann sagte er: »Ich habe nicht die Absicht, dich zum Beischlaf zu zwingen, zumal ich dir gegenüber keine Wollust empfinde und es auch nicht darf.«

»Nein?«, fragte sie entgeistert und fügte dann eilig hinzu: »Ich meine, Ihr wollt mich nicht zwingen?«

»Nein, denn Gott hat es mir verboten.«

»Ich dachte, er vergibt Euch alles, was Ihr in seinem Namen tut.«

»Nun ja, ich denke, das bezieht sich auf die Erfüllung der Aufgabe, die er mir gestellt hat«, erwiderte er. »Doch er hat mir gezeigt, dass er nicht will, dass ich eine Frau ›vergewaltige‹, wie du es nennst.«

»Wie denn das?«

»Er hat es zugelassen, dass deine Schwester Isobel mich auf Roslin Castle von den Zinnen stürzte.«

»Isobel?!«

»Ja. Hat sie dir denn nichts davon erzählt?«

Adela schüttelte den Kopf. »Ein derartiges Verhalten sieht ihr gar nicht ähnlich. Und wie hat eine so kleine Frau es überhaupt fertiggebracht, Euch zu überwältigen?«

Er verzog unwillig das Gesicht. »Du hast mir nicht zugehört. Ich gebe zu, dass ich sie bedrängt habe, dennoch hätte sie es nicht geschafft, wenn Gott ihr nicht die nötige Kraft verliehen hätte.«

»Ihr habt versucht, sie zu vergewaltigen?«

»Ich habe ihr damit gedroht, um an Informationen zu kommen.«

Seine Miene warnte sie, nicht zu fragen, um welche Informationen es sich handelte.

»Ich habe sie auch begehrt, das will ich gar nicht leugnen«, fuhr er fort. »Gott kennt ohnehin die Wahrheit. Doch genau das war mein Fehler. Eine so verführerische Frau wie Lady Isobel ist eine große Versuchung, doch du musst wissen, dass ich gelobt habe, allen weltlichen Freuden zu entsagen, keusch zu leben und Gott zu dienen. Und damals war ich in Gefahr, mein Gelübde zu brechen.«

»Aber wenn Isobel Euch das angetan hat, warum habt Ihr dann mich entführt? Man sollte doch eher meinen, dass Ihr Euch an ihr rächen wollt. Nicht, dass ich mir das wünschte«, setzte sie hastig hinzu. »Schließlich heißt es: ›Die Rache ist mein, spricht der Herr.‹«

»Ich bin sein Werkzeug«, erwiderte er. »Und ich habe dich entführt, weil sie dich liebt und weil deine Hochzeit mir eine gute Gelegenheit bot.«

»Ihr habt durch die Botschaften meiner Schwester Sorcha an Sir Hugo davon erfahren, nicht wahr?«

»Ja. Deine jüngere Schwester ist ein impulsives, dickköpfiges Mädchen. Ich bin froh, dass du vernünftiger bist.«

»Aber ich verstehe immer noch nicht, warum Ihr mich entführt habt.«

»Natürlich um die anderen anzulocken. Michael und Henry Sinclair und deinen Hugo. Sie alle haben mich erzürnt und sollen dafür büßen. Und glaube nicht, dass ich vergessen habe, was Isobel mir angetan hat.«

»Sie ist im achten Monat schwanger!«, rief Adela.

Er zuckte die Schultern. »Du wirst schon wissen, was zu tun ist«, sagte er.

»Was meint Ihr damit?«

»Nun, wenn das Kind kommt.«

»Also wollt Ihr mich freilassen«, erwiderte sie, ganz überwältigt von Erleichterung.

»Nein, warum sollte ich? Ich bringe Isobel zu dir.«

Nachdem Hugo einen Entschluss gefasst hatte, konnte er seine Ungeduld kaum noch zügeln. Also brach er kurz nach Tagesanbruch nach Duart Castle auf, um gemeinsam mit Lachlan auf Nachrichten über die Entführer zu warten. Bei seiner Ankunft teilte ihm der Großadmiral mit, dass die Entführer sich tatsächlich nach Edinburgh aufgemacht hatten. Daraufhin schlug Hugo vor, ihnen den Weg abzuschneiden.

»Ich wollte von Oban aus losreiten und mindestens zwanzig Mann mitnehmen«, erklärte er. »Gibt es dort genug Pferde für uns?«

»Hector hat seine Tiere in Oban untergestellt und ich meine ebenfalls«, erwiderte Lachlan. »Die Flottille Seiner Gnaden segelt nach Glasgow, daher könnt Ihr nach Belieben über unsere Pferde in Oban verfügen.«

Hugo dankte ihm und ging früh schlafen, da er die Absicht hatte, Lochbuie am nächsten Morgen in aller Frühe zu verlassen.

Doch am folgenden Tag, einem Mittwoch, hatte er ein wenig verschlafen. Daher nahm er sein Frühstück in aller Eile ein und wollte gerade aufbrechen, als einer der Männer, die auf der Burgmauer Wache hielten, zu ihm kam, um ihm zu melden, dass eines von Macleods Schiffen zurückgekehrt sei.

»Sollen wir den Herrn wecken, Sir?«

»Nein, denn der Laird von Glenelg erwartet seine Schiffe zurück, wenn auch erst heute Abend. Aber ich gehe sowieso zum Hafen hinunter. Wenn jemand nach Hector Reaganach oder Macleod fragt, lasse ich sie holen.«

Zu Hugos Überraschung kam ihm Macleods Erster Steuermann schon auf halbem Weg entgegen. Er wollte unbedingt Macleod sprechen, der noch im Bett lag. Der Mann wirkte so verzweifelt, dass Hugo begierig war, Näheres zu erfahren.

»Es ist doch nicht wegen Lady Adela?«, fragte er, während sie gemeinsam zur Burg zurückgingen.

»Nein, Sir«, erwiderte der Mann. »Ach, wenn ich doch nur gute Nachrichten bringen könnte!«

Als die beiden in die Halle traten, in der auch Michael sich aufhielt, kam ihnen Macleod bereits entgegen.

Offensichtlich hatte er ebenfalls sein Schiff kommen sehen und bestürmte nun den Steuermann mit Fragen.

»Es geht um Lady Sorcha«, berichtete ihm der Unglückliche. »Montagnachmittag auf dem Weg nach Glenelg wurde ihr unwohl, also legten wir bei Glenancross an, damit sich Bess MacIver um sie kümmern konnte.«

»Gut so«, sagte Macleod zögernd, »Bess wusste bestimmt, was zu tun war – falls das Mädchen tatsächlich krank war.«

»Ja, das habe ich auch zuerst gedacht«, erwiderte der Steuermann kläglich. »Lady Sorcha befahl uns, ohne sie nach Glenelg weiterzufahren, da meine Männer in Glenancross nicht verköstigt werden konnten. Mir gefiel die Sache nicht, daher vereinbarte ich mit ihr, so bald wie möglich mit einem der Schiffe zurückzukommen und nach ihr zu sehen. Und das tat ich auch, Laird. Dabei erfuhr ich, dass sie und Lady Sidony kurz nach ihrer Ankunft Glenancross wieder verlassen hatten.«

»Zum Geier mit diesem vermaledeiten Mädchen! Wo sind sie hin?«

»Das weiß ich nicht, Laird. Ich bin sofort hergekommen, um Euch Bescheid zu sagen. Bei günstigerem Wind wären wir schon gestern Abend hier gewesen.« Er zögerte kurz, bevor er tapfer fortfuhr: »Bess MacIver sagt, die Ladys hätten sich Männerkleider angezogen und wären mit Colin MacIvers Boot nach Shielfoot gefahren, Laird. Bess meint, Lady Sorcha hätte es sich in den Kopf gesetzt und sich um nichts in der Welt davon abbringen lassen.«

»Am Bettpfosten hätte Bess sie anbinden sollen!«, brüllte Macleod.

»Wahrscheinlich haben sie gar keine Bettpfosten in ihrer Hütte, Laird. Und außerdem wäre Bess wohl kaum gegen die Lady angekommen. Die kann nämlich ganz schön wütend werden. Bess sagt aber, sie hat den beiden ihren Rory mitgegeben. Er ist ein aufgeweckter Junge und wird schon auf sie achtgeben.«

Hugo wechselte einen Blick mit Michael und verzog das Gesicht.

»Sie haben bestimmt den Weg über Shielfoot genommen, weil das verflixte Mädchen glaubt, dass Adelas Entführer auf dem Weg zum Great Glen und weiter nach Edinburgh sind«, vermutete Macleod. Dann fügte er an Hugo gewandt hinzu: »Ich dachte, Ihr wolltet selbst nach Adela suchen.«

»Ich mache mich sofort mit zwanzig Mann auf den Weg nach Oban, Sir. Wir finden sie bestimmt.«

»Dafür wäre ich Euch überaus dankbar. Und nehmt einen guten, stabilen Riemen mit«, erwiderte Macleod.

Fast hätte Hugo gesagt, dass er keinen Riemen brauche, doch dann versicherte er dem älteren Mann lediglich, dass er seine Töchter finden und heil wieder nach Hause bringen werde.

Bald darauf verabschiedete sich Hugo. Während er mit Michael zum Hafen hinunterging, sagte er gereizt: »Dieses Mädchen braucht eine festere Hand. Was denkt sie sich bloß dabei, wie eine Wilde durch die Gegend zu reiten und bei einer derart gefährlichen Unternehmung auch noch ihre jüngere Schwester mitzunehmen? Von allein wäre Lady Sidony wohl kaum auf eine solche Idee gekommen.«

»Nein«, erwiderte Michael. »Wie Isobel mir erzählt hat, ist immer Sorcha die Anstifterin, und Sidony macht ihr alles nach. Aber Isobel sagt auch, sooft Sorcha sich und ihre Schwester auch in Schwierigkeiten gebracht hat, fiel ihr doch immer ein Ausweg ein.« Er grinste. »Ich kann mir nicht vorstellen, dass das Mädchen so mutig ist wie meine Lady, und ich will nur hoffen, dass sie nicht ebenso neugierig ist. Isobel würde Waldron wahrscheinlich bis in seine Burg folgen, nur um herauszufinden, wie es dort aussieht.«

»Und du würdest sie vermutlich nur darum bitten, auch ja vorsichtig zu sein«, erwiderte Hugo trocken. »Dass du sie ein wenig härter an die Kandare nimmst, habe ich noch nie erlebt.«

Michael lächelte. »Und du wirst es auch nicht erleben. Ich tue es nämlich höchst selten und niemals vor anderen. Meine Isobel ist schließlich eine vernünftige Frau.«

»Ganz im Gegensatz zu ihrer Schwester, diesem Wildfang«, knurrte Hugo. »Wenn ich die finde, schicke ich sie auf der Stelle zu ihrem Vater zurück, aber nicht, ohne ihr vorher noch tüchtig den Hintern zu versohlen. Hoffentlich hat sich Waldron die beiden noch nicht geschnappt. Denn dann muss ich drei statt einer retten. Aber das würde sie mir erst recht büßen, das kann ich dir sagen.«

»Na dann viel Glück, Vetter«, sagte Michael lachend. »Meiner Erfahrung nach kann man mit den Macleod-Schwestern so einige Überraschungen erleben. Nicht, dass sie am Ende dich retten muss.«

»Das wird wohl kaum geschehen«, erwiderte Hugo. »Trotzdem wird es meine Suche nach Adela erheblich aufhalten, wenn ich vorher auch noch ihre Schwester aufspüren muss.«

»Aber denk daran, du musst nicht nur Sorcha, sondern auch Sidony finden«, erinnerte ihn Michael, noch immer grinsend. »Doch das wird wohl kaum ein Problem sein, denn nachdem sowieso schon alle über Adela und die Entführer reden, macht jetzt sicher auch noch der Klatsch über die beiden hübschen Jünglinge, die ihnen folgen, die Runde.«

Hugo stöhnte nur.

Als Sorcha am späten Mittwochnachmittag sah, wie sich im Westen dunkle Wolken zusammenballten, warf sie einen prüfenden Blick zu ihrer Schwester hinüber. Vermutlich hatte Sidony mit schlechtem Wetter ebenso wenig gerechnet wie mit harter Arbeit oder langen Ritten.

Sorcha war sicher, dass sie Adela und ihren Entführern noch immer auf der Spur waren, da die einzigen Abzweigungen vom Hauptweg zu Bauernhöfen und kleinen *clachans* führten. Allerdings waren ihnen die Männer wohl noch immer zwei Tage voraus, wenn nicht mehr. Denn falls sie die Möglichkeit hatten, die Pferde zu wechseln, kamen sie dadurch schneller voran als Sorcha und ihre Gefährten.

Als die Verfolger daher eine Stunde später zu einem Weiler kamen, der aus vier Hütten bestand, hörten sie mit gemischten Gefühlen, dass in der Nacht zuvor ein Trupp von etwa zwanzig Reitern ihr Lager in einem nahe gelegenen Wald aufgeschlagen hatte.

Auf Rorys gebrüllte Frage hin erwiderte der alte, fast taube Mann, von dem sie die Neuigkeit hatten, dass er die Fremden nicht selbst gesehen habe. Doch ein junger Bursche hatte auf der Lichtung ein großes Zelt und mehrere vornehm gekleidete Männer beobachtet. Von einer Frau hatte er nichts gesagt, doch Sorcha war trotzdem sicher, dass es sich um die Gesuchten handelte.

Dass die Gruppe der Entführer Verstärkung bekommen hatte, bedrückte Sorcha, überraschte sie jedoch nicht sonderlich. Ein Mann, der kühn genug war, eine Braut vom Altar weg zu rauben, verfügte zweifellos über eine große Gefolgschaft. Viel erstaunlicher war die Tatsache, dass sie drei mit ihren müden Pferden die Entführer so rasch eingeholt hatten.

Die Wolken wurden immer dunkler, und schon fielen die ersten Regentropfen. Daher sagte Sorcha so leise, dass der alte Mann sie nicht hören konnte, sie dürften keine Zeit verlieren und müssten unverzüglich weiterreiten.

Augenblicklich erhob Sidony Einspruch. »Du willst doch wohl nicht allen Ernstes mitten in ein Unwetter hineinreiten! Wo sollen wir Unterschlupf für die Nacht finden? Wie sollen wir ein Feuer machen?«

»Stell dich nicht so an«, sagte Sorcha mit einem warnenden Blick auf den alten Mann. »Wir bauen uns einen Unterstand, und ich bin sicher, Rory kann im Wald auch bei Regen Feuer machen. Das tun Männer doch ständig, wenn sie jagen oder fischen gehen.«

»Aber …«

»Wir schaffen das schon, Siddy. Sie dürfen uns jetzt nicht entkommen. Wenn ich gewusst hätte, dass wir ihnen so dicht auf den Fersen sind, hätten wir uns noch mehr beeilt.«

Sidony warf Rory einen flehenden Blick zu.

Der schüttelte den Kopf. »Es hat keinen Zweck, Mylady«, sagte er zu Sorcha. »Bei einem solchen Frühlingssturm kann es uns passieren, dass wir alle drei ertrinken und die Pferde noch dazu. Wir sollten besser hier Schutz suchen.«

Sorcha wollte schon widersprechen, schwieg jedoch, da es jetzt stark zu regnen begann und die ersten Blitze in der Ferne zuckten.

Sidony mochte zwar sehr fügsam sein, doch vor Gewittern hatte sie große Angst.

Die Gesetze der Gastfreundschaft geboten es, dass die Dorfbewohner den Reisenden für die Nacht Obdach gewährten. Dass das unvermutete Auftauchen der Fremden auch eine willkommene Abwechslung bot, zeigte sich, als gegen Abend zwei große Familien von auswärts mit wohlgefüllten Essenskörben im Dorf erschienen und ein improvisiertes *ceilidh* seinen Anfang nahm.

Alle drängten sich in der größten der vier Hütten rings um das Feuer zusammen, sangen, aßen und tranken und erzählten sich Geschichten. Unter diesen Umständen hielt Sorcha es für sehr unwahrscheinlich, dass niemand ihre Verkleidung durchschaute, zumal Sidonys Aussehen sowieso keinen Menschen täuschen konnte. Blieb nur zu hoffen, dass ihr Vater nichts von ihrem Unternehmen erfuhr, bevor sie Adela befreit hatten.

Doch die Leute in der Hütte waren zu höflich, um ihnen neugierige Fragen zu stellen, und bald darauf, als der Sturm sich ein wenig gelegt hatte, verabschiedeten sich die Besucher, und die Dorfbewohner gingen zurück in ihre eigenen Hütten. Vielleicht, dachte Sorcha, hatte man ihre List doch nicht durchschaut. Sie schlief tief und fest im Stroh eines behaglichen Stalles, und als sie am Morgen erwachte, strahlte die Sonne vom Himmel, und die Luft roch frisch und sauber vom Regen. Leider war es schon viel später, als sie gedacht hatte. Daher weckte sie eilig die anderen beiden, strich sich die Kleider glatt und ging mit Rory die Pferde von der Dorfweide holen. Sidony sollte währenddessen ihre Siebensachen zusammenpacken.

Nachdem sie Rory geholfen hatte, die Pferde zu satteln, machte sie sich auf die Suche nach der Hausfrau, um von ihr etwas zum Frühstück zu erbitten. Da erblickte sie plötzlich eine Gruppe von etwa zwanzig Reitern, die sich dem *clachan* näherten. Der Letzte von ihnen führte an einer Leine sechs oder sieben Ersatzpferde und mindestens vier Lastponys mit.

Obwohl die Reiter noch weit entfernt waren und Sorcha die Morgensonne in die Augen schien, erkannte sie den Anführer sofort. Es war Sir Hugo Robison.

7

Hugo sah Sorcha neben dem Stall der größten der vier Hütten stehen. Mit Empörung bemerkte er, dass sie eine ramponierte Mütze trug, dazu staubige braune Hosen, einen safrangelben Kittel, der ihr bis zu den Oberschenkeln reichte, ein schmutziges wattiertes Wams und gewöhnliche Fellstiefel. Als er dann auch noch feststellen musste, dass sie sich ihr schönes bernsteingoldenes Haar bis auf Kinnlänge abgesäbelt hatte, hätte er sie sich am liebsten aus dem Sattel heraus geschnappt wie die Entführer Adela und sie übers Knie gelegt.

Doch zugleich war er erleichtert, sie heil und gesund zu sehen.

Auf sein Zeichen hin zügelten die Männer ihre Reittiere, während er allein auf seinem großen schwarzen Pferd auf sie zukam.

Als Sorcha aus seiner grimmigen Miene schließen musste, dass er sie trotz ihrer Verkleidung erkannt hatte, wurde ihr mulmig. Dennoch war es gut, dass er gekommen war, jetzt, da sie die Entführer beinahe eingeholt hatten. Allerdings wäre es ihr lieber gewesen, wenn er mindestens doppelt so viele Männer mitgebracht hätte.

Sie empfing ihn mit finsterem Blick, die Arme in die Hüften gestemmt. »Wo habt Ihr Eure übrigen Männer gelassen?«, wollte sie wissen. »Und wo bleiben Hector und mein Vater?«

Wortlos brachte er sein Pferd zum Stehen und stieg aus dem Sattel.

Sie hatte ganz vergessen, wie groß er war, wie breit seine Schultern, wie eindrucksvoll seine ganze Erscheinung. Er ließ die Zügel zu Boden fallen. Offenbar erwartete er, dass das große Tier ruhig stehen blieb, was es seltsamerweise auch tat. Sorcha fand das Verhalten des Pferdes umso erstaunlicher, als es zweifellos nicht ihm gehörte, sondern nur geliehen war.

Er stemmte ebenfalls die Hände in die Hüften, als wolle er sie nachäffen. Nun fühlte sie sich noch kleiner neben ihm, was sie erst recht in Rage versetzte.

»Was ist?«, fragte sie. »Seid Ihr stumm, Sir?«

Trotz seiner Unheil verkündenden Miene war seine Stimme trügerisch sanft, als er antwortete: »Wir sollten diese Unterredung wohl besser unter vier Augen fortsetzen ... Mylady.«

Das letzte Wort hatte er beinahe höhnisch betont, was ihr Blut endgültig zum Sieden brachte. »Dazu sehe ich keinen Anlass«, fauchte sie.

»Ich könnte mir vorstellen, dass Ihr bald Eure Meinung ändern werdet«, erwiderte er.

Sie reckte das Kinn. »Ach ja? Warum sollte ich?«

»Weil Ihr wohl kaum wollt, dass ich Euch vor aller Augen übers Knie lege. Mittlerweile schauen sowieso schon alle Leute zu uns herüber.«

Als ihr klar wurde, dass er es ernst meinte, bekam sie ein wenig Angst, doch dann siegte ihr Zorn.

Um ihm zu zeigen, dass sie sich nicht einschüchtern ließ, sagte sie leichthin: »Prügelt Ihr auf jeden ein, der sich Euch nicht fügt?«

»Wenn derjenige es verdient hat, ja«, erwiderte er.

»Ihr habt jedenfalls kein Recht, mich zu bestrafen oder gar zu schlagen. Solltet Ihr also Hand an mich legen, so ist das ein tätlicher Angriff, und der gilt in Schottland, glaube ich, immer noch als Verbrechen.«

»Schon, aber nur, wenn Euer Vater dagegen ist. Könnt Ihr Euch nicht vorstellen, dass er mir erlaubt hat, Euch zu züchtigen?«

Leider konnte sie sich das nur allzu gut vorstellen. Dennoch stand sie mit hoch erhobenem Haupt da und schaute ihn trotzig an.

Er erwiderte ihren wütenden Blick, doch plötzlich bemerkte sie das belustigte Funkeln in seinen Augen. Das besänftigte ihren Zorn ein wenig. Sie hatte ganz vergessen, welch bemerkenswerte Farbe seine Augen hatten. Sie waren so himmelblau, wie sie es noch bei keinem Mann gesehen hatte. Auch seine Wimpern waren für einen Mann ungewöhnlich lang und dunkel.

Doch nun hatte das Funkeln aufgehört, und er blickte sie so streng und eindringlich an, dass sie beim harschen Klang seiner Stimme zusammenfuhr. »Wenn es Euch lieber ist, können wir zum Reden auch in den Wald dort hinten gehen«, sagte er. »Allerdings möchte ich Euch empfehlen, mir gegenüber weniger aufsässig zu sein. Das kann ich nämlich überhaupt nicht leiden.«

Ohne auf seinen Vorschlag einzugehen, sagte sie: »Meine Schwester wird gleich kommen.«

»Dann können meine Männer ihr ja sagen, dass wir jeden Moment wieder hier sind.«

»Ich ziehe es vor, auf sie zu warten.«

»Nein, wir müssen uns unterhalten.«

»Sie wird Angst bekommen, wenn sie …«

Statt den Satz zu beenden, kreischte sie schrill auf, denn er hatte sie von den Füßen gerissen und sie sich über die Schulter geworfen. Dann strebte er mit raschen Schritten dem Gehölz zu. Als sie den Kopf hob, sah sie, dass seine Männer ihnen mit betont ausdrucksloser Miene nachblickten. Die Dorfbewohner waren nicht so taktvoll, sondern grinsten erheitert. Falls sie es nicht sowieso schon geahnt hatten, hatte ihr Kreischen ihnen endgültig verraten, dass sie eine Frau war.

Nachdem Sir Hugo sie derart überrumpelt hatte, musste sie erst einmal nach Luft schnappen, bevor sie ihre Stimme wiederfand. Doch dann befahl sie ihm energisch, sie abzusetzen.

Als er überhaupt nicht darauf reagierte, begann sie, mit den Fäusten auf seinen Rücken einzutrommeln.

Als Antwort versetzte er ihr einen kräftigen Schlag auf das Hinterteil, der sie erneut aufjaulen ließ.

»Lasst mich runter, Ihr Scheusal!«, schrie sie. »Wenn Ihr mich nicht sofort absetzt, dann werde ich …«

Sie brach ab, weil ihr keine Strafe einfiel, die schrecklich genug für ihn wäre. Niemals in ihrem ganzen Leben hatte sie jemand so behandelt – zumindest nicht, seit sie erwachsen war –, und auch er durfte sich das nicht erlauben. Allerdings hatte sie keine Ahnung, wie sie ihn daran hindern sollte.

Also beschloss sie, sich ihren Atem zu sparen. Vielleicht würde er sie ja absetzen, sobald sie außer Sichtweite der anderen waren.

Als er sie endlich mitten auf dem Weg auf die Füße stellte, holte sie tief Luft und sagte rasch: »Bevor Ihr mit Eurer Gardinenpredigt loslegt, solltet Ihr wissen, dass die Schurken uns nur noch einen Tagesritt voraus sind. Vorletzte Nacht haben sie hier in der Nähe kampiert. Es sind mittlerweile übrigens mehr als zwanzig, da werdet Ihr mehr Männer brauchen, um sie zu überwältigen.«

»Also gebt Ihr jetzt hier die Befehle, was?« In seiner Stimme lag ein völlig neuer Unterton, bei dem sich ihr die Nackenhaare aufstellten. Plötzlich wünschte sie, sie wäre weit weg.

Doch bevor sie sich losreißen und davonlaufen konnte, legte er ihr die Hände schwer auf die Schultern und hielt sie fest.

»Das sollte kein Befehl sein«, erwiderte sie mürrisch. »Ich wollte nur …«

Abermals fehlten ihr die Worte. Sie fühlte sich entschieden im Nachteil, da sie ihm mit der Nasenspitze nur bis zur Brust reichte. Und als sie zu seinem Gesicht aufblickte, stellte sie fest, dass es sich ein ganzes Stück über ihr befand.

»Was wolltet Ihr?«, fragte er und schaute forschend auf sie herab.

Als sie in seine blauen Augen blickte, schwanden ihr Zorn und ihr Bangen und machten einem völlig unbekannten Gefühl Platz.

Hugo verfluchte sich im Stillen. Wie konnte er sich einem Mädchen – nein, einer hochwohlgeborenen Dame – gegenüber nur etwas Derartiges herausnehmen? Das war genauso verrückt wie ihr unüberlegter Versuch, ihre Schwester zu befreien. Und für das, was er im Augenblick empfand, hätte auch er Schläge verdient.

Sie wirkte so klein in ihren Männerkleidern, und, was noch schlimmer war, die Sachen betonten auch noch ihre hübschen Beine und die schlanke, doch wohlgeformte Figur.

Egal, er durfte ihr dieses Benehmen auf keinen Fall durchgehen lassen. Er selbst hatte impulsiv gehandelt, doch ihr Verhalten war bodenlos leichtsinnig gewesen. Es war seine Pflicht, sie in Sicherheit zu bringen und ihr zu zeigen, dass sie einen Fehler begangen hatte.

Als sie sich seinem Griff entwinden wollte, ließ er sie gewähren, blickte sie jedoch noch immer tadelnd an. »Ich sollte Euch wirklich übers Knie legen«, sagte er endlich. »Aber Ihr habt noch einen langen Ritt vor Euch, und da müsst Ihr schließlich sitzen können.«

»Ja, und wir müssen unverzüglich aufbrechen, wenn wir sie einholen wollen.«

»Ihr reitet zurück zu Eurem Vater«, erwiderte er.

»Wenn er mich so gern wiederhaben will, warum ist er dann nicht selbst gekommen?«

»Weil er versprochen hat, die Flottille Seiner Gnaden nach Edinburgh zu begleiten. Er muss zu seinem Wort stehen, und außerdem weiß er ja, dass ich mich auf die Suche gemacht habe. Er wird sich sicher freuen, Euch wiederzusehen, und sei es auch nur, um Euch zu bestrafen.«

»Ihr schickt mich nirgendwohin«, fauchte sie. »Ihr habt mir nämlich gar nichts zu befehlen. Und ich werde Adelas Schicksal nicht in die Hände eines Mannes legen, der sie womöglich im Stich lässt, wenn seine *Pflicht* es ihm befiehlt. Und außerdem«, fügte sie hinzu und trat noch einen Schritt zurück, »müsstet Ihr Sidony auch mitnehmen. Es wäre unschicklich, wenn Ihr und ich allein reisen würden.«

»Unschicklich!« Er prustete vor Lachen. »Ihr wollt mir erklären, was schicklich ist? Dieses Wort dürftet Ihr gar nicht in den Mund nehmen. Ihr verdient eine gehörige Strafe, weil Ihr Eurem Vater nicht gehorcht habt. Immerhin hat er Euch doch verboten, nach Eurer Schwester zu suchen, oder etwa nicht?«

»Darauf konnte ich keine Rücksicht nehmen«, erwiderte sie brüsk. »Da ihr sonst keiner zu Hilfe eilen wollte, musste ich es eben tun. Und wenn Euch mein Vater deshalb geschickt hat, bin ich froh darüber. Denn dann habe ich wenigstens Unterstützung.«

»Himmel noch mal!«, rief er, packte sie erneut bei den Schultern und schüttelte sie. »Mir ist es langsam egal, ob Ihr den ganzen Weg nach Oban mit einem wunden Hinterteil zurücklegen müsst. Ich werde Euch schon Respekt beibringen!«

»Aber Ihr wisst doch gar nicht, wie es Adela geht!«, schrie sie. »Selbst wenn sie unversehrt ist – was ich bezweifle –, wird sie bei allem, was sie durchgemacht hat, vor Angst ganz außer sich sein. Sidony und ich müssen mitkommen und uns um sie kümmern!«

Er zögerte angesichts des Bildes, das sich ihm aufdrängte.

»Wirklich, Sir«, sprach sie rasch weiter, »wenn Ihr und Eure Männer sie ohne uns befreit und mit ihr den ganzen Weg nach Hause reitet, macht Ihr womöglich alles nur noch schlimmer. Ihr müsst unterwegs irgendwo übernachten, und dann gebietet es die Ehre – falls Ihr denn eine habt –, dass Ihr Adela heiratet.«

»Wagt es nicht, an meiner Ehre zu zweifeln!«, herrschte er sie an. »Ich wäre nicht hier, wenn ich nicht eingesehen hätte, dass ich für den ganzen Schlamassel mindestens ebenso verantwortlich bin wie Ihr.«

»Bin ich nicht!«

»Aber sicher. Ihr hattet kein Recht, Euch in die Angelegenheiten Eurer Schwester zu mischen, geschweige denn in meine. Es würde mich sehr wundern, wenn die Entführer nicht erst durch eine Eurer Botschaften von der Hochzeit erfahren hätten.«

»Oh«, sagte sie nur und schaute ihn groß an. Entweder war ihr diese Möglichkeit nie eingefallen, oder sie hatte gehofft, er würde nicht darauf kommen.

»Und dass niemand die Entführer verfolgte, ist auch Eure Schuld«, fuhr er unbarmherzig fort. »Hättet Ihr nicht in ganz Glenelg herumposaunt, dass ich die Hochzeit verhindern würde, und zwar mit Adelas Einverständnis, hätte jeder Mann sein Bestes getan, um sie zu retten.«

Sie schwieg einen Augenblick, dann seufzte sie und sagte: »Ihr habt recht, Sir. Es war mein Fehler. Glaubt Ihr wirklich, sie haben durch meine Nachricht an Euch von der Hochzeit erfahren?«

»Ja, und vermutlich kamen sie dadurch erst auf die Idee mit der Entführung.«

Abermals dachte sie schweigend nach, dann sagte sie ruhig: »Wenn Ihr Eure Verantwortung eingesteht, heißt das dann auch, Ihr werdet Adela heiraten, wenn sie wieder frei ist?«

»Ich habe vor, sie wenn nötig zu retten und nach Chalamine zurückzubringen. Oder aber zu Eurem Vater nach Edinburgh, wo er sich am nächsten Montag aufhalten wird. Die zweite Lösung erscheint mir sinnvoller.«

»Aber die Tatsache, dass Ardelve nicht nach ihr gesucht hat, beweist doch, dass er sie nicht mehr heiraten will. Das kann man ihm auch kaum verdenken, nachdem sie so lange allein mit diesen Männern unterwegs war. Doch wenn Ihr sie auch nicht zur Frau nehmen wollt, was soll dann aus ihr werden?«

»Das habe ich ja nicht gesagt«, erwiderte er schon ein wenig freundlicher. »Ich weiß, dass es meine Pflicht ist, Lady Adela den Schutz meines Namens anzubieten, wenn sie es denn wünscht. Doch das muss ganz allein sie entscheiden. Ich werde mich ihr jedenfalls nicht aufdrängen und auch nicht zulassen, dass Ihr oder Euer Vater sie zwingt, mich zu nehmen.«

Erleichtert sagte Sorcha: »Adela ist doch nicht dumm.«

Da musste Hugo ihr zustimmen. Keine Frau wäre so dumm, seinen Antrag abzulehnen, und Lady Adela war überaus vernünftig.

Nach einem kurzen Schweigen sagte er: »Da wir uns nun einig sind, dass meine Ehre es fordert, Adela zu beschützen, müsst Ihr aber auch einsehen, dass es das Beste ist, wenn Ihr auf der Stelle nach Hause zurückkehrt.«

Sie wurde ganz starr. »Ich sehe gar nichts ein, und Ihr werdet mich zu nichts zwingen. Ich habe die ganze Schiffsbesatzung meines Vaters an der Nase herumgeführt; glaubt Ihr nicht, da könnte ich auch die paar Männer überlisten, die Ihr mir mitgeben würdet? Außerdem habt Ihr selbst gesagt, dass es Adela freisteht, Euren Antrag anzunehmen oder nicht. Bis es so weit ist, wäre es ihrem Ruf abträglich, wenn sie allein mit Euch und Euren Männern unterwegs wäre, nicht wahr?«

Er wusste, dass jede weitere Debatte zwecklos war. Einige ihrer Argumente waren nicht von der Hand zu weisen. Außerdem musste er noch weitere Männer um sich sammeln, bevor er Waldron stellen konnte.

Da fiel ihm etwas ein. Die Entführer hatten es den beiden jungen Damen erstaunlich leicht gemacht, ihnen auf der Spur zu bleiben. Also konnte es sich durchaus um eine Falle handeln, mit Adela als Köder. Sollte das so sein, hatte er ganz gewiss nicht die Absicht, hineinzutappen, vor allem nicht mit Sorcha und Sidony im Schlepptau.

Das brachte ihn auf einen anderen Gedanken. Wenn es sich bei dem Entführer tatsächlich um Waldron handelte, käme es ihm dann nicht sehr gelegen, noch zwei weitere Macleod-Schwestern in seine Gewalt zu bringen, um die Falle noch attraktiver zu machen?

Hugo wusste, dass sein Vetter sich am allerliebsten Michael und ihn selbst geschnappt hätte und dass er sich vermutlich nur zu gern an Isobel rächen würde. Doch die war vor ihm sicher.

Vielleicht hegte Waldron auch Rachegelüste gegenüber Henry, doch das war eher unwahrscheinlich, denn Henry war einfach zu mächtig. Als Fürst von Orkney hatte er sowohl den norwegischen König als auch den König der Schotten zum Verbündeten. Doch möglicherweise glaubte Waldron, wenn er genug Geiseln hätte, könnte er sogar Henry erpressen.

Hugo kam zu dem Schluss, dass er Sorcha und Sidony auf keinen Fall mit einer nur zwei oder drei Mann starken Eskorte nach Hause schicken konnte. Er würde sie also vorerst mitnehmen müssen, jedoch zusehen, dass er sie so schnell wie möglich loswurde.

Was er jetzt vor allem brauchte, waren Verstärkung und ein guter Rat. Es gab nur einen Ort, wo er beides finden konnte.

So groß die Versuchung für Waldron auch sein mochte, Hugos kleine Schar anzugreifen, solange seine eigenen Männer noch in der Überzahl waren, würde er wohl kaum einen Überfall in unbekanntem Gelände wagen. Immerhin musste er damit rechnen, dass Hugo nicht unvorbereitet war. Und er konnte sich auch denken, dass Lachlan Lubanachs Spione bereits fleißig Informationen sammelten und Hector Reaganach bereits einen Suchtrupp aufstellte, um Adela zu befreien. Das Einzige, was Waldron nicht wissen konnte, war, dass Hugo und Michael bereits vermuteten, dass er hinter der Entführung steckte.

Daher, so hoffte Hugo, würde Waldron sie wohl eher nach Edgelaw locken, als sich ihnen irgendwo im Hochland zu stellen. Sie befanden sich nur etwa fünfzehn Meilen vor Lochearnhead und konnten in zwei Tagen in Edinburgh sein. Von dort aus waren es weniger als zehn Meilen südwärts nach Roslin Castle, wo sich nicht nur Hugos beeindruckende Tante Isabella, Gräfin von Strathearn und Caithness, sondern auch sein Vater aufhielt. Sir Edward Robison war zurzeit mit den Vorbereitungen für die bedeutende Zusammenkunft beschäftigt, welche die Robisons und Sinclairs gemeinsam abhalten wollten, sobald der König und sein Hof sich, wie in jedem Frühjahr, von Stirling nach Edinburgh begaben.

Auf Roslin Castle würde Hugo die nötige Mannschaft wenigstens zum Teil zusammenstellen können, er konnte Isabella und Edward um Rat fragen, und außerdem bestand die Hoffnung, dass Isabella mit der ungebärdigen Lady Sorcha fertigwurde.

»Um ehrlich zu sein, Mädchen«, sagte Hugo jetzt, »dem Ruf Eurer Schwester kann es nicht noch mehr schaden, wenn sie mit mir und meinen Männern reitet. Doch jetzt müssen wir erst einmal frische Pferde für Euch beschaffen, und das wird uns wohl am ehesten gelingen, wenn wir zusammen weiterreiten. Außerdem gebe ich Euch recht, dass es unklug wäre, Euch als Eskorte einige Männer aus meiner ohnehin schon kleinen Schar mitzugeben.«

»Ja, das stimmt«, erwiderte sie.

Er fuhr fort: »Ich habe nicht damit gerechnet, dass Ihr den Entführern so dicht auf den Fersen seid. Dennoch haben sie noch mindestens einen Tag Vorsprung. Das Beste wird sein, wir machen uns unverzüglich auf den Weg und folgen ihnen, denn bis Edinburgh sind es nur noch zwei Tagesreisen.«

Er konnte nur hoffen, dass sie keine Ahnung von Strategie

und taktischen Manövern hatte und dass es ihm gelungen war, sie zu überzeugen. Denn er hatte auf gar keinen Fall vor, ihr etwas über Waldron und den Schatz zu verraten.

Sorcha war erleichtert, obwohl sie spürte, dass nicht ihre Argumente allein Hugo umgestimmt hatten. Zumindest hatte er ihr zugehört. Das hätten nicht viele Männer getan, und ihr Vater gewiss nicht.

Das stimmte sie Hugo gegenüber schon viel versöhnlicher, und sie sagte nur: »Ich hole Sidony, dann können wir aufbrechen.«

Doch als sie an ihm vorübergehen wollte, legte er ihr abermals die Hand auf die Schulter und sagte: »Einen Augenblick, Mylady. Unsere Unterredung ist noch nicht beendet.«

Voller Unbehagen blickte sie ihn an. »Ich wüsste nicht, was es noch zu sagen gäbe.«

»Nur noch eines, Mädchen. Treibt es nicht zu weit mit mir. Ich bin nicht Euer Vater, und meine Höflichkeit hat ihre Grenzen. Wenn Gefahr droht, können gute Manieren hinderlich sein. Daran solltet Ihr denken, wenn Ihr mit uns reiten wollt. Aufsässigkeit werde ich Euch ebenso wenig durchgehen lassen wie einem meiner Männer.«

»Was würdet Ihr in einem solchen Fall tun?«

»Was glaubt Ihr denn?« Als sie in seine bemerkenswerten blauen Augen blickte, empfand sie wieder dieses seltsame unbekannte Gefühl tief in ihrem Inneren. Für einen kurzen, aberwitzigen Augenblick hatte sie Lust, ihm zu widersprechen, nur um zu sehen, wie er reagieren würde. Doch dann besann sie sich eines Besseren. Zumindest solange sie wie einer seiner Männer gekleidet war, wäre es klüger, ihm zu gehorchen.

Denn sie wusste nur zu gut, was ihr Vater mit einem Mann machte, der seine Befehle missachtete. Er ließ ihn auspeitschen.

Also antwortete sie nur: »Wenn ich es wüsste, hätte ich

nicht gefragt. Aber wahrscheinlich ist es nichts Angenehmes, also werde ich tun, was Ihr sagt.«

»Das möchte ich Euch auch raten«, erwiderte er und schaute sie durchdringend an. Mit einem Blick über ihre Schulter fügte er hinzu: »Da kommt Eure Schwester.«

Sidony kam über den Weg auf sie zugelaufen. Sie wirkte beunruhigt.

»Bitte, Sir, jagt ihr keine Angst ein«, sagte Sorcha. »Sie kann nämlich nichts dafür. Sie ist nur mitgekommen, weil sie mich nicht allein lassen wollte.«

»Was Euch zweifellos sehr gelegen kam«, entgegnete er. »Wenn Ihr Euch schon nicht für Eure sonstigen Taten schämt, dann vielleicht wenigstens dafür, dass Ihr sie in Gefahr gebracht habt.«

»Das habe ich nicht«, sagte Sorcha. »Sie war niemals in Gefahr.«

»Wollt Ihr mir weismachen, dass Ihr wirklich so dumm seid?«, sagte er mit einem so finsteren Blick, dass sich ihr abermals die Nackenhaare sträubten. »Bisher hielt ich Euer Vorgehen zwar für leichtsinnig, aber gut gemeint. Langsam muss ich jedoch glauben, dass Ihr völlig verblendet seid oder Euch die Folgen Eures Handelns nicht vorstellen könnt.«

»Das Einzige, worauf es ankommt, ist, dass wir Adela retten«, erwiderte sie steif.

»Vielleicht solltet Ihr einmal darüber nachdenken, was das für Männer sind, die Ihr verfolgt.«

»Ich weiß nur, dass sie Adela geraubt haben.«

»Genau. Sie haben also eine der Macleod-Schwestern entführt«, erwiderte er. »Also sind sie noch tollkühner und verwegener als Ihr.«

»Ich bin nicht tollkühn, sondern sehr vorsichtig«, fuhr sie ihn an.

»Ja, sicher. Und woher wolltet Ihr wissen, dass die Schurken sich nicht mehr in diesen Wäldern herumtrieben, als Ihr hier Rast gemacht habt?«

»Aber sie waren doch schon weg!«, erwiderte sie, während Sidony sich schweigend zu ihnen gesellte.

»Das konntet Ihr aber nicht wissen«, sagte Hugo, ohne Sidony zu beachten. »Und wenn sie doch noch hier gewesen wären, was hätte sie daran hindern sollen, sich noch zwei weitere Macleod-Schwestern zu schnappen? Das wäre doch ein schöner Fang für sie gewesen.«

Sie funkelte ihn an. »Im Gegensatz zu Sidony könnt Ihr mir mit Euren Schauergeschichten keine Angst einjagen, Sir.«

»Aber Sorcha, was, wenn sie wirklich noch hier gewesen wären?«, fragte Sidony mit zitternder Stimme.

»Lass dir von ihm nichts erzählen«, beruhigte Sorcha sie mit mühsam beherrschter Stimme. Am liebsten hätte wie vor Wut wie ein Marktweib losgezetert. »In dem Fall hätten die braven Dorfleute uns schon gewarnt. Schließlich hat uns der alte Mann doch sofort von ihnen berichtet.«

»Das stimmt, Sir«, sagte Sidony. »Er hat uns auch gesagt, wie viele es waren. Wenn sie sich noch in der Gegend aufgehalten hätten, wären wir sofort davongeritten.«

Sorcha bemerkte, wie schwer es Hugo fiel, seine Ungeduld zu zügeln, doch er sagte ganz ruhig zu Sidony: »Wir brechen in Kürze auf, Mylady. Sagt bitte Eurem Diener, er möge meinen Männern zeigen, wo sie die Pferde tränken können.«

»Und was ist mit Sorcha?«

»Wir kommen beide gleich nach. Doch zuvor muss ich Eurer Schwester noch etwas sagen. Wenn Ihr also so freundlich wärt ...« Er lächelte ihr mit hochgezogenen Brauen zu.

»Ja, Sir, ich werde es Rory sagen«, erwiderte sie, ebenfalls lächelnd.

»Und fragt bei dieser Gelegenheit doch die Frauen im *clachan,* ob sie etwas passendere Kleidung für Euch und Eure Schwester haben. Eure Sachen sind nicht mehr besonders reinlich.«

»Ja gern, Sir.« Sidonys Lächeln wurde noch breiter. »Das

kommt von diesem schrecklichen Mist. Wir haben versucht, es abzuwaschen, aber der Geruch geht einfach nicht weg.«

»Erzählt mir doch von dem schrecklichen Mist«, sagte Hugo, während er Sidony nachblickte.

Sorcha zuckte die Achseln. »Wir haben einem Ehepaar geholfen, ihr altes Dachstroh wegzutragen und unter den Misthaufen zu mischen.«

»Ich verstehe«, sagte er. »Und habt ihr das aus reiner Gutherzigkeit getan?«

»Sie gaben uns dafür etwas zu essen. Wir hätten uns auch gar nicht weigern können, denn dann hätten sie sofort gemerkt, dass wir Frauen sind.«

Als er lachte, stieß sie ein paar leise Worte zwischen den Zähnen hervor. »Wie war das?«, fragte er.

»Ach, nichts«, erwiderte sie. Dabei nahm sie sich vor, Sidony zu erklären, dass Vertrauensseligkeit und blinder Gehorsam bei diesem Mann nicht angebracht waren. »Ich bin sicher, dass Eure Männer auch ohne Rorys Hilfe eine Tränke finden, und was die Kleider angeht, so besitzen die Dorffrauen vermutlich nicht mehr, als sie auf dem Leibe tragen. Außerdem hat Bess unsere Sachen zusammengepackt, sodass wir sie, wenn nötig, wieder anziehen können.«

»Wenn es die Kleider sind, die Ihr bei der Einsetzung Seiner Gnaden getragen habt, dann taugen sie nicht für unsere Zwecke. Ich möchte nicht, dass Ihr wie Edelfrauen ausseht.«

»Sidony wird, wie immer, tun, was man ihr sagt«, erwiderte Sorcha. »Doch Ihr habt sie ja weggeschickt, weil Ihr mit mir reden wollt. Was gibt es denn noch?«

Wieder wurde sein Ton streng. »Ich habe Euch gewarnt, mich nicht zu reizen. In Gegenwart Eurer Schwester habe ich mich zurückgehalten, doch ich kann nicht versprechen, dass es immer so sein wird. Ich meinte es ernst, als ich sagte, dass es die Schurken vielleicht auf mehr als eine Macleod-Schwester abgesehen haben.«

»Das glaube ich nicht.«

»Vorsicht«, sagte er warnend. »Ich belüge Euch nicht. Vielleicht verrate ich Euch nicht immer alles, doch lügen werde ich nicht. Ich muss zugeben, dass ich Euch ein wenig Angst machen wollte, und ich hätte manches nicht gesagt, wenn ich gewusst hätte, dass Lady Sidony mich hören kann, aber …«

»Aber sie hat Euch nun einmal gehört«, unterbrach Sorcha ihn.

»Mag sein, doch wenn ich mit meiner Vermutung richtigliege, dann hat der Mann, den wir verfolgen, die Absicht, sich an verschiedenen Leuten zu rächen. Er glaubt, er könne sich alles herausnehmen, und schert sich nicht darum, wie viele von Macleods Töchtern dabei zu Schaden kommen.«

»Wer ist er?«

Ohne auf ihre Frage einzugehen, fuhr er fort: »Wenn Ihr ihm hier in die Arme gelaufen wärt, hätte Euch die Warnung des alten Mannes nichts mehr genützt. Darüber hinaus weiß der Entführer vermutlich genau, dass Ihr hinter ihm her seid und wo ihr Euch gerade befindet. Wenn er sich entschlossen hätte, hier auf Euch zu warten, wärt Ihr ihm hilflos ausgeliefert gewesen.«

Sie schauderte unwillkürlich, sagte jedoch tapfer: »Woher wollt Ihr das wissen? Wieso wisst Ihr überhaupt so viel über ihn?«

»Er ist mein Vetter«, erwiderte Hugo. »Er wurde in Frankreich außerehelich geboren, doch ich kenne ihn, seit er mit vierzehn Jahren hierherkam. Da war ich elf.«

»Um Himmels willen, seid Ihr etwa mit ihm im Bunde?«, rief sie.

Mittlerweile kannte Hugo sie schon besser und wusste, wie er ihr ein wenig Angst einjagen konnte. Auf diese Weise konnte er sie etwas leichter lenken, doch andererseits sollte sie auf keinen Fall denken, dass er mit Waldron unter einer Decke steckte.

»Nein, Mädchen«, sagte er daher. »Ehrlich gesagt bin ich nicht einmal sicher, ob er wirklich der Anführer dieser Strauchdiebe ist.«

»Wie könnt Ihr es dann wagen ...«

Ihre Hand schoss in die Höhe, doch er packte sie mit festem Griff.

»Oh nein, kleiner Skelpie«, sagte er. »Ihr werdet mich nicht noch einmal schlagen.«

»Ihr habt versprochen, mich nicht zu belügen«, knurrte sie mit zusammengebissenen Zähnen.

»Das habe ich auch nicht getan.« An ihrem verzerrten Gesicht merkte er, dass er ihr wehtat. Also lockerte er seinen Griff ein wenig, ohne jedoch ihr Handgelenk loszulassen.

»Ihr habt gesagt, er wäre Euer Vetter.«

»Ich sagte, *falls* es so ist, wie ich vermute, dann ist es mein Vetter.«

»Aber Ihr wisst es nicht genau!«

»Ich habe keinen Beweis dafür«, erwiderte er. »Trotzdem bin ich mir ganz sicher.«

»Warum?«

»Ich hatte einen Traum«, offenbarte er zögernd. Wie sollte er ihr nur begreiflich machen, wie real dieser Traum gewesen war?

Er rechnete mit einem erneuten Zornesausbruch, doch sie runzelte nur die Stirn und fragte: »Was für einen Traum?«

Erstaunlicherweise fiel es ihm viel leichter, ihr den Traum zu erzählen als Michael. Sie lauschte seinen Worten so gespannt, wie er es selten erlebt hatte, und als er zu der Stelle kam, wo Waldron beiseitetrat und den Blick auf Adela freigab, nickte sie zufrieden.

»Ein wahrhaft beeindruckender Traum, Sir. Ich bin sicher, dass Adela auf diese Weise Verbindung mit Euch aufnehmen wollte.«

»Mein Vetter Michael ist der Meinung, dass wohl eher zu viel Brogac nach dem Abendessen der Auslöser gewesen sei, oder aber der Traum sei einfach eine Folge logischer Gedankenverknüpfungen«, erwiderte er.

»Aber was ist an der Annahme logisch, dass einer Eurer Vettern Adela verschleppt hat?«, fragte Sorcha.

»Offen gestanden, gar nichts, weil wir nämlich dachten, er sei tot.«

»Tot? Aber wann soll er denn gestorben sein?«

»Letzten Sommer«, antwortete Hugo und machte sich auf ihre nächste Frage gefasst.

»Und woran?«

»Eure Schwester Isobel stieß ihn von den Zinnen von Roslin Castle in den Fluss North Esk«, sagte er und beobachtete ihre Reaktion.

»Isobel! Aber warum denn nur?«

»Sie hatte einen guten Grund«, erwiderte Hugo. »Ich erzähle es Euch ein andermal, denn jetzt sollten wir besser gehen. Bestimmt hat Lady Sidony schon ein paar passende Sachen für Euch beide gefunden. Ich möchte nicht, dass Ihr noch länger in diesen abscheulichen Kleidern durch die Gegend reitet.«

»Na gut«, erwiderte sie, »aber glaubt bloß nicht, dass unser Gespräch damit beendet ist, Sir. Ihr müsst mir unbedingt die ganze Geschichte erzählen. Mir scheint, Ihr habt mehr zu erklären als ich.«

Hugo war wütend über sich selbst. Auf gar keinen Fall durfte er ihr alles verraten, doch etwas musste er preisgeben, um ihre Neugier zu befriedigen. Blieb nur zu hoffen, dass sie Stillschweigen bewahren konnte.

8

Mit Rorys Hilfe und dank der Gastfreundschaft der einfachen Dorfleute war es Sidony tatsächlich gelungen, ein paar Kleidungsstücke für sich selbst und ihre Schwester aufzutreiben. Endlich kamen Sorcha und Sir Hugo zurück ins Dorf, und Sidony blickte ihnen argwöhnisch entgegen.

»Es sieht aus, als hätte Lady Sidony Angst, dass Ihr ihr den Kopf abreißt, Mädchen.«

»Ich wünschte, Ihr würdet mich anreden, wie es sich gehört.«

»Soll ich vielleicht öffentlich verkünden, dass Ihr Lady Sorcha Macleod seid, die in geborgten Kleidern unterwegs ist, lediglich beschützt von einem einzigen Mann, den sie noch dazu kaum kennt?«

»Nein, natürlich nicht. Aber zumindest könntet Ihr angesichts meiner Stellung etwas mehr Respekt zeigen.«

»Respekt? Mein liebes Kind, Ihr habt nicht nur Euer eigenes Leben durcheinandergebracht, sondern auch meines und das von Sidony und Adela obendrein. In Anbetracht dessen habe ich Euch wohl mehr als genug Respekt erwiesen, indem ich heute Morgen, als ich Euch traf, nicht meinem ersten Impuls gefolgt bin.«

Sie biss sich auf die Lippen und wünschte, sie hätte den Mund gehalten. Seltsamerweise störte es sie mehr als seine gewohnt lässige Anrede, dass er sie als »liebes Kind« tituliert hatte. Doch sie beschloss, stillschweigend darüber hinwegzugehen, zumal er mit seinen Vorwürfen nicht ganz unrecht hatte. Und was er über Sidony gesagt hatte, stimmte auch – sie machte wirklich einen besorgten Eindruck.

»Reg dich nicht auf, Gänschen«, sagte Sorcha daher leichthin, als sie bei ihrer Schwester angelangt waren. »Mir ist es gleichgültig, wie fürchterlich die Sachen aussehen. Sir Hugo hat erklärt, dass wir unsere guten Kleider nicht tragen können, weil sie uns sofort verraten würden. Andererseits bist du es bestimmt genauso leid wie ich, dich als Mann auszugeben, wenn wir damit ohnehin niemanden täuschen können. Es war eine dumme Idee.«

»Nein, so dumm war es gar nicht«, sagte Hugo. »Ich könnte mir vorstellen, dass Waldron Euch dank dieser Verkleidung noch nicht auf die Schliche gekommen ist.«

»Aber Ihr habt mir doch gerade erklärt, dass er genau weiß, wer ihn verfolgt und wo wir uns befinden«, wandte Sorcha ein.

»Ich wollte Euch doch nur verdeutlichen, wie gefährlich er ist«, erwiderte Hugo. »Aber bevor Ihr behauptet, ich würde Euch anlügen, lasst mich erklären, was ich meinte. Ich vermute, dass einige seiner Männer die Gegend erkundet und dabei festgestellt haben, dass ihnen drei junge Burschen folgen. Doch wahrscheinlich haben sie noch nicht herausgefunden, wer die drei sind.«

»Das stimmt, Sorcha«, sagte Sidony. »Fremden gegenüber sind die Leute hier für gewöhnlich sehr verschlossen. Und falls sich die Entführer nicht als Gefolgsleute von Lord Ranald oder Seiner Gnaden ausgegeben haben, wird ihnen wohl kaum jemand etwas über uns verraten haben.«

Da musste Sorcha ihr recht geben. Dann fiel ihr etwas anderes ein: »Was ist mit Euch, Sir? Wenn die Entführer so sehr auf der Hut waren, werden sie dann nicht auch wissen, dass Ihr ihnen auf der Spur seid?«

»Das ist anzunehmen«, erwiderte Hugo. »Gestern erreichte ich Oban und am Abend Kilchurn Castle. Ich habe also einen ganz anderen Weg genommen. Außerdem können sie ja nicht jedes Tal zwischen diesem Dorf hier und der Küste im Auge behalten. Allerdings rechnen sie wahrscheinlich damit, dass Hector Reaganach nach der Schwester seiner Frau suchen lässt. Daher lässt Waldron vermutlich den Weg, der nach Oban führt, beobachten.«

»Wir sind ihnen nicht von Glenelg, sondern erst vom Great Glen aus gefolgt«, sagte Sidony erleichtert. »Deshalb wissen sie vielleicht gar nichts von uns.«

»Ihr seid von Glenancross, in der Nähe von Mallaig, gekommen«, sagte er, worauf Sidony ihn überrascht ansah. »Woher wisst Ihr das, Sir?«

»Der Erste Steuermann Eures Vaters machte auf Lochbuie Meldung, dass Ihr verschwunden seid«, antwortete er. »Er sagte, Ihr wärt bis zum Loch Sunart gekommen.«

Statt einer Antwort packte Sorcha Sidony beim Arm und sagte: »Wir gehen uns jetzt umziehen, damit wir so schnell wie möglich aufbrechen können. Sind unsere Pferde bereit, Rory?«

»Ja, Mistress. Sir Hugos Männer haben mir geholfen, und die Leute aus dem *clachan* haben uns etwas zu essen eingepackt. Für heute sind wir jedenfalls bestens versorgt.«

»Warum hattest du es denn auf einmal so eilig?«, fragte Sidony, als sich die beiden Schwestern in der größten Hütte umkleideten.

»Weil er schon wieder drauf und dran war, eine seiner Gardinenpredigten vom Stapel zu lassen«, antwortete Sorcha und zog sich einen abgetragenen rostroten Rock über den Kopf. »Ich kann es einfach nicht mehr hören.«

Wenn auch der Rock mit dem passenden Mieder und der graue Umhang nicht ganz nach Sorchas Geschmack waren, so ließ ihr der weite Schnitt doch zumindest genügend Bewegungsfreiheit, um im Herrensitz zu reiten. Sie dankte der Bauersfrau und den übrigen Dorfbewohnern herzlich. Obwohl die Menschen im Hochland in der Regel keine Gegenleistungen für ihre Gastfreundschaft erwarteten, nahm sich Sorcha vor, allen Einwohnern des *clachan* Geschenke zu schicken, sobald sie und ihre Schwestern wieder wohlbehalten zu Hause wären.

Zwanzig Minuten nachdem sie ihn verlassen hatten, stießen sie wieder zu Sir Hugo und seinen Männern und machten sich gleich darauf auf den Weg. Sie ritten in langsamerem Tempo, als Sorcha sich gewünscht hätte, doch bald sah sie ein, dass sie auf diese Weise nicht so oft Rast machen mussten, damit die Pferde sich erholen konnten.

Während der ersten Viertelstunde ritten sie schweigend in Zweierreihen nebeneinander, doch als sie durch ein belebtes Dorf kamen, lenkte Sir Hugo sein Pferd neben Sorcha und Sidony, um ihnen mitzuteilen, dass der Name des Dorfes Dail Righ sei.

»Schon Jahre vor der Schlacht bei Bannockburn erlitt Robert the Bruce hier eine Niederlage«, erklärte er.

»Tatsächlich?«, sagte Sorcha. »Ich hoffe, Ihr haltet uns jetzt nicht auf Schritt und Tritt Vorträge in Geschichte.«

»Ich dachte, das sei Euch lieber als eine Standpauke«, erwiderte er. »Aber falls ich mich geirrt haben sollte ...«

Er beendete den Satz nicht, und als Sorcha ihn ansah, bemerkte sie das mutwillige Funkeln in seinen Augen.

»Wenn ich die Wahl hätte, würde ich wohl die Geschichte vorziehen«, erwiderte sie. »Aber am allerliebsten würde ich mich über andere Dinge unterhalten.«

»Dann erzählt mir doch etwas über Eure Familie. Die Ladys Adela und Isobel kenne ich natürlich, doch ich habe mir sagen lassen, dass Euer Vater acht Töchter hat.«

»Jetzt sind wir nur noch sieben«, erwiderte Sorcha. »Unsere Schwester Mariota ist schon vor Jahren gestorben.«

»Das wusste ich nicht; es tut mir leid«, sagte er.

»Es ist schon lange her«, erwiderte Sorcha. »Damals waren Sidony und ich noch ganz klein, und Mariota hat sich niemals mit uns abgegeben. Deshalb kannten wir sie kaum.«

»Eure Mutter habt Ihr auch schon früh verloren, nicht wahr?«

»Ja. Siddy war noch ein Baby und ich nicht viel älter. Wir können uns nicht mehr an sie erinnern. Und sagt jetzt nicht wie die meisten Leute, dass wir doch irgendwelche Erinnerungen haben müssen«, fügte sie mit einem mahnenden Blick hinzu.

»Das hatte ich gar nicht vor«, versicherte er ihr. »Sagen die Leute das wirklich?«

»Oh ja. Immer heißt es: ›Aber ihr *müsst* euch doch entsinnen, wie sie euch abends in die Wiege gelegt oder euch ein Schlaflied vorgesungen hat.‹«

»Dann behaupten wir oft einfach, wir würden uns tatsächlich erinnern«, warf Sidony ein.

»Weil man es nämlich irgendwann leid ist, dass einen alle ansehen, als wäre man nicht recht bei Trost«, erklärte Sorcha. »Aber in Wirklichkeit erinnere ich mich überhaupt nicht an sie. Ich weiß noch, dass Tante Euphemia uns Geschichten von römischen Göttern und Göttinnen erzählt hat. Vater sagte immer, sie würde uns nur Flausen in den Kopf setzen. Und einmal saß Cristina an meinem Bettchen, als ich krank war. Später war sie davon überzeugt, ich wäre nur deshalb wieder gesund geworden, weil sie es sich so sehr gewünscht hat, und ich habe ihr auch geglaubt. Überhaupt war Cristina für uns wie eine Mutter. Sie war die Älteste und hat Vater den Haushalt geführt, bis sie Hector heiratete und nach Lochbuie zog.«

»Lady Euphemia bin ich bereits begegnet«, sagte Sir Hugo lächelnd.

»Sie ist manchmal ein bisschen wunderlich, aber immer sehr nett«, erwiderte Sidony.

»Ja, das stimmt«, pflichtete Sorcha ihrer Schwester bei. »Ich mag ihre Geschichten. Nach dem Tod unserer Mutter hat sie bei uns gewohnt, doch als Cristina Hector heiratete, ging sie mit ihr. Und Isobel auch«, setzte sie hinzu. »Wir besuchen sie etwa einmal im Jahr, aber es ist nicht mehr so, wie es war, als sie noch zu Hause lebten. Wir haben sie schrecklich vermisst.«

»Aber Ihr müsst doch jemanden gehabt haben, der sich um

Euch kümmerte, oder nicht? Und dann ist da ja auch noch Euer Vater«, sagte Hugo.

»Adela hat uns versorgt, weil es ihre Pflicht war. Aber Spaß hat es ihr nicht gemacht, was man ihr auch nicht verdenken kann.«

»Nein«, stimmte ihr Sidony zu.

»Maura und Kate waren nie ein Muttterersatz für uns, denn sie haben kurz nach Cristina geheiratet. Und dann heiratete Isobel Sir Michael. Was Vater angeht ...« Sorcha kicherte. »Er glaubt, es reicht, uns ab und zu ein paar Anweisungen zu geben, wenn es ihm gerade einfällt. Und uns seinen dummen Aberglauben einzutrichtern. Was wäre schon dabei gewesen, wenn Adela Ardelve am Freitag geheiratet hätte? Dann wäre sie jetzt wenigstens in Sicherheit.«

»Dann hätte Waldron sie eben am Freitag entführt. Das wäre der einzige Unterschied«, gab Hugo zu bedenken.

Sorcha seufzte. »Ihr habt vermutlich recht. Und bitte, Sir, ich weiß, dass es meine Schuld war. Ihr braucht es mir nicht noch einmal zu sagen.«

»Das hatte ich gar nicht vor. Ich weiß doch, wie gern ihr Lady Adela habt und dass ihr nur das Beste für sie wolltet.«

»Das ist ja nun gründlich danebengegangen«, sagte sie. »Aber wir werden sie finden, und dann heiratet Ihr sie, und alles ist wieder gut.«

»Wird sie Euch nicht fehlen, wenn sie vermählt ist?«, fragte er. »Sie muss doch fast wie eine Mutter für Euch sein, selbst wenn sie diese Rolle nur widerstrebend übernommen hat. Und vielleicht will sie ja auch gar nicht fort.«

»Oh doch«, sagte Sorcha. »Vater wird nämlich wieder heiraten.«

»Ach ja, mit Lady Clendenen. Das hatte ich ganz vergessen«, sagte Hugo.

»Sie weigert sich, in unser Haus zu ziehen, solange dort noch eine andere Frau die Wirtschaft führt. Und sie hat auch keinerlei Ambitionen, uns gegenüber die Mutterrolle zu übernehmen. Also möchte Vater uns so schnell wie möglich unter die Haube bringen. Aus diesem Grund war Adela auch mit Ardelve einverstanden, aber ich habe nicht die Absicht, ihm so ohne Weiteres zu gehorchen. Ich will einen vernünftigen Mann und nicht so einen aufgeblasenen Gockel, der sich für die Krone der Schöpfung hält.«

Sie bedachte ihn mit einem schiefen Blick, unter dem er förmlich zusammenzuckte.

»Ich nehme an, Ihr zählt mich ebenfalls zu dieser Art von Männern«, sagte er.

Sie grinste. »Eines muss man Euch lassen, Sir. Schwer von Begriff seid Ihr nicht.«

»Und außerdem habe ich nichts für vorlaute Frauen übrig. Für mich sind das einfach freche Skelpies.«

»So habt Ihr mich schon einmal genannt«, sagte sie. »Was ist ein Skelpie?«

»So nennt man im Tiefland ein ungezogenes Kind, dem man den Hosenboden stramm ziehen sollte«, erwiderte er und fügte hinzu: »Habt Ihr sonst noch etwas an mir auszusetzen, das Ihr mir jetzt mitteilen möchtet?«

»Im Augenblick nicht«, erwiderte sie leichthin, »aber ich gehe davon aus, dass mir später noch mehr dazu einfallen wird.«

Als sie sein Lächeln sah, musste auch sie grinsen. Vielleicht war er doch nicht so übel, dachte sie. Aber das würde sie ihm bestimmt nicht sagen.

Er war derart von sich eingenommen, dass man ihn ruhig ein wenig zurechtstutzen sollte.

Sie wechselten nur noch hin und wieder einige Worte, bis es Zeit für die Mittagsrast war. Sorcha hatte keine Ahnung, wo sie sich befanden, und auch Rory konnte ihr keine Auskunft geben. Also fragte sie Sir Hugo.

»Wir sind schon im Glen Dochart«, sagte er. »Wenn uns nicht wieder ein Unwetter aufhält, müssten wir es bis zum

Einbruch der Dunkelheit bis einige Meilen hinter Lochearnhead schaffen.«

Der Himmel war tatsächlich wieder bedeckt, doch noch wirkten die Wolken nicht bedrohlich. »Was liegt hinter Lochearnhead?«, erkundigte sich Sorcha.

»Strathyre Forest, eine Landstraße, die durch sanfte grüne Hügel nach Loch Lubnaig führt, dann die Städte Doune und Dunblane und dahinter Stirling, Linlithgow und Edinburgh«, zählte er auf.

»Wann werden wir Edinburgh erreichen?«, fragte Sidony.

»Wenn wir heute bis zum Loch Lubnaig kommen, können wir morgen Mittag in Stirling und zum Abendessen vielleicht schon in Linlithgow sein. Von dort sind es noch fünfzehn Meilen nach Edinburgh.«

»Dann müssen wir uns beeilen«, sagte Sorcha. »Sie haben jetzt nur noch einen Tag Vorsprung, und das sollten wir ausnutzen. Je näher wir an sie herankommen, desto besser können wir herausfinden, wohin sie wollen. Da alle Straßen nach Edinburgh führen, führen auch viele wieder hinaus. Wir dürfen sie dort auf keinen Fall verlieren.«

Er sagte nichts, befahl seinen Männern jedoch, bis zur Mittagspause schneller zu reiten. Also war er anscheinend mit ihr einer Meinung, dachte Sorcha.

Hugo hielt es nicht für ratsam, ihr gerade jetzt mitzuteilen, dass er sie keineswegs mit nach Edinburgh nehmen wollte. Zum einen war er sicher, dass Waldron auf dem Weg zu seiner Burg Edgelaw war, und zum anderen wollte Hugo sich vor einem Zusammentreffen mit den Entführern noch Verstärkung holen.

Er ließ seine Männer schneller reiten, weil er nicht weiter über Edinburgh sprechen wollte. Zwar hatte sie durchaus recht, dass viele Wege dorthin führten, doch er wusste zumindest von einer Route, die von Linlithgow an der Stadt des Königs vorbei nach Süden verlief. Und mit Sicherheit kannte auch Waldron diese Strecke. Hugo wollte auf jeden Fall die beiden Frauen auf Roslin unterbringen, bevor er die Suche nach Adela und ihren Entführern fortsetzte.

Er hatte leichte Gewissensbisse, weil er dem Mädchen nichts davon gesagt hatte, doch er wollte nicht schon wieder einen Streit riskieren. Zwar genoss er die Wortgefechte mit ihr durchaus, doch noch mehr war ihm daran gelegen, dass sie gut von ihm dachte.

Dass ihm das nicht gelingen wollte, bedrückte ihn. Er wusste selbst nicht, warum.

Er warf Sorcha einen verstohlenen Blick zu und bewunderte ihre stolze Haltung. Sie hatte das alte Kopftuch, das ihr die Bauersfrau gegeben hatte, abgelegt, und ihr Haar glänzte wie Gold, sobald ein Sonnenstrahl durch die immer dichter werdende Wolkendecke drang. In der schlichten Bauerntracht machte sie eine ebenso gute Figur wie in den eleganten Kleidern, die sie in Kildonan getragen hatte.

Als sie seinen Blick bemerkte, reckte sie die kleine Stupsnase noch höher und strich sich eine fransige Haarsträhne aus dem Gesicht. Ein wollüstiges Gefühl regte sich in seinen Lenden, und unversehens war er hin- und hergerissen zwischen dem Verlangen, sie zu küssen, und dem Wunsch, ihr eine Tracht Prügel zu verabreichen. Für das, was sie sich im Laufe der letzten Woche geleistet hatte, hatte sie es weiß Gott verdient, übers Knie gelegt zu werden – am allermeisten dafür, dass sie sich ihr herrliches Haar abgeschnitten hatte.

Er musste daran denken, wie sie ihn abgekanzelt hatte, als sei er ein dummer Junge, nur um ihn gleich darauf durch ihre Dreistigkeit zum Lachen zu bringen. Sie war wirklich ganz anders als alle Frauen, die er bisher getroffen hatte. Er überlegte flüchtig, ob es ihm wohl gelingen würde, sie zu zähmen, doch sogleich schob er diese verlockende Vorstellung weit von sich. So etwas durfte er nicht einmal denken, vor allem nicht von der Schwester der Frau, die er gleich nach ihrer Befreiung würde heiraten müssen.

Bald darauf setzte der Regen ein und hielt bis kurz vor ihrer Mittagsrast an. Sie nahmen ihr Mahl rasch und nahezu wortlos ein, dann machten die Männer erneut die Pferde bereit. Vor dem Essen hatte Sidony einen erschöpften Eindruck auf Hugo gemacht, doch nun schien sie ebenso begierig darauf, voranzukommen wie Sorcha. Nicht einmal der Regen störte die beiden Frauen.

Langsam lösten sich die Wolken auf. Hugo blickte zum Himmel und dachte mit einem gewissen Unmut, dass sie es, wenn das Wetter sich hielt, vor Sonnenuntergang leicht bis zum Loch Lubnaig schaffen konnten. Das Ende ihrer gemeinsamen Reise rückte rasch näher.

Die Erleichterung darüber, dass der Lord sie nicht vergewaltigen wollte, war Adela zu Kopf gestiegen wie ein Becher starken Brogacs. Doch was er über Isobel und das Baby gesagt hatte, machte die Freude wieder zunichte. Seine Worte lasteten so schwer auf Adela, dass sie am nächsten Tag, einem Mittwoch, nur mit Mühe den Anschein von Gelassenheit wahren konnte.

Da sie noch eine weite Strecke vor sich hatten, waren sie in aller Frühe aufgebrochen; doch ein Unwetter am späten Nachmittag zwang sie, im Wald Schutz zu suchen. Die Gegend wirkte mittlerweile belebter, doch der Lord schien sich hier gut auszukennen und fand sogleich ein einsames Fleckchen, wo sie ihr Lager aufschlagen konnten.

Am Donnerstag, kurz vor der Mittagspause, brach der nächste Sturm los. Vor ihnen auf einem hohen zerklüfteten Felsen thronte Stirling Castle. Als sie eine halbe Stunde später absaßen, bemerkte einer der Männer beiläufig, dass sie bis Sonnenuntergang wohl Linlithgow erreichen würden.

Adela war noch nie auf den königlichen Burgen Stirling oder Linlithgow gewesen, doch wegen ihrer abgerissenen Aufmachung bedauerte sie es nicht, als sie Stirling umgingen. Sie hatte das Reiten satt und ebenso das ständige Wechselbad aus Schrecken und Erleichterung. Und am meisten hatte sie die Kleider satt, die sie seit nunmehr fünf Tagen am Leibe trug. Sie hatte gehofft, der Regen würde ein wenig von dem Geruch abwaschen, doch er hatte alles nur schlimmer gemacht. Womöglich waren ihre Ausdünstungen schon genauso übel wie die ihrer Bewacher, von denen einige wirklich grauenvoll stanken.

Seit der Lord davon gesprochen hatte, Isobel zu ihr zu bringen, überlegte sie, was er damit wohl gemeint haben könnte. Doch sie wagte es nicht, ihn zu fragen, und außerdem war sie keineswegs sicher, ob sie die Antwort überhaupt hören wollte. Sie konnte sowieso nichts daran ändern. Ihr war aufgefallen, dass unter den Reitern ein ständiges Kommen und Gehen herrschte.

Das erinnerte sie an das System aus Informanten, mit dem sich – nach Cristinas Aussage – Lachlan Lubanach über alles auf dem Laufenden hielt, was im Hochland und auf den Inseln geschah.

Sie fragte sich, ob Lachlan wohl wusste, wo sie war. Zwar hatten sie nur höchst selten in Dörfern oder Weilern haltgemacht, dennoch war Adela davon überzeugt, dass die Kunde von den fremden Reitern sich verbreitet hatte. Obwohl sie unablässig von ihrer Rettung träumte, weckte die Vorstellung doch zugleich Angst in ihr.

Was war, wenn Lachlan und Hector sie verfolgten und nur auf eine günstige Gelegenheit warteten, um zuzuschlagen? Wenn es ihnen nicht gelang, die Männer des Lords zu überrumpeln, würden sie womöglich alle getötet werden. Und das, dachte Adela, wäre dann Sorchas – und gleichermaßen Hugos – Schuld.

Was war Hugo nur für ein Mensch, dass er auf keine einzige von Sorchas Botschaften geantwortet hatte? Wäre er zu ihrer, Adelas, Hochzeit gekommen, und sei es nur, um sich mit seinem schiefen Lächeln zu entschuldigen, weil er sie in die Irre geführt hatte, und ihr Glück zu wünschen, dann wäre diese Entführung niemals geschehen. Da war sich Adela ganz sicher.

Immerhin war er ein ausgebildeter Krieger, dem Sir Michael die Sorge für das Hab und Gut der Sinclairs übertragen hatte. Wäre Sir Hugo da gewesen und nicht bloß ein paar Dörfler und eine Handvoll Hochzeitsgäste, dann hätte es der Lord mit zwanzig bewaffneten Männern aufnehmen müssen. Denn ein so wichtiger Mann wie Hugo umgab sich bestimmt stets mit einer großen Schar von Gefolgsleuten. Und wenn jemand von seiner eigenen Wichtigkeit überzeugt war, dann Hugo.

Es war also alles seine und Sorchas Schuld, und es würde ihm ganz recht geschehen, wenn der Lord auch noch Isobel in seine Gewalt brachte. Dann würde Hugo sehen, dass es auf der Welt nicht immer nach seinem Kopf ging.

Bei diesem Gedanken stiegen Adela die Tränen in die Augen, und sie musste krampfhaft schlucken. Nur gut, dass die Männer sie gewöhnlich nicht beachteten und sie, die Wange an seinen Rücken gepresst, hinter dem Lord auf dem Pferd saß, sodass er sie ebenfalls nicht sehen konnte. Während sie versuchte, sich ein wenig zu beruhigen, fragte sie sich, wie sie nur so etwas Schlimmes denken konnte.

Warum nur waren ihre Gefühle derart in Aufruhr, ihre Launen so sprunghaft? Sie war doch immer die Ruhe selbst gewesen und hatte auch unter ihren Schutzbefohlenen für Disziplin gesorgt. Im Gegensatz zu Sorcha, die sich nicht einmal um Selbstbeherrschung bemühte, hatte Adela versucht, mit ihrem polternden, aufbrausenden Vater und ihren nicht weniger launenhaften Schwestern zurechtzukommen. Und stets hatte sie ihre geheimsten Gefühle für sich behalten, damit niemand dieses Wissen gegen sie verwenden konnte.

Doch gleichgültig, was Sorcha getan hatte, es war ungerecht, sie für die Taten des Lords verantwortlich zu machen. Und daran, dass er hinter der schwangeren Isobel her war, trug sie erst recht keine Schuld. Wie konnte sie nur so etwas denken?

Selbst wenn es dem Lord gelang, auch Isobel zu entführen, bestand doch keine Gefahr für das Kind. Gott würde niemals zulassen, dass so einem unschuldigen Wesen ein Leid geschah. Und Adela selbst war ebenfalls einigermaßen sicher, solange sie nicht den Zorn ihres Entführers erregte. Vielleicht begnügte er sich ja damit, ihren guten Ruf zu ruinieren.

Doch plötzlich kamen ihr Zweifel. Vielleicht, so dachte sie, sollte sie versuchen, zwischen dem Lord, Hugo und Michael zu vermitteln. Wenn es zu einer Aussprache kam, konnte er die beiden vielleicht dazu bringen, ihn bei seiner heiligen Mission zu unterstützen. Denn mittlerweile war Adela davon überzeugt, dass ihr Entführer fest an seinen geheimnisvollen Auftrag glaubte. Und wenn ihn selbst der Papst darin unterstützte, konnte es doch schwerlich etwas Unrechtes sein.

Auf jeden Fall wollte sie sich bemühen, ihn zu verstehen und die Dinge mit seinen Augen zu sehen. Er war im Grunde kein schlechter Mensch, nur einer, der ohne Rücksicht auf Verluste einer gerechten Sache diente. Wenn sie es so betrachtete, konnte sie sich vielleicht mit ihm aussöhnen. Dann würde sie ihm helfen, sein Ziel zu erreichen, und alles wäre wieder gut.

Als sie einige Meilen vor Linlithgow weitab der Hauptstraße für die Nacht haltmachten, dankte sie ihm leise, als er ihr beim Absitzen behilflich war. Nachdem die Männer das Zelt errichtet und seine Habseligkeiten ausgepackt hatten, ging sie hinein, um Ordnung zu schaffen und sich ihr Nachtlager aus Fellen zu bereiten. Sie hätte alles für saubere Kleider und einen Kamm gegeben. Die Blumen, die Sorcha und Sidony für sie gepflückt hatten, hatte sie längst verloren, doch sie trug noch immer Brautkranz und Schleier und musste sich das Haar flechten, ohne es vorher durchkämmen zu können. Oh, wie sehnte sie sich danach, endlich wieder sauber zu sein und ordentlich auszusehen!

Gerade als sie einen tiefen Seufzer ausstieß, trat er ohne Vorankündigung ins Zelt.

»Müde, Mädchen?«, fragte er barsch und reichte ihr einen Krug.

»Ja, Sir. Oh, vielen Dank«, sagte sie und nahm den vollen Krug lächelnd entgegen. »Ich hatte nur Sehnsucht nach einer gründlichen Wäsche. Mit Eurer Erlaubnis würde ich mich nach dem Essen gern sofort zur Ruhe begeben. Ich glaube, ich werde hervorragend schlafen.«

»Ja, du solltest dich gut ausruhen. Ich brauche nämlich bald deine Hilfe.«

»Gern, Mylord. Und vielen Dank, dass Ihr mir persönlich das Wasser gebracht habt.«

»Ich brauche deinen Brautkranz«, sagte er.

»Meinen Brautkranz?«

Als er nur unwillig die Stirn runzelte, nahm sie eilig den Stirnreif ab: »Selbstverständlich könnt Ihr ihn haben, auch wenn ich mir nicht vorstellen kann, was Ihr damit vorhaben könntet.«

Er nahm ihn und verließ sie ohne ein weiteres Wort.

Teils erleichtert, teils verwundert seufzte Adela noch einmal, bevor sie ein Tuch mit Wasser aus dem Krug tränkte und sich vor dem Abendessen Hände und Gesicht abrieb.

9

Bei Sonnenuntergang ließ Sir Hugo am Nordende von Loch Lubnaig kampieren. Während sich die Dämmerung auf die sanften grünen Hügel und die ausgedehnten Wälder entlang dem schmalen, langen Loch herabsenkte, errichteten sie ihr Lager am Ostufer auf einem grasbewachsenen Abhang. Etwa zwanzig Meter über ihnen begann der Wald.

Rory und ein paar weitere Männer kümmerten sich um die Kochfeuer, legten die Schlafmatten aus, holten Wasser und stellten das kleine Zelt auf, das Sorcha und Sidony als Unterkunft diente. Einige gingen zum Loch angeln, während andere die Kaninchen häuteten und ausweideten, die sie am Nachmittag für das Abendessen gefangen hatten. Einer der Männer zog einen Sack aus dem kleinen Korb, den jeder Reiter am Sattel trug, und förderte Fladenbrote zutage, die über dem Feuer geröstet wurden, und dazu einen Topf mit Marmelade. Seine Kameraden steuerten weitere Speisen bei.

Sorcha genoss das geschäftige Treiben. Die Männer waren offensichtlich schon häufig zusammen geritten und kamen gut miteinander aus. Als die Kaninchen zerteilt waren und am Spieß vor sich hin brutzelten, fanden sich ein paar Männer am Rand des Lagers zusammen, um ihre Waffen zu polieren und ihre Ausrüstung instand zu setzen.

Im Dämmerlicht, das nur durch die flackernden Feuer erhellt wurde, sah sie Hugo von einem Grüppchen zum anderen gehen. Er sprach leise mit den Männern, lachte hier und da über einen Scherz und schlichtete den Streit zweier Männer gut gelaunt und mit einem kameradschaftlichen Schlag auf die Schulter.

»Er bewegt sich so geschmeidig wie eine Katze«, flüsterte Sorcha ihrer Schwester zu.

»Das sagt Isobel auch von Sir Michael«, flüsterte Sidony zurück. »Sie behauptet, er könne sich völlig lautlos anschleichen. Ich glaube, so ist Sir Hugo nicht.«

»Nein, das stimmt«, erwiderte Sorcha und dachte, was für eine Energie dieser Mann ausstrahlte. »Seine Gegenwart würde man wohl auch noch bei völliger Finsternis spüren, wenn er sich mucksmäuschenstill verhielte.«

»Er ist wirklich ein sehr attraktiver Mann, findest du nicht?«, sagte Sidony.

Sorcha gab keine Antwort, doch als sie sah, wie er den Kopf in den Nacken warf und über die Bemerkung einer seiner Männer lachte, wobei seine weißen Zähne im Feuerschein blitzten, musste sie ihrer Schwester recht geben. Warum um alles in der Welt hatte Adela sich nicht stärker um diesen Mann bemüht? Sie wusste, dass Isobel Adela ebenso nach Roslin eingeladen hatte wie den Rest der Familie. Sie hätten entweder alle gemeinsam kommen können, oder die drei unverheirateten Schwestern wären mit einer befreundeten Familie gereist, falls Macleod keine Lust hatte, sie zu begleiten. Und Adela wusste genau, dass Sir Hugo sich fast die ganze Zeit über auf Roslin aufhalten würde. Dennoch hatte sie den Besuch immer wieder hinausgeschoben, bis der Wintereinbruch das Reisen unmöglich machte. Wenn Sorcha Hugo dagegen auf Orkney getroffen hätte ...

Sie zwang sich, den Gedanken nicht weiterzuspinnen. Es durfte nicht sein, da Sir Hugo der Einzige war, der Adelas guten Ruf wiederherstellen konnte.

Als Sidony ihre Frage wiederholte, sagte Sorcha: »Er sieht schon gut aus, doch wie die meisten attraktiven Männer ist er viel zu sehr von sich eingenommen.«

Das stimmte wirklich, dachte sie. Andererseits war er auch wesentlich amüsanter als die meisten seiner Geschlechtsgenossen, und sie unterhielt sich gern mit ihm. Zumindest, solange er sie nicht herumkommandierte, mit ihr schimpfte oder ihr befahl, ihren Schleier gerade zu rücken. Doch sie musste zugeben, dass er nichts dergleichen getan hatte, seit sie am Morgen aus dem Weiler fortgeritten waren.

Als sie gerade ihre köstliche Mahlzeit aus Kaninchenbraten und Brot beendet hatte, bemerkte sie den Lichtschein, der sich über den Hügelkuppen im Osten ausbreitete. Der Mond ging auf.

In diesem Augenblick gähnte Sidony und sagte: »Ich bin müde. Sollen wir schlafen gehen?«

»Geh schon mal vor«, antwortete Sorcha. »Ich möchte mir noch den Mondaufgang anschauen.«

»Es ist doch noch nicht einmal Vollmond«, wandte Sidony ein.

Sorcha zuckte die Achseln. »Das spielt keine Rolle. Bis zum Vollmond sind es doch nur noch ein paar Tage.«

Sidony umarmte sie, sagte ihr Gute Nacht und ging zu ihrem Zelt.

Sorcha erhob sich von dem großen Stein, auf dem sie sich zum Essen niedergelassen hatte, und wanderte am Ufer des Lochs entlang, fort vom Schein der Feuer, um ungestört den Mondaufgang zu genießen. Sie war erst wenige Minuten gegangen, als sie plötzlich das Gefühl hatte, jemand wäre in der Nähe. Trotzdem schrak sie zusammen, als sich eine Hand leicht auf ihre Schulter legte.

Mit einem Aufschrei fuhr sie herum, bereit, zuzuschlagen.

Doch wie schon zuvor hielt Sir Hugo ihre Hand fest und sagte: »Nein, Skelpie, ich habe Euch doch gesagt, Ihr werdet mich nicht noch einmal schlagen.«

»Ich wollte gar nicht *Euch* schlagen. Ihr habt mich nur so erschreckt.«

»Wohin geht Ihr?«

Sie reckte das Kinn. Am liebsten hätte sie ihre Hand weggezogen, doch sie war sich nicht sicher, ob er das dulden würde. Daher sagte sie nur: »Könnt Ihr nicht einfach annehmen, dass ich zu den Abtrittgruben will, und mich in Ruhe lassen?«

»Da seid Ihr aber in die falsche Richtung unterwegs«, erwiderte er. »Ihr wisst doch, dass wir die Gruben niemals so nahe am Wasser ausheben würden. Sie liegen da hinten im Wald.«

»Na ja, ich wollte auch eigentlich gar nicht dorthin«, sagte sie. Dann fiel ihr wieder ein, was Sidony über Michaels lautlose Art, sich zu bewegen, gesagt hatte, und sie fragte: »Können sich eigentlich alle Männer aus Lothian wie Geister im Dunkeln bewegen?«

Er stieß ein warmes, herzliches Lachen aus. Ebenso warm wie die Hand, die ihr Handgelenk leicht umfasst hielt. Als er schwieg, schluckte sie ein wenig verlegen.

Schließlich sagte er in ungewohnt zaghaftem Ton: »Ich wollte nur ein Auge darauf haben, dass Ihr Euch nicht zu weit entfernt. Rund um das Lager habe ich Wachen aufgestellt, doch dahinter könnte es gefährlich werden. Ich wollte Euch aber keine Angst einjagen, Mädchen. Es tut mir leid.«

»Das habt Ihr auch nicht«, erwiderte sie. »Ich habe nur einen Schreck bekommen, was aber auch nicht angenehm ist. Wollt Ihr übrigens meine Hand die ganze Nacht lang festhalten?«

»Vielleicht sollte ich das«, sagte er und strich sanft mit dem Daumen über die Unterseite ihres Handgelenks. Dabei blickte er ihr tief in die Augen. »Ich befürchte, Ihr bringt Euch wieder in Schwierigkeiten, sobald ich Euch aus den Augen lasse.«

Obwohl sie sich sagte, dass das Streicheln nur eine unbewusste, nichtssagende Geste sei, wurde ihr unter seinem Blick doch so seltsam zumute, dass ihr der Atem stockte und ihre Gedanken sich verwirrten.

»Warum habt Ihr also das Lager verlassen?«, hakte er nach.

»Ich wollte sehen, wie der Mond aufgeht«, sagte sie und

wandte endlich die Augen von ihm ab. »Schaut nur, da kommt er schon. Er lugt dort über den Hügel.«

»Ja, ich sehe es«, antwortete er leise.

»Ist es nicht schön?«, fragte sie.

»Ja.«

Sie blickte ihn an. »Ihr schaut ja gar nicht hin.«

»Nein.« Abermals trafen sich ihre Augen. »Ich schaue mir eine kleine goldene Hexe an, mit der man nicht bei Mondschein allein sein sollte.« Er verstummte, ohne seinen Blick von ihr zu lassen. Dann fragte er plötzlich unwirsch: »Wo ist Eure Schwester?«

»Sie ist zu Bett gegangen«, erwiderte Sorcha und entzog ihm sachte ihre Hand. Zu ihrer Enttäuschung versuchte er nicht, sie festzuhalten. »Aber ich möchte noch nicht zurück«, fügte sie hinzu. »Ich will mir noch ein wenig den Mond ansehen, aber Ihr könnt gehen, wenn Ihr wollt. Ich verspreche Euch, ich werde mich nicht weiter entfernen.«

»Nein, Mädchen, ich bleibe hier.«

In dem einsetzenden Schweigen versuchte sie vergeblich, sich auf den Mond zu konzentrieren. Obwohl er kein Wort mehr sagte und sie nicht berührte, wurde ihr seine Gegenwart immer stärker bewusst. Sein Körper schien Wärme auszustrahlen, seine Kleider rochen nach dem Rauch des Feuers, und sie hörte ihn atmen. Ihr Herz, das unter seinem Blick schneller geschlagen hatte, beruhigte sich wieder, ihr Körper entspannte sich.

Als der fast volle Mond über die Hügelkuppe gestiegen war, wusste Sorcha, dass sie nun bald zurückgehen mussten. In die Stille hinein sagte sie: »Was will er?«

»Wer?«

Sie sparte sich die Antwort, und nach einer Weile sagte er: »Rache. Das habe ich Euch doch gesagt.«

»Ich weiß, was Ihr gesagt habt. Doch wenn es ihm nur um Rache geht, warum hat er dann Adela entführt? Und falls er sie bestrafen will, warum schickt er sie jetzt nicht zurück, nachdem ihr Ruf ruiniert ist? Warum nimmt er sie mit nach Edinburgh? Was verspricht er sich davon, und worum geht es ihm wirklich?«

Abermals schwieg er lange, bevor er antwortete: »Es steht mir nicht zu, Euch die ganze Geschichte zu erzählen, doch so viel könnt Ihr wissen: Er glaubt, die Sinclairs hätten etwas, das der römischen Kirche gehört. Er will es unbedingt finden und dem Papst zurückgeben.«

»Meine Güte! Was ist es denn?«, fragte sie.

»Das kann ich Euch nicht sagen, denn ich habe geschworen, das Geheimnis zu bewahren, auch vor der Neugier einer Frau.«

»Es geht mal wieder um Pflicht und Ehre, nehme ich an.«

»Ja. Und ihr braucht das gar nicht so eigenartig zu betonen. Ein Versprechen beruht immer auf Vertrauen, und Vertrauen ist nun einmal eine Frage der Ehre. Aus diesem Grund unterstützen Michael und ich, wie viele andere auch, Ranald von den Inseln, denn er ist ein wahrer Kelte. Mit Leichtigkeit hätte er eine Armee aufstellen und die Macht an sich reißen können. Doch er tat es nicht, weil er seinem Vater gelobt hatte, Donald von Isla als neuen MacDonald einzusetzen. Ranalds Wort ist so gut wie ein besiegeltes Dokument, sogar besser als so manche schriftliche Vereinbarung. Und deshalb vertrauen ihm alle, die ihn kennen, vollkommen.«

»Seid Ihr ebenso vertrauenswürdig wie Ranald von den Inseln?«, fragte sie.

Er zögerte, bis sie sich fragte, warum er so lange über die Antwort nachdenken musste. Doch schließlich sagte er mit fester Stimme: »Wenn ich Euch mein Wort gebe, könnt Ihr Euch auch darauf verlassen.«

»Dann gebt mir Euer Wort, dass Ihr Adela heiraten werdet, sobald wir sie finden.«

»Nein, das werde ich nicht tun«, entgegnete er. »Das haben wir doch schon alles durchgekaut, und ich bleibe dabei, die Entscheidung liegt bei der Lady und nicht bei mir oder bei Euch. Und jetzt bringe ich Euch zu Eurer Schwester.«

Er legte ihr die Hand auf die Schulter und dirigierte sie in Richtung Lager. Sie hatte nichts dagegen, sondern genoss vielmehr die Wärme, die von seiner Berührung ausging. Wieder einmal wunderte sie sich über Adelas Dummheit. Dann überlegte sie, dass er ihr immer noch nicht erklärt hatte, warum Waldron Adela entführt hatte. Doch ein Blick auf sein markantes Profil überzeugte sie davon, dass es unklug wäre, auf diesem Punkt herumzureiten. Wahrscheinlich würde er doch nur wieder sagen, dass er es ihr nicht verraten dürfe. Und außerdem wollte sie die friedliche Stimmung nicht zerstören.

Als er ihr kurz zuvor tief in die Augen geblickt hatte, hatte sie schon gedacht, er wollte sie küssen, und war enttäuscht gewesen, als er es nicht tat. Doch jetzt sagte ihr der gesunde Menschenverstand, dass es besser so war. Es hätte nur neue ungeahnte Probleme mit sich gebracht.

Dennoch war sie froh, dass er nicht versprochen hatte, Adela zu heiraten. Wenn Adela doch nur dumm genug wäre, seinen Antrag abzulehnen!

Doch Adela war keineswegs dumm. Wenn sie sogar bereit gewesen war, Ardelve zu nehmen, würde sie sich Hugo bestimmt nicht entgehen lassen.

Das würde keine Frau tun.

Als die beiden in einmütigem Schweigen wieder im Lager eintrafen, stellte Sorcha fest, dass Sidony doch noch nicht schlafen gegangen war. Sie saß am Feuer und unterhielt sich ernsthaft mit Rory, der neben ihr hockte und noch einen Rest Brot röstete. Er warf ihr immer wieder einen Blick zu und nickte, offensichtlich bemüht, das Brot, das er auf einen dünnen Stecken gespießt hatte, nicht ins Feuer fallen zu lassen, während er seine Aufmerksamkeit gleichzeitig auf Sidony konzentrierte.

Sorcha sah, wie Rory den Brotfladen vom Spieß zog, ihn

in der Mitte durchriss und die Hälfte Sidony reichte. Sie brach ein Stück des heißen Brotes ab und führte es vorsichtig zum Mund. Dabei lächelte sie über eine Bemerkung, die Rory machte. Sorcha hätte zu gern gewusst, worüber die beiden gesprochen hatten.

»Wie gut kennt Ihr beide den Burschen?«, erkundigte sich Hugo mit gedämpfter Stimme.

Sorcha zuckte mit den Schultern. »Wir kennen uns, seit wir als Kinder zusammen auf Chalamine lebten. Seine Mutter, Bess MacIver, war die Zofe unserer Mutter. Nach Mutters Tod blieb sie noch einige Jahre als Haushälterin bei uns, bis ihr Mann Ranulf durch den Tritt eines von Vaters Pferden schwer verletzt wurde. Vater kaufte ihnen die Hütte in Glenancross, wo ihre Familie lebt. Dort wohnen sie noch heute.«

»Mit anderen Worten, Ihr kennt den Jungen nicht besonders gut«, sagte Hugo. »Mir scheint, er hat ein Auge auf Eure Schwester geworfen.«

»Rory? Seid doch nicht albern!«, erwiderte Sorcha. »Das käme ihm nie in den Sinn. Er war sehr gut zu uns und hat uns beschützt. Und außerdem würde seine Mutter ihm den Kopf abreißen, wenn er sich uns gegenüber unziemlich benehmen würde. Er ist ein Ehrenmann, Sir Hugo, und seine Ehre bedeutet ihm genauso viel wie Euch die Eure.«

»Beruhigt Euch, Mädchen. Ich wollte ihn nicht beleidigen, sondern habe nur gefragt, weil ich ihn nicht kenne.«

Sorcha seufzte. Schon wieder hatte er sie ins Unrecht gesetzt, ohne auch nur die Stimme zu erheben. Sie hätte am liebsten um Verzeihung gebeten, doch zugleich hatte sie große Lust, ihm eine Ohrfeige zu versetzen. Doch sie tat keines von beidem, sondern schwieg.

Als Sidony sie erblickte, stand sie auf, sagte Rory Gute Nacht und kam herbeigelaufen. »Ich wollte doch noch auf dich warten«, sagte sie zu ihrer Schwester. »Es waren noch ein paar Brotfladen übrig, und Rory hat einen für mich geröstet. Ich hatte zwar keinen großen Hunger mehr, aber das Brot war köstlich. Gehst du jetzt schlafen, Sorcha?«

Sorcha wunderte sich, dass ihre sonst so schüchterne Schwester derart drauflosplapperte. Sie erklärte, dass sie ebenfalls müde sei, und bot Sir Hugo würdevoll eine Gute Nacht. Doch kaum waren sie und Sidony allein in ihrem Zelt, fragte sie: »Worüber hast du dich mit Rory denn so angeregt unterhalten?«

Sidony seufzte, während sie sich umdrehte, damit ihre Schwester ihr das Mieder aufschnüren konnte. »Ich habe nur zu ihm gesagt, was für Sorgen ich mir um Adela mache. Das ist alles«, sagte sie. »Sie ist jetzt schon seit Tagen allein mit diesen grässlichen Männern unterwegs, Sorcha. Ich weiß ja, dass wir alles Menschenmögliche unternehmen, trotzdem muss ich immer daran denken, was sie ihr vielleicht antun. Es macht mich ganz krank vor Angst.«

»Dann denk doch einfach nicht daran«, riet Sorcha ihr nur. »Es nützt Adela nichts, wenn du dich derart quälst. Und außerdem solltest du nicht mit Rory darüber reden, Liebes«, fügte sie freundlicher hinzu. »Er kann ihr im Augenblick ebenso wenig helfen wie wir Übrigen.«

»Nein, vermutlich hast du recht«, erwiderte Sidony und seufzte wieder. »Trotzdem fühlte ich mich besser, nachdem ich mit ihm gesprochen hatte. Wenn wir nur wüssten, ob es ihr gut geht.«

»Bald ist sie in Sicherheit. Aber belaste Rory nicht mehr mit deinen Sorgen.«

Zerknirscht versprach Sidony es ihrer Schwester. Dann streckten sie sich auf dem Lager aus, das Sir Hugos Männer bereitet hatten, und schliefen bald tief und fest.

Doch als sie am nächsten Morgen beim ersten Licht des Tages aus ihrem Zelt traten, erfuhren sie durch einen von Sir Hugos Männern, dass Rory mitsamt seinem Pferd aus dem Lager verschwunden war. Der Mann fügte hinzu, dass sein Herr sie sprechen wolle.

»Wir möchten zuerst frühstücken«, erwiderte Sorcha. »Sag ihm, dass wir uns aber gern beim Essen unterhalten können.«

Nach einem raschen Blick über die Schulter beugte sich der Mann zu ihr und sagte leise: »Das würde ich Euch nicht raten, Mylady. Der Herr schäumt vor Wut, weil er glaubt, Ihr hättet gewusst, dass der Junge sich davonmachen will. Falls Ihr also nicht wollt, dass alle mithören, solltet Ihr lieber gleich zu Sir Hugo gehen.«

»Na gut«, erwiderte Sorcha. »Siddy, du gehst rüber zum Feuer und besorgst uns etwas zu essen. Ich bin bestimmt gleich wieder da.«

»Verzeiht, Mylady, aber Ihr sollt beide kommen«, setzte der Mann hinzu.

Sorcha machte schon den Mund auf, um ihn zurechtzuweisen, überlegte es sich dann jedoch anders. Sie würde es nicht zulassen, dass Hugo Sidony schikanierte, doch ebenso wenig würde sie sich dazu hinreißen lassen, sich bei einem Gefolgsmann über seinen Herrn zu beschweren. Also nickte sie nur hoheitsvoll und bedeutete Sidony, ihr zu folgen.

»Oh Gott, er wird uns beide umbringen«, flüsterte Sidony mit zitternder Stimme.

»Das werde ich ganz gewiss nicht zulassen«, erwiderte Sorcha. »Wir können ihn vielleicht nicht daran hindern, uns anzubrüllen, doch mehr wird nicht passieren. Bleib also ganz ruhig, Liebes. Ich werde schon mit ihm fertig.«

Doch als sie sein Gesicht sah, fragte sie sich, ob sie nicht zu viel versprochen hatte. Denn zu behaupten, er sei fuchsteufelswild, wäre noch untertrieben gewesen.

Drei seiner Männer waren bei ihm, doch zu Sorchas Erleichterung entließ er sie, als die beiden Frauen eintrafen. Allerdings waren die Männer noch nicht außer Hörweite, als Hugo schon losblaffte: »Wo zum Teufel ist er?«

»Falls Ihr Rory meint, Sir, so wissen wir es ebenso wenig wie Ihr«, erwiderte Sorcha. »Wir hatten keine Ahnung, dass er fort ist, bis Euer Mann es uns mitteilte. Aber ich bin sicher, er wird bald wieder hier sein. Wenn Ihr uns also sonst nichts zu sagen habt, gehen wir jetzt essen. Komm, Siddy.« Sie legte ihrer Schwester die Hand auf den Arm.

»Nicht so schnell, Mädchen!«, knurrte er so drohend, dass Sorcha wie angewurzelt stehen blieb. Sidony hatte sich noch gar nicht von der Stelle gerührt.

»Lady Sidony, wisst Ihr, wo sich dieser Bursche aufhält?«

Sidony zitterte, schüttelte jedoch nur den Kopf.

»Seht mich an«, befahl Hugo.

Sidony gehorchte, während ihr die Tränen in die Augen traten. Das war zu viel für Sorcha.

»Ihr jagt meiner Schwester grundlos Angst ein«, fauchte sie. »Sie weiß nicht mehr als ich auch.«

»Seid Ihr Euch da so sicher?«, fragte er. »Ihr habt doch behauptet, Rory MacIver wäre ein Ehrenmann. Ehrenmänner missachten keine Befehle, und sie lassen auch nicht Frauen im Stich, die sie beschützen sollten.«

Rasch wandte sich Sorcha ihrer Schwester zu, um sie zu trösten, doch es war bereits zu spät.

»Rory ist wirklich ein Ehrenmann!«, rief Sidony mit tränenerstickter Stimme. »Es ist alles meine Schuld! Ach Sorcha, du hattest gestern Abend so recht, mit mir zu schimpfen!«

»Also habt Ihr ihn doch um etwas gebeten«, sagte Hugo und pflanzte sich vor Sidony auf. »Was war es?«

Als Sidony schluchzte, trat Sorcha zwischen die beiden. »Lasst sie in Ruhe!«, befahl sie.

Sir Hugo schob sie einfach beiseite und sagte kurz angebunden: »Mischt Euch nicht noch einmal ein. Das Leben des Jungen könnte davon abhängen, wie schnell es mir gelingt, dieser Sache auf den Grund zu gehen.«

An Sidony gewandt fügte er hinzu: »Sagt es mir auf der Stelle, Mädchen. Ich muss es wissen.«

»Noch immer schluchzend jammerte Sidony: »Ich weiß

nicht, wo er ist! Aber es ist meine Schuld, dass er fortgegegangen ist.«

»Warum ist es Eure Schuld?«, fragte er, nun in einem schmeichelnderen Ton. Sorcha musste sich eingestehen, dass er ohne ihr Einschreiten mehr erreichen würde, und schwieg.

Sidony blickte ihre Schwester an, und als diese nichts sagte, liefen Sidony von Neuem die Tränen über die Wangen.

»Nun kommt schon, sagt es mir«, ermunterte er sie sanft.

Sie holte tief Luft und sagte: »Ich war so in Sorge wegen Adela, Sir. Das habe ich ihm auch gesagt. Aber … aber ich sagte auch, ich würde alles darum geben, wenn ich nur wüsste, dass es ihr gut geht und dass diese schrecklichen Männer sie noch nicht getötet haben.«

»Um Himmels willen, habt Ihr ihm vielleicht eine Belohnung versprochen, wenn er es herausfindet?«

»Nein!«, rief sie. »Ich war nur zu dumm, um zu merken, dass er mir einen Gefallen tun und auf eigene Faust nach ihr suchen wollte. Ich wüsste nicht, warum er sonst weggegangen sein könnte, Sir Hugo. Aber er muss doch wissen, dass Ihr und Eure Männer sie viel eher finden werden.«

Hugo verzog das Gesicht, sagte jedoch nur: »Wenn das so ist, muss er irgendwo vor uns auf der Straße sein. Esst schnell, dann brechen wir auf.«

»Geh schon mal vor, Siddy«, sagte Sorcha und drückte leicht ihren Arm. »Und nimm mir für unterwegs etwas zu essen mit. Ich möchte noch mit Sir Hugo sprechen.«

Sidony nickte und ging. Sie wirkte schon viel ruhiger.

Noch bevor sie außer Hörweite war, sagte Hugo barsch: »Falls Ihr mir Vorwürfe machen wollt, könnt Ihr Euren Atem sparen.«

»Das möchte ich doch gar nicht«, erwiderte Sorcha und wartete, bis ihre Schwester fort war. »Ihr seid geschickter mit ihr umgegangen, als ich es vermocht hätte, Sir. Ich wollte nur wissen, warum ihr so ein Gesicht gemacht habt, als Sidony sagte, Eure Männer könnten Adela eher finden als Rory.«

Wieder verzog er das Gesicht, doch seine Haltung lockerte sich ein wenig. »Immer sucht Ihr bei mir nach Fehlern, nicht wahr?«, sagte er.

»Nein«, erwiderte sie aufrichtig. »Ich möchte nur wissen, ob Rory ernstlich in Gefahr ist.«

»Ja, das ist er. Es war unvernünftig von dem Jungen, Waldron allein und praktisch ohne Waffen zu verfolgen.«

»Aber wenn er sich nur davon überzeugen will, dass Adela unversehrt ist, wird er doch wohl kaum bis in ihr Lager reiten. Und es erklärt immer noch nicht, warum Ihr vorhin so schuldbewusst ausgesehen habt.«

»Habe ich das?«, fragte er.

Sie nickte und wünschte, er würde sie nicht so durchdringend anblicken. Es war, als wollte er ihre Gedanken lesen.

»Ich war auch schuldbewusst«, gab er zu. »Ehrlich gesagt, bin ich es seit dem Tag, als wir uns zum ersten Mal trafen. Aber in diesem Fall geht es nicht direkt um etwas, das ich gesagt oder getan habe. Mir fiel nur ein, dass der Junge nicht so leicht an meinen Wachen vorbeigekommen wäre, wenn er sich nicht den drei Männern angeschlossen hätte, die ich vorausgeschickt habe.«

»Ihr habt Männer nach Adela ausgesandt?«

»Nein. Ich habe ihnen zwar gesagt, dass einer von ihnen zurückkommen und mir Bescheid sagen soll, falls sie eine Spur von ihr finden, doch eigentlich sollen sie nach Roslin reiten und Verstärkung holen. Denn falls wir auf Waldron treffen, bevor wir selbst dorthin kom…«

»Ihr hättet sofort Verstärkung anfordern sollen!«

»Ich konnte keinen meiner Männer entbehren, Mädchen, da Waldrons Schar mittlerweile doppelt so groß ist wie unsere. Außerdem habe ich zwei Männer nach Oban zurückbeordert, um Hector Reaganachs Leuten mitzuteilen, wo Ihr seid und dass wir nach Edinburgh reiten.«

Sorcha starrte ihn an. »Wollt Ihr damit sagen, dass Hector uns folgt?«

Er lachte. »Da bekommt Ihr einen Schreck, was? Na, ich kann es Euch nicht verdenken. Der Mann imponiert mir auch. Aber nein, Mädchen, Hector muss Donald – oder MacDonald, wie man ihn jetzt nennen sollte – begleiten, ebenso wie Euer Vater und Michael. Ich wollte ihm nur Bescheid geben, weil er mich darum gebeten hat.«

»Glaubt Ihr, wir haben genügend Männer, wenn keine Hilfe kommt?«

»Fürs Erste reicht es hoffentlich. Ich habe regelmäßig Kundschafter ausgesandt, ihnen jedoch aufgetragen, bis zum Abend wieder zurück zu sein. Jetzt, da es nicht mehr weit bis Stirling und Edinburgh ist, bin ich das Risiko eingegangen, drei Männer vorauszuschicken.«

»Und Ihr glaubt, Rory ist mit ihnen geritten?«

»Ich weiß es nicht«, erwiderte er. »Es war nur eine Vermutung, nicht mehr. Doch ich fürchte, auf diese Weise ist es Eurem jungen Beschützer gelungen, sich heimlich davonzumachen.«

»Vielleicht hat er die drei überredet, ihn mitzunehmen«, sagte Sorcha.

»Unwahrscheinlich, denn das würden sie nicht wagen. Natürlich könnte er behauptet haben, er hätte meine Erlaubnis. Ich werde die Männer befragen, wenn sie zurückkommen, aber ich nehme an, er ist einfach an den Wachen vorbeigeschlüpft. Sie sollen aufpassen, dass niemand ins Lager eindringt. Auf Männer, die wegreiten, haben sie wahrscheinlich weniger geachtet.«

»Würde Euer Vetter ihm wirklich etwas antun?«

»Waldron ist zu allem fähig«, erwiderte Hugo. »Vergesst das nie. Und noch etwas, Mädchen«, fügte er mit einem seiner durchdringenden Blicke hinzu.

»Ja, Sir?«, seufzte sie.

Zu ihrer Überraschung streckte er die Hand aus und strich ihr eine Haarsträhne aus dem Gesicht. »Ehrlich, ich bin kein Ungeheuer. Also hört auf, mich als eines hinzustellen.«

Noch immer kribbelten seine Fingerspitzen von der Wärme ihrer Wange. Er wusste, dass er sich jedes Mal, wenn er sie berührte, auf gefährliches Terrain begab. Wenn er nur daran dachte, sie auch an anderen Stellen zu berühren, erwachten Teile seines Körpers zum Leben, die er ihr gegenüber gar nicht ins Spiel bringen durfte. Nur gut, dass es schon dunkelte und sie noch ein unschuldiges Mädchen war.

Mit einem reumütigen Lächeln sagte sie: »Ich halte Euch nicht für ein Ungeheuer, Sir, sondern nur für einen normalen Mann, der immer alles für andere regeln will. Sobald Ihr von Rory hört, lasst es mich bitte wissen.«

Er war einverstanden, da die Bitte leicht zu erfüllen war und er Sorcha gern einen Gefallen tat. Und sei es auch nur, um weitere Reibereien zu vermeiden. Er hatte ihr immer noch nicht gesagt, dass er vorhatte, an Edinburgh vorbei direkt nach Roslin zu reiten, auch wenn er sich fast verraten hätte, als sie über die Verstärkung sprachen. Da er sicher war, dass Waldron ebenfalls die königliche Burg umgehen und sich in Richtung Südosten nach Edgelaw wenden würde, war es früh genug, wenn sie es in Linlithgow erfuhr.

Im Gegenzug würde er es sie wissen lassen, wenn er etwas von Rory MacIver hörte. Doch das erwies sich als unnötig. Denn drei Stunden später, nachdem sie die Stadt Dunblane mit ihrer anderthalb Jahrhunderte alten Kathedrale aus rotem Sandstein passiert hatten, fanden sie Rory. Man hatte den armen Kerl an den Stamm einer Kastanie am Wegesrand gebunden.

Sein Körper hing leblos in den Seilen, auf seinem Kopf saß ein silberner Brautkranz.

10

Sorcha sprang vom Pferd und wollte zu Rory laufen, doch auch Hugo war schon abgestiegen und hielt sie zurück.

»Wartet, Mädchen, ich gehe«, sagte er. Nachdem er den Jungen näher in Augenschein genommen hatte, setzte er hinzu: »Er atmet noch, aber er ist verletzt, und wenn jemand plötzlich wieder zu sich kommt, schlägt er oft blindlings um sich.«

Erleichtert, dass Rory noch lebte, ließ sie Hugo gewähren, hielt sich jedoch unmittelbar neben ihm. Endlich stöhnte Rory auf.

»Dem Himmel sei Dank!«, rief sie und kniete sich neben ihn auf den Boden. Entsetzt bemerkte sie die schwarz-roten Blutergüsse in seinem Gesicht. »Ich dachte schon, du wärst tot! Sag doch etwas, Rory! Warum bist du fortgeritten? Was ist geschehen?«

»Immer langsam«, ermahnte Hugo sie. »Er ist noch gar nicht ganz bei sich.« Während er sich daranmachte, Rory loszubinden, rief er seinen Männern zu: »Einar Logan, hol Wasser, und ihr anderen beobachtet die Umgebung; das hier könnte eine Falle sein!«

»Ihr glaubt doch wohl nicht wirklich, dass sie uns hier auf der Hauptstraße angreifen«, sagte Sorcha, wobei sie sich ängstlich umblickte. »Wir sind noch nicht weit von Dunblane entfernt, und da hinten auf dem hohen Felsen kann ich eine große Burg erkennen.«

»Ja, das ist Stirling«, sagte Hugo und stützte Rory, während einer seiner Männer dem Jungen die Fußfesseln löste. »Ich rechne hier nicht mit einer Attacke, aber wenn Waldron dahintersteckt, kann man nie wissen«, setzte er hinzu. »Ich nehme an, der Junge ist ein paar von Waldrons Männern zu nahe gekommen, doch wo er den hübschen Tand da auf seinem Kopf herhat, kann ich mir nicht denken.«

»Das ist Adelas Brautkranz«, erwiderte Sorcha leise.

»Seid Ihr sicher? Er ist ganz schlicht«, sagte er, nahm den Reif von Rorys Kopf und reichte ihn Sorcha. Sie warf einen Blick darauf, bevor sie mithalf, Rory sanft auf den Boden zu legen. Dann antwortete sie: »Ja. Er gehörte unserer Mutter, und ihre Initialen sind darauf eingraviert.« Sie rückte ein wenig zur Seite, als einer von Hugos Gefolgsleuten, ein drahtiger Mann mit dunklem, ordentlich gestutztem Bart, einen Krug Wasser brachte.

»Besorge etwas, das wir ihm unter den Kopf legen können, Einar«, wies Hugo den Mann an, als er ihm den Krug abnahm und Rory etwas Wasser ins Gesicht spritzte.

»Er kann meine Jacke haben«, sagte Einar, zog sie aus und legte sie Rory behutsam unter den Kopf.

»Das können nicht diese Schurken gewesen sein, es sei denn, sie wären viel langsamer vorangekommen, als wir dachten«, sagte Sorcha.

»Stimmt«, erwiderte Hugo nur, denn gerade als er Rory einen Schluck Wasser aus dem Krug geben wollte, krümmte sich der Junge zusammen und versuchte, sich aufzurichten.

»Ich glaube, ihm wird schlecht«, sagte Sorcha warnend und trat einen Schritt zurück.

Umgehend drückte Hugo Einar Logan den Krug in die Hand und drehte Rory gerade noch rechtzeitig herum, um sich selbst und den Verletzten vor einem Schwall von Erbrochenem zu bewahren. Obwohl Einar fast ebenso flink seine Jacke in Sicherheit brachte, bekam sie etwas ab. Einar goss ein wenig Wasser über den verschmutzten Stoffzipfel und rubbelte ihn dann an einem Baumstamm sauber.

Wo es keine Blutergüsse zeigte, war Rorys Gesicht kalkweiß. Er blickte Sorcha an und murmelte: »Es tut mir leid, Mylady.«

»Ach Gott, ich bin ja froh, dass du noch lebst!«, rief sie. »Als ich dich sah, dachte ich schon, du wärst tot. Was ist dir denn bloß zugestoßen?«

»Nicht hier und jetzt«, unterbrach Hugo sie. »Erst einmal stellen wir ihn auf die Beine und schauen, ob er mit uns weiterreiten kann.«

»Es wird schon gehen, Sir. Aber Ihr werdet mich bestimmt auspeitschen lassen«, erwiderte Rory jämmerlich.

»Was haben sie mit dir gemacht?«

»Zuerst haben sie mich kräftig verprügelt und mir dann etwas Bitteres eingeflößt. Danach kann ich mich an nichts mehr erinnern und wurde erst wieder wach, als Ihr mich gestützt habt.«

»Waren es gewöhnliche Straßenräuber oder jemand anders?«

»Ich nehme an, es waren die Männer, hinter denen wir her sind. Zumindest sagten sie, ich wäre wohl einer ihrer Verfolger.«

»Nun gut, lass uns mal sehen, ob du stehen kannst«, sagte Hugo.

Sorcha wäre es lieber gewesen, wenn Rory ein wenig mehr Zeit gehabt hätte, um sich zu erholen. Sie hatte Angst, Hugo wolle ihn tatsächlich dafür bestrafen, dass er das Lager verlassen hatte. Schließlich hatte er nichts getan, um Rorys Befürchtungen zu zerstreuen.

Auf keinen Fall wollte sie Hugo vor seinen Männern widersprechen, doch sie konnte es auch nicht zulassen, dass er dem Jungen noch mehr Schmerzen zufügte. Rory konnte ja kaum stehen.

Um Zeit zu gewinnen, hielt sie Rory den silbernen Reif hin und fragte: »Wie bist du dazu gekommen?«

Rory blickte sie verdutzt an. »Das weiß ich nicht, Mylady. Ich habe ihn noch nie gesehen.«

»Wahrscheinlich haben sie ihm den Kranz auf den Kopf gedrückt, nachdem sie ihn betäubt hatten«, sagte Hugo.

»Meine Güte, Sir«, erwiderte sie. »Was sind das nur für Männer, die solche Gifttränke dabei haben?«

»Ich sagte Euch doch, Mädchen, bei denen muss man auf alles gefasst sein.«

Sorcha schüttelte sich, sagte jedoch nichts mehr. Sie hob den Krug vom Boden auf, während Einar und sein Herr Rory zwischen sich nahmen und ihn auf dem Weg zu den anderen stützten. Da Rorys Reittier verschwunden war, war es nur gut, dass Hugos Männer Reservepferde mitgenommen hatten.

Hugo blickte sich prüfend um. »Wir verstecken uns in dem Dickicht dort drüben«, sagte er und deutete auf ein Wäldchen, das eine Viertelmeile von der Straße entfernt lag. »Dort können wir ein Stündchen rasten und unser Mittagsmahl einnehmen. Danach ist der Junge hoffentlich wieder in der Lage, zu reiten. Wenn es nicht anders geht, kann er hinter einem meiner Männer im Sattel sitzen. Aber vielleicht fühlt er sich nach dem Essen ja kräftiger.«

»Er kann mit mir reiten, Sir«, sagte Einar. »Uns beide kann ein Pferd leichter tragen als den Jungen und einen von den großen Kerlen.«

Der Mann, der geholfen hatte, Rory loszubinden, war auch mitgekommen, und Hugo übergab den jungen Burschen ihrer Obhut. Dann sagte er zu Sorcha: »Kommt, Mädchen, ich helfe Euch beim Aufsitzen.«

Sie blickte sich verstohlen um und sagte dann leise: »Ihr werdet ihn doch nicht auspeitschen lassen, nicht wahr?«

»Er hat meine Befehle nicht befolgt«, erwiderte Hugo ebenso leise. »Ich werde ein strenges Wort mit ihm reden müssen, damit so etwas nicht noch einmal vorkommt. Doch das ist alles.«

»Danke«, sagte sie erleichtert und schickte sich an, aufs Pferd zu steigen, doch Hugo legte ihr die Hand auf den Arm. »Versteht mich nicht falsch«, sagte er. »Ich verschone ihn nicht, um Euch einen Gefallen zu tun, sondern weil ich ihn vielleicht noch brauche. Deshalb ist mir daran gelegen, dass er bald wieder auf die Beine kommt. Meine Männer wissen das, doch ich möchte, dass auch Rory es versteht.«

Sorcha schwieg. Anscheinend wollte er sichergehen, dass auch sie es verstand. Da er offensichtlich eine Antwort erwartete, nickte sie.

Daraufhin half er ihr ohne ein weiteres Wort beim Aufsitzen. Er hielt das Pferd, während sie die Zügel nahm und sich zurechtsetzte.

Dann ging er zu seinem eigenen Tier hinüber und schwang sich ebenfalls in den Sattel.

Bis zu dem Wäldchen brauchten sie nicht mehr als zehn Minuten. Nachdem die Männer hastig ihr Essen verzehrt hatten, fiel Sorcha auf, dass Rory schon wesentlich kräftiger wirkte und wieder besser laufen konnte. Sie bemerkte auch, dass Hugo den Jungen kaum aus den Augen ließ, und hoffte nur, dass er, was die Bestrafung anging, seine Meinung nicht geändert hatte.

Nachdem Hugo aufgegessen war, stand er auf und ging zu Rory hinüber. Sorcha folgte ihm unverzüglich, um im Notfall eingreifen zu können. Hugo warf ihr einen kurzen prüfenden Blick zu, erhob jedoch keine Einwände. Er hockte sich neben Rory auf den Boden und sagte: »Wir müssen uns unterhalten, bevor wir weiterreiten.«

»Ja, Sir«, erwiderte der Junge argwöhnisch.

Sorcha öffnete den Mund, doch bevor sie etwas bemerken konnte, hielt Hugo die Hand hoch und sagte: »Von mir aus könnt Ihr hierbleiben, aber nur, wenn Ihr schweigt.«

Daraufhin machte sie den Mund wieder zu und nickte nur.

»Also«, sagte Hugo zu Rory, »ich möchte, dass du mir alles erzählst, was geschehen ist. Sag mir zuerst einmal, wie und warum du weggelaufen bist.«

Rory schluckte schwer. Offenbar fiel ihm das Geständnis nicht leicht. Doch nach kurzem Zögern sagte er: »Ich habe mitbekommen, wie Ihr den drei Männern befohlen habt, nach den Entführern der Lady Ausschau zu halten. Als sie das Lager verließen, bin ich ihnen gefolgt, weil doch Lady Sidony solche Angst um Lady Adela hat und ich mir dachte, ich könnte etwas herauskriegen. Der Mann, der die Pferde bewacht, wollte wissen, was ich außerhalb des Lagers zu suchen hätte, doch ich sagte ihm, ich würde auf Euren Befehl hin mit den dreien reiten.«

»Ich verstehe«, erwiderte Hugo, der alles andere als erfreut schien. »Und was dann?«

Abermals schluckte Rory und fuhr, ohne den Blick von Hugo zu wenden, fort: »Wegen des hellen Mondscheins verlor ich sie nicht aus den Augen, Sir. Solange sich die Straße durch die Hügel schlängelte, hatte ich keine Angst, dass sie mich entdecken könnten, doch später, auf gerader Strecke, ließ ich mich sicherheitshalber ein wenig zurückfallen. Ich weiß nicht, wie lange wir so geritten sind, doch schließlich führte die Strecke durch einen Wald. Die Bäume reichten bis zum Wegesrand und standen so dicht, dass mir ganz unheimlich zumute wurde. Also trieb ich mein Pferd an, um weiter zu den Männern aufzuschließen, als auf einmal fünf Reiter aus dem Wald kamen und mich umzingelten.«

»Fünf?«

»Ja, Sir. Und sie wussten offenbar, wer ich bin. Einer von ihnen sagte zu ihrem Anführer, ich wäre einer von Euren Männern.«

»Er nannte meinen Namen?«

»Ja, Sir.«

»Wie sah ihr Anführer aus?«

Rory überlegte einen Augenblick, dann sagte er: »Ungefähr so groß wie Einar Logan, vielleicht etwas kleiner, aber schlaksig und ziemlich großmäulig. Er war jünger als Einar, hatte helle Haare und eine Nase wie ein Geierschnabel.«

»Du bist ein guter Beobachter«, sagte Hugo. »Was ist dir sonst noch aufgefallen?«

»Nichts, Sir«, antwortete Riley. »Sie zogen mich vom Pferd und schleppten mich in den Wald. Der Hakennasige befahl mir, ihnen alles über Eure Männer und Euren Plan zu verraten. Als ich sagte, ich wüsste nichts, weil ich erst gestern Morgen zu Euch gestoßen wäre, befahl er seinen Männern, mir eine Lektion zu erteilen, wie er es nannte. Sie verprügelten mich mit den Fäusten und fragten mich dann wieder aus. Als ich ihnen immer noch das Gleiche sagte wie zuvor, zwangen sie mich, irgendein scheußliches Zeug zu trinken, das der Hakennasige in einem Fläschchen in seinem Beutel hatte. Dann weiß ich nichts mehr, bis Ihr mich aufgeweckt habt. Mein Vetter wird ganz schön wütend darüber sein, dass ich sein Pferd verloren habe«, setzte er mit bekümmerter Miene hinzu.

»Kannst du dich noch daran erinnern, was genau sie gesagt haben?«

»Nein, Sir, nur, dass ich ihnen etwas über unsere Pläne verraten sollte.« Er runzelte nachdenklich die Stirn. »Wartet mal. Einer von ihnen sagte noch, Lord Waldron wäre nicht erfreut, dass ich so wenig zu erzählen hätte.«

Bei diesen Worten zog Hugo scharf die Luft ein, ohne jedoch Rory aus den Augen zu lassen. Als der Junge schwieg, fragte Hugo: »Sonst noch etwas? Was ist das Letzte, an das du dich erinnerst?«

Rory kniff die Augen zusammen, als könne er so seinem Gedächtnis auf die Sprünge helfen.

Sorcha hätte Hugo am liebsten gebeten, es gut sein zu lassen. Schließlich hatte der Junge sich ja an den Namen Waldron erinnert. Doch sie fürchtete, Hugo würde sie dann fortschicken. Und sie wollte auf keinen Fall etwas versäumen.

Endlich sagte Rory: »Da ist nur noch eine Kleinigkeit, Sir: das Wort ›Ratho‹. Ich weiß nicht mehr, in welchem Zusammenhang ich es gehört oder ob ich es womöglich nur geträumt habe. Ich weiß auch nicht, was es bedeutet.«

»Gut, dass du dich überhaupt an etwas erinnern konntest«, sagte Hugo.

Sorcha hatte Hugo beobachtet, als Rory das seltsame Wort nannte. Sie war überzeugt davon, dass er etwas damit anfangen konnte.

Als er daher beiläufig zu ihr sagte: »Ihr könnt jetzt gehen, Mädchen«, blickte sie ihn trotzig an und sagte: »Ich möchte gern wissen, was ›Ratho‹ bedeutet, Sir.«

»Ich glaube, es bedeutet gar nichts«, erwiderte er.

»Aber …«

»Genug jetzt«, entgegnete er schroff. »Ich habe mit dem Burschen hier noch ein Wörtchen zu reden, und es wäre mir lieber, wenn Ihr nicht dabei wärt.«

Rory ließ schon wieder den Kopf hängen, doch Sorcha wusste, dass sie ihm nicht helfen konnte. Blieb nur zu hoffen, dass Hugo sein Wort hielt. Wortlos drehte sie sich um und ging zu den anderen.

Hugo und Rory kamen bald darauf nach. Auf einen Wink von Hugo hin humpelte Rory zu Einar Logan hinüber und ließ sich von ihm aufs Pferd helfen. Nach seinem Gespräch mit Hugo wirkte der Bursche sehr niedergeschlagen. Daher schüttelte Sorcha nur den Kopf, als Sidony vorschlug, sie sollten neben ihm und Einar reiten.

»Er will bestimmt nicht, dass wir ihn bedauern oder viel Getue um ihn machen«, sagte sie. »Aber ich habe kurz mit Sir Hugo zu reden. Wenn du also ein Weilchen neben Rory reiten möchtest, Liebes, dann ist jetzt die beste Gelegenheit dazu. Du musst mir aber versprechen, dass du nichts von dem erwähnst, was ihm zugestoßen ist.«

Sidony versprach es, worauf Sorcha abwartete, ob Rory oder Einar etwas gegen Sidonys Gesellschaft einzuwenden hätten.

Dann trieb sie ihr Pferd an und sprengte zu Sir Hugo an die Spitze des Zuges.

»Ihr solltet hinten bei den anderen bleiben, Mädchen«,

sagte er, als sie neben ihm auftauchte. »Hier vorn seid Ihr zu ungeschützt.«

»Ihr habt selbst gesagt, dass uns hier in der Nähe von Stirling niemand angreifen wird, Sir«, erwiderte sie. »Bevor wir da sind, muss ich mit Euch reden.«

»Ratho«, sagte er nur lächelnd.

»Genau.« Sie lächelte zurück. »Ich weiß, dass Ihr das Wort kennt. Was bedeutet es? Ist es eine Losung oder ein geheimer Ort?«

»Ihr habt wirklich eine lebhafte Fantasie«, erwiderte er. »Ratho ist schlicht ein Dorf.«

»Zwischen hier und Edinburgh?«

»Nein. Es liegt südöstlich von Linlithgow an der Straße nach Glasgow.«

»Dann müssen wir von Linlithgow geradewegs dorthin reiten«, erklärte sie. »Wenn es nicht zu weit ist, können wir schon heute Abend in Ratho sein. Sie sind bestimmt dorthin unterwegs, wenn sie Rory gegenüber den Namen erwähnt haben.«

»Vermutlich wollten sie uns nur in die Irre führen«, sagte er. »Edgelaw, Waldrons Stammsitz, liegt ebenfalls im Südosten. Aber er wird wahrscheinlich kreuz und quer durch die Hügel und nicht über Ratho reiten. Euch ist sicher aufgefallen, dass er die meisten Ansiedlungen meidet.«

»Ich dachte, er sei unterwegs nach Edinburgh.«

»Er geht, wohin er will«, sagte Hugo. »Ich nehme an, seine Männer haben Ratho nur erwähnt, um uns so lange von seiner Fährte abzulenken, bis er bereit ist. Wisst Ihr, die Verfolgung war einfach zu leicht. Wenn er nicht gewollt hätte, dass wir ihn finden, dann wäre er nach der Entführung Eurer Schwester spurlos verschwunden.«

»Aber Sir, mich überrascht es gar nicht, dass wir ihn aufgespürt haben. Ihr wisst doch selbst, dass sich Neuigkeiten im Hochland in Windeseile verbreiten. Irgendjemand sieht oder hört immer etwas.«

»Nicht, wenn es Waldron nicht passt«, entgegnete Hugo entschieden.

»Die Entführer mussten sich doch an die Straßen halten, um sich nicht zu verirren«, beharrte sie.

»Waldron braucht keine Straßen. Wenn er nicht entdeckt werden will, lebt keiner lange genug, um ihn zu verraten.«

»Um Himmels willen, würde er etwa jemanden umbringen, nur weil der ihn gesehen hat?«

»Das ist durchaus möglich.«

»Aber vielleicht ist er doch auf dem Weg nach Ratho.«

»Ich bin sicher, dass er Rory nur auf eine falsche Fährte locken wollte. Und deshalb werden wir nicht dorthin reiten.«

Ihr Gefühl sagte ihr, dass er ihr etwas verschwieg.

»Ihr habt versprochen, mir alles zu verraten, was Ihr über den Aufenthaltsort meiner Schwester wisst, Sir. Und da sie bei Waldron ist ...«

»Genau genommen habe ich nur versprochen, Euch mitzuteilen, wo sich der Junge aufhält«, widersprach er und erwiderte gelassen ihren herausfordernden Blick.

»Na gut, doch Ihr verschweigt mir etwas über dieses Dorf. Ich will alles wissen.«

Er schüttelte den Kopf. »Ratho ist nur ein gewöhnliches Dorf.«

»Da gibt es doch noch irgendetwas«, beharrte sie.

Hugo verzog gequält das Gesicht. Er hatte gehofft, das Gespräch aufschieben zu können, bis sie ihr Nachtlager aufschlugen, doch mittlerweile kannte er sie gut genug, um zu wissen, dass sie nicht lockerlassen würde.

Seiner Meinung nach gab es zwei Möglichkeiten, warum Waldron den Namen Ratho genannt hatte. Entweder wollte er ihnen eine Falle stellen oder sie in die Irre führen. So oder so wurde es höchste Zeit, dass Hugo Sorcha und Sidony in Sicherheit brachte.

Nachdem er sich mit einem Blick über die Schulter davon

überzeugt hatte, dass ihn niemand hören konnte, sagte er: »Erstens bin ich davon überzeugt, dass Waldron nicht die Absicht hat, mit Eurer Schwester mitten durch Edinburgh zu reiten. Das hat er nur verbreiten lassen, damit wir die Richtung kennen und ihnen folgen.«

»Wohin will er dann?«

»Höchstwahrscheinlich nach Edgelaw«, antwortete Hugo. »Es liegt drei Meilen südlich von Roslin und verfügt über starke Mauern und eine wohlbewaffnete Besatzung. Daher kann Waldron sich dort für eine Weile verschanzen.«

»Aber wenn Ratho südlich von Edinburgh liegt, dann führt ihn sein Weg nach Edgelaw doch daran vorbei. Wir könnten also doch nach Ratho reiten und ihn trotzdem weiter verfolgen.«

Der Augenblick war gekommen. Er konnte es ihr nicht länger verheimlichen.

»*Wir* werden ihn nicht weiter verfolgen«, sagte er mit sorgfältiger Betonung. »Ich beabsichtige nämlich, Euch und Sidony nach Roslin zu meiner Tante, der Gräfin Isabella, zu bringen. Morgen erreichen wir Torfinn's Crossing, das eine Meile vor der Königsburg liegt. Von dort wenden wir uns in Richtung Südosten nach Roslin. Ihr werdet Euch erinnern, dass ich ein paar Männer vorausgeschickt habe, um Verstärkung zu holen. Wir treffen sie vermutlich in ...«

»Ohne Adela gehe ich nicht nach Roslin!«, unterbrach sie ihn heftig.

Sein strenger Blick ließ sie erbleichen, auch wenn sie ihn tapfer erwiderte. Er brauchte nichts mehr zu sagen; sie verstand auch so, dass ihr nichts anderes übrig blieb, als ihm zu gehorchen.

Um die Spannung zu mildern, sagte er ruhig: »Versucht es doch zu verstehen, Mädchen. Meine Männer und ich können nicht Lady Adela retten und gleichzeitig auf Euch und Lady Sidony aufpassen. Und Ihr wollt doch, dass wir sie befreien, nicht wahr?«

»Gewiss, Sir«, erwiderte sie. »Aber Adela wird Sidony und mich brauchen. Warum können wir nicht …«

»Wie ich bereits sagte, ist Edgelaw nur drei Meilen von Roslin entfernt. Ob wir Waldron nun dort oder in Ratho aufspüren, auf jeden Fall können wir Eure Schwester im Nu zu Euch bringen.«

»Falls Ihr nicht getötet werdet und sie unversehrt ist!«

»Ich werde nicht getötet«, widersprach er. »Was Adela angeht, kann ich noch nichts sagen, doch Waldron hat seine eigenen Ehrbegriffe.«

»Ja, er ist so ehrenhaft, dass Isobel ihn von den Zinnen von Roslin Castle stoßen musste, um sich seiner zu erwehren«, erwiderte sie spöttisch.

Da ihm keine passende Antwort darauf einfiel, schwieg er.

Nach einer Weile fragte sie: »Warum ist Euer Vetter so geworden?«

Dankbar für den Themenwechsel antwortete er: »Ich habe ja bereits erwähnt, dass er der uneheliche Sohn eines Sinclairs aus der französischen Linie ist. Michaels Vater erfuhr erst von der Existenz des Jungen, als dieser bereits fünf Jahre alt war. Er ließ ihn damals in Frankreich, doch als mein Vater einige Jahre später Henry, Michael und mich nach Frankreich begleitete, wo wir studieren sollten, bat er ihn, Waldron nach Schottland zu holen. Es stellte sich heraus, dass der Verwandte, der Waldron bis dahin unterrichtet hatte, ihm leider das Gedankengut einiger Vorfahren, die an den Kreuzzügen teilgenommen hatten, in den Kopf gesetzt hatte.«

»Was für eine Art von Gedankengut ist das?«

»Sie waren davon überzeugt, als Krieger Gottes seien sie nur ihm persönlich Rechenschaft schuldig und Gott würde ihnen alle Taten vergeben, die sie in seinem Namen verübten. Das glaubten damals viele Leute«, fügte er hinzu, »doch Waldrons Lehrer brachte ihm darüber hinaus bei, dass Gott jeden seiner Krieger, der in den Himmel kommt, belohnt.«

»Wollt Ihr damit sagen, dass Euer Vetter glaubt, er könne

ungestraft jede Gräueltat verüben und würde dennoch von Gott belohnt?«

»Genau. Das macht ihn ja so gefährlich.«

»Aber wenn er denkt, er könne nach Belieben mit Adela umspringen, wie könnt Ihr dann behaupten, er hätte so etwas wie Ehrgefühl?«

»Weil es ihm wahrscheinlich seiner Meinung nach eine noch größere Belohnung einbringt, wenn er sie nicht anrührt«, erklärte Hugo. »Er hat einmal uns gegenüber behauptet, einem Krieger Gottes, der enthaltsam lebt, würde sein Verzicht nach dem Tod tausendfach vergolten.«

Sie starrte ihn an. »Ein solcher Mann hätte im Himmel also zahllose Frauen?«, fragte sie entgeistert. »Und was ist mit den Frauen? Für die ist das ja wohl kaum das Paradies.«

Mit gequältem Lächeln erwiderte er: »Waldron würde vermutlich behaupten, sie würden es genießen. Tatsächlich hat er Michael einmal auf die gleiche Frage geantwortet, dass all diese Jungfrauen – denn das seien sie durchweg – die Ehre zu schätzen wüssten, einem solch tapferen und edlen Mann zu Willen zu sein.«

Sie zog verächtlich die Nase kraus. »Dann sind es aber bestimmt keine schottischen Jungfrauen. So viel steht fest!«

Beinahe hätte Hugo laut aufgelacht, doch wurde ihm klar, dass ihr Gespräch überaus unschicklich war. Er hatte noch nie eine Frau getroffen, mit der er so ungezwungen und offen reden konnte. Selbst in den Augenblicken, in denen sie ihn fast zur Weißglut trieb, hatte er das Gefühl, er würde sie schon sein ganzes Leben lang kennen und hätte bereits viele solch anregender Gespräche mit ihr geführt.

Mit seinen drei Schwestern hatte er sich nicht oft unterhalten, und schon gar nicht über derartige Themen. Seine Schwester Eliza war drei Jahre älter als er, Kate und Meg waren sieben beziehungsweise acht Jahre jünger. Sie alle waren nach dem Tod ihrer Mutter von Pflegeeltern aufgezogen worden. Hugo erinnerte sich kaum noch an sie und wusste nur noch, dass er sie damals für ziemlich dumme Gänse gehalten hatte.

Lady Sorcha dagegen war nicht albern, auch wenn sie zuweilen unerträglich sein konnte. Sie versuchte auch nicht, sich interessant zu machen, und scherte sich nicht darum, ob sich ein Gespräch schickte oder nicht. Dennoch zog er es vor, nicht näher auf ihre Bemerkung über schottische Jungfrauen einzugehen.

Sie ritten eine Weile schweigend dahin, bis sie plötzlich sagte: »Wie um alles in der Welt kommt ein Mann bloß auf solche Ideen, selbst wenn er als Kreuzritter die halbe Welt gesehen hat?«

Er setzte schon zu einer Antwort an, doch dann fiel ihm ein, dass jede Erklärung nur neue peinliche Fragen nach sich ziehen würde. Daher sagte er nur beiläufig: »In manchen Ecken der Welt glauben die Leute etwas anderes als wir, Mädchen. Mein Vater hat sich nach Kräften bemüht, Waldron diese Fantastereien auszutreiben, doch vergeblich, fürchte ich.«

Um sie abzulenken, setzte er ein wenig zerknirscht hinzu: »Ich muss gestehen, dass wir als junge Burschen alle von Waldrons Gerede fasziniert waren. Einmal sagte sogar einer von uns, es müsse doch für jeden Mann das Paradies sein, wenn ihm eine Schar schöner Jungfrauen zu Willen wäre. Als mein Vater das hörte, mussten wir alle dafür büßen.«

»Wer hat es denn gesagt?«

»Darauf möchte ich lieber nicht antworten.«

»Ich verstehe. Ich hoffe nur, Ihr musstet Eure Mahlzeiten zwei Wochen lang im Stehen einnehmen.«

»Ganz so lange war es nicht«, erwiderte er lachend.

Als Sorcha ihn lachen hörte, wurde ihr so warm ums Herz, dass sie ihn am liebsten gleich wieder zum Lachen gebracht hätte. Auch sein Lächeln fand sie überaus anziehend. Um ihn nicht zu verärgern, sträubte sie sich daher nicht länger offen gegen seine Absicht, sie und ihre Schwester zur Gräfin nach Roslin zu bringen, so absurd sie diese Entscheidung auch fand.

In der kurzen Zeit, in der sie ihn kannte, hatte sie festgestellt, dass er sich nur schwer von einem einmal gefassten Entschluss abbringen ließ. Doch sosehr sie seinen Sinn für Humor auch schätzte, hatte sie doch keineswegs vor, untätig auf Roslin herumzusitzen, solange Adela in Gefahr war.

Als er sie fragte, womit sie sich zu Hause die Zeit vertrieb, erklärte sie, dass sie gern zu Pferd durch die Gegend streifte.

»Reitet Ihr für gewöhnlich allein aus?«

Sie verdrehte die Augen und sagte: »Jetzt fangt bitte nicht schon wieder an. Das ist doch genau der Grund, warum das Leben eines Mannes so viel interessanter ist als das einer Frau. Wenn ein Mann irgendwo hingehen will, dann tut er es, ohne um Erlaubnis zu fragen oder jemanden zur Begleitung mitzunehmen. Er befiehlt einfach, ihm ein Pferd zu satteln oder ein Boot bereit zu machen, und los geht's.«

»So einfach ist das auch nicht immer«, widersprach er.

»Pah! Ist es doch!«, rief sie verächtlich. »Außerdem geben Männer einem oft keine vernünftige Antwort, wenn man sie etwas fragt. Sie behaupten dann immer, das wäre kein Thema für eine Dame. Das geht mir auf die Nerven! Wenn ich eine Frage stelle, erwarte ich auch eine Antwort. Adela sagt, Neugier gehöre sich nicht für Frauen, doch Isobel ist die neugierigste Person, die ich kenne. Da ist es doch wohl kein Wunder, dass ich das eine oder andere wissen will. Glaubt Ihr nicht auch?«

»Doch, schon«, erwiderte er lächelnd. »Das ändert jedoch nichts an der Tatsache, dass man über manche Dinge eben nicht spricht.«

»Ich verabscheue Geheimnisse!«, schnaubte sie.

Da lachte er und sagte: »Ich habe Euch doch erklärt, dass ich nicht über alles reden darf. Aber ich werde versuchen,

Eure Fragen nach besten Kräften zu beantworten. Was möchtet Ihr denn wissen?«

Eine Menge, dachte sie, stellte ihm jedoch nur einige Fragen über Roslin und seine eigene Burg Dunclathy in Strathearn. Er beschrieb ihr die Orte, wobei er offenbar ganz vergessen hatte, wie gefährlich es angeblich für sie war, an der Spitze zu reiten.

»Ist Dunclathy in der Nähe von Roslin?«, fragte sie. »Ich muss gestehen, dass ich Strathearn nicht kenne.«

»Es liegt eine Tagesreise entfernt im Norden«, antwortete er. »Dunclathy ist der Stammsitz meines Vaters, doch ich halte mich seit Jahren mehr auf Roslin und Hawthornden auf.«

»Hawthornden?«

»Eine weitere Burg der Sinclairs; sie liegt in einem Tal, ungefähr eine Meile von Roslin entfernt. Es ist eigentlich nur ein Bergfried auf einer hohen Klippe am Ostufer des Flusses North Esk, aber ich war als Junge immer gern dort. Daher hat Henry mich schon vor Jahren zum Burgvogt ernannt. Er tat es nur zum Spaß, aber es ist ein schönes Fleckchen Erde und gefällt mir gut. Darüber hinaus kann ich mich dorthin zurückziehen, wenn Roslin wieder einmal von Gästen überquillt.«

Sorcha verschwendete keinen Gedanken daran, ob Sidony noch immer neben Einar Logan und Rory ritt. Stattdessen ermunterte sie Hugo, ihr noch mehr zu erzählen, und hörte genau hin, als er ihr die Straßen nannte, die nach Roslin führten. Nur hin und wieder dachte sie missmutig daran, dass er sie nicht nach Ratho mitnehmen wollte.

Erst am Abend, als die untergehende Sonne die Wattewölkchen im Westen in Rosa, Gold und Orange tauchte, kam ihr der rettende Einfall.

Schon als die Sonne hinter dem Horizont versank, konnte Adela die Augen kaum noch offen halten. Sie waren am Morgen spät aufgebrochen, weil sie auf fünf Nachzügler warten mussten. Daher trieb der Lord sie später erbarmungslos zur Eile an. Und da die Straße immer wieder durch Städtchen und Dörfer führte, mussten sie noch mehr Umwege als sonst machen. Fast den ganzen Tag ritten sie nach Osten und änderten die Richtung erst, kurz bevor sie für die Nacht haltmachten. Da die Sonne rechts von ihnen unterging, wusste Adela, dass sie nun nach Süden ritten. Sie war so schläfrig, dass sie Mühe hatte, sich hinter dem Lord im Sattel zu halten. Daher achtete sie kaum auf ihre Umgebung, bis er schließlich sein Pferd zügelte und sagte: »Sieh mal, Mädchen, ich habe eine Überraschung für dich.«

Argwöhnisch beugte sie sich vor und spähte in die Dämmerung. Da erblickte sie zu ihrem Schrecken im Schein eines Lagerfeuers ihre hochschwangere Schwester Isobel. Sie stand zwischen zwei Männern, die Adela noch nie zuvor gesehen hatte.

Isobel hatte ihre Schwester offensichtlich noch nicht bemerkt. Mit entsetzter Miene starrte sie den Lord an und rief: »Waldron, ich dachte, Ihr wärt tot!«

»Sagt Eurer Schwester Guten Tag, Lady Adela«, sagte er hämisch. »Dann könnt Ihr in Euer Zelt gehen und dort bleiben. Ich werde mich um sie kümmern.«

Auch Sir Hugos Trupp hatte den ganzen Nachmittag über ein flottes Tempo vorgelegt und es selbst in den belebten Gassen von Stirling und Linlithgow beibehalten. Sorcha war es nur recht. Sie brannte darauf, endlich die Entführer ihrer Schwester einzuholen.

Da die Straße gut war, ritten sie auch nach Sonnenuntergang weiter, während sich die Dunkelheit über das Land senkte. Der fast volle Mond stand bereits hoch am Himmel und spendete ihnen ausreichend Licht. Die kleinen duftigen Wölkchen, die im Sonnenuntergang so farbenprächtig geleuchtet hatten, waren längst entschwunden, als die Reiter an einem kleinen Loch haltmachten und Hugo seine Männer das Lager aufschlagen ließ.

»Wo sind wir?«, fragte Sorcha, als er ihr beim Absitzen half.

»Ungefähr zwei Meilen vor Torfinn's Crossing«, antwortete er. »Das hier ist Loch Gogar.«

Sie gähnte ausgiebig. »Ich bin fast zu müde zum Essen.«

»Es war wirklich ein langer Tag, Mädchen«, sagte er lächelnd. »Da werdet Ihr bestimmt gut schlafen.«

»Ja«, erwiderte sie, doch nach Schlafen stand ihr nicht der Sinn.

11

Erst als Sidony fest eingeschlafen war, erhob sich Sorcha leise von ihrem behelfsmäßigen Bett in dem kleinen Zelt, das die Schwestern miteinander teilten. Einige Stunden zuvor, als Hugo am anderen Ende des Lagers beschäftigt war, hatte sie die Gelegenheit genutzt und sich bei dem Mann, der ihre Behausung errichtete, darüber beklagt, dass der helle Mond in den Zelteingang scheine. Daraufhin hatte der Mann das Zelt näher am Waldrand und mit der Öffnung zum Wald hin aufgebaut. Die Bäume mit ihren tief herabhängenden Ästen würden den Mondschein auch im weiteren Verlauf der Nacht abhalten.

Noch immer überaus stolz auf ihre Finte, kroch Sorcha vorsichtig auf Händen und Knien aus dem Zelt. Dann schlüpfte sie in den Schatten des nächstbesten Baumes und von dort aus in den Schutz des Waldes, bevor sie es wagte, sich umzudrehen.

Im Lager war alles ruhig; doch in den mit Steinen eingefassten Feuerstellen schimmerte noch die Glut, und Sorcha wusste, dass irgendwo Männer Wache hielten. Sie trug ihre braune Hose und den safrangelben Kittel zusammengerollt unter dem Arm und hatte sich ihren dunkelgrauen Kapuzenumhang über Hemd und Mieder gestreift. An den bloßen Füßen trug sie die Fellstiefel, die Rory ihr gegeben hatte.

Hinter einem dicken Baum zog sie sich vorsichtig um, stets auf der Hut vor den Wachen, und schob dann Hemd und Mieder in einen Spalt zwischen zwei Felsbrocken. In diesem Augenblick fuhr sie vor Schreck zusammen, da sich Schritte näherten.

In der Hoffnung, dass ihr dunkler Umhang sie verbarg,

kauerte sie sich nieder und verharrte mit angehaltenem Atem.

Die Wache ging im Abstand von wenigen Metern an ihr vorüber. Dabei hielt sich der Mann hinter der ersten Baumreihe, von wo aus er das Lager im Blick hatte, ohne selbst gesehen zu werden.

Während er sich entfernte, dankte Sorcha im Stillen ihrem Geschick, dass er sie nicht entdeckt hatte, und hoffte, er würde nicht in das Zelt hineinblicken und erkennen, dass sich nur eine Person darin aufhielt. Sie hoffte zudem, dass Hugo einen festen Schlaf hatte.

Vor dem Zubettgehen hatte sie sich einige Orientierungspunkte in der Landschaft gemerkt, und da sie schon als Kind gelernt hatte, den Polarstern zu erkennen, war sie sicher, ohne Schwierigkeiten zu der Straßenkreuzung westlich vom Lager zurückfinden zu können, die sie kurz vor ihrer Rast passiert hatten. Einer der Männer hatte erwähnt, dass dort die Landstraße nach Glasgow verliefe. Auf dieser wollte Sorcha ungesehen zum Dorf Ratho gelangen.

Doch leider musste sie erst einmal aus dem Wald herausgelangen, was sich als unerwartet schwierig erwies. Durch die Baumkronen schimmerte das Licht des Mondes und der Sterne, doch der Polarstern war nirgends zu sehen, und das dichte Blätterdach versperrte fast durchgehend den Blick auf den Mond.

Normalerweise hatte sie einen ausgezeichneten Orientierungssinn, doch nachdem sie sich zehn Minuten lang durch den Wald gekämpft hatte, stellte sie zu ihrem Schrecken fest, dass sich der Mond auf einmal nicht mehr links, sondern rechts von ihr befand.

Lauschend blieb sie stehen. Sie bewegte sich eindeutig wieder auf das Lager zu, wo sie früher oder später den Wachen oder sogar Sir Hugo in die Arme laufen würde. Vor Enttäuschung hätte sie schreien wollen, doch jetzt musste sie unbedingt erst einmal den richtigen Weg finden. Es nutzte weder ihr noch Adela, wenn sie die ganze Nacht durch diesen blöden Wald irrte.

Sir Hugo würde ihr niemals glauben, dass sie sich auf dem Weg zu den Abtrittgruben verlaufen hatte, denn warum sollte sie für diesen Gang Hemd und Hose anziehen? Bestimmt würde er sich denken können, dass sie nach Ratho wollte, und was er dann mit ihr machen würde, mochte sie sich gar nicht ausmalen.

Am liebsten hätte sie sich in ihr Zelt zurückgeschlichen und sich wieder hingelegt, doch das war unmöglich.

Bis zum Abend war noch keine Verstärkung von Roslin oder Lochbuie eingetroffen, sodass nicht vor dem nächsten Morgen mit der Ankunft der Männer zu rechnen war. Sorcha wurde das Gefühl nicht los, dass jede Verzögerung Adelas Überlebenschancen verringerte, daher musste sie unbedingt dafür sorgen, dass Hugo etwas unternahm. Aus übertriebener Vorsicht wollte er sie und Sidony nach Roslin in Sicherheit bringen, doch wenn Adelas Wohlergehen auf dem Spiel stand, konnte zu große Vorsicht schlicht Dummheit sein.

Sorcha wusste, dass er sofort ihre Verfolgung aufnehmen würde, sobald er ihr Verschwinden bemerkte. Diesmal würde sie einer Strafe gewiss nicht entgehen, doch das war ihr egal. Hauptsache, Adela wurde gerettet.

Im Wald herrschte eine eigentümliche Stille. Nachdem sie sich davon überzeugt hatte, dass keine Wachen in der Nähe waren, setzte sich Sorcha rasch in Bewegung. Sie blickte zum Himmel auf, damit der Mond ihr den Weg wies.

So still war es im Wald, dass Sorcha daran denken musste, wie unheimlich es Rory bei seinem einsamen Ritt zumute gewesen sein musste. Daher fuhr sie vor Schreck zusammen, als es neben ihr im trockenen Laub raschelte. Sie fasste sich jedoch rasch wieder und eilte weiter, wobei sie sich wegen ihrer blühenden Fantasie selbst schalt.

Bald verriet ihr der hellere Mondschein, dass sie sich dem

Waldrand näherte. Sie hielt inne und überlegte. Wenn sie sich einfach weiterhin versteckt hielt, würde Hugo vielleicht annehmen, sie wäre unterwegs nach Ratho, und sie mit seinen Männern verfolgen. Doch den Gedanken verwarf sie sofort wieder.

Es wäre feige und vermutlich auch sinnlos, sich vor ihm verbergen zu wollen. Denn zum einen wusste sie nicht, wie groß der Wald überhaupt war, und zum anderen würde er sie bei Tageslicht bestimmt bald aufspüren. Und außerdem konnte sie dann nicht bei Adela sein und sie trösten. Was Hugo anging, dachte sie bedrückt, war ihr Schicksal sowieso besiegelt. Er würde sie auf jeden Fall streng bestrafen, ganz gleich, ob sie sich im Wald versteckte oder die Schurken auf eigene Faust verfolgte.

Da wollte sie wenigstens ihr Möglichstes tun, um Adela zu helfen.

Während sie noch darüber nachdachte, was der wütende Hugo wohl mit ihr anstellen würde, wurde es schlagartig dunkel um sie. Jemand hatte ihr ein übel riechendes dickes Tuch über den Kopf geworfen. Eine Hand hielt ihr fest den Mund zu, während ein kräftiger Arm sie um die Taille packte und sie hochhob.

Sie zappelte und wand sich, trat aus und versuchte, durch den Stoff in die Hand zu beißen, doch vergeblich. Als der Angreifer mit ihr losrannte, stieg ihre Angst noch. Wenn er jetzt über eine Wurzel stolperte und auf sie fiel, konnte er sie mit seinem Gewicht erdrücken.

Falls es, wie sie hoffte, Hugo war, würde er sich vorsehen und ihr kein Leid antun. Doch letzten Endes würde ihr das auch nichts nützen. Bei diesem Gedanken trat sie noch einmal kräftig zu – mit Erfolg, wie der unterdrückte Schmerzensschrei ihr verriet.

Als sie die Stimme hörte, stockte ihr jedoch der Atem – das war nicht Hugo. Er hätte sie auch schwerlich so herumgeschleppt, sondern sie sich, wie schon einmal, einfach über die

Schulter geworfen. Und außerdem hätte er ihr für ihr Gezappel schon längst einen Schlag aufs Hinterteil versetzt, noch bevor sie ihn hätte treten können.

Sie versuchte sich einzureden, dass irgendein Wegelagerer sie überfallen hatte, doch das war äußerst unwahrscheinlich. Zweifellos handelte es sich um einen der Männer, die Rory misshandelt hatten. In diesem Fall konnte sie nur hoffen, dass es ihr gelingen würde zu fliehen, bevor er herausfand, dass sie eine Frau war.

Doch auch diese Hoffnung starb, als sie eine leise Stimme vernahm: »Hierher, Fin. Hast du das Mädchen?«

Der Mann, der sie trug, verlangsamte seinen Schritt und flüsterte zurück: »Nur eine von den beiden. Welche, weiß ich nicht, aber sie ist ein leckeres Ding. Ich habe sie beim Umziehen beobachtet, und ich muss sagen, ich hätte nichts dagegen, mich ein bisschen mit ihr zu vergnügen, wenn der Herr keine Verwendung mehr für sie hat. Das kleine Biest hat mich getreten, und ich wette, sie hätte mir glatt die Hand abgebissen, wenn sie gekonnt hätte. Also habe ich noch was gut bei ihr.«

Viel konnte der Kerl nicht von ihr gesehen haben, dachte Sorcha, denn sie hatte sich beim Umziehen stets im Schatten gehalten. Er presste ihr die Hand so fest auf den Mund, dass ihr allmählich schwindlig wurde. Vielleicht, dachte sie, war es besser, vor Luftmangel ohnmächtig zu werden als von dem Zeug, das die Halunken Rory eingeflößt hatten. Gleich darauf ließ sie sich wie leblos im Griff des Mannes zusammensinken.

»Verdammt!«, rief der. »Ich glaube, sie ist mir erstickt!«

»Ich hoffe für dich, dass es nicht so ist, Fin Wylie«, sagte die andere Stimme. »Bring sie hierher ins Helle, damit wir einen Blick auf sie werfen können.«

Sorcha zwang sich, ganz still zu liegen, als das Tuch weggezogen wurde. Am meisten fürchtete sie, dass man ihr den schrecklichen Trank einflößen könnte.

»Sie ist nur ohnmächtig«, sagte der zweite Mann. »Am besten, wir beeilen uns, zu den anderen zurückzukommen, bevor der Herr noch jemanden nach uns ausschickt. Du weißt, wie schnell er wütend wird.«

Der Drang, einen tiefen Zug von der frischen Luft zu nehmen, war fast übermächtig.

Dennoch schaffte Sorcha es, gleichmäßig weiterzuatmen, bis die beiden ihre Kameraden gefunden hatten und alle ihre Pferde bestiegen.

Als jemand sie vor diesen Fin Wylie auf den Sattel hievte, hätte sie sich beinahe wieder verraten, denn die Vorstellung, eng an diesen abscheulichen Kerl gepresst zu reiten, war ihr zuwider.

Doch in diesem Augenblick warnte der andere seinen Kumpan, die Hände von ihr zu lassen, sofern er sich nicht dem Herrn gegenüber verantworten wollte, worauf sie sich ein wenig entspannte. Blieb nur zu hoffen, dass Waldrons Männer die sonderbaren Jenseitsvorstellungen ihres Herrn teilten.

Um Fin Wylie nicht misstrauisch zu machen, atmete sie ruhig und gleichmäßig und überlegte dabei fieberhaft, wie lange es wohl dauern würde, bis Hugo ihr Verschwinden bemerkte.

Sie war sich zwar darüber im Klaren gewesen, dass die Schurken sie entdecken könnten. Allerdings nicht, bevor sie ihr Lager gefunden hätte, also mehrere Stunden nachdem sie ihre eigene Gruppe verlassen hatte. Doch zuweilen schlugen selbst die raffiniertesten Pläne fehl, da brauchte sie nur an Adelas Hochzeit zu denken.

Zu Sorchas Überraschung erreichten sie bereits eine knappe Stunde später das Lager der Feinde. Die ganze Zeit über hatte sie die Augen geschlossen gehalten und nur hin und wieder verstohlen durch die Wimpern geblinzelt. Doch wo sie sich befanden, wusste sie nicht.

Selbst als Fin Wylie sein Pferd zum Stehen brachte, widerstand Sorcha der Versuchung, die Augen zu öffnen. Doch dann packten zwei starke Hände sie und hoben sie aus dem Sattel. Nun konnte sie sich nicht länger bewusstlos stellen. Als der Mann sie absetzte, öffnete sie unwillkürlich die Augen, um nicht das Gleichgewicht zu verlieren.

»Ja, wen haben wir denn da?«, sagte der Mann. Er war so groß wie Hugo und hatte eine gewisse Ähnlichkeit mit ihm. Daher war sie sicher, dass sie vor Waldron von Edgelaw stand.

»Das ist ein richtiges kleines Biest, Herr«, sagte Fin Wylie. »Sie hat mich getreten und versucht, mich zu beißen.«

»Tatsächlich?«, sagte Waldron. »Läufst du immer so herum, Mädchen?«

Sorcha blickte ihn nur ausdruckslos an und sagte nichts weiter.

»Ich frage dich noch einmal«, sagte er so drohend, dass es sie kalt überlief. »Trägst du immer Männerkleider?«

»Nein.«

»Nein was?«

»Nein, ich laufe nicht immer so herum.«

Als die Männer, die in der Nähe standen, einander ansahen, merkte sie, dass es nicht die richtige Antwort gewesen war, doch sie straffte nur die Schultern und starrte ihr Gegenüber unverwandt an.

Der Fremde schwieg einen Augenblick, dann sagte er: »Euch mangelt es an guten Manieren, Mylady. Aber ich werde sie Euch mit Freuden beibringen. Doch jetzt werdet Ihr erst einmal mit mir kommen. Da ist jemand, der Euch schon sehnlich erwartet.«

Mit festem Griff um ihren Oberarm bugsierte er sie zu einem Zelt in der Nähe und schob sie hinein. Sie hatte Adela erwartet, doch zu ihrer maßlosen Bestürzung erblickte sie Isobel, die in einer unbequemen Stellung, die Hände an einen Zeltpfosten gefesselt, auf einem Stapel Fellen lag.

»Sorcha!«, rief sie. »Was machst du denn hier?«

»Ich suche natürlich Adela. Aber wie bist du hergekommen?«

»Sie haben mich auf einem kleinen Spaziergang in der Nähe der Burg gefangen genommen, kurz nachdem Michael und die anderen mit der Flottille aufgebrochen waren. Ich glaubte, ein Kind weinen zu hören, also bin ich ein wenig weiter gegangen als üblich, doch es war eine Falle. Sie haben mir aufgelauert.«

»Aber wenn Seine Gnaden und die übrigen Männer vor dir losgefahren sind, warum sind sie dann noch nicht hier?«

»Sie haben vom West Loch Tarbert aus den Weg um das Mull of Kintyre genommen, damit sich ihnen weitere Schiffe anschließen können«, erklärte Isobel und versuchte sich aufzurichten. »Könntest du mich nicht losbinden?«, fügte sie erschöpft hinzu.

Sorcha machte einen Schritt auf sie zu, doch schon schloss sich wieder die Hand um ihren Arm.

»Ihr werdet mich zuerst um Erlaubnis fragen«, sagte Waldron.

Sorcha blickte zu ihm auf. »Warum sollte ich, wenn Ihr sowieso ablehnen würdet?«, fragte sie.

»Das könnt Ihr doch gar nicht wissen«, erwiderte er ruhig. »Doch nehmt Euch vor mir in Acht, Mädchen. Immerhin sind zwei Eurer Schwestern in meiner Hand. Sie werden dafür bezahlen, wenn Ihr mir gegenüber weiter so unverschämt seid.«

»Um Gottes willen, Ihr werdet doch wohl einer Schwangeren nichts antun wollen! Das könnte nur ein Ungeh...«

»Still, Sorcha!«, zischte Isobel. »Du kennst ihn nicht.«

»Wie klug von Euch, Lady Isobel. Wir wollen nur hoffen, dass Eure vorlaute kleine Schwester Euren Rat beherzigt.«

Mit zusammengebissenen Zähnen atmete Sorcha einmal tief durch, dann sagte sie: »Also gut. Darf ich ihre Hände losbinden?«

»Gewiss«, erwiderte er. »Sie wird wohl kaum versuchen

zu fliehen, solange Ihr und Adela hier seid. Außerdem würde sie nicht weit kommen.«

»Ich würde mich gern kurz erleichtern, wenn ich darf«, sagte Isobel.

»Ihr wart doch erst vor einer Stunde«, antwortete er misstrauisch.

»Ja schon, aber in meinem Zustand muss eine Frau eben öfter gehen.«

»Einer meiner Männer soll Euch begleiten.«

»Das ist ja barbarisch«, mischte sich Sorcha ein. »Ich werde mit ihr gehen. Wenn Ihr wollt, gebe ich Euch mein Wort, dass wir nicht versuchen werden zu fliehen. Ohne Adela gehen wir nirgendwohin.«

Zu ihrem Erstaunen lächelte er, doch es war kein angenehmes Lächeln. Daher wollte sie den Grund für seine Heiterkeit lieber nicht wissen. Da sie mit einer Ablehnung gerechnet hatte, war sie überrascht, als er nickte und sagte: »Also gut, geht mit ihr. Aber bleibt nicht so lange.«

Draußen wies er ihnen die Richtung, und sie machten sich auf den Weg.

Als sie ein Stück gegangen waren, lehnte sich Isobel gegen einen Baum und flüsterte mit kaum wahrnehmbarer Stimme: »Ist dir jemand gefolgt?«

»Ich glaube nicht«, erwiderte Sorcha leise. »Wenn Sir Hugo merkt, dass ...«

»Hugo hat dich also gefunden?«

»Ja, gestern Morgen. Aber ich nehme an, er weiß noch gar nicht, dass ich das Lager verlassen habe. Er wartet auf Verstärkung, Hectors Männer und einige von Roslin, aber ich weiß nicht, wann sie eintreffen werden. Sobald ihm mein Verschwinden auffällt, wird er bestimmt nach mir suchen. Er weiß, dass ich zum Dorf Ratho wollte.«

»Ach, ich habe nicht die geringste Ahnung, wo wir sind«, sagte Isobel.

»Ich auch nicht, aber Rory MacIver hat gehört, wie sie den

Namen des Dorfes erwähnten, und Hugo sagt, es liegt hier irgendwo.«

Statt einer Antwort stöhnte Isobel nur leise.

»Bist du krank?«, fragte Sorcha. »So kurz vor der Niederkunft ist eine derart weite Reise bestimmt nicht gut für dich. Wenn ihr erst nach Michael und Seiner Gnaden aufgebrochen seid, wart ihr recht schnell. Das war gestern Morgen, nicht wahr?«

»Ja«, sagte Isobel und streckte, noch immer an den Stamm gelehnt, den Rücken. »Waldrons Männer hatten eine Galeere, wahrscheinlich dieselbe, mit der sie Adela von Glenelg nach Süden zum Loch Ailort gebracht haben. Michael vermutet, das Schiff gehört dem niederträchtigen Grünen Abt von der Heiligen Insel, der Waldron schon einmal geholfen hat. Du weißt doch sicher, dass Waldron mit den Sinclairs verwandt und damit auch ein Vetter von Hugo ist.«

»Ja, Hugo hat es mir erzählt.«

»Am East Loch Tarbert wartete eine weitere Galeere auf uns. Wir überquerten die Landenge zu Fuß, erreichten am Morgen Dumbarton und waren heute Nachmittag schließlich hier.«

»Wenn er sich zwei Galeeren beschaffen konnte, muss er das ganze Unternehmen von langer Hand geplant haben«, murmelte Sorcha.

»Ja, gewiss. Aber was hat Hugo dir noch erzählt? Nein, lass nur«, fügte Isobel hastig hinzu und blickte sich ängstlich um, als hätten sogar die Bäume Ohren. »Aber erzürne Waldron nicht, Sorcha. Glaub mir, er ist ein wahrer Teufel.«

»Hast du ihn wirklich von den Zinnen von Roslin gestoßen? Hugo hat es mir erzählt.«

»Ja. Eigentlich müsste er tot sein, aber ein Teufel ist eben nicht so leicht umzubringen.«

Bei ihren letzten Worten hatte Isobel die Stimme erhoben, und genau in diesem Moment ließ sich Waldron vernehmen: »Kommt, Ladys, Ihr müsst zurück in Euer Zelt.«

Die Schwestern tauschten einen Blick. Beide fragten sich, wie viel er wohl mit angehört hatte.

Ohne auf ihre Unterhaltung einzugehen, brachte er sie zu ihrem Zelt und sagte nur: »Ihr werdet Euch hier das Lager mit Eurer Schwester teilen, Lady Sorcha.«

»Zuerst will ich Adela sehen«, protestierte Sorcha.

»Nicht heute Abend. Sie schläft bereits«, erwiderte er.

Sorcha wollte noch etwas sagen, schwieg jedoch, als Isobel sie in den Arm kniff.

Als sie allein waren, sagte Isobel: »Adela wird nicht erfreut sein, dass du hier bist, Sorcha. Sie war schon wütend, als sie mich sah.«

»Das ist ja auch verständlich«, erwiderte Sorcha. »Die Vorstellung, dass Waldron und seine Bande eine Frau in deinem Zustand den ganzen Weg von Lochbuie zu diesem schrecklichen Ort schleppen, könnte wohl jeden zur Weißglut treiben.«

»Ja, schon, aber sie schien zornig auf *mich* zu sein. Und ich könnte mir vorstellen, dass es ihr ebenso wenig gefällt, dass du hier bist.«

Adela konnte vor Wut nicht einschlafen. Sie hätte sie alle verprügeln können, besonders Isobel. Wie konnte sie sich nur fangen lassen, und wo war Michael gewesen, als es geschah?

Da es praktisch unmöglich war, jemanden aus der Burg Lochbuie zu verschleppen, musste sie sich schon ziemlich dumm angestellt haben. Sie hatte nicht nur sich selbst und ihr Kind in Gefahr gebracht, sondern obendrein den Namen Waldron laut ausgesprochen. Seitdem konnte Adela ihn nicht mehr länger als den »Lord« betrachten, einen Mann mit festen Grundsätzen, dem man nur etwas geschliffenere Manieren beibringen musste. Dieses Bild hatte sich in Luft aufgelöst, als Isobels Anwesenheit sie daran erinnerte, was für ein schlechter, gefährlicher Mensch er in Wirklichkeit war. Was würde er jetzt tun?

Schon immer hatte es mit Isobel und Sorcha die meisten Probleme gegeben. Isobel mit ihrer unstillbaren Neugier und die dickköpfige, aufsässige Sorcha hatten sich immer wieder in Schwierigkeiten gebracht. War es denn noch nicht genug, dass sich Sorcha in Angelegenheiten gemischt hatte, die sie nichts angingen? Adela steigerte sich so sehr in ihren Ärger über Sorcha hinein, dass sie einmal sogar ihre Stimme zu hören vermeinte.

Als Adela merkte, dass sich ihre Gedanken im Kreis drehten, rief sie sich ins Gedächtnis, dass eigentlich alles Waldrons Schuld war.

Doch aus Angst vor seiner Rache wagte sie es nicht, sich gegen ihn aufzulehnen. An wem würde er als Nächstes seine Wut auslassen?

Im Laufe der Zeit schien er eine gewisse Sympathie für sie entwickelt zu haben. Schließlich hatte er gesagt, sie könnte gut zuhören. Und er war sogar ruhig geblieben, als sie ihn verdächtigt hatte, sie vergewaltigen zu wollen. Im Grunde genommen hatte er keine weitere Grausamkeit begangen, seit er seinen Gefolgsmann hatte hängen lassen. Das war am Montag gewesen – nur vier Nächte und zugleich eine Ewigkeit her.

Doch mit der Entführung der schwangeren Isobel war er eindeutig zu weit gegangen. Wider Willen musste Adela sich eingestehen, dass nur ein zutiefst verdorbener Mensch so etwas fertigbrachte. Doch noch immer versuchte sie sich einzureden, dass Waldron nicht gänzlich schlecht war, sondern nur aufgrund schlechter Einflüsse so handelte. Nur der Teufel war durch und durch böse.

Waldron hingegen diente Gott, und Gott war nicht böse, sondern hatte für alles, was er tat, einen Grund.

In diesem Augenblick betrat Waldron ohne Vorankündigung das Zelt.

»Gut, dass du wach bist«, sagte er.

Sie schaute ihn ausdruckslos an und fragte sich, was er

wohl um diese Zeit hier zu suchen hatte. Wollte er nun doch das Versprechen brechen, das er Gott und ihr gegeben hatte?

»Ich konnte nicht schlafen«, erwiderte sie vorsichtig.

»Du musst aufstehen. Meine Männer sollen das Zelt hier in den Wald schaffen. Das andere lassen wir vorerst an Ort und Stelle, damit es so aussieht, als wäre sonst niemand hier.«

»Dann wollt Ihr also Isobel als Köder benutzen, um Michael und Hugo gefangen zu nehmen«, sagte sie betont sachlich und warf die Decke ab. »Sie hätte nie herkommen dürfen.«

Er zuckte die Achseln. »Sie ist ja nicht freiwillig gekommen, sondern weil ich es wollte.«

Impulsiv fuhr sie ihn an: »Wie konntet Ihr nur? Ihr habt das Kind in Gefahr gebracht ...« Ärgerlich über ihr loses Mundwerk, brach sie ab. Nun hatte sie wieder seinen Zorn erregt, den er womöglich an Isobel auslassen würde. »Verzeiht, Mylord«, sagte sie hastig. »Ich hätte nicht so zu Euch sprechen dürfen.«

Zu ihrer Überraschung klang seine Stimme ein klein wenig schuldbewusst. »Bis du es mir sagtest, wusste ich nicht, dass ihre Zeit schon so nahe ist. Und dann war es zu spät, und ich musste sie herbringen lassen. Aber ihr ist nichts geschehen.«

»Ihr wollt ihrem Mann und Sir Hugo eine Falle stellen, um die beiden zu töten.«

»Ich werde sie nicht töten«, erwiderte Waldron. »Jedenfalls nicht sofort. Zuerst müssen sie mir alles über den Schatz verraten.«

»Den Schatz?« Bei ihren Worten kniff sie misstrauisch die Augen zusammen.

»Gewiss«, sagte er. »Ein Schatz, den die Ketzer der Kirche gestohlen haben. Als der Papst ihn zurückforderte und ihren frevelhaften Bund auflöste, flohen sie damit. Seit beinahe einhundert Jahren sucht die Kirche danach. Ich wurde auserwählt, ihn wiederzubeschaffen, da ein Zweig meiner Familie im Verdacht steht, den Schatz versteckt zu halten.«

Sie atmete tief durch und sagte: »Wenn die Sinclairs etwas an sich genommen haben, das ihnen nicht gehört, müssen sie es zurückgeben; da stimme ich Euch zu. Dennoch dürft Ihr Isobel nicht als Köder missbrauchen. Sie könnte verletzt werden, falls es zu einem Kampf kommt.«

»Nun, ich werde es mir überlegen«, erwiderte er. »Ein Kind würde ich nur im äußersten Notfall in Gefahr bringen. Vielleicht wäre Lady Sorcha ja ein ebenso guter Köder.«

»Sorcha!« Adela hatte also tatsächlich ihre Stimme gehört!

»Ja. Kurz bevor der Mond unterging, hat sie uns einen Besuch abgestattet, und ich wage zu behaupten, dass Hugo nicht mehr lange auf sich warten lässt. Also sucht jetzt Eure Siebensachen zusammen und nehmt sie mit. Ich will, dass hier so schnell wie möglich keine Menschenseele mehr zu sehen ist.«

Hugo erwachte zwei Stunden vor Tagesanbruch und war mit einem Schlag hellwach. Er spürte, dass nicht weit von ihm entfernt jemand schweigend in der Dunkelheit stand. Der Mond war untergegangen, der schwarze Himmel von Sternen bedeckt, die Luft kalt und feucht. Hugo lag reglos lauschend und versuchte herauszufinden, was vor sich ging.

Wer immer sich dort aufhielt, konnte nicht groß und kräftig sein, denn seine leisen Atemzüge kamen weder schwer noch schnaufend, sondern leicht, wenn auch ein wenig schneller als normal. Gleichzeitig wehte ein Hauch von Lavendel zu Hugo herüber. Zuerst dachte er, es wäre Sorcha, doch dann verwarf er diesen Gedanken gleich wieder, denn Sorcha hätte ihn sofort geweckt.

Langsam, als schliefe er noch, drehte er den Kopf. Ein Stück von ihm entfernt erblickte er eine schmale, in einen

Umhang gehüllte Gestalt. Bedauernd stellte er fest, dass es sich tatsächlich nicht um Sorcha, sondern um Sidony handelte. Sie rang verzweifelt die Hände.

Ganz ruhig, um sie nicht zu erschrecken, fragte er: »Was ist los, Mylady?«

»Oh, Gott sei Dank, Ihr seid wach, Sir!«, rief sie, ohne sich von der Stelle zu rühren. »Ich wusste nicht, ob ich Euch wecken sollte, aber ich habe schreckliche Angst.«

Er musste unbedingt erfahren, was los war. »Was hat Euch denn so erschreckt?«, fragte er.

»Ich ... ich weiß wirklich nicht, ob ich es Euch sagen soll«, erwiderte sie.

»Warum denn nicht?«

»Ich habe Angst, Ihr werdet wütend. Oder ...«

Als sie erneut zögerte, setzte er sich auf und fragte, ohne sich seine Ungeduld anmerken zu lassen: »Oder Eure Schwester könnte sich aufregen? Also, wo ist sie?«

»Ich ... ich weiß es nicht«, gestand Sidony mit tränenerstickter Stimme.

Er schob die Decke zurück und stand auf. Ohne sich ihr zu nähern, sagte er nun schon strenger: »Wisst Ihr es wirklich nicht?«

»Ich schwöre, Sir. Die Kälte hat mich aufgeweckt, und da sah ich, dass sie fort war.«

»Vielleicht ist sie ja nur ...«

»Nein, Sir. Ich habe so lange gewartet, bis ich sicher sein konnte. Dann bin ich zu Euch gekommen.«

»Habt Ihr die Männer gefragt, ob sie sie gesehen haben?«

Bestürzt schüttelte sie den Kopf.

»Um Himmels willen!«, rief er. »Wenn sie nun ...«

»Oh bitte, Sir Hugo! Ich habe solche Angst, dass sie es Rory nachgemacht hat und Adela suchen gegangen ist. Sie hat sich geärgert, weil Ihr uns nicht mitnehmen, sondern nach Roslin bringen wolltet. Aber wenn sie sie jetzt gefangen haben, werden sie ihr bestimmt etwas Schreckliches antun.

Können wir nicht auf der Stelle aufbrechen und nach ihr suchen?«

»Was immer Eurer Schwester zugestoßen ist, es ist ihr ganz recht geschehen, Lady Sidony«, entgegnete Hugo zornig. »Und es ist nichts gegen das, was ich mit ihr machen werde; das kann ich Euch versichern. Aber Ihr könnt nicht mit mir kommen. Ich lasse Euch nach Roslin in Sicherheit bringen. Dann befreie ich Eure Schwestern, alle beide. Das verspreche ich Euch.«

Sie schien sich noch immer Sorgen zu machen, doch jetzt vermutlich eher darüber, was er mit Sorcha vorhatte. Dazu hat sie auch allen Grund, dachte er bei sich.

12

Hugo verlor keine Zeit. Er weckte seine Männer und stellte in aller Eile einen Suchtrupp zusammen, während die Übrigen das Lager abbrachen. Kurz darauf kam ein Mitglied des Suchtrupps mit Sorchas Hemd und Mieder zurück.

»Das hat sie zum Schlafen getragen!«, rief Sidony. »Sie werden sie doch wohl nicht ...«

»Ich glaube eher, sie hat sich wieder die Kleider angezogen, in denen wir sie fanden«, unterbrach Hugo sie schroff. »Wenn Ihr nachseht, werdet Ihr bestimmt feststellen, dass sie nicht mehr da sind.«

Sie lief zu ihrem Zelt, das die Männer gerade abbauen wollten, kroch hinein und kam mit einem Kleiderbündel wieder heraus, das ihre eigenen Männerkleider und Sorchas rotbraunen Rock und die Jacke enthielt. Sorchas Hemd, Hose und Umhang waren verschwunden.

Schließlich entdeckten seine Männer darüber hinaus noch Hufspuren, Fußabdrücke und die Anzeichen eines Kampfes an einem Weg, der nach Süden zu einem Gletscherrücken führte. Dahinter lag das Dorf Ratho. Während die Männer hastig ein wenig kaltes Essen hinunterschlangen, erklärte Hugo ihnen, was sie zu tun hatten.

Seine besten Krieger sollten ihn begleiten, während zwei Männer nach Linlithgow ausgesandt wurden, um Hectors Leute nach Ratho zu führen. Rory und ein weiterer Mann sollten Sidony nach Roslin bringen. »Nehmt ein Reservepferd mit und folgt der Straße bis zu Torfinn's Crossing«, sagte Hugo. »Von dort aus reitet ihr in Richtung Süden nach Roslin. Wenn ihr auf die Verstärkung stoßt, schickt sie ebenfalls nach Ratho.«

Als er den Reitern nachblickte, dachte Hugo, dass ihm jetzt nur noch dreizehn Männer blieben, und fragte sich, was Macleod wohl zu der Zahl sagen würde. Er hätte zu gern gewusst, wie viele Männer Waldron um sich geschart hatte.

Seit Sidony ihn geweckt hatte, war fast eine Stunde vergangen.

Auf dem Weg zum Hügelrücken überlegte er, welche Strategie wohl am günstigsten wäre. Er verfügte zwar nur über wenige Männer, doch es waren durchweg vorzüglich ausgebildete, erfahrene Krieger. Ebenso wie er selbst konnten sie sich im offenen Kampf behaupten oder sich dem Feind ungesehen nähern, wenn es angeraten schien. In diesem Fall kam ein direkter Angriff nicht infrage, da Waldron vermutlich genau wusste, dass Hugos Trupp ihm zahlenmäßig unterlegen war, und darüber hinaus nur darauf wartete, dass sie ihm in die Falle gingen. Außerdem hatte er zwei wehrlose Frauen in seiner Gewalt. Vielleicht, dachte Hugo, hatte Waldron die Frauen aber auch in Sicherheit gebracht. Wenn es darum ging, den Schatz zu finden, würde Waldron wenig Rücksicht auf ihr Wohlergehen nehmen, doch er würde sie wohl nicht unnötig in Gefahr bringen.

Hugo erwog kurz, Waldrons Lager zu umgehen und von hinten anzugreifen, doch dann ließ er den Gedanken fallen. So leicht würde sich sein Vetter schwerlich überrumpeln lassen.

Mittlerweile war es so hell geworden, dass man die Umgebung erkennen konnte. Der Gletscherrücken bestand vornehmlich aus Granit und war mit windzerzausten Sträuchern und dürren Bäumen bewachsen, die kaum Deckung boten. Das hieß jedoch auch, dass er als Versteck für feindliche Späher ebenso ungeeignet war. Vermutlich rechnete Waldron so fest mit Hugos Kommen, dass er es nicht für nötig gehalten hatte, im weiteren Umkreis Posten aufzustellen. Kurz vor dem Gipfel ließ Hugo haltmachen und saß ab. Im Schutz der Morgendämmerung und geschickt von einer Deckung zur nächsten huschend, stieg er allein zum Hügelkamm hinauf und blickte über das Land, das sich zu seinen Füßen ausbreitete. Dabei versuchte er, sich in Waldron hineinzuversetzen.

Auf dem Hang unter ihm regte sich nichts, doch weiter entfernt zu seiner Rechten lag, inmitten verstreuter Waldgebiete, das Dorf Ratho mit seinem gemauerten Kirchturm, einem runden Dutzend strohgedeckter Häuschen, einigen Läden und einer Schmiede, die sich um einen kleinen Marktplatz drängten.

Im Osten öffnete sich ein breiter Streifen Wald zu einer ovalen Lichtung. Dahinter erstreckten sich die Wälder bis zu den flachen Hügeln. Hinter diesen Hügeln lagen Roslin und Edgelaw. Hugo konnte den Weg erkennen, dem Waldron und seine Männer vom Hügelkamm bis zum Waldrand gefolgt waren, und am südlichen Rand der Lichtung erspähte er ein einsames Zelt.

Rasch lief er den Nordhang hinab zu seinen wartenden Männern und gab ihnen knappe Anweisungen: »Einar Logan, Tam Swanson und Wat MacComas, ihr bleibt bei mir. Fergus Mann, du reitest mit den anderen ins Dorf und erkundigst dich, ob jemand Reiter oder Frauen oder sonst jemanden gesehen hat.«

Fergus Mann, dessen stämmiger Gestalt man nicht ansah, dass er zu Hugos besten Schwertkämpfern zählte, zog eine Augenbraue hoch und fragte: »Kommt Ihr nicht mit uns, Sir?«

»Ihr sollt sie ablenken«, erklärte Hugo. »Das Dorf liegt eine halbe Meile westlich von uns. Ebenso weit entfernt im Osten befindet sich eine Waldlichtung, auf der ein einzelnes kleines Zelt steht. Kümmert euch nicht weiter darum, sondern reitet direkt ins Dorf. Falls uns jemand beobachtet, werden sie annehmen, dass unsere Gruppe sich noch weiter aufgespalten hat und dass ich mit euch reite. Genaueres werden sie aus der Entfernung nicht erkennen können. Vielleicht können wir sie täuschen und sie so lange hinhalten, bis Verstärkung eintrifft. Damit unsere Verbündeten uns finden können, müsst ihr im Dorf herumerzählen, dass ihr auf dem Weg zu der Lichtung seid.«

»Und was habt Ihr in der Zwischenzeit vor, wenn man fragen darf?«, sagte Fergus beiläufig.

Hugo grinste. »Wir vier schleichen uns den Hang hinunter und durch den Wald bis zur Lichtung. Es wird jetzt bald hell, und dieser Abhang bietet nicht mehr Deckung als der andere. Daher müssen wir geschickt vorgehen und können nur hoffen, dass uns keiner sieht. Wenn wir es bis zum Südrand des Waldes schaffen, werden wir weitersehen. Vielleicht können wir sogar schon ein wenig Vorarbeit für unsere Leute leisten.«

»Wie lange werdet Ihr brauchen?«, fragte Fergus.

»Das hängt von euch ab«, erwiderte Hugo. »Wenn ihr im Dorf fertig seid, macht ihr euch langsam auf den Weg zur Lichtung. Aber sucht den Wald gründlich ab und haltet auch sonst die Augen offen.«

»Ja, wird gemacht.«

»Ich nehme an, Waldron wird versuchen, Euch abzulenken«, fügte Hugo hinzu. »Ihr müsst darauf gefasst sein und entsprechend reagieren.«

»Damit wollt Ihr wohl sagen, dass wir einschreiten sollen, falls Waldron Euch, Wat, Einar und Tam gefangen nimmt und Euch aufhängen will«, erwiderte Fergus und grinste zu Einar hinüber.

Der schüttelte nur den Kopf, doch Hugo sagte: »Genau das meine ich, Fergus.«

Er und seine drei Männer banden die Pferde an und liefen geduckt am Kamm entlang nach Osten, bis die Übrigen den Südhang des Hügels halb hinter sich gebracht hatte. Dann rannten die vier in weitem Abstand zueinander ebenfalls die Anhöhe hinab auf den Wald zu. Kurz darauf bemerkte Hugo eine Bewegung auf der Lichtung. Ein Mann trat zwischen den Bäumen hervor, ging zu dem Zelt und beugte sich in die Öffnung. Als er sich wieder aufrichtete, zerrte er zwei Personen heraus. Eine von ihnen trug Röcke, die andere Hemd und Hose. Hugos Herz krampfte sich vor Schreck zusammen. Auch wenn ihr Haar im grauen Licht des Morgens fahl wirkte, war es doch unzweifelhaft Sorcha. Als die andere Frau sich umdrehte, konnte er erkennen, dass sie hochschwanger war. Mit Entsetzen erkannte er Isobel.

Eilig gab er Wat MacComas, der ein Stück von ihm entfernt kauerte, ein Zeichen, worauf beide Männer zu einem Gebüsch schlichen. »Hast du sie gesehen?«, fragte Hugo.

»Ja, Sir. Einen Mann, einen jungen Burschen und eine Frau.«

»Ob der Mann Waldron ist, kann ich nicht mit Sicherheit sagen, doch die anderen beiden sind Lady Sorcha und Sir Michaels Lady.«

»Lady Isobel?« Wat schaute noch einmal hin, doch die Frauen waren nicht mehr zu sehen.

»Ja«, sagte Hugo. »Mit ihnen will er uns in die Falle locken. Er weiß ja nicht, dass unsere Jungs auf dem Weg ins Dorf sind. Doch dass er Lady Isobel in seiner Gewalt hat, ändert einiges. Ich will, dass du zu den Pferden zurückgehst und dort auf die Verstärkung wartest. Sag ihnen, dass Waldron Lady Isobel als Geisel genommen hat. Wir dürfen unter keinen Umständen riskieren, dass ihr oder dem Kind etwas zustößt.«

»Jawohl, Sir. Ich mache mich sofort auf den Weg.«

Hugo wartete, bis Wat ein Stück entfernt war, dann lief er rasch zum Wald.

Sorcha war wütend. »Dieser schreckliche Mensch hat vielleicht Nerven«, knurrte sie.

»Pst, Liebes, er könnte dich hören«, flüsterte Isobel.

»Und wennschon«, erwiderte Sorcha. »Hast du gehört? Er hat Bogenschützen im Wald postiert, die ihre Waffen genau auf dieses Zelt richten sollen! Falls wir versuchen sollten zu fliehen, werden sie schießen, hat er gesagt.«

»Ja, ich habe es gehört«, sagte Isobel und rieb sich sanft den Bauch.

»Hat sich das Baby bewegt?«

»Ich glaube, der Kleine möchte raus«, sagte sie. »Hoffentlich geduldet er sich noch, bis wir alle wieder in Sicherheit sind.« Nach einer Pause fügte sie hinzu: »Sie werden uns schon nicht erschießen.«

»Nicht bevor Hugo oder Michael da sind«, entgegnete Sorcha säuerlich.

»Auch dann nicht«, sagte Isobel zuversichtlich.

»Dann sollten wir einfach fliehen.«

»Nein, er würde uns nur wieder einfangen und fesseln, wie er es schon einmal mit mir gemacht hat. Er braucht uns unbedingt als Druckmittel, um zu erfahren, was er wissen will.«

»Weißt du denn, was das ist?«

»Ich weiß, was er will, aber nicht, wo es ist«, gab Isobel zu.

»Was ist es denn?«

»Was hat Hugo dir darüber erzählt?«

»Nur, dass Waldron glaubt, die Sinclairs hätte etwas, das der römischen Kirche gehört.« Sie verstummte in der Hoffnung, dass Isobel ihr mehr verraten würde. Als ihre Schwester jedoch schwieg, fuhr Sorcha mit einem Seufzer fort: »Er sagt, er darf mir nicht mehr verraten, weil er es geschworen hat. Aber du hast doch bestimmt keinen Schwur geleistet und kannst mir etwas darüber erzählen.«

»Das darf ich nicht, weil ich ebenfalls mein Wort gegeben habe, Sorcha.«

Sorcha seufzte enttäuscht. »Die Männer stellen ihre eigenartigen Regeln auf, und du richtest dich danach«, sagte sie. »Wegen dieser Spielchen ist unser Leben in Gefahr, und trotzdem willst du mir nicht einmal das Wenige verraten, das du weißt.«

»Würdest du es tun, wenn du geschworen hättest, nichts zu sagen?«

»Ja, sicher … das heißt, vielleicht doch nicht«, erwiderte Sorcha. Wenn sie Hugo oder Michael oder Hector Reaganach ihr Wort gegeben hätte, würde sie es bestimmt auch halten. Mit einem erneuten Seufzer sagte sie: »Nein, ich würde auch nichts verraten. Aber unter Schwestern ist es doch etwas anderes. Du weißt, dass du mir vertrauen kannst.«

»Ja schon, aber ich vertraue auch darauf, dass du mir jetzt, wo ich es dir erklärt habe, nicht weiter mit deinen Fragen zusetzt.«

Für den Augenblick gab sich Sorcha geschlagen.

Als Hugo den Waldrand erreichte, war es schon bedeutend heller geworden, und ein goldener Schein auf den Hügeln im Osten kündete den baldigen Sonnenaufgang an. Unterwegs hatte Hugo einen flüchtigen Blick auf einen Mann erhascht, der offensichtlich Fergus und sein Trüppchen im Auge behielt. Er hatte Hugo jedoch nicht bemerkt, und so konnte dieser mit Einar und Tam Swanson ungehindert seinen Weg fortsetzen.

Rechts von ihm flitzte Tam blitzschnell zwischen den Bäumen hindurch, zu seiner Linken presste sich Einar an den dicken Stamm einer hohen Buche. Vor Hugos Augen schien der kleinere Mann mit der Baumrinde zu verschmelzen und sich förmlich in Luft aufzulösen. Was das Talent anging, sich behände auf unbekanntem Terrain zu bewegen, stand Einar Michael kaum nach, dachte Hugo.

Da hörte er von rechts ein Geräusch, und als er sich umdrehte, sah er, wie Tam sich an einem Ast hochzog und in die ausladende Krone einer alten Eiche kletterte. Doch nicht Tam hatte das Geräusch verursacht. Nicht weit von ihm entfernt schlich ein Mann durchs Unterholz, einen langen Dolch in der Hand, und spähte nach rechts und links, als sei er auf der Pirsch.

Hugo schlüpfte hinter den nächstbesten Baum, wartete, bis Einar zu ihm herüberschaute, und gab ihm ein Zeichen.

Einar nickte und verschwand, während Hugo beobachtete, wie der Fremde den Baum passierte, in dem Tam saß. Kaum war er vorüber, ließ sich Tam geschmeidig von einem der untersten Äste gleiten, packte den Mann mit einer Hand von hinten um die Schultern und schlitzte ihm mit seinem Dolch blitzschnell die Kehle auf, noch bevor der andere auch nur die Waffe heben konnte.

Gemeinsam mit Hugo zog er dann den Toten unter einen Busch. Da tauchte auch schon Einar auf. Einen Finger an die Lippen gepresst, deutete er mit der anderen Hand nach Westen. Bei ihnen angelangt, flüsterte er: »Ich habe dort hinten einen erledigt, der auch mit seinem Schlachtermesser durch die Gegend schlich. Aber da liegen noch mindestens zwanzig andere im Hinterhalt. Ein paar von ihnen haben den Pfeil schon auf der Sehne.«

»Und auf beiden Seiten der Lichtung warten bestimmt noch einmal so viele darauf, über uns herzufallen«, gab Hugo flüsternd zur Antwort.

»Ja, und sobald unsere Jungs hineingetappt sind, schnappt die Falle zu«, sagte Tam.

»Hast du Waldron gesehen?«, fragte Hugo Einar.

»Nein. Der berät sich bestimmt irgendwo mit seinen Hauptleuten.«

»Dann lass uns noch ein paar von seinen Männern erledigen, bevor diese hier vermisst werden«, sagte Hugo. Er brauchte ihnen nicht zu sagen, dass sie sich die Stellen merken mussten, wo sie die Leichen versteckt hatten. Sobald das hier vorüber war, würden sie sie – und vielleicht noch ein paar mehr – anständig begraben. Mit ein wenig Glück hatten sie dann auch Gefangene gemacht. Die konnten dann die Gräber ausheben – hoffentlich für mehr als zwei der Entführer.

Nachdem Waldrons Männer das Zelt in den Wald versetzt hatten, verstaute Adela seine Sachen wieder darin. Doch kaum wollte sie das Zelt verlassen, da bedeutete ihr Waldron mit einer herrischen Geste, wieder hineinzugehen. Ihre Gedanken waren so in Aufruhr, dass sie einfach nicht ruhig in dem engen Raum sitzen und warten konnte. Sie wollte ihren Gefühlen Luft machen, vor Wut schreien, doch das war unmöglich. Obwohl ihr Zelt größer war als das, worin er Isobel untergebracht hatte, bot es doch nicht genügend Platz zum Hin- und Hergehen.

Die Gedanken an Waldrons Verbrechen gingen ihr nicht aus dem Kopf.

Wenn nur Isobel nicht schwanger wäre! Wenn Waldrons Männer sie nicht erwischt hätten! Doch die Wenns und Abers waren ihr auch kein Trost. Adela hatte schon vor langer Zeit gelernt, dass solche Wünsche sinnlos waren.

Und dann auch noch Sorcha. Was machte dieses sprunghafte, unfolgsame Kind nur hier? Wie war sie hergekommen? Zwar hatte Waldron kein Geheimnis daraus gemacht, dass er damit rechnete, dass Sir Hugo ihnen folgen würde, doch in ihren kühnsten Träumen hätte sich Adela nicht vorstellen können, dass Hugo sich ausgerechnet Sorcha aufhalsen würde. Andererseits hatte ihr Macleod ganz bestimmt nicht erlaubt, sich allein auf den Weg zu machen.

Allerdings hätte es Sorcha ähnlich gesehen, sich über alle Verbote hinwegzusetzen und auf eigene Faust auf die Suche nach ihr zu gehen. In diesem Fall hatte sie sich alles, was geschah, selbst zuzuschreiben.

Immer wieder versuchte Adela sich das einzureden, doch ohne Erfolg. Sie war einfach nur traurig, wenn sie daran dachte, in welcher Gefahr ihre Schwestern schwebten. Was Waldron tat, war schlecht! Ganz gleich, welche Gründe er hatte und wie sehr er von seiner Sache überzeugt war – unschuldige Frauen umzubringen war ein schreckliches Verbrechen. Sie konnte nicht mehr logisch denken und verstand nicht, wie eine heilige Mission gleichzeitig von Übel sein konnte. Doch noch immer erkannte sie ein Unrecht, wenn sie es vor sich sah.

Sie konnte jedoch nichts dagegen tun. Reglos stand sie da und starrte auf die Felle, die ihr als Lager dienten, als sie in der Ferne einen Ruf vernahm.

Sogleich lief sie zum Eingang und spähte hinaus.

Die Männer, die sich in der Nähe des Zeltes aufgehalten hatten, waren ebenso verschwunden wie Waldron. Doch eine Bewegung am Rande der Lichtung verriet ihr, wo sie waren. Sie verließ das Zelt und huschte flink zwischen den Bäumen hindurch, bis sie das kleine Zelt sehen konnte, in dem sich Isobel und vermutlich auch Sorcha aufhielten.

Adela war aufgefallen, dass ihr Entführer nicht versprochen hatte, Isobel freizulassen, sondern nur gesagt hatte, er wolle an ihrer Stelle vielleicht Sorcha als Köder benutzen. Aber wahrscheinlich hatte er die Idee sofort wieder vergessen. Immer wieder blickte Adela über die Schulter, um sich zu vergewissern, dass er nicht gerade jetzt mit Isobel zurückkehrte und sie entdeckte.

Wenn er sie erwischte, das wusste sie, würde ihn nichts mehr beschwichtigen können. Er würde sie ohne zu zögern töten, denn schließlich blieben ihm noch Isobel, ihr Baby und Sorcha als Geiseln. Darüber hinaus konnte er an ihr ein Exempel statuieren, um die anderen einzuschüchtern.

Adela glaubte nicht mehr daran, dass sie auch nur den geringsten Einfluss auf ihn besaß, doch zugleich ließ auch ihre Furcht vor ihm nach. Bald hatte sie einen Platz gefunden, von wo aus sie das Zelt im Auge behalten konnte, ohne selbst gesehen zu werden. Da sah sie schon, wie Waldron zu dem kleinen Zelt ging und hineinschaute. Als sie beobachtete, wie er mit jemandem im Zelt sprach, hoffte Adela, er würde Isobel doch noch in Sicherheit bringen. Bereit, jederzeit zu ihrem eigenen Zelt zurückzulaufen, wartete Adela noch ein wenig, um zu sehen, was er als Nächstes tun würde.

Zu ihrer großen Enttäuschung richtete er sich auf und verschwand wieder zwischen den Bäumen. Als sie ihn aus den Augen verlor, bekam sie Angst, er könnte geradewegs auf sie zukommen, doch dann entdeckte sie ihn wieder. Er ging am Waldrand entlang in die andere Richtung und sprach dabei leise mit den Männern, die dort auf der Lauer lagen.

Plötzlich ertönte ein Ruf. Adela schaute sich um und sah etwa ein Dutzend Reiter, die sich langsam von Westen näherten. Am Rand der Lichtung hielten sie an, und Adela konnte erkennen, dass sie kein Banner trugen. Diejenigen von Waldrons Männern, die sie von ihrem Standpunkt aus sehen konnte, machten sich kampfbereit, indem sie ihr Schwert zückten oder einen Pfeil auf die Bogensehne legten.

Das kleine Zelt befand sich mitten in der Schusslinie. Adela war hin- und hergerissen. Die große Schwester in ihr, die sich jahrelang um ihre Familie gekümmert hatte, befahl ihr, loszurennen und Isobel und Sorcha in Sicherheit zu bringen. Doch der andere Teil, die kleine, verängstigte Frau, wollte nur noch davonlaufen, sich im eigenen Zelt verkriechen und sich die Ohren zuhalten.

Während sie noch zögerte, presste sich plötzlich eine große Hand auf ihren Mund, und ein Arm fasste sie um die Taille. Der Schreck fuhr ihr in die Glieder. Bestimmt hatte sich Waldron angeschlichen und würde sie jetzt für ihren Ungehorsam erwürgen. Oder er würde ihr den Kopf abschneiden und ihn den Ankömmlingen entgegenschleudern. Vor lauter Angst fiel Adela in Ohnmacht.

Sorcha blickte Waldron nach. Dann ging sie zurück ins Zelt, kroch bis zur anderen Seite und hob einen Zipfel der Plane hoch, um hinauszuschauen.

»Es stimmt, Isobel. Da kommen wirklich Reiter«, sagte sie. »Aber das ist noch nicht einmal die Hälfte von Hugos Männern. Waldron behauptete zwar, er würde an der Spitze reiten, aber ich kann ihn nirgends sehen.«

»Sie würden wohl kaum ohne ihn herkommen«, entgegnete Isobel.

Sie lag in unbequemer Haltung auf dem Lager aus Fellen und war besorgniserregend blass. Ganz offensichtlich war ihr sehr unwohl, auch wenn sie es nicht zugeben wollte. Sie sagte lediglich, das Kind sei schon die ganze Nacht über sehr unruhig gewesen.

Sorcha kniff die Augen zusammen, um besser sehen zu können. »Ich bin sicher, dass Hugo nicht unter ihnen ist«, sagte sie. »Er reitet fast immer Hectors Rappen Black Thunder, und ein schwarzes Pferd ist nicht dabei.«

Die einzige Antwort war ein unterdrücktes Stöhnen.

Als Sorcha sich umdrehte, sah sie, dass Isobel zusammengekrümmt auf der Seite lag.

»Kann ich etwas für dich tun?«, fragte Sorcha und hockte sich neben sie.

Isobel brachte ein Lächeln zustande. »Nein, es ist nur ...« Sie brach ab und schnappte vor Schmerzen nach Luft. Dann schloss sie für einen Moment die Augen, bevor sie fortfuhr: »Meine Güte, das war bisher die stärkste, und sie kommen immer schneller hintereinander.«

Sorcha bekam einen Schreck. »Es ist noch zu früh!«

»Ja, aber ich glaube, das Kind will jetzt kommen.«

Ihre Schwester atmete einmal tief durch und sagte: »Dann erkläre mir rasch, was ich tun muss. Ich habe nämlich keine Ahnung.«

»Glaubst du vielleicht, ich?«, erwiderte Isobel. »Ich war zwei, als du auf die Welt kamst, und drei bei Sidony. Ich dachte, Cristina und Mairi würden bei mir sein, wenn es so weit wäre. Die beiden haben zusammen schon acht Kinder, aber ich war nicht lange genug auf Lochbuie, um mit ihnen darüber zu reden, bevor mich diese Schurken entf...«

Ihre Worte endeten in einem erneuten Schrei. Diesmal dauerte der Schmerz noch länger. »Isobel, was ist? Was soll ich machen? Sag es mir doch!«

»Tu am besten gar nichts, dann kannst du auch nichts verkehrt machen«, keuchte Isobel. »Wenn das Kind kommen will, dann kommt es eben. Und wenn es erst einmal da ist, werden wir weitersehen.« Sie keuchte noch einmal kurz, bevor sie wieder normal atmen konnte. Dann drehte sie sich erneut auf den Rücken.

»Vielleicht kennt sich Adela damit aus«, sagte Sorcha. »Ich sage jemandem Bescheid, dass man sie holen soll.«

»War sie schon einmal bei einer Geburt dabei?«

»Ich glaube nicht, aber sie ist älter als wir und weiß bestimmt mehr darüber.«

Sie stand auf und wollte das Zelt verlassen, als Isobel plötzlich schrie: »Warte! Da stimmt etwas nicht! Da passiert etwas ganz Schreckliches!«

Als sie ihren Rock bis zu den Knien hochzog, sah Sorcha schon das Blut, vermischt mit einer anderen Flüssigkeit. Da tat sie das Einzige, was ihr einfiel.

Sie schrie, so laut sie konnte.

Hugo hörte Sorcha schreien, als er mit der ohnmächtigen Adela in den Armen dastand. Er hatte sich von hinten an sie herangeschlichen und ihr den Mund zugehalten, um zu verhindern, dass sie vor Schreck aufkreischte. Doch das verflixte Mädchen war ihm einfach umgekippt.

Er ließ sie zu Boden gleiten und bedeutete Einar, bei ihr zu bleiben. Dann rannte er zu dem Zelt, aus dem der Schrei gedrungen war.

Als er sah, wie seine Männer in einiger Entfernung ihre Pferde antrieben, fragte er sich, ob das Ganze wohl eine Kriegslist war.

Sein Verstand riet ihm zur Vorsicht, doch seine Füße wollten einfach nicht gehorchen. Sie rief um Hilfe, und jetzt hörte er auch Isobel schreien. Er rannte, so schnell er konnte, und wäre um ein Haar in Waldrons blankes Schwert gelaufen, als dieser vor ihm zwischen den Bäumen hervorsprang. Im letzten Augenblick konnte Hugo einen Satz nach hinten machen und ebenfalls sein Schwert ziehen. Gleichzeitig rannten Waldrons Männer den sich nähernden Reitern entgegen.

Gerade als Hugo und Waldron aufeinander losgehen wollten, erschien Sorcha in der Zeltöffnung und rief: »Isobel bekommt ihr Kind, und irgendetwas stimmt nicht. Sie braucht Hilfe! Bitte, Ihr müsst unbedingt jemanden holen, der sich auskennt, sonst stirbt sie.«

Hugo ließ Waldron nicht aus den Augen. »Willst du wirklich dieses Kind oder Isobel auf dem Gewissen haben, wenn du vor deinen Schöpfer trittst, Vetter?«, knurrte er.

Waldrons Blick huschte zum Zelt hinüber, wo Sorcha, die Arme in die Hüften gestützt, stand und sie wütend anfunkelte.

»Steht nicht da wie die Ölgötzen, sondern holt Hilfe!«, fauchte sie.

Waldron schaute Hugo an und fragte: »Wie viele von deinen Männern sind noch im Wald?«

»Zwei«, sagte Hugo.

Waldron grinste. »Dann geh und steh ihr bei, wenn es sein muss. Wir können auch danach noch miteinander kämpfen. Bis das Kind da ist, haben meine Männer die deinen längst besiegt. So lange kann ich mich gedulden. Ich möchte nämlich nicht, dass es später heißt, ich hätte nur gewonnen, weil du durch das Schreien einer Frau abgelenkt warst.«

Hugo dachte an Adela, die sich noch immer im Wald befand. Er konnte nur hoffen, dass sie dort sicher war. Er hatte zwar Einar bei ihr gelassen, doch vielleicht war der ja Tam zu Hilfe geeilt, der sich ganz allein gegen die feindlichen Bogenschützen behaupten musste.

Als Hugo zu seinen Reitern hinüberblickte, sah er Waldrons Männer auf sie zulaufen. Noch waren seine Leute außer Schussweite, doch wenn Einar und Tam nicht rasch eingriffen, würden gleich Pfeile durch die Luft schwirren.

Auf Sorchas Ruf »Beeilung!« hin rannte er zum Zelt, wobei er sicherheitshalber das Schwert in der Hand behielt. Denn seinem Vetter war nicht zu trauen.

»Was wollt Ihr denn hier? Holt gefälligst Hilfe!«, rief Sorcha und versperrte ihm den Weg.

»Ich werde ihr helfen, Mädchen«, sagte er sanft. »Und dazu brauche ich Euch.«

»Was wisst Ihr schon vom Kinderkriegen? Sie braucht eine Frau!«

»Sie braucht Hilfe«, erwiderte Hugo. »Also geht jetzt und lasst mich zu ihr, oder bleibt da und macht Euch nützlich. Aber gebt den Weg frei.«

»Geh nicht weg, Sorcha«, japste Isobel. »Wenn Hugo sagt, er weiß, was zu tun ist, dann können wir uns darauf verlassen.«

»Um die Wahrheit zu sagen, Mylady, habe ich zwar schon vielen Tierjungen, aber erst zwei Menschenkindern auf die Welt geholfen«, sagte er, indem er Sorcha beiseiteschob und in das Zelt trat. »Doch schließlich seid Ihr gesund und kräftig, da werden wir es gemeinsam schon schaffen.«

»Sie blutet, Hugo«, ließ sich Sorchas angstvolle Stimme hinter ihm vernehmen. »Und unsere Mutter ... sie ist im Kindbett gestorben.«

Er lächelte ihr aufmunternd zu und sagte: »Eine Geburt ist eine zuweilen unschöne, laute und beängstigende Angelegenheit, Mädchen. Aber sie ist etwas Natürliches. Seit Anbeginn der Zeit haben schon viele Frauen ohne Hilfe Kinder zur Welt gebracht. Aber jetzt brauche ich Platz; also stellt Euch hinter Eure Schwester und stützt sie. Ich muss mich vergewissern, ob das Kind schon zu sehen ist.«

Sorcha schien Einwände erheben zu wollen, doch in diesem Augenblick zuckte Isobel vor Schmerz zusammen und schrie noch lauter als zuvor.

Also stellte sich Sorcha hinter sie und half ihr, sich ein wenig aufzurichten.

Sie wurde fast umgeworfen, als sich Isobel in ihrer Qual das nächste Mal aufbäumte.

»Wäre es nicht besser, sie würde liegen?«, fragte Sorcha, während sie ihrer Schwester erneut dabei behilflich war, sich aufzusetzen.

»In halb sitzender Stellung fällt es der Frau angeblich leichter, das Baby herauszupressen«, erklärte Hugo. »Mit einem Gebärstuhl wäre es noch einfacher. Am besten setzt Ihr Euch Rücken an Rücken hinter sie, damit sie sich gegen Euch lehnen kann. Das hier wird noch eine ganze Weile dauern.«

»Das glaube ich nicht«, ächzte Isobel, noch ganz atemlos. »Das Bürschchen will unbedingt auf die Welt. Die Geduld seines Vaters hat er jedenfalls nicht geerbt.«

Hugo widersprach ihr nicht, obwohl er wusste, dass es beim ersten Kind oft lange dauerte, selbst wenn alles glattging. Und wenn nicht, konnte es übel ausgehen. Er wünschte, sein Wissen wäre genauso groß wie das Selbstvertrauen, das er an den Tag zu legen versuchte. Er sandte ein Stoßgebet gen Himmel, blendete die Kampfgeräusche draußen aus seiner Wahrnehmung aus und machte sich ans Werk.

Glücklicherweise war bereits der Kopf des Kindes zu sehen. Das hieß zumindest, es kam nicht mit den Füßen voran und die Geburt würde vielleicht doch schnell vonstattengehen. Hugo blickte Isobel an. Durch die Bemühungen, das Baby herauszupressen, war ihr Gesicht krebsrot.

»Atmen, Mylady«, sagte er. »Versucht, an etwas anderes zu denken. Denkt doch an Michael und …«

»Zum Kuckuck mit Michael!«, zischte sie. »Das hier ist seine Schuld, da sollte er mir eigentlich ein paar Schmerzen abnehmen!«

»Dann konzentriert Euch aufs Atmen und denkt Euch dabei eine Strafe für ihn aus«, sagte Hugo, der sich kaum das Lachen verkneifen konnte. »Das Kind braucht genauso Luft wie Ihr.«

Er warf einen Blick zu Sorcha hinüber, die sich nach seiner Anweisung gegen den Rücken ihrer Schwester stemmte. Über die Schulter hinweg erwiderte sie seinen Blick. Dabei erschien trotz aller Sorge in ihrer Wange das verräterische Grübchen, und ihre Augen funkelten belustigt.

Sorcha musste alle Muskeln anspannen, um dem Druck durch Isobel standzuhalten. Ein Zelt, in dem sich nichts befand als ein Haufen Felle, war nicht der rechte Ort, um ein Kind zu gebären, dachte sie. Sie hätten Kissen gebraucht und Decken und Wasser zum Waschen.

Hugo hatte recht gehabt, als er sagte, eine Geburt sei eine unschöne Angelegenheit. Beim Anblick des ganzen Blutes wurde ihr flau, daher richtete sie, von einem gelegentlichen Blick zu Hugo abgesehen, die Augen starr geradeaus und versuchte ebenfalls, den Lärm draußen zu ignorieren.

Sie hatte immer gewusst, dass Isobel stark war, doch jedes Mal, wenn ihre Schwester gegen den Schmerz anpresste, musste Sorcha ihre ganze Kraft aufbieten, um dem Druck von Isobels Rücken standzuhalten. Und wo war nur Adela? Sie musste die Schreie doch gehört haben. Warum kam sie ihnen nicht zu Hilfe? Sie hätten sie gut gebrauchen können, selbst wenn sie auch nicht besser Bescheid wusste als ihre Schwestern.

Sorcha war froh, dass wenigstens Hugo da war und dass sie den Kampf zwischen ihm und Waldron hatte verhindern können. Allerdings wären manche Leute bestimmt darüber schockiert, dass er Isobel bei der Geburt zur Hand ging. Auch für Isobel war es gewiss nicht leicht zu ertragen, dass ein Mann, der nicht ihr Gatte war, ihr diesen Dienst erwies.

Abermals schaute Sorcha sich nach ihm um. Die Hände zwischen Isobels Beinen, schien er völlig in seine Aufgabe versunken. Gleich darauf hielt er ein winziges feuchtes Baby in den Händen. Als er es umdrehte und ihm mit seiner riesigen Hand behutsam Mund und Nase abwischte, begann es erst zu wimmern und dann aus voller Kehle zu brüllen.

»Da habt Ihr einen feinen kleinen Burschen bekommen, Isobel«, sagte Hugo. »Wenn alles an ihm so kräftig ist wie seine Lungen, ist das ein gutes Zeichen.«

Seine vergnügt blitzenden Augen begegneten Sorchas Blick, die sich ein wenig umgewandt hatte, um besser sehen zu können. Als sie sah, dass er sich genauso freute wie sie selbst, machte ihr Herz einen Sprung.

Als Adela wieder zu sich kam, lag sie unter einem großen Strauch auf dem Boden. Sie erinnerte sich vage an eine Stimme, die ihr zurief, sie solle aufwachen, und an Hände, die an ihr zerrten. Doch das war wahrscheinlich nur ein Traum gewesen. Eine ganze Weile blieb sie still liegen und blickte nach oben. In den dünnen Sonnenstrahlen, die hier und da durch das Strauchwerk fielen, tanzten die Stäubchen. Doch als schließlich Rufe, Schwertergeklirr und anderer Kampfeslärm an ihr Ohr drangen, kam die Erinnerung zurück, und sie rappelte sich auf. Von dem Mann, der sie überfallen und unter den Busch gezogen hatte, war keine Spur zu sehen. Der Wald wirkte wie ausgestorben.

Sie rannte in Richtung des Getöses, und bald sah sie, dass zwischen den fremden Reitern und Waldrons Männer ein erbitterter Kampf entbrannt war. Als sie zu dem Zelt hinüberblickte, sah sie zu ihrem Schrecken Waldron, der vor dem Eingang hin- und herschritt, als wäre um ihn herum gar kein Gefecht im Gange.

Die Zahl der Männer war auf beiden Seiten nahezu gleich, doch Waldrons Gefolgsleute waren noch immer leicht in der Überzahl. Ein paar Männer waren tot oder verwundet zu Boden gesunken, und auch von seinen Bogenschützen lagen mehrere reglos unter den Bäumen am Rande der Lichtung. Warum nur kämpfte Waldron nicht an der Seite seiner Männer, wo es doch offensichtlich hart auf hart ging?

Plötzlich erstarrte er und trat, das Schwert in der Hand, einen Schritt auf das Zelt zu.

In diesem Augenblick hörte Adela ein Baby schreien. Ihr wurde vor Schreck eiskalt.

Waldron blieb stehen und blickte auf das Zelt. Hatte er nur darauf gewartet, dass Isobels Kind zur Welt kam, um es dann zu töten? Wollte er auch Isobel und sie selbst umbringen? Wie konnte sie ihn nur aufhalten?

Sie schaute nach oben, als hätte Gott die Antwort auf ihre Fragen mit eigener Hand an den Himmel geschrieben. Da erblickte sie die Reiter, die zu Dutzenden über den Hügelkamm im Norden schwärmten. Ohne einen Gedanken an ihre eigene Sicherheit zu verschwenden, rannte sie los, direkt auf Waldron zu.

13

Sorcha sah zu, wie Hugo die Nabelschnur mit einem Stoffstreifen, den er von Isobels Unterrock abgeschnitten hatte, abband, bevor er sie vorsichtig mit seinem Dolch durchtrennte. Dann reichte er Isobel den Säugling und schaute sich nach etwas um, womit er sich die Hände abwischen konnte.

»Nehmt ruhig meinen Rock, Hugo«, sagte Isobel. »Ich muss die Sachen sowieso wegwerfen, sobald ich Kleidung zum Wechseln habe.«

Er wollte ihrer Aufforderung schon nachkommen, da fiel ihm etwas ein: »Wir brauchen auch ein Stück Stoff, um den Kleinen darin einzuwickeln, Mylady.«

»Schneidet so viel ab, wie Ihr braucht. Vor Euch brauche ich mich doch nicht zu schämen, Sir.«

Er grinste. »Hoffentlich hat Michael dafür Verständnis.«

»Seine einzige Sorge wird sein, ob es seinem Sohn gut geht«, erwiderte sie.

»Er wird sicher noch andere Sorgen haben«, entgegnete Hugo, während er von der saubersten Stelle ihres Rockes einen breiten Streifen für das Baby abtrennte. Er reichte Sorcha den Stoff und wischte sich die Hände stattdessen an der Zeltplane ab.

»Hilf mir, mein Mieder aufzuschnüren«, sagte Isobel zu ihrer Schwester. »Der Kleine will trinken, und je eher er damit anfängt, desto besser, denke ich.«

Doch Sorcha beobachtete Hugo, der in gespannter Haltung am Eingang stand und hinausblickte.

»Mädchen«, flüsterte er, ohne sich umzudrehen, »gebt mir rasch mein Schwert.«

Ohne Widerrede schleppte sie die schwere Waffe herbei

und drückte ihm das Heft in die ausgestreckte Hand. Er blickte noch immer wie gebannt nach draußen.

»Was ist denn?«, fragte sie leise.

»Waldron«, erwiderte er. »Er hat behauptet, es würde ein kurzes Gefecht werden, doch sie kämpfen noch immer. Er selbst steht mit gezücktem Schwert vor dem Eingang, daher muss ich mich jetzt zuerst um ihn kümmern.«

Wenn Waldrons Männer siegten, dachte sie, wären sie und die anderen ihm auf Gedeih und Verderb ausgeliefert. Schweigend drückte sie Hugos Arm.

»Helft Eurer Schwester mit dem Baby und kommt unter keinen Umständen heraus«, befahl er. Dann trat er aus dem Zelt, ohne sich noch einmal umzublicken.

Sorcha blickte ihm gerade rechtzeitig nach, um zu sehen, wie Adela aus dem Wald auf die beiden Männer zugelaufen kam.

Hugo hatte sie offensichtlich auch bemerkt, denn er erstarrte und schaute für eine Sekunde zu ihr hinüber.

Eine Sekunde zu lange.

»Vorsicht!«, schrie Sorcha, als Waldron mit dem Schwert ausholte. Hugo riss seine Waffe hoch, um den Hieb zu parieren, doch er traf nur die Spitze von Waldrons Schwert und lenkte die Klinge ab, sodass die flache Seite mit Wucht seinen Schädel traf.

Vorübergehend betäubt taumelte Hugo und fiel zu Boden.

Waldron wollte sich auf ihn stürzen, um ihn zu töten, doch da fiel ihm Adela in den Arm. »Seht nach Norden, Mylord!«, rief sie und zerrte ihn aufgeregt am Ärmel. »Ihr müsst fliehen. Gegen diese Übermacht kommt Ihr nicht an!«

»Hilf mir, Adela!«, rief Sorcha und rannte auf den am Boden liegenden Hugo zu.

»Hilf dir gefälligst selbst!«, brüllte Adela zurück. »Das ist alles nur deine Schuld, Sorcha! Wenn Hugo stirbt, bist du dafür verantwortlich. Und diese schrecklichen Fetzen, die du da trägst! Kommt, Sir«, fügte sie an Waldron gewandt hinzu.

»Ich gehe mit Euch. Gemeinsam können wir Eure große Aufgabe noch erfüllen, aber wir müssen uns beeilen. Viele von Euren Männern strecken schon die Waffen.«

Er blickte nach Norden, von wo der Reitertrupp heranstürmte, und sagte ruhig: »Geh voraus, Mädchen. Du weißt ja, wo die Pferde sind. Ich halte mich mit meinem Schwert dicht hinter dir. Wir beide tragen das ein andermal aus!«, rief er dem verletzten Hugo im Fortgehen zu.

Sorcha wollte Adela nachlaufen, doch eine Hand schloss sich um ihren Fußknöchel und hielt sie fest.

»Wir dürfen nicht zulassen, dass sie mit ihm geht!«, jammerte sie und versuchte sich aus Hugos Griff zu befreien. »Sie weiß ja nicht, was sie tut!«

»Ihr könnt die beiden nicht aufhalten, Mädchen«, entgegnete er. »Er hat immer noch sein Schwert und würde es bedenkenlos gebrauchen.«

»Dann müsst Ihr ihnen folgen! Nehmt Euer Schwert und lauft!«

Kaum hatte sie die Worte hervorgestoßen, bemerkte sie den großen Bluterguss, der sich an seiner Schläfe gebildet hatte.

Da wünschte sie, sie hätte nichts gesagt.

Mit kläglicher Miene ließ er sie los und setzte sich auf, eine Hand gegen die schnell wachsende Beule an seinem Kopf gepresst.

Plötzlich war alles still.

Adela und Waldron waren im Wald verschwunden, und die Männer hatten aufgehört zu kämpfen. Von Norden her kam die Verstärkung auf die Lichtung geritten. Die Männer trugen das wohlbekannte goldene Banner mit dem kleinen schwarzen Schiff darauf.

»Meine Güte, das ist das Banner Seiner Gnaden!«, rief Sorcha.

»Ja, und da kommt auch schon Hector«, sagte Hugo. »Er und der Großadmiral haben mir zwar ihre Unterstützung zugesagt, doch damit, dass sie so viele Männer schicken würden, habe ich nicht gerechnet.«

»Ich wünschte, sie wären eher gekommen«, sagte sie.

»Seid froh, dass sie überhaupt gekommen sind«, erwiderte er unwirsch.

Bei dem Gedanken, dass er nach allem, was geschehen war, noch immer wütend auf sie sein könnte, war ihr die Kehle wie zugeschnürt, und sie fürchtete, im nächsten Augenblick in Tränen auszubrechen. Nach all den Anstrengungen und Aufregungen der letzten Stunden war das nur natürlich, dachte sie. Dennoch sollte er sie auf keinen Fall weinen sehen.

Also sagte sie trotzig: »Ich bin froh, dass ich zur Stelle war, und noch froher über Eure Anwesenheit. Und wenn Ihr mir dafür den Kopf abreißen wollt, dann bitte sehr.«

»Seht mich an.«

Als sie widerstrebend gehorchte, bemerkte sie seinen sanften Blick.

»Ich bin auch froh, dass wir zur Stelle waren«, sagte er und erhob sich mühsam. »Was Michael zu all dem sagen wird, wage ich mir nicht auszumalen, aber ich konnte Lady Isobel in dieser Situation doch nicht im Stich lassen. Wenn Ihr nicht gewesen wärt, hätte ihr leicht etwas Schlimmes zustoßen können.«

»Ihr glaubt, er hätte sie beide umgebracht, nicht wahr?«

»Ich weiß nicht, was er vorhatte«, erwiderte Hugo. »Er hielt sein Schwert in der Hand und schritt zielstrebig auf das Zelt zu. Vielleicht wollte er nur nachsehen, was ich treibe, oder er hatte vor, mich zu töten, solange ich unbewaffnet war. Aber wer kann das wissen? Ich nehme nicht an, dass er das Kind umbringen wollte. Als Geisel wäre es nämlich viel zu wertvoll gewesen, und jetzt, da Adela mit ihm im Bunde ist ...«

»Wie könnt Ihr so etwas sagen! Das ist sie nicht! Auf gar keinen Fall!«, rief Sorcha und hob unwillkürlich die Hand.

Doch als sie seinen Blick bemerkte, ließ sie sie wieder sinken. Sie brachte es nicht fertig, ihn zu schlagen. Sie befürchtete, dass er recht hatte.

Sie biss sich auf die Lippe, konnte jedoch nicht verhindern, dass ihr eine Träne über die Wange lief. Als sie sie ärgerlich fortwischte und wieder ins Zelt gehen wollte, legte er ihr eine Hand auf die Schulter.

»Kommt her«, sagte er mit sanfter Stimme, und als sie den Kopf schüttelte, ergriff er auch ihre andere Schulter und zog sie näher zu sich heran.

»Denkt doch nur mal, was heute hier geschehen ist, Mädchen«, sagte er in dem gleichen verständnisvollen Ton, der so ungewöhnlich für ihn war. »Während Männer gestorben sind, ist ein Kind geboren worden. Erinnert Euch daran, wie Euer Neffe sich ins Leben gekämpft und gegen das Schlachtengetöse ringsumher angebrüllt hat.«

Sie musste über die Vorstellung lächeln, doch dann begannen die Tränen erst richtig zu fließen. Als er sie an sich zog, wehrte sie sich nicht, sondern überließ sich seinen starken Armen und schluchzte ungehemmt, bis alle Spannung der letzten Stunden von ihr abfiel. Für einen kurzen Augenblick vergaß sie Adela und stellte sich eine friedliche Welt vor, in der zwei Menschen einander kennenlernen und sich verlieben konnten, wie es sich gehörte. In dieser Welt brauchte keiner eine Verrückte zu heiraten, nur um ihren guten Ruf zu retten.

Schließlich versiegten ihre Tränen. Ein wenig schuldbewusst, weil sie ihn nass geweint hatte, richtete sie sich wieder auf.

»Wenn Ihr das jemandem erzählt«, murmelte sie, den Blick starr auf seine Brust geheftet, »gebe ich Euch vergifteten Wein zu trinken und tanze auf Eurem Grab.«

»Ich verrate es keiner Menschenseele«, versprach er mit einem erheiterten Unterton in der Stimme.

Da blickte sie ihm ins Gesicht und bereute es sofort, denn

seine vergnügt funkelnden Augen brachten ihr seelisches Gleichgewicht sofort wieder ins Wanken.

»Das ist nicht komisch«, sagte sie. »Und Adela ist auch nicht mit diesem Schurken durchgebrannt. Wahrscheinlich hatte sie nur Angst, dass er das Kind töten könnte.«

»Mag sein«, erwiderte er zweifelnd und fügte mit festerer Stimme hinzu: »Wisst Ihr schon, wie sie den Kleinen nennen wollen?«

»Aber Sir, selbst wenn ich es wüsste, würde ich den Namen nicht laut aussprechen, bevor das Kind nicht ordentlich getauft ist! Selbst für den Priester wird ja der Kindsvater den Namen aufschreiben.«

»Ach Gott, Mädchen. Und ich dachte, Euer Vater wäre der einzige Abergläubische in der Familie Macleod.«

»Das ist kein Aberglaube, sondern eine keltische Tradition«, widersprach sie. »Und zwar eine sehr bedeutende. Sie geht auf eine Zeit zurück, lange bevor das Christentum auf die Inseln kam. Durch die feierliche Namensgebung wird ein Kind offiziell anerkannt und erhält damit den Anspruch auf sein Erbe. Außerdem sind Name und Seele eines Menschen miteinander verknüpft. Also müssen wir die Seele des Kindes beschützen, damit es, wenn der schlimmste Fall eintritt, dennoch in geweihter Erde begraben werden darf. Aber wir haben Isobel ganz vergessen! Sie hat nur eine kleine Schale Wasser, um den armen kleinen Burschen zu waschen.«

»Kümmert Ihr Euch um sie, während ich jemanden suche, der Wasser holen geht«, sagte er.

Sie blickte ihm prüfend nach, um zu sehen, ob er auch sicher auf den Beinen war. Doch als sie sein zuversichtliches Grinsen bemerkte und sah, wie schwungvoll er das Schwert in die Scheide schob, betrat sie beruhigt das Zelt, wo Isobel in aller Seelenruhe ihren Sohn stillte.

Sie hob den Blick von dem zufriedenen Säugling und sagte: »Ist er nicht einfach vollkommen?«

»Ja, das ist er«, stimmte Sorcha ihr zu. »Doch bevor wir

gehen, müssen wir noch die Weihezeremonie durchführen. Hugo besorgt schon Wasser. Die Schlacht ist vorüber, aber Waldron ist mit Adela geflohen«, setzte sie hinzu.

Isobel runzelte die Stirn. »Wie konnte er Hugo entkommen?«, fragte sie.

»Adela hat Hugo abgelenkt; daraufhin versuchte Waldron, ihn zu töten. Ich wollte ihnen nachlaufen, doch Hugo hat mich zurückgehalten.«

»Das will ich auch hoffen!«, rief Isobel. »Ich möchte zu gern wissen, wie Waldron Adela dazu gebracht hat, mit ihm zu gehen. Sie muss doch gesehen haben, dass der Kampf fast zu Ende war.«

»Ich weiß es nicht«, erwiderte Sorcha. »Aber ich nehme an, sie hörte das Baby schreien und sah Waldron mit dem Schwert in der Hand. Wahrscheinlich hatte sie Angst um dein Leben und das des Kindes.«

»In diesem Fall hätte sie die Angelegenheit besser Hugo überlassen sollen«, sagte Isobel. »Ich weiß schon seit Langem, dass ich mich, was das Kämpfen angeht, voll und ganz auf ihn und Michael verlassen kann.«

»Aber diesmal hat Waldron Hugo niedergeschlagen.«

»Adela hat ihn abgelenkt, sagst du?«

»Nicht mit Absicht. Und außerdem hätte er Waldron nicht aus den Augen lassen dürfen. Aber das sieht er wohl selbst so.«

»Ja, und Michael wahrscheinlich auch«, seufzte Isobel. »Ob Hugo nicht bald mit dem Wasser kommt? Mein Sohn und ich, wir sind ganz klebrig.«

Als Sorcha nachsehen ging, kam ihr Hugo schon am Eingang entgegen.

»Die Männer haben unsere Pferde und das Gepäck mitgebracht, das wir auf dem Hügel zurückgelassen haben«, sagte er und reichte ihr ein Bündel Kleider. »Nun könnt Ihr Euch wieder einen Rock anziehen. Ich habe auch Kleidung und Decken für Euch mitgebracht, Mylady«, fügte er hinzu.

»Du meine Güte, Hugo, schleppt Ihr etwa ein ganzes Sortiment Damenkleider mit Euch herum?«

»Nein«, erwiderte er lachend, »ich habe nur ein paar lange Hemden besorgt. Damit könnt Ihr Euch züchtig bedecken, während man Euch und das Kind in einer Sänfte nach Hause trägt.«

»Du kannst meinen Rock und das Mieder haben, Isobel«, schlug Sorcha vor. »Ich brauche mich für den Ritt nach Roslin nicht extra umzuziehen.« An Hugo gewandt fragte sie leichthin: »Es ist doch nicht mehr weit, oder?«

»Ungefähr zehn Meilen«, antwortete er. »Und es würde Euch ganz recht geschehen, wenn ich Euch in diesem Aufzug reiten ließe. Dann könntet Ihr meiner Tante Eure Vorstellung von passender Kleidung erläutern.«

»Ich wüsste nicht, was sie das angeht«, erwiderte Sorcha störrisch.

Ohne auf ihren Einwand einzugehen, fuhr er fort: »Und denkt auch daran, dass Euer Vater und die anderen am Montag eintreffen. Meine Tante wird ihnen bestimmt brühwarm erzählen, in was für einer Aufmachung Ihr bei ihr angekommen seid.«

»Deine Sachen passen mir ohnehin nicht, Sorcha«, versuchte Isobel zu vermitteln. »Ich bin im Moment nicht so schlank wie sonst. Habt Ihr Wasser mitgebracht, Hugo? Ich hoffe, es reicht zum Waschen. Doch zuvor will Sorcha, dass mein Sohn geweiht wird. Da Ihr als Hebamme fungiert habt, kommt Euch am ehesten diese Aufgabe zu.«

»Es wäre mir eine große Ehre«, sagte er. »Was muss ich tun?«

»Zuerst waschen wir ihn«, erklärte Sorcha, erfreut, dass Hugo auch einige Lappen mitgebracht hatte. »Dann sprenkelt Ihr ein wenig Wasser auf seine Stirn, im Namen des Vaters, des Sohnes und des Heiligen Geistes. Wir hätten anstelle von Wasser auch Speichel verwenden können. Die einfachen Leute halten das für noch wirksamer. Sie glauben, damit könne man ein Neugeborenes vor tückischen Feen und allen bösen Wesen schützen.«

»Wir nehmen lieber Wasser«, sagte er und lächelte Isobel zu.

So gut es unter den gegebenen Umständen möglich war, säuberte Sorcha das Kind, das die Prozedur mit kräftigem Gebrüll über sich ergehen ließ. Wahrscheinlich, dachte sie, wäre Hugo lieber zu seinen Männern gegangen, doch er schaute ihr ohne jedes Anzeichen von Ungeduld bei ihren Verrichtungen zu. Auch Isobel betrachtete die Szene mit zärtlichem Lächeln.

Als das Baby schließlich einigermaßen sauber war, wickelte Sorcha es in die Decke, die Hugo ebenfalls mitgebracht hatte, und hielt es, während er die Weihehandlung vornahm. Dann reichte sie es Isobel.

»Ich verlasse Euch jetzt«, sagte Hugo. »Meine Jungs kümmern sich um die Toten und Verwundeten, und das wird noch eine Weile dauern. Doch wir sollten aufbrechen, sobald Ihr bereit seid. Die anderen werden uns leicht einholen.«

Isobel fragte: »Habt Ihr jemanden, den Ihr dem Reiterzug Seiner Gnaden entgegenschicken könnt, Hugo? Michael soll so schnell wie möglich erfahren, dass er einen Sohn hat.«

»Ja, gewiss«, erwiderte Hugo. »Ich schicke sofort zwei Mann mit der Nachricht los.«

»Was ist, wenn Waldron uns irgendwo auf dem Weg nach Roslin auflauert?«, fragte Sorcha. »Sollten wir nicht lieber auf die anderen warten?«

»Waldrons Trupp hat schwere Verluste erlitten«, erklärte Hugo. »Und falls für ihn Verstärkung von Edgelaw unterwegs ist, haben unsere Leute aus Roslin sie bestimmt schon abgefangen. Da sollte es reichen, wenn wir dreißig Mann mitnehmen. Nun geht Eurer Schwester zur Hand, Mädchen, und vergesst nicht, Euch umzukleiden. Ich will dieses Hemd und die Hose nie wieder sehen.«

Sie antwortete nicht, doch als er gegangen war, sagte Isobel: »Er hat recht, Sorcha. Ich weiß wirklich nicht, warum du ihn immer so reizen musst und wieso er es sich gefallen lässt. So viel Duldsamkeit hätte ich Hugo gar nicht zugetraut.«

»Er hat mir nichts zu befehlen«, entgegnete Sorcha.

Isobel lachte. »Du müsstest eigentlich längst wissen, dass ihm das herzlich egal ist.«

Als Antwort reckte Sorcha nur trotzig das Kinn. Dennoch zog sie sich um, da sie befürchten musste, dass Hugo ihr sonst kurzerhand dabei helfen würde. Bei der Vorstellung musste sie lächeln.

Sie waren zum Aufbruch bereit, als er zurückkam und Sorcha in ihrem geborgten Kleid anerkennend zunickte. Sorcha, der wieder eingefallen war, dass sie ihre eigenen Kleider unter einem Stein versteckt hatte, hoffte nur, er würde nicht daran denken, dass sie fehlten. Nachdem Isobel mit dem Kind in einer behelfsmäßigen Sänfte Platz genommen hatte, die Hugos Männer für sie angefertigt hatten, forderte er Sorcha beiläufig auf, an seiner Seite zu reiten.

»Ich würde mich lieber neben Isobel halten«, erwiderte sie.

»Sie und das Kind müssen jetzt schlafen, daher würdet Ihr Euch nur langweilen. Und außerdem möchte ich mit Euch reden«, sagte er.

»Und was ist, wenn ich nicht mit Euch reden will?«

Sein Blick brachte sie zum Schweigen.

Die Männer hatten Speisen vorbereitet, die sie beim Reiten verzehren konnten, und plötzlich stellte Sorcha fest, dass sie Hunger hatte. Jemand hatte Isobel ein kleines Weißbrot, etwas Käse und einen Apfel gereicht, und sie aß ein wenig, bevor sie in Schlaf fiel.

Ihre Sänfte bestand aus einer Decke, deren Enden man um zwei Stangen geschlungen hatte. Eine Stange war am Geschirr eines der Pferde befestigt, während zwei Männer die andere trugen. Nach jeweils einer Stunde wurden sie von zwei ihrer Kameraden abgelöst. Auf diese Weise kamen sie fast so schnell voran, als wenn Isobel geritten wäre, und sie und das Baby konnten sich ausruhen.

Nachdem sich Sorcha davon überzeugt hatte, dass ihre Schwester es so bequem wie nur möglich hatte, freute sie sich auf eine weitere Unterhaltung mit Hugo.

Um ihm von vornherein den Wind aus den Segeln zu nehmen, sagte sie sofort: »Falls Ihr mit mir schimpfen wollt, weil ich mich aus dem Lager geschlichen habe, dann legt lieber gleich los, damit ich es hinter mir habe.«

»Das kann ich mir vorstellen«, antwortete er gleichmütig und schwieg. Diese Antwort hatte sie nicht erwartet, daher zermarterte sie sich das Hirn nach einer geeigneten Bemerkung.

»Also, was ist?«, war alles, was ihr einfiel.

Er blickte ausdruckslos in die Ferne.

Ein Blick nach hinten zeigte ihr, dass seine Männer sich hatten zurückfallen lassen. Offenbar hatte er es ihnen befohlen, um ungestört mit ihr reden zu können. Doch langsam begann sein Schweigen ihr auf die Nerven zu gehen. Wenn dieser Mensch ihr etwas zu sagen hatte, dann sollte er es tun, und fertig. Ihr kam ein unerfreulicher Gedanke. Vielleicht hatte sie ihn derart verärgert, dass es ihm mittlerweile völlig gleichgültig war, was sie tat.

Betont beiläufig versuchte sie es erneut: »Da Ihr ja so froh über meine Anwesenheit bei der Geburt wart, seid Ihr bestimmt nicht mehr böse mit mir, und wir können über andere Dinge reden.«

»Ja, gewiss, wenn Ihr wollt.«

»Ist das alles, was Ihr zu sagen habt?«, fragte sie ungehalten.

Der bohrende Blick, den er ihr daraufhin zuwarf, brachte tief in ihrem Inneren eine Saite zum Klingen, die ihren ganzen Körper in Schwingungen zu versetzen schien. Es war, gelinde gesagt, ein beunruhigender Blick, doch sie zwang sich, ihm standzuhalten.

»Wollt Ihr wirklich wissen, was ich denke?«, fragte er schließlich.

Er schaute sie noch immer so durchdringend an, dass es ihr die Sprache verschlug und sie nur nicken konnte.

»Ich finde, es war gut, dass Ihr den Rock angezogen habt, bevor Euch all die Männer in diesen elenden Hosen sehen konnten.«

Sie schluckte und suchte nach einer Antwort. Dann entschloss sie sich, ihm die Wahrheit zu sagen, und sei es auch nur, um zu sehen, wie er reagierte. »Ich dachte mir, wenn ich Euch nicht gehorche, würdet Ihr mir den Rock eigenhändig anziehen.«

»Da habt Ihr ausnahmsweise einmal richtig gedacht«, erwiderte er.

»Das hättet Ihr wirklich getan?«, fragte sie entgeistert.

»Aber sicher«, entgegnete er, »und zwar vor aller Augen, damit mir niemand hätte vorwerfen können, ich hätte mich Euch gegenüber unschicklich benommen.«

»Und was, bitte schön, könnte noch unschicklicher sein, als mich zu zwingen, vor den Augen Eurer Männer die Kleider zu wechseln?«

»Ach, so einiges«, sagte er.

»Nennt mir ein Beispiel.«

»Zum Beispiel, Euch die Hose herunterzuziehen und Euch vor versammelter Mannschaft die wohlverdiente Tracht Prügel zu verabreichen«, erwiderte er prompt.

»Das wäre tatsächlich schlimmer«, stimmte sie ihm mit brennenden Wangen zu.

»Frieden, Mädchen?«, lenkte er ein.

»Ja«, sagte sie erleichtert.

»Ehrlich gesagt, war ich ganz krank vor Angst um Euch«, setzte er mit leiser Stimme hinzu.

»Ich war wütend auf Euch, weil Ihr mich nicht bei der Suche nach Adela mitnehmen, sondern mich zu Eurer Tante schicken wolltet. Außerdem hatte ich Angst, Ihr könntet zu spät kommen, daher wollte ich unbedingt, dass Ihr mir folgt. Aber ich muss gestehen, als sie mich erwischten, hätte ich mein Handeln beinahe bereut. Wahrscheinlich lagen Waldrons Männer schon auf der Lauer und schnappten sich den Erstbesten, der des Weges kam.« Um keinen Preis würde sie ihm verraten, dass Waldron es speziell auf sie abgesehen hatte.

»Ich hoffe, wir können immer offen zueinander sein, Mädchen.«

Mit kläglichem Lächeln antwortete sie: »Es gibt kein ›wir‹, Sir, denn Adela braucht Euch noch immer. Wenn Euch Eure Ehre also etwas bedeutet ...« Sie verstummte und ließ ihre Worte auf ihn wirken.

»Da sie Eure Schwester ist, werden wir einander häufig sehen, falls sie sich bereit erklärt, mich zu heiraten«, erwiderte er. »Aber das glaube ich kaum. Ihr habt doch selbst gehört, wie sie ihn zur Flucht drängte. Im Gegensatz zu Euch bin ich auch nicht der Meinung, dass sie Angst um das Kind hatte. Dieser Mann kann sehr überzeugend sein, Mädchen, und ich möchte wetten, er hat es geschafft, sie auf seine Seite zu ziehen.«

»Nie im Leben!«, rief Sorcha. »Ich kenne Adela besser als Ihr.«

»Das stimmt, und Ihr hattet recht, mich an meine Pflicht zu erinnern«, sagte er.

Darauf wusste sie nichts zu erwidern. Ihr Herz krampfte sich zusammen, und die Tränen stiegen ihr in die Augen. Ein einziges Mal hätte sie lieber nicht recht gehabt.

Als sie nach einer Weile noch immer nichts sagte, schaute Hugo sie an und bemerkte, dass sie sich fest auf die Unterlippe biss. Als er sah, dass ihre Augen in Tränen schwammen, hätte er sich ohrfeigen mögen, weil er die Rede auf Adela gebracht hatte.

Er hatte Sorcha gar nicht widersprechen wollen, doch jedes Wort dieses Mädchens schien ein kleines Widerspruchsteufelchen in ihm zu wecken.

Unzählige Male, seit sie in sein Leben getreten war, hatte er sie schon schütteln oder erwürgen oder küssen mögen. Nur sich in sie zu verlieben, hatte er keineswegs vorgehabt. Doch genau das war geschehen.

Wie ein Blitz war ihm die Erkenntnis gekommen, als er sah, wie sie Isobels Baby versorgte. Doch er musste sich eingestehen, dass es schon zuvor Anzeichen gegeben hatte, und jetzt war nichts mehr daran zu ändern.

Von Anfang an hatte ihn sein Instinkt gewarnt, dass dieser kleine Skelpie ihn stärker faszinierte als jede andere Frau zuvor, auch wenn er sie am ersten Tag am liebsten übers Knie gelegt hätte. Immerhin war er bei der Einsetzung Seiner Gnaden fast den ganzen Tag lang mit einer feuerroten Backe herumgelaufen. Kein Wunder, dass es ihm gelungen war, sich einzureden, Zorn wäre das Einzige, was er für sie empfand.

Doch sie war mindestens so schön wie ihre Schwestern, und es war fesselnd zu beobachten, wie ihre Augen in einem Augenblick vor Wut Funken sprühten, nur um gleich darauf kalt wie Stein zu werden. Doch ihr Temperament war bedenklich. Sie hatte Waldron ebenso die Stirn geboten wie ihm selbst, daher war anzunehmen, dass es ihr sowohl an gesundem Menschenverstand als auch an einem genügend ausgeprägten Selbsterhaltungstrieb mangelte. Doch Hugo musste zugeben, dass es ihm imponiert hatte, wie sie sich zwischen ihn und Waldron gestellt und sie beide aufgefordert hatte, Isobel zu helfen.

Sosehr ihm ihre Unbesonnenheit und Widerspenstigkeit missfielen, so sehr bewunderte er ihre Großzügigkeit, ihr Ehrgefühl und ihr Pflichtbewusstsein. Ihre wilde, ungebändigte Natur, die mit einem tief verwurzelten Familiensinn einherging, hatte ihr geholfen, alle bisherigen Abenteuer unbeschadet zu überstehen. Zumindest bis zu dem Augenblick, als Adela ohne Rücksicht auf die Bemühungen ihrer Schwester mit Waldron davongelaufen war.

Daraufhin hatte Sorcha Adelas Verrat aus ihren Gedanken verbannt und sich voll und ganz Isobel und dem Kind gewidmet. Hugo war davon überzeugt, dass sie dem Kleinen zur Not auch ohne sein Eingreifen auf die Welt geholfen hätte.

Beim Gedanken an Isobel fiel ihm noch etwas ein, das er an Sorcha mochte. Bei all ihrem zarten Liebreiz und ihrer weiblichen Ausstrahlung hatte die Lady seines Vetters die Neigung, sich die Wahrheit ein wenig zurechtzubiegen, wenn es ihr gelegen kam. Dieser Zug fehlte Sorcha vollkommen. Sie besaß eine schärfere Zunge als Isobel und sagte, was sie dachte. Doch das gefiel Hugo, weil er es selbst auch so hielt. Für Isobels kleine Flunkereien hätte er nicht annähernd so viel Verständnis aufgebracht wie Michael.

Ein Blick auf Sorcha verriet ihm, dass sie sich wieder gefasst hatte. Daher hielt er es für besser, nicht mehr auf das Thema Adela zurückzukommen. Denn er war nach wie vor davon überzeugt, dass es Adela nicht nur darum gegangen war, das Kind oder ihre Schwestern zu schützen. So wild entschlossen hatte sie sich für Waldrons Rettung eingesetzt, dass sie sogar ihr eigenes Wohlergehen darüber vergessen zu haben schien.

Dabei musste sie doch wissen, wie gefährlich sein Vetter war. Diese Erfahrung hatten in der Vergangenheit besonders die Frauen machen müssen, über die er in irgendeiner Weise zu bestimmen hatte. Adela hätte einfach in ihrem Versteck bleiben und warten können, bis man sie rettete. Doch es hatte beinahe den Anschein, als sei sie freiwillig mit Waldron gegangen. Darüber wollte er jedoch jetzt nicht mehr reden. Sorcha würde die Wahrheit noch früh genug erfahren.

Stattdessen machte er eine Bemerkung darüber, wie sehr sich Michael über den neugeborenen Erben freuen würde und dass er, Hugo, Hector gern den Hengst Black Thunder abkaufen würde. Und schon bald plätscherte das Gespräch unverfänglich dahin.

Isobel hatte ihm einmal erzählt, dass alle Macleod-Schwestern von Kindesbeinen an daran gewöhnt waren, im Herrensitz zu reiten, ob mit oder ohne Sattel, und auch Sorcha machte da keine Ausnahme. Während er sie mit Wohlgefallen betrachtete, drängte sich ihm wieder ihr Bild in den verflixten Hosen auf, die sich verführerisch eng um ihre strammen Schenkel und Waden, ganz zu schweigen von diversen anderen Rundungen, schmiegten. Als sie ihn fragend ansah, riss er sich zusammen und wandte den Blick ab.

»Was sagtet Ihr, Mädchen?«, fragte er und musste sich räuspern, weil seine Stimme so rau klang. Zugleich versuchte er die Bilder, bei denen ihm ganz heiß wurde, aus seinen Gedanken zu vertreiben.

»Ich habe gefragt, wie weit es noch bis Roslin ist«, sagte sie amüsiert, wobei ihn das kleine Grübchen neben ihrem linken Mundwinkel anlachte und ihre schönen Augen funkelten.

Er blickte sich um, als müsse er sich erst zurechtfinden. Schließlich antwortete er, sie würden die Burg wohl in spätestens einer Stunde erreichen.

Hugo hatte sie angestarrt, als habe er sie noch nie gesehen – mit einem Blick, der ihr durch und durch ging. Wenn er sich gut benahm, konnte er ein sehr unterhaltsamer Begleiter sein, dachte sie.

Seine Worte hatten ihr verraten, dass er die Brüder Sinclair bewunderte, einen Heidenrespekt vor seiner furchteinflößenden Tante hatte und Roslin Castle beinahe ebenso sehr liebte wie seine eigene Burg Dunclathy.

Er erzählte von seinen Schwestern, wobei er mit Respekt von Eliza, der ältesten, und mit Wärme von Kate und Meg, den beiden jüngeren, sprach. Er schien jedoch gar nicht besonders viel über sie zu wissen, wie Sorcha mit Bedauern feststellte. In ihren Augen war die Familie ausgesprochen wichtig, und ein Mann sollte auf jeden Fall seine Schwestern kennen.

Andererseits beneidete sie ihn um seine Reisen. Er war nicht nur innerhalb Schottlands viel weiter herumgekommen als sie, sondern hatte auch schon Frankreich, Spanien und noch viel fremdartigere Länder gesehen, die Sorcha nur aus den Erzählungen ihrer Tante Euphemia und Ian Dubhs, des gelehrten Schwiegervaters ihrer Schwester Cristina, kannte. Einmal hatte sie den Eindruck, er sei sogar noch viel weiter gereist, doch als sie nachhakte, wechselte er so geschickt das Thema, dass sie dachte, sie habe es sich nur eingebildet.

Als das Baby aufwachte und zu schreien begann, machten sie Rast, damit Isobel es stillen konnte. Danach setzten sie ihren Weg fort.

Bald darauf folgten sie einer Karrenspur durch einen Wald bis zu einer Bogenbrücke aus Stein, die sich über einen rauschenden Fluss spannte. Am anderen Ufer lag auf einem steilen Felsen Roslin Castle. Eindrucksvoll standen die runden Türme und der eckige Bergfried vor dem blauen Himmel, über den ein paar Schäfchenwolken zogen. Der Weg führte in Windungen stetig bergauf und bildete schließlich einen Engpass, von dem die Böschung zu beiden Seiten bis zu dem Fluss etwa zehn Meter unter ihnen steil abfiel. Während die Gruppe im Gänsemarsch die schmale Stelle passierte, um zum Burgtor zu gelangen, bemerkte Sorcha, dass der Fluss North Esk fast den gesamten Fuß des Burgfelsens umfloss.

»Henry lässt die Befestigungsmauern und den Wohnturm ausbauen«, sagte Hugo. »Die Arbeiten können ganz schön Lärm machen, doch jetzt, da Isobel und das Kind Ruhe brauchen und Michael bald nach Hause kommen wird, werde ich dafür sorgen, dass sie vorübergehend eingestellt werden.«

Die Tore standen offen, und als sie auf den gepflasterten

Burghof ritten, kam eine hochgewachsene Frau anmutig die Treppe zum Wohnturm herabgeschritten und ging ihnen entgegen. Sie trug ein langes, rotes, mit Zobel und Goldspitze besetztes Gewand und dazu tief auf den Hüften einen juwelengeschmückten Kettengürtel. Ein weißer gerüschter Schleier umgab ihr Gesicht und fiel in weichen Falten bis auf ihre Schultern, um die sie sich zum Schutz gegen die Abendkühle einen dunkelgrünen Mantel gelegt hatte. Ihre kunstvollen Flechten schimmerten durch den Schleier und schwangen im Takt ihrer Schritte leicht hin und her.

»Gleich werdet Ihr meine Tante kennenlernen«, flüsterte Hugo. »Benehmt Euch anständig.«

Sorcha war sich ihres schäbigen Aufzugs schmerzlich bewusst. Gott sei Dank trug sie wenigstens nicht mehr die Hose mit dem safrangelben Hemd.

Sie richtete sich im Sattel auf und hielt den Kopf hoch.

14

Isabella, Gräfin von Strathearn und Caithness, eilte an Sorcha und Hugo vorbei zu Isobels Sänfte, um ihren Enkel in Augenschein zu nehmen.

»Von Sidony kann sie es nicht erfahren haben, denn die weiß noch gar nichts von dem Kleinen«, sagte Sorcha zu Hugo. »Also habt Ihr auch hierher einen Boten geschickt.«

»Ich bin ja nicht dumm, Mädchen«, erwiderte er. »Natürlich habe ich ihr die Nachricht durch die Männer, die ich Michael entgegengesandt habe, übermitteln lassen. Schließlich musste sie doch erfahren, dass Isobel bei uns ist und dass sie ihr Baby bekommen hat. Sonst hätte Isabella mir den Kopf abgerissen.«

»Ja, wahrscheinlich«, bemerkte Sorcha, die die Gräfin argwöhnisch beäugte. Doch Isabella hatte nur Augen für ihren Enkel. Sie nahm Isobel das Baby behutsam aus den Armen und machte einigen Dienern, die ihr gefolgt waren, ein Zeichen, Isobel auf der Decke in ihre Schlafkammer zu tragen. Dabei sagte sie freundlich zu ihrer Schwiegertochter: »Sobald ich Hugos Botschaft erhielt, habe ich in deiner Kammer Feuer machen lassen, und meine Martha wird dafür sorgen, dass du dich waschen und umziehen kannst. Danach kannst du in aller Behaglichkeit zu Abend essen und dich gründlich ausruhen, bevor Michael nach Hause kommt.«

»Ich danke Euch, Madam«, sagte Isobel lächelnd. »Er wird wahrscheinlich bald hier sein.«

»Ja, er verliert bestimmt keine Zeit«, erwiderte die Gräfin und setzte an Hugo gewandt hinzu: »Willst du bis dahin auf deinem Pferd sitzen bleiben, Hugo?«

»Nein, natürlich nicht, Madam«, sagte er, saß eilends ab

und verbeugte sich vor ihr. »Ich wollte Euer Wiedersehen nicht stören.«

Nachdem sie Isobel das Kind wieder in den Arm gelegt hatte und die vier Männer mit der Sänfte im Wohnturm verschwunden waren, drehte sich Isabella wieder zu Hugo um, wobei sie Sorchas Anwesenheit lediglich mit einem kurzen Blick zur Kenntnis nahm. Als er Sorcha vom Pferd hob, sagte die Gräfin trocken: »Ich schätze, du bringst Neuigkeiten.«

»Ja, Madam. Doch zuerst möchte ich Euch Isobels Schwester, Lady Sorcha Macleod, vorstellen. Macht einen Knicks, Mädchen«, ermahnte er Sorcha.

Als wäre ich eine schlecht erzogene Zwölfjährige, dachte Sorcha ärgerlich. Um zu beweisen, dass sie trotz ihrer abgetragenen Kleidung über vorzügliche Manieren verfügte, folgte sie hoch erhobenen Hauptes der Aufforderung. »Es ist mir eine Ehre, Euch kennenzulernen, Madam«, sagte sie.

»Ich muss gestehen, Eure Anwesenheit hier weckt meine Neugier. Wie seid Ihr übrigens an dieses schauderhafte Kleid gekommen?«, fragte Isabella, als Sorcha sich aus ihrem Knicks erhob.

»Hugo hat mir aufgetragen, es anzuziehen«, antwortete sie mit einem finsteren Blick auf den Betreffenden.

»Ich konnte doch nicht zulassen, dass die beiden in den Gewändern hier auftauchten, die sie zur Einsetzung seiner Gnaden getragen hatten. Oder in diesen abscheulichen Männerkleidern, in denen ich sie beim Dorf Dail Righ fand«, verteidigte sich Hugo.

»Aha«, sagte die Gräfin nur und musterte ihn nachdenklich. Dann erklärte sie entschieden: »Ich freue mich schon darauf, die ganze Geschichte zu hören. Sidony war nicht sonderlich mitteilsam, müsst Ihr wissen. Offensichtlich befürchtet sie, einer von Euch beiden könnte es missbilligen, wenn sie mir etwas erzählt. Das Kind neigt zur Unentschlossenheit, ist ansonsten aber ganz unauffällig. Es war richtig, sie zu mir zu schicken, Hugo.«

»Das erleichtert mich ungemein, Madam«, erwiderte er mit einem neckenden Unterton. »Ich fürchtete schon Euren Zorn.«

»Sei nicht unverschämt«, entgegnete Isabella. »Aber ich sehe ein, dass du alle Hände voll zu tun hattest. Lasst uns hineingehen. Wahrscheinlich seid ihr halb verhungert, und Sorcha möchte sich gewiss ebenso gern waschen und umziehen wie Isobel. Das kann sie vor dem Essen erledigen – aber keine Männerhosen, wenn ich bitten darf«, fügte sie streng hinzu.

»Nein, Madam, bestimmt nicht«, antwortete Sorcha. Sie fand, dass die Gräfin bei Weitem nicht so schrecklich war, wie Hugo sie geschildert hatte.

Eine Stunde später war sie sich dessen nicht mehr so sicher.

In der Zwischenzeit hatte Isabella sie zu einer wohnlichen Schlafkammer führen und ihr einige von Isobels Kleidern sowie einen Krug mit warmem parfümiertem Wasser bringen lassen. Sie schickte ihr auch eine Näherin, die Isobels Gewänder für die schlankere Sorcha enger machen sollte. Zusammen mit der Näherin kam Sidony. Tränenüberströmt warf sie sich in Sorchas Arme und schluchzte: »Es war einfach schrecklich! Sir Hugo war so wütend, dass ich schon dachte, er würde dich umbringen, sofern das die schrecklichen Männer, die Rory überfallen haben, nicht schon erledigt hätten. Oh, ich hoffe nur, du bist mir nicht böse, weil ich dich verraten habe. Aber was hast du dir bloß dabei gedacht, einfach wegzulaufen?«

»Pst, ganz ruhig«, beschwichtigte Sorcha ihre Schwester und löste sich behutsam aus ihrer Umarmung, während die Näherin gebannt lauschend dabeistand. »Jetzt bin ich ja in Sicherheit und werde dir gleich alles berichten«, fuhr Sorcha fort und fragte dann, während sie Wasser in die Schüssel goss: »Hast du das Kind schon gesehen?«

»Ja«, antwortete Sidony. »Ich bin zuallererst zu Isobel gelaufen, weil ich nicht glauben konnte, dass sie wirklich hier ist. Der Kleine ist wirklich ein hübsches Baby. Doch sie hat mir nur erzählt, dass einige Männer, die offenbar mit Waldron unter einer Decke steckten ... Was ist?«, fragte sie verwundert, als Sorcha den Finger auf die Lippen legte.

»Wir unterhalten uns später darüber«, sagte Sorcha bestimmt. »Gräfin Isabella hat gesagt, das Abendessen wird bald serviert. Bist du schon so weit?«

»Ja, und außerdem liegt mein Zimmer auf dem Weg zur Halle, falls ich noch etwas brauche. Ist das nicht hübsch?«, fragte sie und deutete auf ihr hellblaues Gewand und das ärmellose, mit Stickereien geschmückte gelbe Überkleid. »Es gehört Isobel«, erklärte sie. »Die Gräfin hat gesagt, ich solle mir etwas aussuchen. Zuerst dachte ich, Isobel würde es nicht gern sehen, dass ich mir gerade das hier ausgeborgt habe, doch sie sagte, ich dürfe mir nehmen, was ich wollte. War das nicht nett von Isobel?«

»Sehr nett. Aber das hättest du dir doch denken können«, erwiderte Sorcha. »Schließlich wärst du an ihrer Stelle genauso großzügig gewesen.«

»Ja, schon. Aber trotzdem borgt man sich nicht gern etwas aus, ohne vorher zu fragen.«

Vermutlich lag es an ihrer Erschöpfung, doch Sorcha fand das Geplapper ihrer Schwester heute noch nervtötender als sonst. Sogleich rief sie sich für den unfreundlichen Gedanken zur Ordnung, freute sich aber dennoch darauf, Hugo und die Gräfin beim Abendessen wiederzusehen. Sich mit ihm zu unterhalten war immer interessant, und Isabella fand sie ebenfalls faszinierend. Mit der Hilfe Sidonys und der Näherin war Sorcha bald fertig. Nachdem sie ihre lieblos gestutzten Haare unter einem einfachen Schleier verborgen und mit einem goldenen Netz bedeckt hatte, gefiel sie sich ganz gut in Isobels schwarz-rot gestreiftem Seidenkleid. Schließlich schlüpfte sie noch in die passenden roten Seidenschuhe, band sich einen schmalen goldenen Kettengürtel um die Hüften und erklärte, jetzt sei sie bereit zum Abendessen.

Sie war enttäuscht, als sie in der großen Halle vergeblich nach Hugo Ausschau hielt. Nur Isabella wärmte sich die Hände an dem gemauerten Kamin, der sich an der Ostwand in der Nähe des Podiums befand.

»Hugo wird bald zurück sein«, sagte sie, als Sorcha und Sidony zu ihr traten. Dann fügte sie übergangslos hinzu: »Trotz Eurer scheußlichen Kleider dachte ich zunächst, Ihr hättet Euch gemeinsam mit Isobel auf den Weg gemacht. Ich fürchtete nämlich, sie hätte sich mit Michael gestritten und wäre auf eigene Faust von Lochbuie aufgebrochen. Da es aber nicht so war, wie konntet Ihr dann mit Hugo in Dail Righ zusammentreffen?«

Sidony nagte an ihrer Lippe, und auch Sorcha wusste nicht recht, was sie sagen sollte. Glücklicherweise ertönte in diesem Augenblick Hugos Stimme hinter ihr, und sie drehte sich, halb beklommen und halb erleichtert, zu ihm um.

»Fragt Ihr bereits unsere Gäste aus, Madam?«, erkundigte er sich lächelnd. »Wollen wir uns nicht erst setzen und den Dienern sagen, sie sollen die Wandschirme aufstellen?«

»Ja, vielleicht«, stimmte Isabella zu. Sie stieg auf das Podium und winkte einen Pagen heran, um ihm ihre Anweisungen zu geben. Dann ließ sie sich auf einem der beiden Sessel nieder, die an einem Ende der hohen Tafel beim Kamin standen. Sie bedeutete Sorcha und Sidony, ihr gegenüber auf zwei Stühlen Platz zu nehmen und sagte zu Hugo: »Setz dich ruhig auf Michaels Platz. Er wird wohl nicht vor morgen Abend hier sein.«

Hugo gehorchte und erwiderte: »Die Flottille Seiner Gnaden soll heute Abend bei Dumbarton anlegen. Die Männer wollen auf der Burg übernachten und morgen früh nach der Messe alle gemeinsam aufbrechen. Meine Nachricht wird sie wohl morgen gegen Mittag in der Nähe von Glasgow erreichen. Doch selbst wenn Michael vorausreitet und sich beeilt, kann er schwerlich vor der Vesper hier sein.«

»Vielleicht wird es sogar wesentlich später«, erwiderte Isabella und nickte dem Pagen zu, der bereitstand, um ihren Weinbecher zu füllen. Dann sagte sie zu Sorcha: »Und nun berichtet mir von Euren Abenteuern und wie Ihr Hugo getroffen habt.«

»Bitte, Madam, bestärkt sie nicht noch. Was sie getan hat, war sträflicher Leichtsinn«, versuchte Hugo ihre Begeisterung zu dämpfen.

»Unsinn, es war eine kühne Tat!«, widersprach die Gräfin und lächelte Sorcha zu.

Die fühlte sich dadurch sehr ermutigt. Ohne Hugo anzusehen, begann sie: »Wisst Ihr, Madam, ich musste annehmen, dass meine Schwester Adela in der Ehe, die mein Vater für sie arrangiert hatte, sehr unglücklich sein würde. Daher ...«

»Warum?«, unterbrach Isabella sie. »War der Bräutigam denn so schrecklich?«

»Er ist viel älter als sie und ein ausgesprochener Langweiler«, erwiderte Sorcha, die allmählich merkte, in welche Falle sie sich hineinmanövriert hatte. Sie war sich keineswegs sicher, dass Isabella Verständnis für ihre heimlichen Botschaften an Hugo haben würde, und außerdem wollte sie weder ihn noch sonst jemanden in Schwierigkeiten bringen.

Als daher Isabella zustimmte, dass eine Ehe mit einem alten Langweiler wirklich unerfreulich wäre, fuhr Sorcha geschickt fort: »Das fanden wir auch. Als Adela also vom Traualtar weg entführt wurde, dachten alle an einen heimlichen Verehrer.«

Isabella warf ihr einen Blick zu, als ob sie sie vollkommen durchschauen würde, sagte jedoch nur: »Ach ja?«

»Ja«, erwiderte Sorcha, deren Erzählung merklich an Schwung verlor. »Aber ... aber dann erfuhren wir, dass wir uns geirrt hatten.«

»Und wie habt Ihr das erfahren?«, fragte Isabella.

Sorcha blickte Hugo an.

»Ja, Mädchen, erzählt es nur«, sagte der. »Aber nehmt Euch zuerst ein Stück Fleisch von der Platte, die Ivor Euch hinhält. Wir Übrigen hätten nämlich auch gern etwas davon.«

Ein wenig erschrocken, weil sie den wartenden Pagen nicht bemerkt hatte, holte sich Sorcha mit dem Messer zwei Scheiben Lammbraten von der Platte. Als Nächstes wurde eine Schüssel mit gehacktem Kohl und Röstzwiebeln aufgetragen. Wegen des unfruchtbaren Bodens im Hochland war auf Chalamine im Frühling Gemüse – von Brennnesselsuppe einmal abgesehen – ein rarer Luxus. Daher bediente sich Sorcha mit einer großzügigen Portion Kohl.

Isabella wartete geduldig auf eine Antwort, doch als Sorcha weiterhin schwieg, sagte Hugo: »Ihr enttäuscht mich, Mädchen. Wo bleibt Eure gewohnte Offenherzigkeit? Bisher habt ihr mit Eurer Meinung darüber, wer für die Entführung Eurer Schwester verantwortlich ist, doch nicht hinter dem Berg gehalten.«

Sidony stieß einen kleinen empörten Schrei aus, den Isabella mit einem raschen Blick quittierte. Sonst sagte niemand ein Wort.

Da nahm Sorcha ihren ganzen Mut zusammen und sagte: »Sir Hugo hat recht, Madam. Ich habe ihm wirklich die Schuld dafür gegeben, und nicht ganz zu Unrecht. Aber ich habe mich ebenfalls schlecht benommen, als wir uns zum ersten Mal begegneten.« Zu Hugo sagte sie: »Dafür möchte ich mich entschuldigen, Sir.«

»Ach ja, Skelpie?«, erwiderte er mit einem leisen Lächeln.

Sorcha wusste selbst nicht, warum der warme Klang seiner Stimme ihr die Tränen in die Augen trieb, doch sie wandte sich rasch ab und sagte mit ihrer alten Aufrichtigkeit zur Gräfin: »Ich habe ihn, so fest ich konnte, ins Gesicht geschlagen, Madam.«

»Das war zweifellos eine heilsame Erfahrung für ihn«, erwiderte Isabella und bedachte Hugo mit einem schwer zu deutenden Blick. »Und das geschah in Dail Righ?«

»Nein, vor aller Augen in Kildonan, bei der Einsetzung seiner Gnaden«, sagte Hugo. »Ich trug noch eine ganze Zeit lang die Fingerabdrücke von diesem Skelpie auf der Backe. Aber ehrlich gesagt« – er blickte Sorcha an –, »ich hatte es verdient.«

»Also war es wirklich heilsam«, erwiderte Isabella. »Aber ich möchte doch zu gern wissen, wie Ihr auf die Idee gekommen seid, Hugo könnte eine Braut entführen.«

Als er Sorchas Blick bemerkte, gluckste Hugo vor Lachen. »Sie ist auf die Idee gekommen, weil sie es mir in ihren Botschaften selbst vorgeschlagen hat.«

»Nein, das hat sie nie getan!«, entrüstete sich Sidony.

»Aber so gut wie«, beharrte er.

»*Sie* hat dir eine Botschaft gesandt?«

Isabella klang so verblüfft, dass Sorcha innerlich zusammenzuckte, doch Hugo sagte nur: »Ja. Und ich Idiot habe es nicht für nötig gehalten, auf eine solche Dreistigkeit zu reagieren.«

»Das war nicht recht von dir, Hugo«, entgegnete Isabella ernst. »Und außerdem musst du sie doch irgendwie auf den Gedanken gebracht haben, dass du etwas für ihre Schwester übrig hättest. Wenn ich mich recht entsinne, hast du letztes Jahr auf Orkney ganz offen mit Lady Adela geschäkert.«

Isabellas Ton und Hugos plötzlich wieder ernste Miene erinnerten Sorcha daran, was er über seine Tante gesagt hatte. Sie musste sich wirklich vorsehen.

Sidony, die sich offensichtlich wegen ihres Zwischenrufs schämte, hielt den Blick auf ihr Schneidebrett gesenkt, während Hugo und die Gräfin einander unverwandt ansahen.

Offenbar hatte er nicht die Absicht, sich zu verteidigen, und Sorcha wusste, dass eine Bemerkung von ihrer Seite die Sache nur noch schlimmer machen würde.

Endlich brach Isabella das Schweigen. »Hugo?«, hakte sie mit so trügerisch sanfter Stimme nach, dass sich Sorcha die Nackenhaare sträubten. Doch Hugo nickte nur.

»Ich kann nicht leugnen, dass ich mich schlecht benommen habe, Tante Isabella«, sagte er. »Lady Adela hat sich völlig zu Recht über mich geärgert, auch wenn ich das damals anders gesehen habe. Aber sie …«

Er brach ab und lauschte mit zur Seite geneigtem Kopf. Da vernahm auch Sorcha den Tumult unten in der Halle, wo die Dienstboten gemeinsam mit Hugos Männern an langen aufgebockten Tischen ihr Essen einnahmen.

Hugo wechselte einen Blick mit der Gräfin, die ein wenig betreten lächelte. Dann stand er auf und ging bis zum Ende des Wandschirms, wo ihm schon ein älterer Mann entgegenkam.

Als Sorcha die beiden zusammen sah, wusste sie sofort, wer der Neuankömmling war.

»Sir! Wo kommt Ihr denn her?«, rief Hugo.

»Von Dunclathy natürlich«, antwortete der andere und versetzte Hugo einen herzhaften Schlag auf die Schulter, bevor er ihn in eine unsanfte Umarmung zog. »Nachdem ich gestern Abend auf Hawthornden angekommen war, ließ mir deine Tante mitteilen, dass sie dich erwartet.«

»Ich bin so froh, Euch zu sehen«, sagte Hugo. »Ich dachte, Ihr würdet zumindest so lange bei Henry in Edinburgh bleiben, bis MacDonald, Michael und die anderen einträfen.«

Mit dem gleichen Zwinkern, das Sorcha schon oft bei Hugo gesehen hatte, erwiderte der ältere Mann: »Ich schätze, Michael wird auch auf dem schnellsten Weg hierherkommen.«

»Das wird er wohl, wenn er seinen Erben sehen will«, stimmte Hugo ihm zu. »Doch nun kommt, Sir. Ich möchte Euch den Ladys Sorcha und Sidony Macleod, Isobels jüngeren Schwestern, vorstellen. Das ist mein Vater, Sir Edward Robison«, fügte er erklärend hinzu.

Nachdem sie ein paar Höflichkeiten ausgetauscht hatten, ließ die Gräfin etwas zu essen für Sir Edward bringen und wies seinem Steuermann, der ihn begleitete, einen Platz in der unteren Halle zu. Sir Edward nahm unterdessen an der hohen Tafel Platz und hatte kurz darauf ein wohlgefülltes Schneidebrett und einen Becher mit Wein vor sich stehen.

Er nahm einen tiefen Zug und befahl dem Pagen mit einer beiläufigen Handbewegung, nachzuschenken. Schließlich sagte er: »Aber ich habe Euer Gespräch unterbrochen. Ich hoffe doch, es war nichts, worüber Ihr nicht auch in meiner Gegenwart reden könnt.«

»Lady Sorcha und Hugo haben mir nur von ihren jüngsten Abenteuern berichtet«, erklärte Isabella leichthin. »Es ist wirklich unglaublich. Ein paar herzlose Schurken haben ihre Schwester Adela vom Traualtar weg entführt. Daraufhin machten sich Sorcha und Sidony auf die Suche nach ihr und trafen im Dorf Dail Righ auf Hugo. So weit waren wir bis zu Eurer Ankunft gekommen. Hugo kann Euch ja später alles noch einmal im Einzelnen berichten. Und nun, meine liebe Sorcha, erzählt uns doch, was weiter geschah.«

Sorcha hatte bemerkt, dass Hugo von der Idee, seinem Vater alles haarklein erklären zu müssen, genauso wenig erbaut war wie sie selbst. Doch er sagte lediglich: »Bevor sie fortfährt, habe ich noch eine betrübliche Nachricht für Euch. Ich bedauere, Euch mitteilen zu müssen, dass Lady Adelas Entführer Waldron war.«

»Aber der ist doch tot!«, rief Isabella.

»Offensichtlich nicht«, sagte Sir Edward trocken und blickte seinen Sohn prüfend an.

Ganz oben im runden Torturm der Burg Edgelaw stand Adela in der Pförtnerstube am Fenster und blickte auf die Straße hinab, die in den eckigen Hof führte. Sie fühlte sich wie betäubt.

Auf diesem Weg waren sie und Waldron erst vor einer halben Stunde angekommen. Sie hatte noch immer das Geräusch der Pferdehufe auf dem Kopfsteinpflaster in den Ohren. Mit jedem scharfen Klick-Klack verstrich ein wenig von der Zeit, die ihr noch blieb.

Er hatte sie in die kleine Kammer gebracht und ihr gesagt, sie solle es sich bequem machen. Dann war er verschwunden und hatte die Tür hinter sich abgeschlossen. Wie lange würde es dauern, fragte sie sich, bis er erkannte, dass sie ihm nicht länger von Nutzen war, jetzt, nachdem alle gesehen hatten, dass sie aus freien Stücken mit ihm gegangen war? Vielleicht wusste er es ja bereits.

Wie ein schwerer Stein lastete dieser Gedanke auf ihrer Seele. Er lähmte sie und raubte ihr jede Energie zum Denken oder Handeln.

Es war schon fast dunkel. Unterwegs, noch bevor die Burg in Sicht kam, hatte sie den Sonnenuntergang bewundert, doch die Dämmerung dauerte jetzt jeden Tag ein wenig länger, sodass die Sicht bei ihrer Ankunft noch recht gut war. Einige seiner Männer waren ebenfalls entkommen. Ein paar von ihnen waren bereits vor ihnen auf Edgelaw eingetroffen, und vier weitere waren seither unter dem Fenster ihres Kerkers durchs Tor geritten.

Anscheinend hatte niemand sie verfolgt. Das hieß, dass weder Sorcha noch Sir Hugo nach ihr suchen würden. Und Isobel würde sich erst recht nicht mehr um sie kümmern, nach all den schrecklichen Dingen, die Adela ihr an den Kopf geworfen hatte. Doch Isobel hatte überhaupt nicht begriffen, in welcher Gefahr sie schwebte. Genauso wenig wie Sorcha. Aber die hatte ja noch nie ihren eigenen Leichtsinn eingesehen.

Adela fragte sich, wie es wohl dem Baby ging. Es war zu früh gekommen, was oft Probleme mit sich brachte. Als ihr einfiel, wie ihre Mutter gestorben war, verdrängte sie das Kind energisch aus ihren Gedanken. Damit durfte sie sich jetzt nicht belasten, da sie ohnehin schon vollkommen konfus war. Immer wenn sie glaubte, Waldron zu verstehen, tat er etwas, was ihr bewies, dass sie ihn überhaupt nicht kannte. Ab und an schenkte er ihr noch immer Gehör. Also hatte sie vielleicht doch noch einen gewissen Einfluss auf ihn.

Anfangs, als er damit drohte, sie zu töten, hatte sie instinktiv versucht, ihn milde zu stimmen. Als sie dann einsehen musste, dass sie ihm hilflos ausgeliefert war und er sie ohne zu zögern umbringen würde, hatte sie Angst, dass jeder Rettungsversuch nicht nur die Retter, sondern auch ihr eigenes Leben noch stärker in Gefahr bringen würde. Im Laufe der Zeit kam sie zu der Überzeugung, dass er von seiner Mission ehrlich überzeugt war.

Von da an hatte sie sich an die Tatsache geklammert, dass er ein gläubiger Christ war, und hatte die geringste Freundlichkeit, die er ihr erwies, als Beleg dafür genommen, dass er ein ganz normaler Mensch war und sie mit der Zeit vielleicht sogar mögen würde.

Doch kein normaler Mensch, der sie mochte, hätte sie oder ihre Schwestern – und ganz gewiss keine Schwangere – als Köder missbraucht, um seine Feinde in die Falle zu locken. Ihre Dankbarkeit für die kleinste menschliche Regung, die er zeigte, entsprang nur der trügerischen Hoffnung, er würde schließlich doch noch von brutaler Gewalt und seinen bösen Taten ablassen. Doch nun erkannte sie ihren Irrtum, und die Einsicht machte ihr Angst. Sobald sie sich wieder mit ihm allein fand, verlor sie jede Zuversicht und fragte sich, ob sein Einfluss nicht womöglich ihren Geist verwirrt hatte. Es war reiner Wahnsinn gewesen, ihn zu warnen und Hals über Kopf mit ihm zu fliehen.

Adela wusste, dass sie sich besser hätte hinlegen und ausruhen sollen, doch sie brachte es einfach nicht fertig.

Als sie hörte, wie sich der Schlüssel im Schloss drehte, fuhr ihr erneut der Schreck in die Glieder, doch er nickte ihr im Eintreten bloß zu und sagte: »Du bist bestimmt schon genauso hungrig wie ich, aber ich hatte noch etwas zu erledigen. Doch wenn du jetzt in die große Halle kommen willst – das Abendessen ist fertig.«

»Ja, gern«, sagte sie und wunderte sich selbst, wie fest ihre Stimme klang.

Als er beiseitetrat, ging sie an ihm vorbei die Treppe hinunter und überquerte den gepflasterten Hof. Seit ihrer Ankunft war es kühler geworden; sie überquerten eilig den Hof und traten in die Halle.

Auf der Feuerstelle flackerten die Flammen, doch Adela spürte keine Wärme, als sie hinter ihm zur hohen Tafel schritt, vorbei an drei Tischen, an denen schweigend seine Männer standen. Er deutete auf einen Platz am Ende der Bank, bevor er sich auf seinem schlichten Stuhl am Kopfende der Tafel niederließ.

Da setzten sich auch die Männer in der unteren Halle und redeten leise miteinander. Vor dem Hintergrund des unablässigen gedämpften Stimmengemurmels schien es ihr, als seien sie beide ganz allein, doch sie wusste seine Stimmung nicht zu deuten. Er gab einem Pagen ein Zeichen, die Speisen aufzutragen, und sie aß schweigend und wartete auf ein Wort von ihm.

Endlich schob er sein Schneidebrett fort und lehnte sich, den Weinbecher in der Hand, zurück. »Ich habe nachgedacht«, sagte er, »und bin zu dem Ergebnis gekommen, dass du vielleicht gern ein Bad nehmen und dich umziehen möchtest.«

Bei der Aussicht, sich endlich säubern zu können, wäre Adela beinahe in Tränen ausgebrochen. Doch mit einer sie selbst verblüffenden Kaltblütigkeit unterdrückte sie das Gefühl und wartete einen Augenblick, bis sie sich wieder auf ihre Stimme verlassen konnte. Dann antwortete sie: »Gern, Sir. Es ist sehr freundlich, dass Ihr daran gedacht habt.«

»Ich bin niemals freundlich, Mädchen. Aber ich will, dass du etwas für mich tust, und für diese Aufgabe solltest du besser nicht so übel riechen.«

Vor lauter Erleichterung, dass er sie noch immer brauchte, kamen ihr schließlich doch die Tränen. Dennoch lächelte sie ihm zu und hoffte, er würde glauben, dass es nur die Aussicht auf ein warmes Bad war, die sie derart aus der Fassung gebracht hatte.

Noch niemals hatte Sorcha in einem Gespräch so vielen Fußangeln ausweichen müssen wie in dem Bericht, den sie der Gräfin und Sir Edward von ihrer Reise gab. Doch das gelang ihr nicht immer. Öfter als einmal tappten sie oder Hugo in die Falle, denn die Gräfin hatte ein feines Ohr für Zwischentöne und hakte unbarmherzig nach. Und auch Sir Edward erwies sich als aufmerksamer Zuhörer, der alles ganz genau wissen wollte.

Als er seinem Sohn mit seinen hartnäckigen Fragen immer mehr Einzelheiten entlockte, erkannte Sorcha auch, woher Hugo den unangenehm durchdringenden Blick hatte, der ihr schon so oft auf die Nerven gegangen war.

Schließlich verlangte Sir Edward die ganze Geschichte zu hören, und Hugo kam seinem Wunsch mit der gleichen Mischung aus Schicksalsergebenheit und schlechtem Gewissen nach, den Sorcha selbst ihm gegenüber so oft empfunden hatte. Nachdem sie ihm alles haarklein berichtet hatten, was bis zum vergangenen Abend geschehen war, sagte Sir Edward nur: »Darüber sprechen wir noch.«

»Ja, Sir«, erwiderte Hugo ruhig.

»Aber jetzt müsst ihr beiden uns noch den Rest erzählen«, verlangte Isabella.

Der letzte Teil der Geschichte ging ihnen leichter von den Lippen, besonders die Ereignisse um die Geburt des Kindes inmitten des Kampfgetümmels. Und obgleich Isabella ein paar kritische Bemerkungen darüber machte, dass Sorcha Hugos Lager verlassen hatte, und Sir Edward wiederholt den Kopf schüttelte, war doch das Schlimmste überstanden. Besonders froh und erleichtert zeigten sie die Zuhörer darüber, dass Isobel und ihr Kind auf Roslin in Sicherheit waren.

»Aber auf Waldron bin ich maßlos wütend«, sagte Isabella stirnrunzelnd. »Wie konnte er nur eine Braut und im Anschluss auch noch eine schwangere Frau entführen? Sein Benehmen war absolut unverzeihlich, und das soll er auch erfahren. Wisst Ihr, wo er sich gerade aufhält?«

Hugo warf einen zögernden Blick auf Sir Edward. Doch als dieser keine Einwände erhob, fuhr sein Sohn fort: »Ja, Madam. Er ist auf Edgelaw, aber …«

»Morgen werde ich nach ihm schicken«, erklärte sie.

»Ich bezweifle, dass er kommen wird«, sagte Hugo.

»Wenn er weiterhin den Titel Waldron von Edgelaw tragen will, wird ihm nichts anderes übrig bleiben«, erwiderte Isabella. »Er ist dort nur unser Burgvogt, nicht der Besitzer.«

»Wenn Henry von seinen Untaten erfährt, wird er bestimmt …«

»Das geht Henry nichts an«, schnitt Isabella ihm das Wort ab. »*Ich* habe Waldron Edgelaw überlassen.«

»Das wusste ich nicht«, sagte Hugo. »Mir war zwar bekannt, dass Edgelaw ihm genauso wenig gehört wie mir Hawthornden, aber ich habe immer angenommen, dass mein Onkel ihm dort ebenso Wohnrecht auf Lebenszeit gewährt hat wie Henry mir.«

»Edgelaw ist mein Eigentum, das mir bei meiner Heirat mit William übertragen wurde«, erklärte sie. »Ich stellte es Waldron als Wohnsitz zur Verfügung, weil er im Vergleich zu Euch und Michael über so wenige Mittel verfügte und durch die Umstände seiner Geburt benachteiligt war. Außerdem hat er sich mir gegenüber immer sehr liebenswürdig benommen. Ich mochte ihn, hätte ihn jedoch nach den unerfreulichen Vorfällen mit Isobel und Michael letztes Jahr vor die Tür gesetzt. Doch dann hörte ich, dass er angeblich tot sei. Nachdem seine Leute mir Lehnstreue geschworen hatten, ließ ich sie weiterhin auf meinem Besitz wohnen, weil sie das Land hervorragend bestellten.«

»Durfte Waldron eigentlich die Pachtzinsen behalten?«, fragte Hugo.

»Einen Großteil davon«, erwiderte Isabella. »Den Rest gab er an mich oder meinen Verwalter weiter. Seit letzten Sommer haben dann seine Leute in jedem Quartal die gesamte Summe an uns abgeführt, bis auf das, was sie für die Instandhaltung der Burg benötigten.«

Sorcha hatte bemerkt, dass Sidony die Augen kaum noch offen halten konnte. Daher nutzte sie die eintretende Gesprächspause und sagte: »Ihr möchtet diese Angelegenheiten bestimmt noch länger erörtern, Madam. Doch gestattet bitte, dass Sidony und ich uns zurückziehen. Es war ein sehr langer Tag für uns.«

Als Isabella nickte, erhoben sich die beiden Schwestern. Auch Hugo und Sir Edward standen auf, und Hugo sagte: »Geht noch nicht zu Bett, Mädchen. Ich möchte noch mit Euch reden.«

Sie wollte schon entgegnen, dass sie doch am nächsten Morgen miteinander sprechen konnten, schwieg jedoch, als er sie eindringlich ansah.

»Ich bringe Sidony nach oben, gehe ihr zur Hand und komme dann zurück«, sagte sie

»Das ist nicht nötig. Ich begleite Euch«, erwiderte er.

Sorcha erwartete von der Gräfin oder Sir Edward den Einwand, dass es sich nicht gehörte, wenn sich ein junges Mädchen und ein Mann unter vier Augen miteinander unterhielten. Doch da sie anscheinend nichts dagegen hatten, machten die beiden Schwestern einen Knicks und gingen mit Hugo hinaus.

Sie schritten durch den Türbogen in der Westwand und bogen dann nach rechts in einen kurzen Korridor. Er führte zu der Wendeltreppe, über die sie heruntergekommen waren.

»Hinter der Wand hier rechts liegt die Kemenate, die Henry im vergangenen Herbst für seine Mutter und Isobel hat einrichten lassen«, erklärte Hugo. »Vielleicht ist Euch ja die Tür hinter dem Podium aufgefallen. Der neue Raum war früher ein Teil der oberen Halle, bevor er durch eine neu eingezogene Mauer abgeteilt wurde.«

»Isobel hat uns in einem Brief von der neuen Kemenate berichtet«, sagte Sidony. »Durch die Bettelmönche ließ sie zwei Briefe überbringen, die auf dem glattesten Papier geschrieben waren, das wir je gesehen hatten.«

»Ja, es war wirklich überaus fein«, pflichtete Sorcha ihr bei. »Isobel sagte, Michael habe es ihr gegeben.« Sie erinnerte sich, dass Isobel noch mehr über das Frauengemach geschrieben und dabei auch den *laird's peek*, einen kleinen versteckten Ausguck, auf Roslin erwähnt hatte. Doch das brachte sie Hugo gegenüber besser nicht zur Sprache, dachte Sorcha, als sie an der schmalen Tür auf dem Treppenabsatz vorüberkamen.

Im nächsten Stockwerk wartete bereits ein Kammermädchen auf sie. Auf Hugos Bitte hin überließ Sorcha ihre schläfrige Schwester der Obhut der jungen Dienerin.

Als sich die Kammertür hinter Sidony geschlossen hatte, sagte Sorcha: »Ich bin ebenfalls müde, Sir. Also sagt bitte, was Ihr zu sagen habt, damit ich mich endlich zur Ruhe begeben kann.«

»Das sind ja schöne Manieren«, neckte er sie, während er ihr den Arm um die Schultern legte und sie zurück ins Treppenhaus dirigierte. »Hier oder in Eurer Kammer können wir uns nicht unterhalten, kommt also mit mir nach oben. Ich möchte Euch den Wehrgang zeigen.«

Nachdem sie ihren Umhang aus ihrem Gemach geholt hatte, stieg Sorcha vor ihm die Treppe hinauf. Auf halbem Weg musste sie an Waldron denken und sagte über die Schulter gewandt: »Ich hoffe, Ihr seid nicht so böse mit mir, dass Ihr mich über die Zinnen in den Fluss stoßen wollt.«

»Nein, Skelpie, das würde ich niemals tun.«

Oben angekommen griff er an ihr vorbei, um die Tür zu öffnen. Draußen wehte eine leichte kalte Brise. Hugo trat auf den mondbeschienenen Wehrgang hinaus und wäre beinahe in einen Wächter hineingelaufen.

Der junge Mann nickte höflich, bevor er Haltung annahm und »Guten Abend, Sir Hugo« sagte.

»Guten Abend, Jeb Elliot«, erwiderte Hugo seinen Gruß. »Bist du allein hier oben?«

»Nein, Sir. Mein Bruder Tam hat seinen Posten auf der Ostseite. Aber es scheint alles ruhig zu sein. Seit Sir Edward eingetroffen ist, haben wir keine Menschenseele mehr gesehen.«

»Ausgezeichnet«, sagte Hugo. »Doch jetzt möchte ich ein paar Minuten mit Lady Sorcha allein sein. Also halte bitte auf der Nordseite Ausschau. Ich behalte so lange die Westseite im Auge.«

»Jawohl, Sir. Ruft mich, wenn Ihr mich braucht.«

Als der Bursche außer Sicht war, führte Hugo Sorcha zur südwestlichen Ecke des Burgturms, an den sich die Burgmauer anschloss. Sorcha stand an der Brüstung und blickte im Mondlicht auf den Fluss hinab, der sich schäumend und tosend um den Fuß des Burgfelsens ergoss.

»Hier geht es aber tief hinunter«, sagte sie.

»Stimmt«, erwiderte er und trat so nahe an sie heran, dass sie seine Wärme spüren konnte. »Von hier aus fließt er nach Norden, wo er in den Firth of Forth mündet.«

Ohne ihn anzusehen, sagte Sorcha: »Ich hoffe, Ihr wollt mir keine Vorwürfe machen wegen etwas, was ich Eurem Vater und der Gräfin erzählt habe.«

Da lachte er. »Aber nicht doch, Mädchen. Ich weiß doch selbst, wie sehr einem die beiden zusetzen können. Aber ich fürchte, mit mir sind sie noch nicht fertig.«

»Ich hatte das Gefühl, sie waren öfter über mich als über Euch entrüstet.«

»Mag sein, aber Ihr habt doch gehört, dass mein Vater noch einmal mit mir reden will.«

»Ihr werdet doch wohl keine Angst vor ihm haben.«

»Meint Ihr? Er kann recht unangenehm werden, das kann ich Euch versichern.«

»Aber was können Worte Euch schon anhaben? Übers Knie wird er Euch ja kaum legen«, fügte sie grinsend hinzu und blickte zu ihm hoch. Er sah ihr so tief in die Augen, dass sie rasch den Blick abwandte und sich wieder dem Fluss zuwandte.

»Ja, für eine Tracht Prügel bin ich wirklich schon ein bisschen groß«, erwiderte er. »Aber darüber wollte ich nicht mit Euch sprechen.« Mit diesen Worten legte er ihr die Hände auf die Schultern und drehte sie zu sich herum.

Selbst durch den wollenen Umhang und das Kleid hindurch spürte sie die Wärme seiner Finger. So standen sie eine ganze Weile schweigend da, während sie den Blick auf seine Brust gerichtet hielt. Auf den silbernen Spitzen der Bänder, mit denen sein Wams geschnürt war, glänzte das Mondlicht.

Schließlich sagte er sanft: »Seht mich an.«

Beim Klang seiner Stimme durchflutete sie eine wohlige Hitze, die nichts mit der Berührung seiner Hände oder der Befürchtung, er könnte mit ihr schelten, zu tun hatte.

Rasch fuhr sie sich mit der Zunge über die trockenen Lippen, bevor sie folgsam ihren Blick hob. Als sie die unverhohlene Begierde in seinen Augen sah, öffneten sich ihre Lippen wie von selbst.

15

Hugo hatte gar nicht vorgehabt, sie zu küssen, bis ihn das Grübchen in ihrer Wange schelmisch anlachte. Selbst dann noch zögerte er und schimpfte sich selbst einen Narren. Doch er hatte dieses Lächeln noch einmal sehen wollen, sich davon überzeugen, ob das Grübchen noch da war, und beobachten, wie ihre Augen im Mondlicht silbern schimmerten.

Also bat er sie, ihn anzusehen, was sich als folgenschwerer Fehler erwies. Denn als sie den Kopf zu ihm hob, mit diesem scheuen, ein wenig skeptischen Blick, und ihre feuchten Lippen sich wie zum Kuss öffneten, siegte sein Körper über den Verstand.

Er zog sie an sich und beugte sich zu ihr hinunter, um sie zu küssen. Es war keine bewusste Entscheidung, kein Abwägen der Folgen, sondern ausschließlich vom Gefühl diktiert.

Erfreut spürte er, wie ihre vollen, zarten Lippen den Kuss erwiderten und sich ihr Körper mit einer Selbstverständlichkeit an den seinen schmiegte, als hätte er es schon oft getan. Als er mit einer Hand ihren Hinterkopf umfasste, fühlte er den seidenweichen Schleier, den sie über ihrem schönen bernsteingoldenen Haar trug. Er zog ihr das dünne Tuch vom Kopf und ließ es vom Wind davontragen. Das goldene Haarnetz folgte, und als sich ihre weichen Locken um seine Finger ringelten, presste sie ihren Mund noch stärker auf den seinen. Er kostete den leicht salzigen Geschmack ihrer Lippen.

Da sie sich ihm nicht entzog, ließ er mit einem leisen Stöhnen die Zunge sanft über ihre Unterlippe gleiten. Doch als er sie zwischen ihre Lippen schob, um die samtige Höhlung ihres Mundes zu erkunden, spürte er, wie ihr Körper sich anspannte. Er streichelte sie beruhigend und zog sie dichter an sich, doch sie stemmte die Hände gegen seine Brust und drückte ihn weg.

»Was tut Ihr denn da?«, fragte sie mit belegter Stimme und warf einen verstohlenen Blick in die Richtung, in der Jeb, hinter einer Ecke des Turms verborgen, immer noch Wache hielt.

»Das wisst Ihr sehr gut«, erwiderte er. »Ihr habt es doch auch getan.«

»Das habe ich nicht!«

Er schmunzelte mit hochgezogenen Augenbrauen.

»Na ja«, sagte sie und verzog das Gesicht, »einen Moment lang vielleicht. Aber ich habe nicht damit angefangen. Das war niederträchtig von Euch.«

»Warum?«

»Das wisst Ihr ganz genau. Schließlich stehe ich hier unter der Obhut Eurer Tante und in gewisser Weise auch unter der Euren. Und außerdem seid Ihr mit Adela verlobt. Nun ja, vielleicht nicht direkt verlobt«, verbesserte sie sich rasch, »aber …«

»Jetzt, nachdem sie Waldron aus freien Stücken gefolgt ist, habe ich ihr gegenüber keinerlei Verpflichtungen mehr«, unterbrach er sie und fügte hinzu: »Ich kann nicht einmal behaupten, dass ich traurig darüber bin, denn sosehr ich mich dagegen gewehrt habe, fühle ich mich doch jeden Tag stärker zu ihrer jüngeren Schwester hingezogen.«

Ihr blieb vor Verblüffung der Mund offen stehen. Dann sagte sie entrüstet: »Ihr seid einfach zu töricht, Hugo. Und ich ebenso, dass ich mir das alles überhaupt anhöre. Das mit dem Wehren glaube ich allerdings gern. Doch Ihr seid noch immer Adelas einzige Hoffnung, wenn es darum geht, ihren guten Ruf zu retten; das muss Euch doch klar sein. Ihr wisst auch gar nicht, ob sie nicht lediglich mit ihm gegangen ist, um Isobel und das Kind zu retten. Wir haben ja noch nicht einmal eine Ahnung, wo sie ist.«

»Waldron ist auf Edgelaw, und sie ist bei ihm.«

»Das steht doch keineswegs fest«, gab sie zurück, »denn sobald er davon ausgehen muss, dass wir glauben, sie wäre freiwillig mit ihm gegangen, ist sie für ihn wertlos. Womöglich hat er sie längst im Stich gelassen oder sie seinen Männern ausgeliefert oder sogar ...« Entsetzt schlug sie die Hand vor den Mund.

In ihren Augen glitzerten Tränen.

Er wollte sie wieder in die Arme nehmen, doch sie sträubte sich und sagte: »Ich gehe jetzt zu Bett, Sir. Gute Nacht.«

Als sie sich zum Gehen wandte, fasste er sie beim Arm und sagte: »Einen Augenblick, Mädchen. Ich habe Euch noch etwas zu sagen.«

»Für diese Nacht habt Ihr schon genug gesagt«, fauchte sie und riss sich los.

»Wartet doch!«, rief er ihr nach, als sie schon fast die Tür zum Treppenhaus erreicht hatte. »Ich wollte mich lediglich entschuldigen. Es war dumm von mir, auf diese Weise Euren Ärger zu erregen, zumal, da Ihr so müde seid. Und Ihr hattet recht, ich hätte Eure – oder meine – Lage hier nicht ausnutzen dürfen.«

Beim Wort »entschuldigen« war sie stehen geblieben, drehte sich jedoch nicht um.

Schließlich fügte er mit milder Stimme hinzu: »Ich weiß, dass Waldron Adela weder verlassen noch ihr etwas angetan hat. Sie sind beide wohlbehalten auf Edgelaw eingetroffen.«

Während sie sich mit dem Handrücken eine Träne von der Wange wischte, wandte Sorcha sich um und musterte ihn prüfend. Er hatte ihr noch niemals einen Grund gegeben, an seinen Worten zu zweifeln, doch wenn es um Adelas Wohl ging, war sie vor Sorge derart außer sich, dass sie nicht mehr klar denken konnte.

Niemals hätte sie damit gerechnet, dass er sie küssen würde. Und als er es dann tat, hatte es ihr keineswegs missfallen.

Ihm konnte sie vielleicht Entrüstung vorspielen, doch sich selbst konnte sie nicht täuschen – schließlich hätte sie sich beim bloßen Gedanken, dass er Adela heiraten könnte, auf den Steinboden werfen und losbrüllen mögen wie ihr kleiner Neffe bei seinem Eintritt in diese lärmende, kriegerische Welt.

Aber das ging natürlich nicht. Sie musste Haltung und einen klaren Kopf bewahren. Adela liebte Hugo; wie sollte es auch anders sein?

Und außerdem war Opfermut ein edler Zug, das sagten schließlich alle.

Sie waren alle verrückt.

Opfermut war etwas Scheußliches, wenn man selbst derjenige war, der das Opfer bringen musste.

Hugo beobachtete sie noch immer und wartete auf ein Wort von ihr. Bestimmt hatte er ihre Tränen gesehen und wusste, dass sie kurz davor war, aus purer Erschöpfung zusammenzubrechen.

Ein wenig hatte sie in der Nacht zuvor in Isobels Zelt geschlafen, doch bei Weitem nicht genug.

Sie atmete einmal tief durch, bevor sie die naheliegenden Fragen stellte, die ihr schon die ganze Zeit auf der Seele gebrannt hatten: »Wie habt Ihr erfahren, dass sich Waldron auf Edgelaw aufhält, und woher wollt Ihr wissen, dass Adela bei ihm ist?«

»Einar ist ihnen gefolgt.«

»Aber wie das? Hat er sich denn nicht zusammen mit Euch an Waldrons Lager angeschlichen? Ihr habt doch der Gräfin und Sir Edward gegenüber behauptet, Ihr hättet alle Eure Pferde zurückgelassen.«

»Er hat ein Pferd unserer Feinde genommen«, erklärte Hugo. »Falls eine Wache bei den Pferden stand, hat Einar den Mann vermutlich überwältigt, sofern der sich nicht schon in den Kampf gestürzt hatte oder bereits gefallen war. Einar ist einer meiner besten Männer für derartige Aufgaben, daher ist es ihm gelungen, den beiden ungesehen fast bis ans Tor von Edgelaw zu folgen.«

»Aber ...«

»Da Waldron Eure Schwester nicht gleich zurückgelassen oder getötet hat, damit sie ihn auf der Flucht nicht behindert, wird er es auf Edgelaw ganz bestimmt nicht tun, solange sie ihm noch von Nutzen ist«, setzte er mit fester Stimme hinzu.

»Danke, das klingt überzeugend«, erwiderte Sorcha so gefasst wie möglich. »Jetzt, da ich weiß, dass sie vorerst in Sicherheit ist, werde ich besser schlafen. Und nun gute Nacht, Sir.«

»Nicht so schnell«, sagte er und vertrat ihr den Weg. »Ich habe Euch noch etwas zu sagen, und Ihr werdet mir zuhören. Schließlich habe ich Euch auch verraten, wo die beiden sich aufhalten.«

Sie seufzte. »Also gut, aber ich warne Euch; wenn Ihr Euch nicht sputet, schlafe ich im Stehen ein.«

»Ihr solltet lieber gut achtgeben«, erwiderte er. »Ich habe Euch mitgeteilt, wo Eure Schwester ist, weil ich es Euch versprochen habe. Und ich habe Euch gesagt, woher ich es weiß, weil Ihr mich danach gefragt habt. Jetzt sage ich Euch noch etwas. Ihr werdet nicht nach Edgelaw gehen; weder um sie zu besuchen, noch um sie zu retten oder aus irgendeinem anderen Grund. Habt Ihr mich verstanden?«

»Ja. Aber wenn Ihr glaubt, ich würde Adela in den Klauen dieses abscheulichen Menschen lassen, habt Ihr Euch geirrt. Sie ist *nicht* freiwillig dort, und wir sind ihre einzige Hoffnung. Sie jetzt im Stich zu lassen wäre der schlimmste Verrat. Das werde ich niemals tun.«

Da packte er sie erneut bei den Schultern, schüttelte sie und sagte: »Diesmal werdet Ihr mir gehorchen, Mädchen. Das befehle ich Euch als Euer Beschützer oder Bewacher oder welche Rolle Ihr mir auch immer bei dieser Verfolgungsjagd zugedacht habt. Wenn Ihr mir nicht Euer Wort gebt, werde ich anderweitig dafür sorgen, dass Ihr mir gehorchen müsst, ist das klar?«

»Und wie wollt Ihr das machen?«, fragte sie, weil sie neugierig war, wie weit er gehen würde.

Er verstärkte seinen Griff, bis sie fürchtete, blaue Flecken auf den Schultern davonzutragen. Dennoch starrte sie ihn an, ohne mit der Wimper zu zucken. Doch er schien zu merken, dass er ihr wehtat, denn plötzlich ließ er sie mit einem unwilligen Knurren los und fuhr sie an: »Stellt Euch doch nicht so dumm. Wer, glaubt Ihr, befehligt die Wachen auf Roslin? Wollt Ihr wirklich, dass ich Euch wie eine Gefangene bewachen lasse?«

Bei dieser Vorstellung stieg ihr die Hitze in die Wangen. Sie fragte sich, ob die Wachen es, auch ohne einen solchen Befehl zulassen würden, dass eine Frau allein die Burg verließ. Und noch dazu eine Frau, die zum ersten Mal hier war.

Doch um Hugo nicht weiter zu reizen, beschloss sie, ihn nicht danach zu fragen.

Stattdessen entgegnete sie so würdevoll wie möglich: »Ich bin nicht so leichtsinnig, allein durch eine unbekannte Gegend zu reiten.«

Zur Antwort stieß er einen Laut aus, der irgendwo zwischen Lachen und einem verächtlichen Schnauben lag. Dann hob er die Augen wie Hilfe suchend zum Himmel, bevor er antwortete: »Nein, Skelpie, Ihr würdet wahrscheinlich zu Fuß gehen. Bei Eurem letzten Unternehmen seid Ihr Waldron ja auch direkt in die Arme gelaufen.«

Sie hätte ihm liebend gern erklärt, dass dabei ganz besondere Umstände geherrscht hatten und die Lage wirklich verzweifelt gewesen war, wollte jedoch die Angelegenheit nicht noch einmal aufrollen. Also erwiderte sie mit mühsam gewahrter Selbstbeherrschung: »Ich wollte damit nur sagen, dass ich nicht ohne Eskorte von Roslin fortreiten würde, Sir. Aber da Ihr mich ja unbedingt an diesen gewissen Vorfall erinnern müsst, versichere ich Euch, dass ich mich auch nicht auf eigene Faust zu Fuß von hier wegbegeben werde.«

»Das genügt mir nicht«, erwiderte er. »Ihr müsst mir feierlich versprechen, dass Ihr, solange Ihr Euch auf Roslin aufhaltet, keinen Versuch unternehmen werdet, ohne meine Erlaubnis Eure Schwester auf Edgelaw oder sonst wo aufzusuchen. Bevor ich das Versprechen nicht habe, werdet Ihr diesen Wehrgang nicht verlassen.«

»Und was ist, wenn mein Vater hierherkommt? Wahrscheinlich ist er schon unterwegs.«

In Wahrheit war sie keineswegs sicher, dass Macleod kommen würde, denn offensichtlich war er mit Adela und ihr fertig. Doch das konnte Hugo ja nicht wissen.

Tatsächlich erwiderte er mit süffisantem Lächeln: »Es würde mich wundern, wenn Ihr Euren Vater dazu bringen könntet, Euch nach Edgelaw reiten zu lassen oder Euch sogar dorthin zu begleiten. Doch wenn Ihr glaubt, er würde mich nicht zuerst um Rat fragen, habt Ihr Euch geirrt, mein Mädchen.«

Seufzend musste sie sich eingestehen, dass er recht hatte und dass ihr nichts anderes übrig blieb, als ihm zu gehorchen. »Ich gebe Euch mein Wort«, sagte sie. »Aber ich verspreche auch, dass ich nicht ruhen werde, bis Ihr Adela gerettet habt. Ihr habt gesagt, Ihr mögt mich, Hugo. Wenn das stimmt, werdet Ihr meine Schwester nicht ihrem Schicksal überlassen.«

Mit diesen Worten schob sie ihn beiseite und öffnete die Tür, ohne noch einmal zurückzublicken.

Als sie fort war, drehte Hugo sich um und blickte hinunter auf den Fluss und die tief verschatteten Wälder im Westen und fragte sich, ob sie ihr Wort halten würde. Ihm war klar, dass er sich bei ihrem Gespräch ungeschickt verhalten und sie verärgert hatte. Doch nachdem sie nun wusste, wo sich Adela aufhielt, hatte er auf einmal schreckliche Angst bekommen, Sorcha könnte sich wieder heimlich davonstehlen, um ihre Schwester zu befreien. Denn dabei konnte ihr alles Mögliche zustoßen.

Dieses Risiko durfte er nicht eingehen, doch er wollte auch nicht ihren Zorn erregen, indem er sie mit Gewalt auf der Burg festhielt. Und was seine Gefühle für sie anging ...

Lächelnd dachte er, welcher Teufel ihn bloß geritten hatte, sich in dieses Mädchen zu verlieben. Sie war nicht im Geringsten so, wie er sich eine Ehefrau vorgestellt hatte. Die musste ganz anders sein: Ruhig, ehrbar, tüchtig, von angenehmem Äußeren, würde sie ihm fügsam und ohne viel Aufhebens den Haushalt führen und ihm zahlreiche Söhne und ein paar wohlerzogene Töchter schenken.

Im Gegenzug wäre er ein vorzüglicher Gatte und Vater, und so würden sie im angenehmen Gleichmaß der Gefühle dahinleben in ihrem behaglichen Heim, in dem Zwietracht keinen Platz hatte.

Er hätte schon längst nach einem solchen Musterexemplar Ausschau gehalten, wenn ihn nicht wichtigere Angelegenheiten davon abgehalten hätten.

Lady Adela schien durchaus geeignet, wenn man von dem Zwischenfall mit dem Weihwasser einmal absah. Dieser Vorfall hatte seinen Plänen allerdings in mehr als einer Hinsicht einen kräftigen Dämpfer verpasst. Doch dann hatte er sich klargemacht, dass Adela in jenem Augenblick unter großer Anspannung gestanden hatte, und er war entschlossen gewesen, ihr zu verzeihen, sofern sich ein derartiger Ausbruch nie mehr wiederholte.

Er musste den Kopf schütteln, wenn er an sein Ideal

dachte. Dem Himmel sei Dank, dass Sorcha nie davon erfahren würde. Jetzt, da er sie kannte, erschien ihm seine Vorstellung von einem trauten Familienleben doch ein klein wenig langweilig. Und auch das Bild der vollkommenen Ehefrau verblasste im Vergleich mit dem temperamentvollen Skelpie, in den er sich da verliebt hatte.

Er musste grinsen, wenn er sich vorstellte, dass ausgerechnet Sorcha ihm wohlerzogene Töchter schenken sollte. Viel eher würde sie ihm ein ganzes Dutzend präsentieren, die allesamt wie sie selbst waren. Doch bis es dazu kam, musste er sich zuerst einmal überlegen, was mit Adela geschehen sollte.

»Verzeiht, Sir Hugo. Ihr wart so ruhig, dass ich dachte, Ihr wärt gar nicht mehr da.«

Mit einem kleinen zerknirschten Lächeln erwiderte er: »Tut mir leid, Jeb. Ich hätte dich rufen sollen, aber ich war ganz in Gedanken versunken. Doch jetzt gehe ich. Gute Nacht.«

Er zog die Tür hinter sich zu und stieg die Treppe hinab. Dabei schnitt er eine unwillige Grimasse, als er daran dachte, was ihm bevorstand. Bestimmt saß sein Vater mit der Gräfin in ihrer neuen Kemenate, oder die beiden warteten noch bei einem Glas Wein an der hohen Tafel auf seine Rückkehr. Eines jedoch war sicher: Wenn Sir Edward sagte, er wolle mit seinem Sohn reden, dann würde er nicht eher schlafen gehen, bis er es getan hatte.

Auf dem Weg zu ihrer Kammer hatte sich Sorchas Laune nicht gebessert, und sie hätte um ein Haar die Tür laut hinter sich zugeschlagen. Doch plötzlich merkte sie, dass sie nicht allein im Zimmer war. Als sie zuvor ihren Umhang geholt hatte, war der Raum dunkel gewesen, doch nun brannten Kerzen, und das Kammermädchen, das sich um Sidony gekümmert hatte, erhob sich schlaftrunken und machte einen ungeschickten Knicks.

»Die Haushälterin hat gesagt, Gräfin Isabella wünscht, dass ich mich um Euch kümmere, Mylady«, sagte sie mit einem wachsamen Blick auf Sorcha. »Doch wenn Euch das nicht recht ist …«

Plötzlich wurde sich Sorcha der komischen Seite der ganzen Angelegenheit bewusst. An diesem Ort lauerten auf Schritt und Tritt Fallstricke, und was sie anging, war Hugo einer davon.

Nun war er ihm sogar gelungen, sie derart aufzubringen, dass sie ein unschuldiges Dienstmädchen in Angst und Schrecken versetzte!

Also riss sie sich zusammen und fragte: »Wie ist dein Name?«

»Ich bin Kenna, Mylady. Kenna Elliot.«

»Bist du mit dem Wachtposten Jeb Elliot verwandt?«

»Ja, er ist mein Bruder«, erwiderte Kenna ein wenig erstaunt. »Genauso wie Tam.«

»Sir Hugo war so freundlich, mir die Aussicht von den Zinnen zu zeigen, und dort oben trafen wir auf Jeb«, erklärte Sorcha. »Er erwähnte auch Tam. Ich wusste nicht, dass du auf mich gewartet hast, aber ich bin froh darüber«, fügte sie hinzu. »Könnte ich wohl noch ein Bad nehmen? Ich war fast eine Woche unterwegs, musst du wissen, und obwohl ich mich vor dem Essen notdürftig gewaschen habe …«

Sie verstummte, da Kenna bereits eilfertig nickte.

»Ja, sicher, alles, was Ihr wünscht«, sagte sie. »Ich laufe gleich los und lass Euch einen Zuber und heißes Wasser bringen. Und dann frage ich Martha, die Zofe der Gräfin, ob Ihr ein wenig von der Duftseife ihrer Herrin benutzen dürft. Wollt Ihr Euch auch die Haare waschen?«

Sorcha runzelte die Stirn. »Das würde ich schon gern, aber es dauert so lange, bis sie trocken sind.«

Kenna lächelte so breit, dass sich ihre haselnussbraunen Augen zu Schlitzen verengten. »Allzu lange wird es schon nicht dauern, Mylady«, antwortete sie. »Doch hier in der Kammer gibt es kein Feuer. Um Euch die Haare richtig zu trocknen, müsst Ihr hinunter in die Halle oder in die Küche gehen. Ich könnte Euch das Bad auch gleich in der Küche bereiten lassen, wenn Ihr wollt. Dort ist niemand außer der Frau des Bäckers und vielleicht noch ein Junge, der das Feuer bewacht. Sie knetet den Teig für die Weißbrote, dann lässt sie ihn bis morgen gehen, nachdem sie für die Nacht neues Holz nachgelegt hat. Es gibt dort auch einen Wandschirm und alles andere Nötige, wenn Ihr wollt. Aber wir können auch bis morgen warten«, schloss sie vergnügt.

Auf Chalamine hatten Sorcha und ihre Schwestern ihr Bad auch immer in der Küche genommen. Daher sagte sie der Dienerin, dass sie es hier auf Roslin gern ebenfalls so halten wollte.

»Dann werde ich mich sofort darum kümmern, Mylady. Ich habe Euch schon einen Morgenrock und ein sauberes Hemd von Lady Isobel herausgelegt. Möchtet Ihr gleich mit mir kommen, oder soll ich Euch später holen.«

»Ich komme mit«, sagte Sorcha, worauf die beiden gemeinsam in die Küche hinuntergingen.

Die Feuerstelle dort befand sich an der Ostwand, vermutlich genau unter einem der Kamine in der Halle.

Im Nu hatte Sorcha die Kleider abgelegt und stieg in den Badezuber. Kenna hatte den Wandschirm so platziert, dass er Sorcha vor fremden Blicken verbarg und zugleich verhinderte, dass zu viel von der Wärme entwich, die das Feuer spendete. Die rundliche Bäckersfrau hatte den Küchenjungen hinausgescheucht, und das gleichmäßige dumpfe Klatschen des Teigballens auf dem Tisch, das vom anderen Ende des Raumes herüberdrang, bildete eine beruhigende Geräuschkulisse.

Als Sorcha im heißen Wasser lag und sich von Kenna das Haar waschen ließ, begann sie sich langsam zu entspannen, doch in ihrem schläfrigen Geist wirbelten die Gedanken noch immer durcheinander. Wie sehr sie auch versuchte, sich auf Adelas Rettung zu konzentrieren, kamen ihr doch immer wieder Hugos Worte und sein Kuss in den Sinn. Obwohl sie im Zorn von ihm fortgegangen war, hatte sie dennoch gehofft, er würde ihr nachkommen und ihr versichern, dass er alles tun werde, um Adela zu retten und ihren guten Namen wiederherzustellen.

»Aber er will eben nicht«, murmelte sie leise vor sich hin. »Ich hoffe, sein Vater verpasst ihm eine tüchtige Abreibung.«

»Was habt Ihr gesagt, Mylady?«

»Nichts, Kenna. Gar nichts.«

Als Hugo die obere Halle betrat, fand er Sir Edward mit einem Weinbecher allein vor dem Feuer sitzend, offenbar völlig versunken in den Anblick der züngelnden Flammen.

Die Tische hatte man fortgeräumt, die Wandschirme jedoch stehen lassen, da sich noch Männer in der unteren Halle aufhielten, wo viele von ihnen auch schlafen würden. Zwei würfelten noch am Feuer, während andere bereits ihre Strohsäcke für die Nacht auslegten.

Als er Hugos Schritte auf dem Podium vernahm, drehte Sir Edward den Kopf. »Ich dachte schon, du wärst verloren gegangen«, sagte er.

»Nein, Sir«, erwiderte Hugo. »Ich hatte noch etwas Wichtiges mit Lady Sorcha zu besprechen.«

»Ich kann mir vorstellen, dass sie zuweilen recht schwierig ist«, sagte Sir Edward und fuhr fort: »Die Sache mit Waldron hat sich ja zu einem richtigen Durcheinander entwickelt, nicht?«

»Ja, das stimmt.«

»Und das ist nicht allein Lady Sorchas Schuld.«

»Nein, Sir.«

Zwei weitere Wachtposten kamen lachend in die Halle geschlendert. Einer von ihnen erzählte den Witz auch seinen

Kameraden, was mit lautstarker Heiterkeit aufgenommen wurde.

Sir Edward erhob sich und stellte seinen Becher auf den Tisch. »Du weißt bestimmt ein Plätzchen, wo wir uns ungestört unterhalten können«, sagte er.

Hugo nickte und ging voraus zu seiner Kammer. Da sie über der Halle lag, verfügte sie über einen kleinen Kamin, in dem jetzt ein Feuer brannte.

Der Diener, der sich auf Roslin um Hugo kümmerte, saß auf einem niedrigen Hocker davor und bürstete ein dunkelblaues Samtwams aus.

Das Zimmer war klein, aber behaglich, mit seinem hohen Himmelbett, dem Tisch nebst zwei Stühlen und der Waschgelegenheit in der Ecke.

Der Diener stand auf, verbeugte sich vor Sir Edward und sagte zu Hugo: »Ich nehme das Wams hier mit. Wünscht Ihr noch etwas?«

Hugo sah seinen Vater an, doch der schüttelte den Kopf. »Heute Abend nicht, aber weck mich morgen bei Tagesanbruch«, sagte er.

Als der Mann gegangen war, zog Hugo die beiden Stühle ans Feuer und sagte: »Setzt Euch, Sir. Ich nehme an, Ihr habt mir einiges zu sagen.«

Sir Edward rückte sich seinen Stuhl zurecht und nahm Platz. Dann streckte er seine langen Beine vor dem Feuer aus und antwortete: »Bevor du nach oben gegangen bist, hatte ich dir noch eine Menge zu sagen, doch während ich so ins Feuer starrte, musste ich daran denken, dass du ja schon seit geraumer Zeit auf eigenen Füßen stehst, mein Junge. Ich denke, ich kann mich darauf verlassen, dass du deine Angelegenheiten regelst, ohne unserem Namen Schande zu machen. Und vermutlich gelingt es dir besser, diesen ganzen Schlamassel in den Griff zu bekommen, wenn ich mich nicht auch noch einmische.«

»Ich danke Euch für Euer Vertrauen, Sir«, sagte Hugo,

während er seinen Stuhl verkehrt herum hinstellte und sich rittlings daraufsetzte. »Doch um ehrlich zu sein, würde ich Eure Vorwürfe gern in Kauf nehmen, wenn Ihr mir nur sagen könntet, was ich tun soll.«

»Ach Gott, Junge, du weiß doch selbst, dass du nicht ganz unschuldig an dem bist, was Lady Adela zugestoßen ist, und dass du auch den Ladys Sorcha und Sidony gegenüber eine gewisse Verantwortung hast. Ich bin gespannt, wie du das alles in Ordnung bringst.«

»Das wüsste ich selbst gern.« Hugo verschränkte die Arme auf der Stuhllehne. »Auf die Gefahr hin, Euch wieder einmal zu verärgern, muss ich gestehen, dass ich ernsthaft an Lady Sorcha interessiert bin. Leider will sie um jeden Preis, dass ich Adela vor Waldron rette und diese darüber hinaus heirate, um ihren guten Ruf wiederherzustellen.«

»Du hast dich also in das Mädchen verliebt«, sagte sein Vater. »Das hat Isabella auch schon gesagt, aber ich wollte ihr nicht glauben. Hast du mir nicht irgendwann einmal haarklein erklärt, was für eine Art Ehefrau du dir wünschst?«

Dass seine kluge Tante ihn durchschaut hatte, überraschte Hugo nicht, doch es wäre ihm lieber gewesen, wenn sich niemand mehr an sein Ehefrauen-Ideal erinnert hätte. »Daran musste ich vorhin auch denken«, gab er zu. »Wisst Ihr, jetzt, wo mir Sorcha meine bodenlose Arroganz vor Augen geführt hat, merke ich erst, was für ein Narr ich gewesen bin.«

»Dann hat sie dich schon viel gelehrt, mein Sohn, und ich bin immer stärker davon überzeugt, dass du recht und ehrenhaft handeln wirst. Doch jetzt berichte mir, welche Vorbereitungen noch für die Ratsversammlung anstehen. Brauchst du mich dafür?«

Statt einer Antwort ging Hugo zur Tür, öffnete sie und spähte hinaus auf den kleinen Flur und das Treppenhaus. Die Kammer gegenüber stand leer und war verriegelt.

Er schloss die Tür und sagte: »In diesem Zimmer sind wir

zwar ungestört, doch man sollte sich nicht allzu sehr darauf verlassen.«

»Das ist sehr klug von dir. Doch nun zu der Ratsversammlung.«

»Michael wird wohl morgen Abend eintreffen«, sagte Hugo. »Am Dienstag begeben wir uns dann, wie Ihr wisst, alle gemeinsam an den Hof nach Edinburgh zur Unterstützung für MacDonald von den Inseln, wenn er dem König den Treueeid leistet.«

»Es ist ja beileibe nicht verwunderlich, dass der junge Donald ein Bündnis mit seinem Großvater schließen will«, erwiderte Sir Edward. »Dennoch wird sich so mancher das Lächeln nicht verkneifen können, wenn er daran denkt, wie starrköpfig sich sein Vater immer gegen diesen Schwur gewehrt hat.«

»Er hat ihn schließlich aber doch geleistet«, sagte Hugo. »Donald will übrigens dem Beispiel seines Vaters folgen und in Gegenwart des Königs keinen Hut tragen.«

»Damit er ihn nicht abnehmen muss«, fügte Sir Edward lachend hinzu. »Rechnet Ranald damit, dass es am Hof Ärger gibt?«

»Das nicht, aber er will auf jeden Fall Stärke demonstrieren, damit niemand auf die Idee kommt, auf den Inseln herrsche Uneinigkeit, weil Donald und nicht er selbst zum Lord ernannt wurde. Deshalb möchte Ranald, dass so viele wie möglich von uns an der Zeremonie teilnehmen.«

»Für uns ist es eine gute Tarnung. Mit wie vielen rechnest du?«, sagte Sir Edward.

Hugo wusste, dass sein Vater nicht mehr vom Königshof sprach. »Ich weiß es nicht genau«, erwiderte er. »Der Orden hat so lange im Verborgenen existiert, dass wir nur noch von einigen kleinen Gruppen hier und da wissen. Die Liste von Namen, die wir zusammen mit Henrys geliebten Landkarten in der Truhe gefunden haben, hat uns ja ein paar Anhaltspunkte gegeben, aber …«

»... aber sie ist mindestens dreiundsiebzig Jahre alt«, vollendete Sir Edward den Satz. »Daher müssen wir sehr vorsichtig sein.«

»Wir haben nur mit denjenigen Mitgliedern Kontakt aufgenommen, die anderen Mitgliedern bekannt sind, und uns dabei geheimer Zeichen und Symbole bedient«, erklärte Hugo. »Und zur Ratsversammlung kommen nur die Hauptleute, von denen keiner den genauen Treffpunkt kennt.«

»Ich dachte, du wüsstest mittlerweile, wie viele kommen werden.«

»Das würde ich auch, wenn Henry sich nicht entschlossen hätte, einen Monat mit dem Hof auf Stirling zu verbringen und den König von dort aus nach Edinburgh zu begleiten. Oder wenn ich nicht auf den Inseln mit Donalds Einsetzung beschäftigt gewesen wäre. Ich weiß nur von sechs oder sieben Mann aus dem Westen, aber ich nehme an, Henry wird uns Näheres sagen können. Wir dürfen diese Nachrichten auf keinen Fall mit einem gewöhnlichen Boten schicken.«

»Aber warum kennst du die genaue Zahl für die Inseln noch nicht?«

»Weil Michael noch ein, zwei weiteren Männern auf den Zahn fühlen wollte.«

»Wem denn?«

»Macleod von Glenelg ist möglicherweise einer von uns«, erwiderte Hugo leise.

»Tatsächlich?«

»Ja, Sir. Michael wollte darüber genaue Informationen einholen, bevor er sich der Flottille seiner Gnaden anschloss, und sich auch unterwegs weiter umhören.«

»Wie ist er darauf gekommen?«

»Macleod scheint ein überaus abergläubischer Gentleman zu sein«, erklärte Hugo. »Das geht so weit, dass er Adela nicht erlauben wollte, an einem Freitag zu heiraten, obwohl der Bräutigam diesen Tag gewählt hatte.«

»Ich verstehe. Ich könnte mir denken, dass es ein Freitag der Dreizehnte war.«

»Genau.«

»Nun gut. Halte mich in dieser Angelegenheit ebenso auf dem Laufenden wie in allem, was den Rat angeht. Doch jetzt erzähle mir von Donalds Einsetzung. Ist Ranald zufrieden mit dem Gang der Ereignisse?«

Hugo war es recht, das Thema zu wechseln, doch als er zwei Stunden später zu Bett ging, wünschte er, sein Vater wäre in der Angelegenheit, die Hugo am meisten bewegte, etwas hilfreicher gewesen.

Das Gespräch war überraschend erfreulich verlaufen, und Hugo war froh, dass Sir Edward nichts gegen sein Interesse an Sorcha einzuwenden hatte. Noch mehr hätte er sich allerdings über einige kluge Ratschläge gefreut.

16

Sorcha hatte die Vorhänge nicht zugezogen. Als sie daher erfrischt aus einem tiefen, traumlosen Schlaf erwachte und das graue Licht sah, dachte sie, die Sonne würde bald aufgehen. Sie stieg aus dem Bett, wickelte sich in ihren Umhang, um sich gegen die Eiseskälte zu schützen, trat ans Fenster und schaute hinaus.

Fluss und Landschaft lagen unter einem dicken, trübsinnigen schottischen Nebel verborgen, der die Tageszeit nicht erkennen ließ.

Als sie das dunkelgrüne Kleid und das rosa-weiß gestreifte seidene Überkleid entdeckte, die ordentlich gefaltet auf einem Hocker lagen, wurde ihr klar, dass Kenna da gewesen sein musste. Sorcha war froh, dass sie am Abend zuvor gebadet und sich die Haare gewaschen hatte. So brauchte sie jetzt nur ein wenig kaltes Wasser aus dem Krug in die Schüssel auf dem Waschtisch zu gießen und Gesicht und Hände zu säubern.

Da das Kleid vorn zu schnüren war, zog sie sich rasch an und ging Sidony wecken.

Als sie die Kammer ihrer Schwester leer fand, lief Sorcha in die Halle hinunter, wo Sidony bereits mit der Gräfin, Sir Edward und Hugo an der großen Tafel saß. Da merkte sie, dass es schon später sein musste, als sie gedacht hatte.

Sie stieg aufs Podium und wünschte einen guten Morgen.

»Er ist ja reichlich trüb; aber komm her, setz dich zu mir«, forderte Sidony sie vergnügt auf, während die Gräfin nickte und die Männer sich erhoben und Sorchas Gruß erwiderten. »Ich war eben kurz davor, hochzukommen und dich aus dem Bett zu werfen.«

»Du und Kenna, ihr hättet mich nicht so lange schlafen lassen sollen«, sagte Sorcha.

»Ihr brauchtet Euren Schlaf, meine Liebe«, erwiderte die Gräfin. »Außerdem haben wir hier auf Roslin unsere eigene Kapelle und meinen Kaplan, der die Morgenmesse liest. Also werden wir Euch noch beim Frühstück Gesellschaft leisten. Nehmt Platz und sagt Ivor, was er Euch zu essen bringen soll.«

»Vielen Dank, Madam«, sagte Sorcha und bestellte sich Brot, ein gekochtes Ei und eine kleine gegrillte Forelle. Der Page holte den Fisch und das Brot von der Herdplatte, wo er sie warm gehalten hatte, und schob Sorcha den Marmeladentopf hin, der vor Hugo stand.

Sidony schwieg wie gewöhnlich, während die Übrigen das Gespräch wieder aufnahmen, das sie bei Sorchas Ankunft unterbrochen hatten.

Als Hugo den König erwähnte, schloss Sorcha daraus, dass sie ihre Pläne für den nächsten Tag erörterten. Da sie sich nur insoweit dafür interessierte, wie es sie selbst oder Adela betraf, hörte Sorcha nur mit halbem Ohr zu und widmete sich ihrem Frühstück.

Erst als Sir Edward den Namen Macleod erwähnte, horchte sie auf und sah Hugo an. Der erwiderte ihren Blick und sagte: »Ich nehme an, er kommt hierher, Sir. Ob er allerdings Michael begleitet oder zuerst an den Hof will, weiß ich nicht. Auf jeden Fall wird er in Kürze erfahren – falls er es nicht schon weiß –, dass sich drei seiner Töchter auf Roslin aufhalten und dass wir wissen, wo Adela ist. Als ihr Vater wird er sie doch bestimmt alle sehen wollen.«

»Und seinen Enkel obendrein, vergiss das nicht«, warf die Gräfin ein.

»Ja, das Kind vergesse ich bestimmt nicht«, entgegnete Hugo grinsend.

»Ich muss ständig daran denken, unter welchen Umständen er auf die Welt gekommen ist«, sagte Isabella mit gerunzelter Stirn und presste die Lippen zusammen. »Ich habe gestern Abend gesagt, ich würde nach Waldron schicken lassen, und genau das werde ich auch heute noch tun. Ich weiß, Ihr glaubt nicht, dass er kommen wird, Hugo, aber ich möchte ihn doch gern fragen, was er sich dabei gedacht hat, Adela und unsere Isobel zu entführen.«

Sorcha sah, wie Hugo einen Blick mit Sir Edward wechselte. Es schien, als stelle er seinem Vater eine stumme Frage, die der jedoch nicht beantwortete. Stattdessen wandte er seine Aufmerksamkeit wieder Isabella zu.

»Und falls Macleod von Glenelg Klage gegen ihn erheben will, werde ich es ihm gestatten«, fuhr sie fort. »Wahrscheinlich wird Henry hier Gericht halten, da er vorhat, einige Wochen zu bleiben, bevor er für den Sommer nach Caithness und Orkney zurückkehrt. Da Isobel ebenfalls betroffen ist, liegt die Gerichtsbarkeit wohl zu gleichen Teilen bei ihm und mir.«

Hugo spannte die Kiefermuskeln an und blickte abermals zu seinem Vater hinüber. Doch Sir Edward wandte die Augen nicht von der Gräfin.

»Was ist denn, Hugo?«, fragte Isabella. »Wenn du etwas auf dem Herzen hast, dann sag es bitte.«

»Ich bitte um Vergebung, Madam«, erwiderte er und wurde rot. »Ich habe Euch etwas mitzuteilen, würde es jedoch lieber unter vier Augen tun.«

Endlich blickte Sir Edward ihn an, sagte jedoch nichts.

Sorcha dachte, dass sich die anderen benahmen, als wären sie und Sidony gar nicht vorhanden, was ihre Neugier beträchtlich steigerte.

Da erhob sich Isabella, strich sich den Rock glatt und sagte: »Ich möchte nicht, dass mein Kaplan uns für Heiden hält, also lasst uns jetzt in die Kapelle gehen. Hinterher kannst du in meine Kemenate kommen und mir erzählen, was du auf dem Herzen hast, Hugo. Ich wüsste nicht, was mich umstimmen sollte, doch ich werde dich anhören. Seid

Ihr fertig, meine Lieben?« Zum ersten Mal, seit Sorcha heruntergekommen war, wandte sie sich an die beiden Schwestern.

Als Ivor mit einem feuchten Tuch und einer Fingerschale neben sie trat, säuberte sich Sorcha rasch die Hände, bevor sie aufstand und sich den anderen anschloss.

Sidony, die sich an ihrer Seite hielt, flüsterte ihr zu: »Ich möchte zu gern wissen, worum es überhaupt ging. Geheimnisse mag ich nicht, und du?«

Fast hätte Sorcha ihrer Enttäuschung mit einer unfreundlichen Bemerkung Luft gemacht, doch dann sagte sie nur: »Ich auch nicht.«

»Ich fühle mich dann immer so unbehaglich«, vertraute ihre Schwester ihr an.

Nicht zum erstem Mal wünschte Sorcha, sie könnte offen mit Sidony reden, doch ihre jüngere Schwester nahm sich alles so zu Herzen. Vermutlich wusste sie gar nicht, in welcher Gefahr Adela schwebte.

Gerechterweise musste Sorcha zugeben, dass auch sie das Ausmaß der Gefahr erst richtig erkannt hatte, als Waldrons Männer Rory MacIver gefangen genommen und misshandelt hatten. Da erst wusste sie, warum Hugo so böse mit ihr gewesen war, als er sie zum ersten Mal einholte.

Während sie der Gräfin folgte, überlegte sie, wie sie Hugo die Geheimnisse entlocken konnte.

Als sie zu der kleinen Kapelle kamen, wollte sie hinter Isabella hineingehen. Doch Hugo bedeutete ihr zu warten und gab Sidony einen Wink, dass sie vorausgehen sollte. Dann nickte er Sorcha zu und trat hinter ihr ein.

Auf der linken Seite hatten einige Dienstboten ihre Plätze eingenommen, während rechts von dem schmalen Mittelgang bereits bestickte, gepolsterte Kniehocker für die Familienmitglieder bereitstanden. Eine eigene Kapelle hatte den unbestreitbaren Vorteil, dass man nicht jedes Mal sein eigenes Kniebänkchen mitbringen musste.

Sir Edward ging um die Gräfin herum und nahm zwischen ihr und Sidony Platz. Hinter ihnen knieten Hugo und Sorcha. Sobald die Gräfin ein kurzes stummes Gebet gesprochen hatte, begann die Messe.

Bei derartigen Gelegenheiten schweiften Sorchas Gedanken stets ab, und auch jetzt musste sie unablässig an Hugo denken, der dicht neben ihr stand und dessen tiefe Stimme so angenehm klang, wenn er die Antworten gab und die Gebete murmelte. Dann fiel ihr Waldron ein. Sie fragte sich, ob Isabella wohl wusste, dass Isobel den abscheulichen Kerl im vergangenen Sommer von den Zinnen gestoßen hatte und dass Waldron gegen all diejenigen Rachegelüste hegte, die in die Sache verwickelt waren.

Geistesabwesend murmelte Sorcha ihre Antworten, und bevor sie es sich versah, rief der Kaplan die Anwesenden bereits zur Kommunion. Kurz darauf sprach er den Segen, worauf sich alle erhoben und zum Gehen wandten.

Hugo ließ ihr den Vortritt, und als sie zu ihm aufblickte, bemerkte sie, wie seine Augen amüsiert funkelten.

Fast hätte sie ihm ein strahlendes Lächeln geschenkt, doch dann entschied sie, dass es an diesem Ort ungehörig wäre, und wandte rasch den Blick ab.

Kaum waren sie jedoch draußen und schlenderten mit den anderen zurück zum Wohnturm, blieb sie ein wenig mit ihm zurück und sah ihn an.

»Was war denn bitte da drinnen so lustig, Sir?«

Er lachte leise. »Ich frage mich gerade, wie viele Gebete Ihr tatsächlich gesprochen habt. Es sah aus, als würdet Ihr mehr Sünden aushecken als bereuen.«

Sie lächelte ihm schelmisch zu. »Der liebe Gott blickt in mein Herz und meine Seele und weiß genau, wie groß meine Reue ist, Sir.«

»Und wann Ihr überhaupt keine Reue empfindet. Vergesst das nicht, Skelpie.«

Sie war heilfroh, dass er nicht in ihr Herz blicken konnte.

Und da sie nicht mit ihm streiten wollte – zumindest nicht, bevor sie wusste, was die Gräfin wegen Adela zu unternehmen gedachte –, wechselte sie das Thema.

Sie plauderten angenehm miteinander, bis er sich entschuldigte und der Gräfin in ihre Kemenate folgte, während Sorcha und Sidony ihren kleinen Neffen und Isobel besuchen gingen.

»Also, Hugo«, sagte seine Tante, als sie vom Podium in der großen Halle aus die komfortable neue Kemenate betraten. »Was gibt es?«

Er wollte die Tür schließen, doch jemand drückte von außen dagegen, und gleich darauf trat sein Vater ebenfalls ein.

»Ihr auch, Edward?«, fragte Isabella mit hochgezogenen Augenbrauen.

»Ja, Madam«, erwiderte dieser leichthin. »Ich hoffe, Ihr habt nichts dagegen.«

Hugo blickte vom einen zum anderen und spürte eine Spannung zwischen ihnen, die er zuvor noch nie bemerkt hatte. Seine Tante stand wie erstarrt und blickte seinen Vater an, doch als Sir Edward nichts weiter sagte, entspannte sie sich sichtlich.

»Nun gut«, erwiderte sie. »Aber falls Ihr beide Euch gegen mich verbünden wollt, muss ich Euch enttäuschen. Was Waldron getan hat, war schrecklich.«

»Ganz meine Meinung«, stimmte Sir Edward ihr zu. »Wollt Ihr nicht Platz nehmen, Madam?«

»Ja, aber nur, wenn Ihr Euch ebenfalls setzt. Ich möchte nicht, dass Hugo wie ein Turm über mir aufragt, während er mich davon abzubringen versucht, etwas gegen Waldron zu unternehmen. Darum geht es doch, nicht wahr, Sir?«

»Vielleicht«, gab er zu, holte zwei Hocker von einem der schmalen Bogenfenster, die auf den Hof hinausgingen, und stellte sie neben ihrem Stuhl auf. Die beiden Männer ließen sich nieder, und Hugo sagte: »Ihr erinnert Euch doch, dass wir gestern Abend über den Vorfall vom letzten Sommer gesprochen haben.«

»Natürlich erinnere ich mich. Schließlich bin ich nicht senil, Hugo«, erwiderte sie verstimmt. »Wenn ich nicht davon ausgegangen wäre, dass er bei dem Sturz ums Leben gekommen ist, hätte ich ihn auf der Stelle zur Rechenschaft gezogen.«

»Er glaubt, er wäre im Recht, Tante.«

»Unsinn! Wie kommt er denn darauf?«

»Seinerzeit habt Ihr nicht so viele Fragen gestellt.«

»Nun ja, man hat mir beigebracht, mich nicht in Männerangelegenheiten einzumischen, außer wenn es um Strathearn oder Caithness ging«, erwiderte sie. »Euer Onkel war nicht sehr mitteilsam, was die Angelegenheiten der Sinclairs betraf. Und auch Sir Edward, der damals Henrys Vormund war, erörterte nur ausgesprochen selten etwas mit mir.«

Sie bedachte Sir Edward mit dem gleichen gereizten und vorwurfsvollen Blick, den Hugo schon mehr als einmal bei Sorcha gesehen hatte. Offensichtlich gab es Unstimmigkeiten zwischen seinem Vater und der Gräfin, die ihm noch nie aufgefallen waren. Vielleicht konnte die Gräfin es ja noch immer nicht verwinden, dass sie nicht selbst die Vormundschaft für ihren Erben hatte übernehmen dürfen. Denn Henry hatte nicht nur Roslin und weiteren Landbesitz geerbt, sondern auch die noch wertvolleren Besitztümer Strathearn und Caithness. Die verwandtschaftlichen Beziehungen seiner Mutter mit dem norwegischen König hatten ihm überdies das Fürstentum von Orkney eingebracht. Ungeachtet dessen hatte Sir William Sinclair seinem Freund und Mitbruder in der Ritterschaft, Sir Edward Robison, die Vormundschaft über seine Söhne übertragen, vermutlich ohne ihrer Mutter die Gründe dafür zu erläutern.

All das ging Hugo durch den Kopf, als er fragte: »Also wisst Ihr nicht, was Waldron hier auf Roslin gesucht hat.«

»Ich wusste nicht, dass er überhaupt etwas sucht. Ihr und

Michael, ihr habt ja ein großes Geheimnis daraus gemacht. Und Henry ebenfalls, als er wenig später hierherkam. Ich weiß noch, dass er damals wegen irgendetwas sehr aufgewühlt war. Könnt Ihr mir sagen, was es war?«

Hugo sah Sir Edward an, der leicht die Lippen zusammenpresste. Das genügte Hugo als Antwort. »Das ist Henrys Aufgabe. Ich bin sicher, dass er es Euch verraten wird, wenn Ihr ihn danach fragt, doch es ist eine heikle Angelegenheit, über die ich ohne seine Erlaubnis nicht sprechen möchte.«

»Ich verstehe.«

»Seid bitte nicht gekränkt, Tante Isabella«, fuhr Hugo fort. »Ich vertraue voll und ganz auf Eure Verschwiegenheit, und Henry tut das gewiss auch. Wir haben Euch nur aus Rücksicht auf Eure Sicherheit – und auf die vieler anderer Menschen – noch nicht eingeweiht.«

Isabella blickte ihn einen Augenblick lang nachdenklich an. Dann sagte sie: »Ich will zu deinen Gunsten annehmen, dass du es ernst meinst, Hugo, da du mir gegenüber bisher immer ehrlich warst. Aber du darfst mir doch bestimmt verraten, warum ich Waldron nicht zur Rechenschaft ziehen soll.«

»Ja, gewiss«, erwiderte Hugo. »Ich würde Euch nie und nimmer vorschreiben, was Ihr zu tun habt, denn dazu habe ich gar kein Recht. Allerdings würde ich gern wissen, wann Ihr ihn hier zu sehen wünscht.«

»Umgehend natürlich. Ich habe zwar noch nicht nach ihm geschickt, rechne aber damit, dass er gleich morgen kommt.«

»Michael trifft heute Abend ein«, erinnerte Hugo sie. »Der Rest des Reiterzuges Seiner Gnaden wird morgen gegen Mittag Edinburgh erreichen. Wollt Ihr nicht am Dienstag mit uns an den Königshof kommen?«

»Das sollte ich wohl besser tun«, erwiderte Isabella. »Aber der Hof wird sich ja noch eine Weile in Edinburgh aufhalten. Daher habe ich beschlossen, fürs Erste bei Isobel und meinem neuen Enkel zu bleiben.«

»Und was ist, wenn Waldron morgen nicht kommt?«

Nun war es an ihr, Sir Edward betreten anzusehen. Er erwiderte ihren Blick mit einem Gesichtsausdruck, den Hugo nur allzu gut kannte.

Es war derselbe strenge Blick, mit dem sein Vater ihn immer dann bedachte, wenn Hugo etwas auf eigene Faust und ohne ihn zu fragen unternahm.

Daher konnte er die Antwort leicht erraten. »Ihr würdet nach Edgelaw hinüberreiten und ihn zur Rede stellen«, sagte er seufzend zu seiner Tante.

»Ja, genau das würde sie tun«, pflichtete Sir Edward ihm bei.

Isabella straffte sich und sagte entrüstet: »Waldron hat mir Lehnstreue geschworen. Er würde es nicht wagen, mir etwas anzutun.«

Sir Edward schaute sie nur ernst an, doch Hugo erwiderte: »Wenn er sich im Recht glaubt, nimmt er keinerlei Rücksichten, Madam. Er hat auch Henry und dem König der Schotten Lehnstreue geschworen, und dennoch ist er letzten Sommer hier auf Henrys Sitz Roslin eingefallen. Und vor einer Woche hat er zwei unschuldige Untertanen des Königs entführt. Waldron glaubt, dass Gott ihm alles vergibt, was er in seinem Namen tut, und in diesem Fall ist er davon überzeugt, dass er nicht nur Gott, sondern auch der römischen Kirche dient.«

»Meine Güte, davon hatte ich ja keine Ahnung! Wie kommt er denn darauf?«

»Ich kann nur so viel sagen, dass er der Meinung ist, die Sinclairs hätten sich vor langer Zeit etwas angeeignet, das der Kirche gehört. Das stimmt natürlich nicht, aber mehr darf ich nicht verraten. Doch Ihr müsst einsehen, dass selbst Ihr Euch nicht auf Waldrons Ritterlichkeit verlassen könnt.«

»Dann soll ich also nicht nach ihm schicken.«

»Im Gegenteil«, erwiderte Hugo mit schiefem Lächeln. Sein Plan konnte nur funktionieren, wenn es ihm gelang, sie zu überzeugen. »Ich möchte, dass Ihr ihn hierherbeordert, denn seine Reaktion wird uns einiges über seine derzeitige Lage verraten und darüber, wie viele Männer er noch zur Verfügung hat. Immerhin ist Lady Adela noch bei ihm – unfreiwillig, wie ihre Schwestern trotz gegenteiliger Beweise behaupten. Sobald Ihr Euren Boten losgeschickt habt, werde ich zusätzliche Wachen auf der Burgmauer und im gesamten Tal aufstellen. Ich möchte Euch jedoch bitten, die Burg nicht zu verlassen, bis wir aus Edinburgh zurückkommen und wir uns gemeinsam überlegen, was als Nächstes zu tun ist.«

Sie schwieg einen Augenblick, dann sagte sie: »Du bist also sicher, dass er nicht kommen wird. Und wenn du dich irrst?«

»Wenn er morgen früh kommt, sind wir ja noch da. Wenn nicht, haben meine Männer Anweisung, ihn aufzuhalten, bevor er Roslin erreicht.«

»Falls er allein kommt, möchte ich, dass man ihn durchlässt.«

Hugo zögerte. Es war durchaus möglich, dass Waldron sich bereit erklärte, allein zu kommen, wenn das die einzige Möglichkeit war, zu Isabella vorgelassen zu werden. Doch wenn Waldron erst einmal in der Burg war, konnten alle bewaffneten Männer der Welt nicht für die Unversehrtheit Isobels und des Babys garantieren. Dieser Gedanke gab den Ausschlag, und er sagte: »Ganz abgesehen von mir, doch Michael würde das nie erlauben, Madam, denn Waldron ist einfach zu gefährlich. Seit jenem Vorfall im letzten Sommer will er sich an uns allen rächen. Und wenn er es schafft, zu Isobel oder dem Kind zu gelangen …«

Er schwieg vielsagend, woraufhin die Gräfin nickte und erwiderte: »Du hast recht; es war dumm von mir, dass ich nicht an die Sicherheit der beiden gedacht habe. Waldron war schon immer nachtragend, selbst bei den geringsten Kränkungen. Und was Isobel ihm angetan hat, geht weit darüber hinaus, vor allem wenn er sich im Recht fühlt.« Sie dachte kurz nach und fügte dann hinzu: »Also gut, Hugo, ich beuge mich deiner Entscheidung.« Erleichtert dankte er ihr.

Nachdem sie eine Viertelstunde lang Neuigkeiten ausgetauscht und geplaudert hatten, nahm Sidony das Baby hoch und setzte sich mit ihm auf die breite Polsterbank in der Fensternische, um ein wenig mit ihm zu schmusen. Kaum war sie fort, beugte sich Sorcha zu ihrer älteren Schwester und sagte mit gedämpfter Stimme: »Ich bin froh, dass du dich inzwischen ausruhen konntest. Ich wollte dich nämlich etwas fragen.«

Isobel lächelte. »Über Waldron?«

»Ja, denn alle Geheimnisse haben anscheinend mit ihm zu tun. Und Hugo weigert sich, mir etwas über ihn zu erzählen, obwohl er noch immer Adela gefangen hält.«

»Du solltest ihn nicht Hugo nennen, Liebes.«

»Ach was! Schließlich haben wir zusammen deinem Kind auf die Welt geholfen. Da brauche ich bei diesem Mann doch nicht auf die Etikette zu achten. Und du auch nicht!«

»Das gilt aber nur unter vier Augen«, entgegnete Isobel. »Er ist Michaels bester Freund und mir mittlerweile so lieb wie ein Bruder.«

»Na, ich möchte ihn jedenfalls nicht zum Bruder haben«, erklärte Sorcha rundheraus. »Andauernd schimpft er und kommandiert Leute herum, denen er gar nichts zu sagen hat.«

»Ist es nicht so, dass ihr beide euch an ihn gehängt habt?«

»Es war eher umgekehrt«, erwiderte Sorcha. »Wir sind gut allein zurechtgekommen und hatten schon beinahe Adela und ihre Entführer eingeholt, als er plötzlich auftauchte. Von da an hat er ...«

Sie brach ab, als sie das belustigte Lächeln ihrer großen Schwester sah, und setzte würdevoll hinzu: »Aber davon willst du gewiss nichts hören. Mich interessiert auch viel mehr, worauf Waldron eigentlich aus ist. Warum hat er überhaupt Adela entführt?«

»Ich habe dir doch schon erklärt, dass ich versprochen habe, nicht darüber zu reden, solange Hugo es nicht tut«, erwiderte Isobel. »Was hat dir Hugo erzählt?«

»Nur, dass Waldron glaubt, die Sinclairs hätten der Heiligen Kirche etwas gestohlen. Kannst du mir nicht wenigstens verraten, wie er auf diese Idee kommt?«

»Meine Güte, Sorcha, du hast eine ganze Woche in Hugos Gegenwart zugebracht. Kommt er dir wie jemand vor, der die Kirche bestiehlt? Oder Michael vielleicht?«

»Michael kenne ich kaum und Fürst Henry überhaupt nicht.«

Als sie sah, wie die Augen ihrer Schwester vor Zorn blitzten, fügte sie eilig hinzu: »Ich bin davon überzeugt, dass Sir Michael ein Ehrenmann ist. Schließlich liebst du ihn. Aber woher willst du wissen, dass Fürst Henry nichts damit zu tun hat?«

»Ich weiß es eben, und das würdest du auch, wenn du nur zehn Minuten mit ihm zugebracht hättest. Außerdem geschah das alles lange vor ihrer Geburt.«

»Dann kennst du das Geheimnis also doch! Oh bitte, Isobel, erzähl's mir! Ich werde es auch ganz bestimmt nicht weitersagen«, fügte sie mit gesenkter Stimme hinzu und warf einen Blick zum Fenster hinüber, wo Sidony noch immer mit ihrem Neffen beschäftigt war.

Doch Isobel schüttelte den Kopf. »Ich kann dir nichts weiter verraten«, erklärte sie bestimmt. »Ich habe schon zu viel gesagt.«

»Aber warum darfst du es wissen und ich nicht?«

»Weil ich Michaels Frau bin. Er und Hector Reaganachs Vater Ian Dubh haben mir am Abend vor unserer Hochzeit alles erzählt. Weil ich so schrecklich neugierig war, hatte ich schon einiges herausbekommen, und sie hatten Angst, mein Wissen könnte mich in Gefahr bringen. Deshalb ermahnten sie mich, vorsichtiger zu sein.«

»Aber ich bin genauso neugierig«, sagte Sorcha. »Und wenn ich Waldron überlisten muss, um Adela zu befreien, wäre es doch sehr nützlich, wenn ich genau wüsste, was er glaubt.«

»Ein sehr überzeugendes Argument«, erwiderte Isobel und fügte mit zuckersüßer Stimme hinzu: »Versuch's bei Hugo.«

Sorcha knurrte unwillig und verdrehte die Augen.

»Du könntest ihn ja heiraten«, schlug Isobel vor. »Dann verrät er es dir vielleicht, und sei es auch nur, damit du dich nicht wieder in Schwierigkeiten bringst.«

»Ihn heiraten! Sei doch nicht so dumm. Erstens muss er Adela zur Frau nehmen, um ihren Ruf zu retten, und zweitens wäre er nicht annähernd der richtige Mann für mich. Ich wundere mich, wie du so etwas vorschlagen kannst, Isobel. Hast du nicht selbst immer gesagt, du würdest niemals heiraten, weil alle Männer immer nur meckern und einen herumkommandieren?«

»Ich habe mich geirrt«, entgegnete Isobel mit einem viel sanfteren Lächeln. »Michael ist nicht so.«

»Und warum nicht?«

»Vielleicht liegt es daran, dass Isabella eine Gräfin von Geburt ist«, sagte Isobel. »Wenn ein Junge mitbekommt, dass seine Mutter nicht auf jeden Wink seines Vaters sofort springen muss, wird er später vielleicht anders als andere Männer. Kannst du dir vorstellen, dass jemand Isabella herumkommandiert? Eines Tages erbt Henry Strathearn und Caithness, doch noch ist sie dort die Herrin.«

Sorcha runzelte die Stirn. »Hugo will sie überreden, nicht nach Waldron zu schicken.«

»Sie will ihn zu sich bestellen? Warum denn das?«

»Weil er schreckliche Verbrechen begangen hat, Isobel. Man kann doch nicht einfach hingehen und junge Frauen entführen.«

»Gewiss nicht. Doch weil ich ihn für tot hielt, bis ich ihn mit eigenen Augen sah, habe ich gar nicht darüber nachgedacht, welche Folgen sein Handeln für ihn hat. Ich kann mir aber nicht vorstellen, dass er herkommt, nur weil sie es wünscht. Auf jeden Fall wird Michael heute Abend oder morgen früh eintreffen. Er wird Hugo bestimmt unterstützen.«

»Aber wenn die Gräfin Isabella immer ihren Willen durchsetzt …«

Da begann das Baby zu schreien, und Sidony sagte: »Ich glaube, er hat schon wieder Hunger, Isobel.«

»Dann bring ihn mir, Liebes, damit ich ihn füttern kann. Könntest du dann bitte seine Kinderfrau holen lassen?«

»Wie oft musst du ihn denn stillen?«, fragte Sorcha interessiert.

»Alle zwei Stunden«, antwortete Isobel lachend. »Ich nehme an, er will im Handumdrehen so groß werden wie sein Vater.«

Während Sorcha zusah, wie ihre Schwester das Kind in den Arm nahm, dachte sie beiläufig daran, wie Hugos Söhne wohl aussehen würden.

Doch sogleich rief sie sich energisch zur Ordnung. In schroffem Ton schlug sie Sidony vor, dass sie Mutter und Kind sich selbst überlassen und jemanden suchen sollten, der die Kinderfrau holen ging.

Adela hatte an diesem grauen Morgen weder eine Messe noch ein Kind, um sich abzulenken. Doch ihr Bad am Abend zuvor hatte sie sehr genossen. Hinterher hatte ihr der Lord einen dicken wollenen Morgenrock gegeben und sie von dem Gelass im Torturm in eine größere Kammer gebracht. Doch das Geräusch des Schlüssels im Schloss erinnerte sie daran, dass sie noch immer seine Gefangene und ohne ihre Kleider schutzloser als zuvor war.

Sie hatte keine Handarbeit, um sich die Zeit zu vertreiben, und auch Stunden später noch nichts gegessen. Gelangweilt und hungrig, wie sie war, verspürte sie eine unerklärliche Müdigkeit und legte sich auf das schmale Lager, um ein wenig zu dösen.

Adela wurde wach, als jemand die Tür aufsperrte. Sie

setzte sich auf und strich sich die Haare aus dem Gesicht, überzeugt, gleich Waldron eintreten zu sehen. Doch vor der Tür standen zwei fremde Männer, von denen einer ein Holztablett trug, das er jetzt schweigend auf einen Hocker neben ihrem Bett stellte. Dann gingen die beiden wieder hinaus und schlossen hinter sich ab.

Auf dem Tablett fand sie einen Krug Ale, ein Stück Brot und einen Apfel, den sie langsam verzehrte. Das Brot hob sie sich für den Fall auf, dass sie nichts weiter bekommen würde. Dann legte sie sich wieder hin und schlief auf der Stelle ein.

Als die Tür erneut aufging, dachte sie, es seien wieder die beiden Männer, und blieb liegen. Zwar waren es tatsächlich zwei Männer, doch derjenige mit dem Tablett war Waldron. Er schloss die Tür und stellte das Tablett auf dem Hocker ab.

»Wie spät ist es?«, fragte sie verschlafen, während sie sich aufsetzte und sich die Augen rieb. Dabei zog sie den Morgenrock enger um sich.

Er zuckte mit den Schultern. »Es ist nicht mehr lange bis zur Vesper, nehme ich an. Ich habe dir ein Kleid und ein schönes Stück Rinderbraten mitgebracht«, fügte er schroff hinzu.

»Ich habe keinen großen Hunger.«

»Das müsstest du aber eigentlich, also iss etwas. Und dann will ich mit dir reden.«

Sie bekam einen Schreck, bis ihr einfiel, dass sie ja irgendetwas für ihn erledigen sollte.

Daraufhin beruhigte sie sich wieder, brach ein kleines Stück Brot ab und knabberte daran.

»Isabella von Strathearn hat mich zu sich beordert«, sagte er.

»Sie ist die Schwiegermutter meiner Schwester«, erwiderte Adela und überlegte, ob sie auch ein wenig Fleisch essen sollte.

»Sie will, dass ich nach Roslin komme«, fuhr er fort und fragte dann: »Bist du krank?«

»Nein, nur müde«, antwortete sie. »Ich weiß gar nicht, wieso. Schließlich habe ich heute kaum einen Schritt getan.«

Für einen kurzen Augenblick zeigte seine Miene fast so etwas wie Besorgnis, doch er sagte lediglich: »Also hör zu. Ich bin kein Hund, der gerannt kommt, wenn Isabella – oder irgendeine andere Frau – pfeift.«

»Wollt Ihr sie denn vor den Kopf stoßen?«

»Das ist mir egal. Alle auf Roslin haben vor, am Dienstag an den Königshof nach Edinburgh zu gehen, doch wie ich Isabella kenne, kommt sie mich holen, wenn ich ihr nicht gehorche. Und wenn sie erst einmal hier ist, habe ich noch eine Geisel. Doch für den Fall, dass sie nicht kommt, will ich, dass du eine Botschaft nach Roslin sendest.«

»Ich? Was hätte ich der Gräfin Isabella mitzuteilen, oder sie mir?«

»Sei nicht dumm. Die Botschaft ist natürlich für deine Schwester Sorcha gedacht. Aber niemand anders darf davon erfahren. Ich habe gehört, dass alle Macleod-Schwestern lesen und schreiben können.«

»Ja, Sir. Meine Tante Euphemia hat es uns beigebracht, bevor sie nach Lochbuie übersiedelte. Danach habe ich meine jüngeren Schwestern unterrichtet. Vater gibt mir immer Pergament, um darauf die Rezepte für seine Lieblingsgerichte zu notieren und für die Salben und Duftwässer, die wir auf Chalamine selbst herstellen. Auf diese Weise müssen wir uns nicht alles merken.«

»Du brauchst nicht auf Pergament zu schreiben; ich habe etwas Besseres«, sagte er.

»Aber was soll ich ihr denn schreiben?«

»Ich werde dich nach Roslin gehen lassen«, erklärte Waldron beiläufig. »Sag Lady Sorcha, sie soll dich abholen kommen.«

Verdutzt blickte Adela ihn an. Keinen Augenblick lang glaubte sie, dass er sie freilassen oder gar erlauben würde, dass sie nach Roslin ging. Das war nur wieder eine seiner Finten. Doch wenn sie sich weigerte, würde er sie töten.

»Keine Angst«, fuhr er fort. »Ich werde dir genau sagen, was du schreiben sollst. Ich kann es auch für dich übernehmen, wenn du willst.«

»Das muss ich schon selbst tun, Sorcha kennt schließlich meine Handschrift«, erwiderte sie. »Aber vielleicht müsst Ihr mir sagen, wie man das eine oder andere Wort buchstabiert.«

Zu ihrer Erleichterung nickte er zufrieden.

Nachdem er fort war, zog sie sich ihr blaues Kleid an, das noch einigermaßen sauber war. Dabei kam ihr der Gedanke, dass er womöglich vorhatte, sie umzubringen und Sorcha an ihrer Stelle gefangen zu halten. Doch diese schreckliche Vorstellung schob sie sogleich beiseite.

17

Sir Michael Sinclair traf eine Stunde nach Einbruch der Dunkelheit auf Roslin ein, als noch alle am Abendbrottisch saßen. Hugo hatte vorgeschlagen, die Wandschirme noch nicht aufstellen zu lassen; daher sahen sie, wie Michael die Halle betrat und einem herbeieilenden Pagen Reitpeitsche, Handschuhe und Umhang zuwarf.

»Wo ist sie?«, fragte er, kaum dass er Hugo erblickt hatte.

Doch an seiner Stelle antwortete Isabella: »Wo sollte sie schon sein, Michael, wenn nicht in ihrer Schlafkammer mit meinem neuen Enkelsohn? Hast du vor lauter Eile deine Manieren ganz vergessen?«

Lächelnd machte er eine knappe Verbeugung, bevor er ihr einen Kuss gab und Sir Edward begrüßte. Dann nickte er Sorcha und Sidony zu und sagte: »Euch allen einen guten Abend, doch ich hoffe, Ihr werdet es mir nicht übel nehmen, wenn ich mich nicht länger aufhalte. Ich möchte Isobel und unseren kleinen Sohn sehen.«

»Soll ich dir ein Tablett hinaufbringen lassen, oder stößt du wieder zu uns, nachdem du ihn bewundert und deiner Lady die Kissen aufgeschüttelt hast?«, erkundigte sich Isabella.

»Ich glaube, ich sollte besser wieder herunterkommen«, erwiderte er zögernd mit einem Blick auf Hugo. »Wir haben sicher eine Menge zu besprechen.«

»Das stimmt«, bestätigte Hugo.

»Dann lasst noch etwas zu essen bringen«, sagte Michael, während er seinen Blick über die fast leeren Platten und Schüsseln auf dem Tisch schweifen ließ. »Und etwas von unserem besten Claret.«

Grinsend schickte Hugo einen Pagen in die Küche und einen zweiten in den Weinkeller.

Als Michael hinausgegangen war, bat Sorcha Hugo: »Ich hätte gern noch ein wenig von dem Wein aus dem Krug, der neben Eurem Ellbogen steht, Sir. Vorausgesetzt, es ist noch etwas darin.«

Da er die Pagen fortgeschickt hatte, stand er selbst auf, um ihr nachzuschenken. Als sich ihre Augen trafen, sagte er neckend: »Es nützt Euch nichts, Zeit zu schinden, Skelpie. Ihr dürft bei unserer Unterhaltung trotzdem nicht dabei sein.«

»Daran habe ich gar nicht gedacht, Sir«, erwiderte sie ein wenig blasiert. »Es spielt ja auch überhaupt keine Rolle, dass Sidony und ich in Gefahr sind, weil wir nicht wissen, was los ist und was Euer Vetter zu tun gedenkt.«

Als sie sah, wie er zögerte, hoffte sie schon, er würde ihr aus Rücksicht auf ihre und Sidonys Sicherheit alles verraten, so wie es Michael Isobel gegenüber getan hatte.

Doch Hugo schüttelte nur kurz den Kopf und sagte: »Ihr seid nicht in Gefahr, solange Ihr innerhalb der Burgmauern bleibt, wie ich es Euch nahegelegt habe. Möchtet Ihr bei der Unterredung dabei sein, Sir?«, fügte er an Sir Edward gewandt hinzu.

»Ihr werdet mich wohl kaum brauchen«, erwiderte dieser. »Außerdem habe ich der Gräfin versprochen, eine Partie Schach mit ihr zu spielen. Sollen wir in Eure Kemenate gehen oder hier spielen, Madam?«

Sorcha musste sich beherrschen, um Hugo nicht ihren Wein über den Kopf zu schütten. Stattdessen sah sie ebenfalls zu Isabella hinüber. Als sie den verschmitzten Blick der Gräfin bemerkte, stieg ihr die Hitze in die Wangen. Doch dann reckte Sorcha trotzig das Kinn und rief sich selbst zur Ordnung. Ganz gewiss wusste die Gräfin nicht mehr über die Angelegenheit als sie selbst.

In diesem Augenblick sagte Isabella lächelnd zu Sir Edward: »Ich finde, Michael und Hugo sollten sich in der Kemenate unterhalten, während wir beide hierbleiben, Sir. Falls sie später doch noch ein Wort mit Euch reden wollen, haben sie es so näher, als wenn sie beispielsweise in Hugos Kammer gehen würden. Außerdem kann Michael nebenbei auch sein Abendessen in der Kemenate einnehmen. Dann ist er umso schneller wieder bei Frau und Kind.«

Hugo nickte. »Euer Vorschlag ist wie immer ausgezeichnet.«

Als Michael zurückkam, wartete sein Essen schon in dem neuen Frauengemach auf ihn. Hugo und er wollten sich eben zurückziehen, da erkundigte sich Sir Edward bei Isabella, ob das Schachbrett und die Figuren nicht in der Kemenate lägen.

Als sie bejahte, begleitete er die beiden jungen Männer, um die Sachen zu holen.

Gleich darauf kam er mit dem Spielbrett und einer Holzschatulle zurück. Er holte die Figuren heraus und stellte sie auf dem mit Lederintarsien verzierten Brett auf.

Als Sorcha Sidonys flehenden Blick bemerkte, sagte sie: »Bitte entschuldigt uns, Madam. Wir würden Euch gern Eurem Spiel überlassen und Isobel und unseren Neffen besuchen gehen.«

»Bleibt nicht zu lange«, ermahnte Isabella sie, die Augen bereits auf das Schachbrett gerichtet. »Junge Mütter und Säuglinge brauchen ihren Schlaf.«

Sie eilten zusammen die Treppe hinauf, doch auf halbem Weg blieb Sorcha stehen und sagte: »Geh schon mal vor. Ich muss noch etwas erledigen und komme in ein paar Minuten nach.«

Wie gewöhnlich nickte Sidony ohne das geringste Zeichen von Neugier. Kaum war sie um die nächste Treppenbiegung verschwunden, vergewisserte sich Sorcha, dass ihr niemand gefolgt war, bevor sie zu der ein wenig zurückgesetzten Tür trat. Sie hatte damit gerechnet, die Kammer versperrt zu finden, und freute sich, als der Riegel leicht und geräuschlos zurückglitt und die Tür nach innen aufschwang.

Sie zog die Tür hinter sich zu und stand in einem finsteren kleinen Gelass, in dem nur ein schwacher rechteckiger Lichtschein verriet, wo sich der *laird's peek* befand. Der schmale Sichtschlitz in der Mauer war etwa fünfzehn Zentimeter breit, fünf Zentimeter hoch und lag knapp über ihrer Augenhöhe, selbst wenn sie sich auf die Zehenspitzen stellte.

Sie fluchte über sich selbst, weil sie nicht daran gedacht hatte, den Raum vorher genau zu inspizieren, zumal sie nur ein undeutliches Stimmengemurmel hören konnte, von dem sie nicht ein Wort verstand. Sie stützte sich mit einer Hand an der Wand des Kämmerchens ab, bückte sich und tastete auf dem Boden herum, bis sie auf einen hölzernen Hocker oder Betschemel mit rauem Polster stieß. Sorcha dankte ihrer Schwester im Stillen, denn zweifellos war es Isobels Neugier zu verdanken, dass sich der Hocker hier befand. So leise wie möglich stellte sie ihn unter den Spalt und stieg darauf. Von dort oben hatte sie einen hervorragenden Blick in die Kemenate. Neben dem kleinen Kamin war das Abendessen für Michael angerichtet; ihm gegenüber saß Hugo. Sorcha konnte die beiden nicht nur ganz deutlich sehen, sondern – was noch besser war – nun auch verstehen, was sie sagten.

Hugo wusste, dass es Michael vor allem darauf ankam, zu hören, wie Hugo Isobel gefunden und ihr bei der Geburt beigestanden hatte – und er dabei auch das erfahren wollte, was Isobel ihm verschwiegen hatte. Daher versuchte Hugo es ihm in möglichst knappen Worten zu schildern. Michael lauschte wie immer geduldig, auch wenn ihn Sorchas Erlebnisse bei Weitem nicht so interessierten wie das, was seine Frau und das Kind betraf. Doch Hugo musste einfach seine ständigen Reibereien mit Sorcha erwähnen. Als er jedoch merkte, wie sein Vetter sich darüber amüsierte, kam er zur Sache und berichtete ihm von den Ereignissen auf der Lichtung bei Ratho.

»Sorcha war uns beiden eine große Hilfe«, musste Hugo zugeben. »Aber sich einfach davonzustehlen, nachdem sie doch gesehen hatte, was dem armen Burschen zugestoßen war, den sie zu dem ganzen Unternehmen überredet hatte, war leichtsinnig und gefährlich. Sie kann nur froh sein, dass ihr Vater nicht mit dir gekommen ist, denn anderenfalls …«

»Ich weiß, wie dir zumute ist«, unterbrach ihn Michael. »Deshalb war ich ja auch so froh, dass sich Isobel auf Lochbuie – vermeintlich – in Sicherheit befand. Wenn mir zu Ohren kommen sollte, dass sie …«

»Es war nicht ihre Schuld«, warf Hugo rasch ein. »Ihrer Ansicht nach haben die Männer des niederträchtigen Abts sie auf dem Rückweg zur Burg gefangen genommen, nachdem sie sich von dir verabschiedet hatte.« Er seufzte und fügte kleinlaut hinzu: »Ich muss zugeben, dass ich nicht mehr rechtzeitig zu Isobel gekommen wäre, wenn Sorcha nicht so unbesonnen gehandelt hätte.«

Michael nickte, doch Hugo musste daran denken, dass Michaels eigener Vater ebenfalls eine Frau geheiratet hatte, die zur Unbesonnenheit neigte.

»Du kannst dir wahrscheinlich vorstellen, wie wütend deine Mutter auf Waldron ist«, sagte er. »Sie hat ihn aufgefordert, hier zu erscheinen und sich zu rechtfertigen. Ich habe sie davon überzeugt, dass sie besser nicht zu ihm reitet, falls er ihr nicht gehorcht.«

»Was? Sie hat ihn hierherbeordert?«

»Sie hat ihm heute Nachmittag eine Botschaft zukommen lassen und hatte vor, nach Edgelaw zu reiten, falls er nicht reagiert. Wahrscheinlich hat die Anwesenheit meines Vaters dazu beigetragen, sie umzustimmen.«

»Ja, sie hat großen Respekt vor ihm, wie wir alle.«

»Wusstest du, dass Waldron nur mit ihrer Erlaubnis auf Edgelaw wohnen darf?«

»Darüber habe ich nie nachgedacht«, erwiderte Michael. »Aber ich erinnere mich jetzt, dass etwas Derartiges im Ehevertrag meiner Eltern steht.«

Hugo verzog das Gesicht. »Es hätte mir eigentlich klar sein müssen, denn sie und Henry haben beide hier und im Norden die Gerichtsbarkeit inne. Aber ich vergesse immer, dass sie die gleichen Befugnisse auf Strathearn und Caithness hat wie er in Orkney, bis auf das Recht, eigene Münzen zu prägen. Aber irgendwie bin ich immer davon ausgegangen, dass er auf allen Besitzungen das Sagen hat und ihr nur freie Hand lässt, wenn ihr beide nicht da seid. Auf jeden Fall hat sie vor, ihn hinauswerfen zu lassen, wenn er nicht herkommt.«

»Ich nehme an, du meinst Waldron und nicht Henry«, sagte Michael grinsend und fuhr dann ernster fort: »Falls Waldron ein paar von seinen Männern ins Tal schickt, um uns beobachten zu lassen, könnte das die Sache Dienstagnacht komplizierter machen.«

»Ja, da hast du recht«, sagte Hugo. »Ich lasse noch weitere Posten aufstellen und werde überall herumerzählen, dass ich nur für eine Nacht fort bin. Dass der Mond am Dienstag so früh aufgeht, könnte auch ein Problem darstellen. Ich möchte nämlich nicht, dass mich jemand sieht, wenn ich mich gleich nach meiner Ankunft wieder aus Edinburgh davonstehle.«

»Nimm doch den Gang«, schlug Michael vor.

»Das werde ich wohl tun müssen, obwohl ich es lieber vermieden hätte. Es fällt auf, wenn um diese Zeit jemand vor dem Eingang Wache steht. Wir haben eigentlich gehofft, dass diejenigen, die wir erwarten, bei Mondschein leichter herfinden, doch wenn Waldron uns beobachten lässt, ist das vielleicht ...«

Er brach ab. Irgendetwas oben an der Westwand der Kemenate erregte seine Aufmerksamkeit, doch er fügte noch hastig hinzu: »... eher ungünstig.«

Hugo wusste, dass Michael sein Zögern bemerkt hatte. Als

sich ihre Blicke trafen, griff Hugo nach dem Weinkrug und goss noch ein wenig in seinen halb vollen Becher.

Daraufhin sagte Michael: »Könntest du den Krug wohl nachfüllen lassen? Ich möchte diesen ausgezeichneten Hammelbraten essen, bevor er kalt wird.«

»Ja, sicher«, erwiderte Hugo und stand auf. Mit den Worten »Ich bin gleich wieder da« ging er zur Tür.

Auch Sorcha hatte bemerkt, wie die Unterhaltung stockte. Hugo musste sie entdeckt haben. Eilig stellte sie den Hocker wieder an seinen Platz und schob den Türriegel so leise wie möglich zurück. Sie wusste, dass Hugo keine Zeit damit verschwenden würde, sich Wein oder sonst etwas bringen zu lassen; daher schlüpfte sie rasch aus dem Kämmerchen, schloss die Tür hinter sich und rannte mit gerafften Röcken die Treppe hinauf zu Isobels Zimmer.

Unmittelbar vor der Tür blieb sie stehen und atmete tief durch. Dabei spitzte sie die Ohren, um herauszufinden, ob er ihr folgte. Als sie nichts hörte, machte sie die Tür auf und trat ein. Bei dem Anblick, der sich ihr bot, musste sie lächeln.

Sidony und Isobel saßen nebeneinander auf dem Bett und blickten auf das schlafende Baby in Isobels Arm. Der Kleine hielt die Händchen unter seinem rundlichen Kinn zu Fäusten geballt.

Sidony legte einen Finger an die Lippen und flüsterte: »Wir haben uns schon gefragt, wo du abgeblieben bist. Aber schau dir nur mal diesen süßen kleinen Burschen an. Isobel sagt, sie wollen ihm morgen einen Namen geben, bevor Michael wieder fort muss.«

Sorcha zog sich einen Hocker ans Bett und setzte sich. Während sie lächelnd das Baby betrachtete, hoffte sie, ihre Schwestern würden nicht merken, dass sie ständig mit einem Ohr auf Hugos Schritte lauschte. Sie war ganz sicher, dass er kommen würde.

Sie sprachen gerade über die feierliche Namensgebung, als

ein leichtes Klopfen an der Tür Isobel unterbrach. »Wer kann das sein?«, fragte sie. »Michael würde doch nicht anklopfen.«

»Geh doch mal nachsehen, Sidony«, sagte Sorcha.

Vor der Tür stand Hugo. »Guten Abend, Sir«, sagte Sidony. »Unser kleiner Mann schläft schon, aber Ihr könnt gern hereinkommen und ihn Euch ansehen.«

»Ja, sicher, Hugo, tretet nur ein«, forderte Isobel ihn lächelnd auf.

Hugo warf Sorcha einen durchdringenden Blick zu, der ihr die Röte in die Wangen und die Hitze in ganz andere Körperstellen trieb. Sie konnte nur hoffen, er würde es für Verlegenheit halten, weil er in die Schlafkammer ihrer Schwester gekommen war. Doch er wusste natürlich, dass Verlegenheit bei ihr nie lange anhielt; daher hob sie entschlossen das Kinn und sagte mit zuckersüßer Stimme: »Wenn Eure Unterhaltung beendet ist, wird Michael bestimmt auch gleich hier sein, Sir. Da ist es doch ein Glück, dass gleich zwei Anstandsdamen anwesend sind, nicht wahr?«

Er kniff ein wenig die Augen zusammen, sagte jedoch nur zu Isobel: »Er kommt ein wenig später, Mylady, weil wir noch etwas zu besprechen haben. Ich wollte Euch nur Bescheid geben, dass es noch etwas dauern kann. Schön, dass Eure Schwestern Euch Gesellschaft leisten.«

Isobel dankte ihm, doch als er gegangen war und die Tür hinter sich geschlossen hatte, sagte sie in strengem Ton zu Sorcha: »Ich habe gesehen, wie er dich angeschaut hat. Vielleicht ist es ja ganz gut, dass er nicht weiß, dass du gerade erst zu uns gestoßen bist. Was hast du jetzt schon wieder angestellt?«

Sorcha zuckte die Achseln. »Ich weiß gar nicht, wie du darauf kommst. Wird die Taufe gleich nach dem Frühstück stattfinden?«

Isobel warf ihr noch einen langen Blick zu, bevor sie die

Frage bejahte und erklärte, Michael wolle die Zeremonie in der Schlafkammer abhalten, wie es Brauch war. »Dann wird auch Vater nichts daran auszusetzen haben«, fügte sie lächelnd hinzu. »Sein neuer Enkelsohn wird dieses Zimmer nicht eher verlassen, bis er ordentlich getauft ist, damit ihn keine böse Fee rauben kann.«

Falls Isobel immer noch einen Verdacht gegen Sorcha hegte, erwähnte sie es jedenfalls nicht mehr, und Sorcha und Sidony verließen sie, bevor Michael heraufkam.

Nachdem sie Sidony auf dem Treppenabsatz Gute Nacht gesagt hatte, konnte es sich Sorcha nicht verkneifen, noch einmal zu dem kleinen Kämmerchen zu schleichen. Sie vergewisserte sich, dass niemand in der Nähe war, schlüpfte dann rasch hinein und zog die Tür hinter sich zu. Die undurchdringliche Finsternis war beinahe erstickend, sodass sie die Tür schnell wieder öffnete. Jemand hatte ein Tuch in den Mauerspalt geschoben, und sie hatte nicht den geringsten Zweifel, wer das gewesen war und dass der Betreffende jetzt unten saß und aufpasste, ob sich der Sichtschutz auch nur ein winziges Stückchen bewegte.

Es ärgerte sie, dass sie so wenig herausgefunden hatte. Offensichtlich verdächtigte Hugo sie, gelauscht zu haben, doch er würde sie wohl kaum darauf ansprechen. Er konnte nicht einmal sicher sein, ob Isobel den *laird's peek* kannte. Falls nicht, wollte er sie ganz gewiss nicht auf die Idee bringen.

Sorcha verließ den Ausguck und ging in ihre Kammer. In den wenigen Minuten, bevor Kenna kam, um ihr zu helfen, sich fürs Bett fertig zu machen, dachte sie darüber nach, wo der Gang liegen mochte, den Hugo erwähnt hatte, und was er und Michael wohl für Dienstag ausgeheckt hatten, dass sie bfürchteten, der Vollmond könnte sie verraten.

»Wer war am Ausguck?«, fragte Michael, als Hugo zurückkam. »Bitte sag, dass es nicht Isobel war.«

»Ich bin mir nicht einmal sicher, ob überhaupt jemand dort war«, erwiderte Hugo. »Ich habe nur so ein Gefühl, und das sagt mir, dass es dieser Skelpie Sorcha war. Aber ein Gefühl ist kein Beweis, und außerdem traf ich sie alle drei und das Kind beieinander an.«

»Du hast also den Spalt mit einem Tuch zugestopft«, grinste Michael. »Daran hätten wir gleich denken sollen, als wir merkten, dass der *laird's peek* nach dem Umbau auf die Kemenate hinausging. Doch da keiner mehr den geheimen Ausguck benutzt, dachte ich, alle hätten ihn vergessen – bis vorhin jedenfalls.«

»Na ja, hier auf der Burg rechnet man auch nicht mit Spionen«, erwiderte Hugo. »Außerdem haben wir noch nie ein Gespräch in diesem Raum geführt. Mir fiel der Sichtschlitz erst wieder ein, als meine Tante hier mit mir über Waldron sprechen wollte. Zu diesem Zeitpunkt dachte ich mir noch nichts, doch heute Abend fühlte ich mich irgendwie beobachtet.«

»Ich auch, aber ich habe dem keine Bedeutung beigemessen. Wie du schon sagtest, rechnet man hier nicht mit heimlichen Lauschern.«

»Ich wüsste nicht, wer uns nachspionieren sollte«, sagte Hugo. »Unsere Dienstboten sind alle aus der Gegend und Roslin, den Sinclairs und mir treu ergeben. Diese Möglichkeit können wir also ausschließen, denke ich. Unsere Männer sind alle überprüft worden, und sie unterscheiden sich höchstens in Hinblick auf ihre Geschicklichkeit im Umgang mit den Waffen voneinander und nicht, was ihre Ehrlichkeit und Treue angeht.«

»Stimmt«, erwiderte Michael und fügte nach kurzem Nachdenken hinzu: »Mir ist etwas eingefallen, das dich auch interessieren könnte.«

»Was denn?«

»Lady Adelas ehemaliger Bräutigam reitet im Zug Seiner Gnaden mit. Ardelve kam mit Macleods zweitem Boot nach

Lochbuie. Er sagte, er wolle ebenfalls zur Unterstützung Seiner Gnaden nach Edinburgh reisen.«

»Und wieso, bitte schön, sollte mich das interessieren?«

»Ich dachte ja nur. Aber etwas anderes wird dich bestimmt interessieren, nämlich dass wir den Kleinen morgen früh taufen wollen. Und ich möchte dich bitten, sein *gosti* zu sein.«

»Ja, gern«, sagte Hugo ehrlich erfreut. »Es ist mir eine Ehre. Was Dienstagnacht betrifft, da wirst du dich zusammen mit meinem Vater bei den anderen aufhalten. Also werde ich wohl hier zu Abend essen und dann den Geheimgang benutzen. Das fällt weniger auf, als wenn ich im Dunkeln noch einmal ausreite. Bis dahin wird deine Mutter wohl auch eine Nachricht von Waldron erhalten haben. Doch falls er ihr nicht gehorcht, was ich stark annehme, wird sie bestimmt etwas unternehmen.«

»Ja, wahrscheinlich. Es ist ein Wunder, dass du sie überreden konntest, noch abzuwarten. Bis du sicher, dass sie es auch tun wird?«

»Sie hat mir ihr Wort gegeben und Sorcha ebenfalls«, sagte Hugo. »Beide haben versprochen, dass sie die Burg nicht verlassen, ohne mich zu fragen.«

Michael nickte. »Mutter bricht ihr Wort nicht.«

»Ich hoffe, Sorcha auch nicht«, erwiderte Hugo. Sein Instinkt, der ihn selten im Stich ließ, half ihm in diesem Fall nicht weiter.

Am folgenden Morgen wich die Dunkelheit einem weiteren trüben Tag mit milchigen Dunstschleiern, die über dem Fluss lagen und sein Rauschen dämpften, und grauweißen Nebelfetzen, die die Kronen der Bäume verhüllten und sich in den Büschen verfingen.

Nachdem sie den ganzen vergangenen Tag drinnen verbracht hatte, brauchte Sorcha dringend Bewegung. Noch bevor Kenna kam, kleidete sie sich an, legte sich den Umhang um die Schultern und lief die Treppe hinab. In der Halle kam ihr Hugo entgegen.

Er begrüßte sie mit einer Mischung aus Lächeln und Stirnrunzeln, doch noch bevor er etwas sagen konnte, erklärte sie: »Ich habe schon seit einer Stunde wach gelegen und möchte jetzt nach draußen, weil ich Bewegung und frische Luft brauche. Ich bin es nicht gewohnt, eingesperrt zu sein.«

»Ich begleite Euch«, erwiderte er prompt. »Wir dürfen aber nicht lange bleiben, denn die Gräfin steht früh auf, und gleich nach dem Frühstück wollen Michael und Isobel die Taufe abhalten.«

Es lag ihr auf der Zunge, zu sagen, dass sie lieber allein spazieren gehen wolle, doch dann überlegte sie es sich anders, denn eigentlich stimmte das gar nicht. Wenn alles so lief, wie sie es sich wünschte, würden sie wohl keine Gelegenheit mehr haben, miteinander einen Spaziergang zu machen. Denn sobald die Gräfin mit dem schrecklichen Waldron fertig war, würde Adela wieder frei sein.

Draußen wallte der Nebel um die Burg und drang über die Mauern in den Hof. Es waren dicke Schwaden aus winzigen Tröpfchen, die sich an die Wimpern hängten und die Wangen befeuchteten.

Der Nordostturm mit seiner Laterne war fast nicht mehr zu sehen, und das Kopfsteinpflaster unter Sorchas Füßen fühlte sich nass und rutschig an. Aber ihr machte das Wetter nichts aus, zumal die Wärme, die Hugo ausstrahlte, sie umfing.

In diesem Dunst konnte sich so manches verbergen, wie zum Beispiel Feinde, dachte sie. »Ist es nicht schwierig, die Burg bei einem solchen Wetter zu bewachen?«, fragte sie.

»Der sicherste Weg zum Tor führt über diesen gefährlich schmalen Engpass über der Schlucht«, erwiderte er. »Nur wenige Männer haben den Mut, ihn bei schlechter Sicht zu überqueren. Und selbst wenn sie es bis zum Tor schaffen, haben sie dort nicht genügend Platz, um zum Beispiel einen

Rammbock in Stellung zu bringen. Und unsere Mauern geben sowieso nicht so leicht nach. Wie Ihr wisst, lässt Henry die Befestigungen nicht nur beträchtlich ausbauen, sondern hat um die alte Burgmauer noch eine zweite ziehen lassen.«

»Aber sie ist noch nicht fertiggestellt. Was ist, wenn jemand von Norden her angreift?«

»Die Burg liegt auf dem höchsten Punkt des Felsens, und die Hügel im Norden sind ebenso zerklüftet und dicht bewaldet wie das Tal dazwischen. Daher sind wir auch beim dichtesten Nebel hier sicher. Heute habe ich außerdem noch Wachen im Wald und am Rand des Tals postiert, doch bei dem Nebel sind sie nicht zu sehen.«

»Ihr müsst heute fort«, sagte sie und merkte selbst, wie traurig ihre Stimme klang – so traurig, wie sie schon den ganzen Morgen war.

Er nahm ihre Hand, legte sie sich auf den Unterarm und zog sie näher zu sich heran. »Michael, mein Vater und ich reiten heute Nachmittag nach Edinburgh, wo wir uns Ranald und dem Reiterzug anschließen«, sagte er. »Wie ich wohl schon erwähnt habe, besitzt Henry dort ein Haus. Dort werden wir übernachten, und morgen Abend komme ich zurück.«

»Ihr allein? Was ist mit Michael und Sir Edward?« Als sie ihn anblickte, sah sie, wie ein kleiner Muskel an seinem Kiefer zuckte. Sein forschender Blick verriet ihr, dass er sie noch immer verdächtigte, im *laird's peek* gelauscht zu haben. Trotz ihres schlechten Gewissens blickte sie ihn unschuldig an, in der Hoffnung, dass sie bei der feuchten Kälte nicht so leicht rot würde. Doch dann war es Hugo, der errötete.

»Ihr überlegt, was Ihr mir antworten sollt«, sagte sie vorwurfsvoll. Jetzt war es ihr egal, ob sie rot wurde oder nicht. »Ihr habt versprochen, mir gegenüber ehrlich zu sein.«

»Das will ich ja auch«, erwiderte er und schaute sie unbefangen an. »Aber ich habe auch gesagt, dass ich Euch nicht immer alle Fragen beantworten kann, entweder weil es mir nicht zusteht oder weil ich die Antwort nicht weiß. Ich habe gerade überlegt, unter welchen Punkt Eure letzte Frage fällt. Vielleicht kommen Michael und mein Vater auch morgen zurück, aber ich weiß nicht genau, wann. Daher wäre es besser, Ihr würdet Isobel keine falschen Hoffnungen machen. Michael übernachtet lieber woanders, als sie zu stören.«

Sie fixierte ihn noch einen Augenblick und wandte dann die Augen ab. Er durfte im Gegenzug auch von ihr ehrliche Antworten erwarten, doch wenn sie sich mit ihrer Ehrlichkeit Ärger einhandelte, sah die Sache schon anders aus.

»Vielleicht kommt Euer Vater mit«, setzte er überraschend freundlich hinzu.

»Ich nehme an, er bleibt bei Seiner Gnaden in der Stadt«, erwiderte sie. »Er hat bestimmt keine Lust, sich mit Adela und mir zu befassen. Aber vielleicht ist Adela ja schon wieder frei, wenn er kommt«, fügte sie mit erzwungener Fröhlichkeit hinzu. »Dann wird er erkennen, dass es richtig von uns war, ihr nachzureiten. Und wenn Ihr dann Eure Pflicht ...«

»Es gibt noch etwas, das Ihr wissen solltet«, unterbrach er sie.

Sie verstummte überrascht. Entweder wollte er nur das Thema wechseln, oder er würde ihr endlich verraten, was in der kommenden Nacht geschehen sollte. Erwartungsvoll blickte sie ihn an, doch er sagte nur: »Lord Ardelve reitet nun doch mit im Zug seiner Gnaden.«

»Was?«, rief sie erstaunt, doch dann dachte sie, dass er der Sache zu viel Bedeutung beimaß. »Das will gar nichts heißen«, sagte sie. »Er war nur deswegen nicht von Anfang an dabei, weil er doch Adela heiraten und sie bestimmt nicht gleich wieder allein lassen wollte. Als dann nichts aus der Hochzeit wurde, hat er sich eben entschlossen, zur Unterstützung Seiner Gnaden mitzureiten. Das ist alles.«

»In diesem Fall hätte er doch an der Einsetzungszeremonie teilnehmen und danach mit uns nach Lochbuie kommen können, anstatt überstürzt aufzubrechen, um sich der Flottille anzuschließen.«

Sie zuckte die Achseln. »Dieser Mensch ist pompös und eingebildet. Es hat ihm bestimmt einen gehörigen Schock versetzt, als seine Braut entführt wurde, zumal er annehmen musste, dass sie mit ihrem Liebsten durchgebrannt ist. Wahrscheinlich wollte er erst seine Wunden lecken, bevor er sich wieder in der Öffentlichkeit zeigte.«

Hugo erstarrte. Als sie schwieg, blieb er abrupt stehen und drehte sie zu sich herum. Jetzt, da er nicht mehr neben ihr ging, spürte sie plötzlich die Kälte.

»Wie kommt Ihr denn darauf?«, fragte er.

»Kein Mann mag es, wenn sein Stolz verletzt wird«, erwiderte sie ein wenig erstaunt. »Und schon gar nicht, wenn das vor aller Augen geschieht.«

»Das habe ich nicht gemeint«, entgegnete er schroff. »Ich möchte wissen, wie zum Teufel Ihr auf die dumme Idee kommt, dass Adela mich jemals geliebt hat.«

»Ich weiß es eben.« Sie blickte zu ihm auf. Der Nebel war mittlerweile so dicht geworden, dass die Burg nicht mehr zu sehen war. Es schien, als befänden sie sich in einer anderen Welt.

Er funkelte sie wütend an und wartete auf eine Antwort. Doch sie ließ sich davon nicht einschüchtern. Vielmehr empfand sie eine Wärme, als loderte ein behagliches Feuer in ihrem Inneren.

Sie verkniff sich ein Lächeln, damit er nicht glaubte, sie mache sich über ihn lustig. Das wollte sie auf keinen Fall, auch wenn sie ihm ihre Gefühle nicht hätte erklären können. Sie verstand ja selbst nicht, was in ihr vorging.

»Seht mich nicht so an«, sagte er in dem gleichen barschen Ton wie zuvor und legte ihr schwer die Hände auf die Schultern. »Wenn ich dieses verflixte Grübchen nur sehe, möchte ich Euch küssen. Und da Ihr mir das ja verboten habt, dürft Ihr mich auch nicht so reizen.«

»Ihr könnt mir doch nicht verbieten, Euch anzusehen«, erwiderte sie. »Und für dieses blöde Grübchen kann ich nichts.«

»Nun, ich finde, wir sollten jetzt wieder hineingehen«, sagte er und legte ihr den Arm um die Schultern. »Ich weiß, Ihr hattet zu wenig Bewegung, doch dieser Nebel durchnässt uns derart, dass wir bald vollkommen durchgefroren sind.«

Er marschierte zielstrebig drauflos, während Sorcha sich bemühte, mit ihm Schritt zu halten. Sie konnte nur hoffen, dass dreißig Zentimeter weiter oben die Sicht besser war als auf ihrer Augenhöhe.

Als sie in die Halle traten, saß die Gräfin bereits an der hohen Tafel, und Michael gesellte sich wenige Minuten später zu ihnen. Jetzt war Sorcha froh, dass Hugo umgekehrt war. Er nahm ihr das Cape ab und reichte es einem Pagen, der es am Feuer aufhängen sollte. Sie war einigermaßen trocken geblieben, im Gegensatz zu Hugo, der keinen Umhang getragen hatte.

Er ließ sich jedoch nichts anmerken und tat, was man von ihm erwartete, sobald sie sich mit Isabellas Kaplan in Isobels Kammer eingefunden hatten. Allerdings hatte er auch nichts weiter zu tun, als den jungen William Robert Sinclair zu halten. Diesen Namen hatte Michael dem Kaplan auf einen Zettel geschrieben, damit dieser ihn bei der Taufe als Erster aussprechen sollte. Im Anschluss daran segnete Hugo das Kind und gelobte, ihm als sein Pate jederzeit zur Seite zu stehen. Das Ritual knüpfte nicht nur ein Band zwischen Hugo und dem Kind, sondern festigte auch die Bindung zwischen den Familien der Robisons und der Sinclairs.

Als Sorcha sah, wie liebevoll Hugo sein Patenkind anblickte, wurde ihr wieder so warm ums Herz wie schon einmal nach der Geburt des Kindes und kurz zuvor im Burghof. Zuerst konnte sie sich ihre Gefühle gar nicht erklären, doch als Hugo ihr zulächelte und der kleine William Robert ein winziges Fäustchen in den Mund steckte und gluckste, wurde ihr auf einmal vieles klar.

Nach der kurzen Zeremonie gingen die Männer auf ihre Zimmer, um sich zum Aufbruch nach Edinburgh zu rüsten. Eine Zeit lang befürchteten alle, der Nebel würde sich den ganzen Tag nicht lichten, doch gegen Mittag drangen die ersten Sonnenstrahlen hindurch, und der milchige Dunst, der über dem Fluss lag, löste sich auf. Dann kam ein leichter Wind auf, und als die Männer eine Stunde später losritten, waren nur noch ein paar dicke graue Wolken übrig.

Der Rest des Tages zog sich endlos hin. Die Gräfin hatte schlechte Laune, weil keine Nachricht von Edgelaw gekommen war, und Sorchas Stimmung war auch nicht viel besser.

Sie hatte einen Blick in das Kämmerchen mit dem Ausguck werfen wollen, um zu sehen, ob der kleine Hocker noch an seinem Platz stand oder ob Hugo ihn weggenommen hatte. Nachdem sie es am Abend zuvor nicht gewagt hatte, wollte sie außerdem versuchen, das Tuch, das im Spalt steckte, ein wenig beiseitezuziehen. Doch zu ihrem großen Verdruss hing ein nagelneues Vorhängeschloss an der Tür.

Isobel blieb für den Rest des Tages in ihrer Kammer und sagte, sie werde früh schlafen gehen. In der vergangenen Nacht war sie noch lange wach geblieben, um auf Michael zu warten, und als er dann endlich kam, hatten sie sich noch eine ganze Weile unterhalten.

So verbrachten Sorcha und Sidony einen langen, ereignislosen Abend mit der Gräfin, die noch dazu ungewohnt einsilbig war.

Schließlich hielt Sorcha es vor Langeweile nicht mehr aus. »Was wollt Ihr tun, wenn er nicht kommt, Madam?«, fragte sie die Gräfin unvermittelt.

»Ich werde ihn für seine Verbrechen zur Rechenschaft ziehen«, knurrte sie. »Auf die Entführung einer Edelfrau – und noch dazu aus niederen Beweggründen – steht die Todesstrafe durch Hängen.«

»Und wenn er doch erscheint?«

»Obwohl ich über seine Undankbarkeit ausgesprochen erzürnt bin, würde ich ihn anhören.«

Sorcha war sicher, dass die Gräfin im Stillen »... und ihn dann aufhängen lassen« hinzufügte.

Die Unterhaltung verebbte erneut, und bald darauf begann Sidony zu gähnen. Sorcha entschuldigte sich und ihre Schwester, und sie zogen sich zurück. Sorcha war froh, schlafen gehen zu können, und sei es auch nur, damit die Langeweile ein Ende hatte.

Als sie im Morgengrauen erwachte, hatte sich ihre Stimmung noch immer nicht gebessert. Diesmal herrschte kein Nebel, doch der bedeckte Himmel verhieß Regen. Das machte sie noch niedergeschlagener, denn das schlechte Wetter konnte Hugos Rückkehr verzögern. Und wenn er nicht rechtzeitig zurückkam, würde der Plan, den er und Michael ausgeheckt hatten, ins Wasser fallen.

Dass sie etwas Übles vorhatten, konnte sie sich nicht vorstellen, auch wenn sie solch ein Geheimnis darum machten. Doch Sorcha hatte sich fest vorgenommen, ihnen auf die Schliche zu kommen.

18

Am Ende wurde das Wetter doch besser, als Sorcha befürchtet hatte. Die dunklen Wolken verschwanden, ohne dass ein Tropfen gefallen wäre, und die dichte Wolkendecke hielt Hugo bestimmt nicht davon ab, nach Hause zu kommen. Dazu musste es schon eine Sintflut geben.

Als bis zum Nachmittag noch immer keine Nachricht von Edgelaw eingetroffen war, konnte die Gräfin ihren Ärger kaum noch bezähmen, und am Abend war sie fuchsteufelswild. Nach dem Nachtmahl ging sie in ihre Kemenate, nahm den Stickrahmen zur Hand und gab vor, sich mit ihrer Handarbeit zu beschäftigen. Sorcha sortierte ihr derweil das Garn, und Sidony trennte den Saum eines moosgrünen Kleides von Isobel auf, das sie für sich selbst kürzen wollte. Vor lauter Verzweiflung bat Sorcha die Gräfin, ihnen etwas über Roslin und seine Umgebung zu erzählen. Sie hatte kaum damit begonnen, als der Diener Ivor hereinkam, um das Feuer zu schüren. Während Isobel von der nahe gelegenen Höhle erzählte, wo sich einst Wallace versteckt hatte, bückte sich Ivor vor dem Kamin und schaute dabei zu Sorcha hinüber. Als sie seinen Blick bemerkte, deutete er unauffällig auf ein Stückchen Papier, das aus seinem Ärmel hervorlugte. Dann legte er wortlos Holz nach und ging hinaus.

Sorcha wickelte das Stickgarn sorgfältig in das weiße Leinentuch, auf dem sie die Fäden ausgebreitet hatte. Dann wartete sie, bis Isabella eine kurze Atempause machte, und sagte: »Verzeiht, Madam, aber würdet Ihr mich für einen Augenblick entschuldigen?«

»Gewiss, meine Liebe.«

»Soll ich dich begleiten?«, fragte Sidony.

»Nein, arbeite nur weiter«, erwiderte Sorcha lächelnd und hoffte, dass ihre Schwester nicht den Abtritt aufsuchen musste. Denn die beiden anderen Frauen nahmen bestimmt an, dass Sorcha dorthin wollte. Erleichtert atmete sie auf, als Sidony lediglich nickte und sich wieder ihrem Kleid widmete.

Als sie aus der Kemenate auf das Podium der menschenleeren Halle trat, sah Sorcha, wie Ivor durch die Tür zur Treppe an der Nordwestseite verschwand, und eilte ihm nach. Er wartete im Treppenhaus auf sie.

»Verzeiht, Mylady«, flüsterte er, zog ein gefaltetes Stück Papier aus dem Ärmel und reichte es ihr. »Ich wusste nicht, wie ich Euch das hier geben sollte. Aber mein Vetter hat gesagt, ich sollte es Euch möglichst schnell bringen und mich nicht dabei erwischen lassen.«

»Aber wie ist dein Vetter darangekommen?«, fragte sie den nervösen Diener, der aussah, als würde er am liebsten davonlaufen.

Mit einem Blick über die Schulter flüsterte Ivor: »Er dient dem Herrn von Edgelaw. Aber ich soll Euch sagen, dass ihm die Lady das hier gegeben hat.« Wieder blickte er sich furchtsam um, als könnte er gar nicht schnell genug wegkommen.

»Du kannst gehen, Ivor, aber hab vielen Dank. Das werde ich dir nicht vergessen.« Insgeheim war Sorcha sehr erstaunt über die Botschaft und die Art und Weise, wie sie überbracht wurde.

»Ach, Mistress, das hoffe ich! Wenn mein Vetter nicht so aufbrausend wäre und seine Fäuste nicht so locker säßen, hätte ich es nicht getan. Ich darf gar nicht daran denken, was Sir Hugo oder der Herr tun werden, wenn sie herausfinden, dass ich Euch das hier gegeben habe, ohne es ihnen vorher zu zeigen. Aber Gil sagt, Ihr müsstet es unbedingt noch heute Abend bekommen.«

»Ich werde nichts verraten«, versprach sie.

Sichtlich erleichtert ging Ivor zurück in die Halle.

Sorcha dagegen lief die Treppe hinauf in ihre Kammer. Sie

konnte nur hoffen, dass Sidony es sich nicht anders überlegen und ihr nachkommen würde und dass Kenna noch nicht auf sie wartete. Doch zu ihrer Erleichterung fand sie das Zimmer leer. Sie stellte sich ans Fenster, faltete das Papier auseinander und las die Zeilen beim letzten Tageslicht. Wie sie gehofft hatte, stammte die Nachricht von Adela:

Geliebte Schwester,

ich grüße Dich und habe einen Freund gefunden, der mir bei meiner Flucht hilft. Wenn Du, so Gott will, kommen kannst, sollen wir uns, sagt er, bei dem verlassenen Wachturm treffen, bis zu dem es von hier eine Viertelmeile ist. Du siehst ihn, wenn Du über den letzten Hügel kommst. Er sagt, es führt ein geheimer Pfad nach Süden durch Euer Tal bis dorthin.

Wenn Du morgen Mittag zu dem Turm kommen könntest, werde ich versuchen, Dich dort zu treffen. Bitte beeil Dich, Schwester, denn ich kann nicht lange dort warten, und mein Helfer kann auch nicht mitkommen, da sonst sein Leben in Gefahr wäre. Und komm um Himmels willen allein!

Ich hoffe, der Lord wird um diese Zeit beschäftigt sein, aber wir können uns nicht darauf verlassen. Er glaubt, Gräfin Isabella wird ihn mit Gewalt holen lassen. Über ihre Botschaft gestern war er schrecklich wütend. Seither tobt er und weigert sich, zu ihr zu gehen. Die Pflicht gegenüber seinem wahren Lehnsherrn geht ihm über alles, sagt er!

Ich bitte Dich, liebste Schwester, lass mich nicht im Stich!
Deine Dich liebende unglückliche Schwester
A.

Sorcha las die Nachricht zweimal, bevor sie sie wieder zusammenfaltete und in den engen Ärmel ihres Kleides schob. Ihre erste Reaktion war Erleichterung darüber, dass sie recht und Hugo unrecht gehabt hatte. Adela war nicht freiwillig mit seinem üblen Vetter gegangen.

Als Nächstes hätte sie am liebsten Ivor gerufen und ihn gefragt, wie man am besten von Roslin nach Edgelaw kam, oder, noch besser, ihn gebeten, sie zu begleiten.

Doch dann siegte ihr gesunder Menschenverstand, und sie erinnerte sich daran, dass sie Hugo versprochen hatte, auf eigene Faust nirgendwohin zu gehen. Das war zwar lästig, doch sie brachte es nicht übers Herz, ihr Versprechen zu brechen. Außerdem musste sie sich eingestehen, dass es unklug wäre, sich allein oder nur von Ivor begleitet auf den Weg zu machen. Wahrscheinlich würde Hugo sie sowieso nicht gehen lassen, dachte sie ärgerlich.

Jetzt blieb ihr nur noch die Hoffnung, dass Waldron der Gräfin gehorchen würde, da sie die Herrin von Edgelaw war. In Gedanken versunken stieg Sorcha die Treppe hinab. Vielleicht konnte Isabella ihr ja helfen.

Doch dann überlegte Sorcha, dass die Gräfin zwar Waldrons Taten als solche verurteilte, jedoch mehr über Isobels Entführung als über Adelas Schicksal empört war, da sie insgeheim wohl noch immer annahm, Adela sei freiwillig mitgegangen. Bis Sorcha sie vom Gegenteil überzeugt hätte, wäre Hugo bestimmt schon wieder zurück.

Als sie gerade die Tür zur Kemenate öffnen wollte, hörte sie Schritte am Haupteingang , der ein halbes Stockwerk höher lag. Sie widerstand der Versuchung, stehen zu bleiben und nachzusehen, ob es Hugo war, und ging stattdessen hinein zu Sidony und der Gräfin. Denn sie wollte sich in Ruhe überlegen, was sie ihm erzählen und ob sie ihm Adelas Nachricht zeigen sollte. Sidony und Isabella blickten lächelnd von ihrer Arbeit auf, als sie eintrat. Bevor sie ihren Platz wieder einnahm, ging Sorcha ans Fenster und blickte hinaus auf den Hof, wo soeben ein Stallbursche Black Thunder in den Stall führte.

»Sir Hugo ist wieder da«, sagte sie leise.

»Gut«, erwiderte die Gräfin und legte den Stickrahmen beiseite. »Ich möchte mit ihm sprechen.«

Sie wollte sich gerade erheben, da ging die Tür auf, und Hugo trat ins Zimmer.

Isabella begrüßte ihn mit den Worten: »Ich habe noch immer keine Antwort von Waldron. Wenn du ihn nicht morgen zur Rede stellst, reite ich selbst nach Edgelaw.«

Sorcha bemerkte den erleichterten Blick, mit dem er sie streifte, bevor er sich wieder seiner Tante zuwandte. »Euer Wunsch ist mir wie immer Befehl, Madam«, sagte er.

»Hast du Gäste mitgebracht?«, fragte die Gräfin.

»Nein, aber morgen kommen einige mit Michael und meinem Vater.«

»Musst du auf sie warten, bevor du dich um Waldron kümmern kannst?«

Sorcha hielt den Atem an, während sie nach dem Tuch mit den Stickfäden griff. Sie wagte es nicht, ihn anzusehen, damit er nicht merkte, wie gespannt sie auf seine Antwort wartete.

»Das nicht«, sagte er. »Aber ich habe noch keine Zeit gehabt, mit den Männern zu sprechen, die Edgelaw beobachten sollten, und werde wohl erst morgen früh dazu kommen. Vielleicht haben sie uns ja etwas zu berichten, was uns die Entscheidung leichter macht.«

Isabella presste die Lippen zusammen, dann sagte sie: »Nun gut, aber ich werde seine Unverschämtheiten nicht dulden, Hugo. Wann du es tust, kannst du selbst entscheiden, aber du musst ihm klarmachen, dass er hier zu erscheinen hat. Und falls er nicht mit einer guten Erklärung aufwarten kann, werde ich ihm Edgelaw nehmen und ihn für seine Untaten vor Gericht stellen. Erinnere ihn ruhig noch einmal daran, welches Urteil ihn dann erwartet.«

Hugo nickte, wandte jedoch ein: »Vielleicht sollten wir ihn erst daran erinnern, wenn er hier ist, Madam. Ich habe nämlich keine große Lust, Edgelaw zu belagern.«

»Also gut. Du hast recht. Er weiß ohnehin, welche Strafe darauf steht.«

»Das mag sein, doch ob er der Meinung ist, dass sie auch für ihn gilt, ist fraglich. Schließlich glaubt er, dass Gott ihn bei allem, was er tut, beschützt.«

»Wir werden sehen. Aber nun genug von Waldron«, fügte sie hinzu. »Unsere Gäste möchten bestimmt etwas über die Feierlichkeiten am königlichen Hof erfahren.«

Sorcha lauschte höflich, als Hugo die prunkvolle Zeremonie beschrieb, in deren Rahmen sich der zweite Lord der Inseln bei seinem Großvater, dem König der Schotten, eingeführt hatte. Doch sie achtete mehr auf den Erzähler als auf das, was er sagte. Bald bemerkte sie, dass er ebenso unruhig war wie sie.

Kurz darauf entschuldigte sich Hugo mit der Begründung, er müsse noch etwas mit seinen Männern besprechen und wolle danach zu Bett gehen.

Kaum war er fort, verließ auch Sorcha mit ein paar entschuldigenden Worten das Zimmer und ging ihm nach. Doch in der Halle konnte sie ihn nirgends entdecken.

»Warte, Sorcha!«, rief Sidony ihr nach. »Gehst du schon schlafen?«

Obwohl sie vor Ungeduld schier platzte, blieb Sorcha stehen, bis ihre Schwester herangekommen war, und sagte: »Ich will mit Hugo sprechen, Liebes. Also geh heute bitte ohne mich nach oben. Und schlaf gut«, fügte sie hastig hinzu.

Sidony warf ihr einen neugierigen Blick zu, gehorchte ihr jedoch ohne weitere Fragen.

In diesem Augenblick kam Ivor in die Halle, um sich um die Feuer zu kümmern, und Sorcha fragte ihn, ob er Sir Hugo gesehen hätte. Als der Diener verneinte, runzelte sie nachdenklich die Stirn. Also war Hugo nicht über den Hof gegangen, zumindest nicht auf dem gewöhnlichen Weg. Vielleicht hatte er ja noch einen Abstecher in seine Kammer oder zum Abtrittturm gemacht. Sie ging langsam zu der Tür, die ins

Treppenhaus an der Nordwestseite führte, und überlegte, ob er vielleicht die Haupttreppe hinaufgegangen sei. Doch als sie in den kurzen Korridor trat, hörte sie von oben Schritte, und gleich darauf tauchte Hugo auf.

»Was ist denn, Mädchen? Ist irgendetwas nicht in Ordnung?«, fragte er mit einem warmen Lächeln. Da er auf der letzten Treppenstufe stand, überragte er sie noch mehr als sonst.

»Nein. Ich ... ich wollte gerade zu Bett gehen«, erwiderte sie.

»Das ist eine gute Idee«, sagte er und zwinkerte ihr zu. »Schlaft gut.«

Während er an ihr vorüber durch die Tür ging, dachte Sorcha schuldbewusst an das Zettelchen mit Adelas Nachricht in ihrem Ärmel. Schon hörte sie, wie seine Schritte in der Halle verklangen.

Sie hatte ihm von der Botschaft erzählen wollen, doch die Worte waren ihr im Halse stecken geblieben. Und jetzt war die Gelegenheit vorüber.

Sorcha wusste, dass er sich schon in aller Frühe auf den Weg machen wollte, gleich nachdem er die Posten bei Edgelaw befragt hatte. Vorher musste sie es ihm unbedingt erzählen. Wenn sie sich noch nicht einmal traute, Hugo zu bitten, wie sollte sie dann Michael und Sir Edward davon überzeugen, sie zu der Zusammenkunft mit Adela zu begleiten. Falls die beiden Männer überhaupt rechtzeitig nach Hause kamen, würden sie bestimmt wissen wollen, warum sie sich nicht Hugo anvertraut hatte. Außerdem war er der Einzige, der verstehen konnte, dass sie Adela unbedingt treffen musste.

Daher ging sie ihm nach. Doch bereits nach einigen Schritten hörte sie, wie er zurückkam.

Sie zögerte. Es war besser, hier auf ihn zu warten, wo sie ungestört miteinander reden konnten. Da fiel ihr plötzlich der Gang wieder ein, den er in seinem Gespräch mit Michael erwähnt hatte. Über der Nachricht in ihrem Ärmel hatte sie ihn völlig vergessen.

Ohne nachzudenken drehte sie sich um und rannte die Treppe hinauf, froh darüber, dass sie in Isobels Seidenpantoffeln so leise auftreten konnte. Hinter der ersten Biegung blieb sie stehen und lauschte, bereit zu fliehen, falls er die Treppe heraufkommen sollte. Doch Hugo ging nach unten. Aufregung stieg in Sorcha hoch, als ihr klar wurde, dass er weder auf den Hof noch in die Küche wollte, denn dazu hätte er über die Haupttreppe gemusst. Und wo, dachte sie, würde man auf Burg Roslin einen Geheimgang finden, wenn nicht im tiefsten Keller auf der zum Felsen gelegenen Seite?

Rasch lief sie ihm nach, solange sie noch seine Schritte hören konnte. Sie war so sicher, dass er bis ganz nach unten gehen würde, dass sie schon an dem Absatz vor der Küche vorübergelaufen war, als sie merkte, dass er sich nicht mehr auf der Treppe befand.

Als sie sich umblickte, hörte sie erneut seine Schritte in dem dunklen Korridor und sah, dass er sich eine Fackel aus einem der Wandhalter genommen hatte. Sie hatte also doch recht gehabt. Hier unten in der Küche war sie nur das eine Mal gewesen, um ein Bad zu nehmen, und bei dieser Gelegenheit war sie mit Kenna über die Haupttreppe gekommen.

Sorcha folgte ihm durch ein Labyrinth von kleinen dunklen Gelassen, teils mit, teils ohne Tür. Ein Blick in einen der Räume verriet ihr, dass es sich um eine Art Vorratskammer handelte.

Bis auf das Licht von Hugos Fackel war es stockdunkel dort unten. Als er daher um eine Ecke bog, raffte sie ihre Röcke und lief ihm nach, so schnell sie es wagte.

Nachdem sich ihre Augen an die Dunkelheit gewöhnt hatten, erkannte sie in einiger Entfernung den schwachen Schein des Herdfeuers und wusste, wo Hugo abgebogen sein musste. Sie kam an zwei Mauernischen vorüber und stand plötzlich vor einer Tür. Sie sandte ein Stoßgebet gen Himmel, dass er nicht auf der anderen Seite auf sie wartete; dann drückte sie behutsam die Klinke herunter. Zum Glück ging die Tür lautlos auf. Sorcha steckte den Kopf hindurch und sah beim Schein der entschwindenden Fackel, dass in dem kleinen Raum Weinfässer gestapelt waren. Der Gang zwischen ihnen war gerade breit genug, um hindurchzugehen. In diesem Augenblick verlor sich der Fackelschein durch eine gegenüberliegende Tür.

Sie tastete sich an den Fässern entlang bis zu einer Holztür, die teilweise von einem schweren Vorhang verdeckt war.

Diese Tür ließ sich ebenso leicht öffnen wie die vorherige, und das Licht dahinter wies ihr den Weg über eine schmale Wendeltreppe nach unten.

Da sie Angst hatte, in völliger Finsternis zurückzubleiben, lief sie, so schnell sie konnte, auf Zehenspitzen die gewundenen Stufen hinab, bis der Schein vor ihr immer heller wurde. Sie hörte Hugo hin und her gehen, dann ertönte ein dumpfes Geräusch, und das Licht bewegte sich nicht mehr.

Vorsichtig lugte sie um die Biegung der Treppe. Ein Stück weiter, am Fuß der Treppe, stand Hugo mit dem Rücken zu ihr vor einer massiven Mauer. Die Fackel hatte er in einen Wandhalter zu seiner Rechten gesteckt.

Sorcha wollte schon umkehren und davonlaufen, da sie fürchtete, er habe sich verirrt oder ihr eine Falle gestellt, als er mit beiden Händen etwas aus der Wand zog. Als er sich umdrehte, sah sie im Licht der Fackel, dass es sich um einen rechteckigen, etwa dreißig Zentimeter langen Stein handelte. In der Mauer klaffte eine ebenso große Öffnung.

Hugo legte den Stein ab, griff in das Loch und drückte gegen die Mauer, worauf sich eine schmale Tür öffnete. Er trat hindurch, kam jedoch sogleich mit einer Fackel zurück, die er an der ersten entzündete.

Zögernd betrachtete er den Stein auf dem Boden, zuckte kurz mit den Schultern und trat durch die Tür, die lautlos hinter ihm zufiel.

Im Nu rannte Sorcha die Treppe hinunter bis zur Wand und steckte ebenfalls eine Hand in die Öffnung. Ihre tastenden Finger stießen auf eine runde Eisenstange, etwa so dick wie ihr Daumen und etwas länger als ihre Handfläche. Zuerst versuchte sie vergeblich, die Stange anzuheben. Erst als sie sie hinunterdrückte, bewegte sich die Geheimtür und schwang erstaunlich leicht auf. Plötzlich fiel Sorcha die Fackel ein.

So ungern sie sich auch im Dunkeln ins Unbekannte wagte, traute sie sich doch nicht, die Fackel mitzunehmen. Sie konnte sie jedoch auch nicht brennen lassen, da der Lichtschein, der durch die Türöffnung drang, sie verraten hätte. Hastig bemühte sie sich, die Fackel zu löschen, doch es dauerte einen Augenblick, bis sie endlich in völliger Dunkelheit stand.

Mittlerweile war die Pforte wieder zugefallen. Also drückte sie abermals den Riegel herunter und schob die Tür auf. Dahinter herrschte schwärzeste Finsternis. Während Sorcha weiterging, dachte sie daran, dass die Weinkammer sich auf Höhe der Küche befand und sie von dort aus nur ein Stockwerk hinabgestiegen war. Sie wusste auch, dass auf Roslin sogar die Burgverliese noch hoch über dem Fluss lagen. Ängstlich tastete sie sich vorwärts, stets darauf gefasst, auf Hugo zu stoßen, der irgendwo im Dunkeln auf sie lauerte.

Doch ihre Hände berührten nichts als harten, trockenen Stein. Plötzlich ertastete ihr Fuß den Rand einer Stufe. Als sie langsam die Treppe hinunterschlich, bemerkte sie vor sich einen schwachen Fackelschein.

Die Stufen waren trocken und glatt, und an der außen gelegenen Wand hatte man ein Seil als Treppengeländer gespannt, was ihr das Gehen sehr erleichterte. Nun kam sie schneller voran, und bald verriet ihr der heller werdende Lichtschein, dass sie Hugo nahezu eingeholt hatte.

Ihr wurde fast schwindlig vor Erleichterung, doch sie atmete einmal tief durch und ging weiter. Die Treppe schien sich endlos hinzuziehen, und Sorcha hatte schon Angst, sie würde bis hinab in die Hölle führen, als die Stufen auf einmal endeten.

Hugo mit seiner flackernden Fackel ging nun schneller und war schon weit voraus. Sorcha fürchtete, zu stolpern, wenn sie zu rasch hinterherlief, doch der Boden war auch hier erstaunlich eben, nur hier und da spürte sie durch die dünnen Sohlen einen Stein, als sie weiterlief. Doch weil sie lautlos darin laufen konnte, war Sorcha dennoch froh, dass sie so leichte Schuhe trug.

Hugo wünschte, er hätte nicht ständig dieses Gefühl, verfolgt zu werden. Wahrscheinlich lag es nur daran, dass er den Verschlussstein an der Geheimtür nicht wieder eingesetzt hatte, doch er wurde die Empfindung einfach nicht los.

Mehr als einmal hatte er sich umgeblickt, doch nie etwas gehört oder gesehen. Sein Gehör war ebenso gut ausgeprägt wie sein Instinkt, daher war er ganz sicher, dass ihm niemand folgte. Zudem war es sehr unwahrscheinlich, dass einer der Diener in den Weinkeller ging, die Tür der Treppe hinter dem Vorhang bemerkte und es dann noch wagte, weiterzugehen. Daher war Hugo davon überzeugt, dass sein ungutes Gefühl nur dem Vollmond und der schaurigen Finsternis in dem neu angelegten Gang zuzuschreiben war.

Es wäre ihm lieber gewesen, wenn jemand ihn begleitet hätte, um den Stein wieder in die Öffnung zu schieben, doch die Einzigen, die außer ihm von diesem Einlass zum Geheimgang wussten, waren Henry und Michael. Und im Weinkeller eine Wache aufzustellen wäre viel zu auffällig gewesen.

Doch vielleicht wusste Isobel ja auch von dem Tunnel. Sie war in ziemlich viele Dinge eingeweiht, doch selbst wenn, hätte er nie von ihr verlangt, ihr Kind so kurz nach der Geburt allein zu lassen und für ihn Wache zu stehen. Selbstverständlich hätte er die Fackel löschen können, doch sie würde bald von selbst ausgehen und hätte ohnehin nicht so lange gereicht, bis er an seinem Ziel angelangt war, da sie ja schon eine Weile gebrannt hatte, bevor er sie mitnahm. Aus diesem Grund lagen sowohl am Eingang zum Tunnel als auch am Höhlenausgang einige ölgetränkte Fackeln bereit. Und falls wirklich jemand die Treppe herunterkam und auf die verborgene Tür stieß, hätte er bestimmt seine eigene Fackel dabei. Daher machte es nichts, dass Hugo die seine hatte brennen lassen.

Allerdings beschloss er, in Zukunft einen Eimer Wasser am Fuß der Weinkammertreppe aufstellen zu lassen, damit man das Licht im Notfall rasch löschen konnte.

Mittlerweile hatte er den größten Teil des Gangs hinter sich gebracht und befand sich südlich des Flusses. Hier stieg der Boden allmählich an, und bald erblickte er vor sich den Eingang zur Höhle.

Sorcha taten die Füße weh. Seidenpantoffeln mochten ja zum Schleichen gut geeignet sein, doch für einen längeren Fußmarsch taugten sie nicht. Und sie musste bereits meilenweit gelaufen sein.

Nachdem sie die lange Wendeltreppe hinuntergegangen war, hatte sie völlig die Orientierung verloren, dennoch war sie überzeugt, dass der Gang weder unter noch in der Nähe der Burg verlief.

In diesem Augenblick verschwand Hugo plötzlich, und es wurde stockfinster. Sie blieb stehen und wartete, bis sich ihre Augen erneut an die Dunkelheit gewöhnt hatten, doch sosehr sie sich auch anstrengte, sie sah nirgendwo einen Lichtschein, nur winzige weiße Sternchen, die vor ihren Augen tanzten.

Hugo ist hier irgendwo, vielleicht direkt hinter der nächsten Biegung.

Fast hätte sie die Worte laut ausgesprochen, doch da er sie in diesem verwünschten engen Gang leicht hätte hören können, sagte sie nichts und versuchte, ihre aufsteigende Furcht im Zaum zu halten.

Doch selbst wenn der Tunnel weiterhin so gerade verlief, musste sie sich an der Mauer entlangtasten. Obwohl die Vorstellung, eine Spinne oder ein anderes Insekt – oder noch etwas Schlimmeres – zu berühren, ihr Gänsehaut verursachte, fuhr sie mit einer Hand leicht über die Wand des Ganges und streckte den anderen Arm nach vorn aus, wie sie es auch in der Weinkammer getan hatte. Auf diese Weise setzte sie, so schnell sie konnte, ihren Weg fort.

Plötzlich versperrte ihr eine Steinmauer den Weg. Gleichzeitig knickte die Wand zu ihrer anderen Seite nach rechts ab. Nachdem Sorcha ein wenig umhergetastet hatte, stellte sie fest, dass der Gang eine scharfe Kurve beschrieb und dann endete. Sie stand vor einer Mauer, die ebenso glatt war wie diejenige am Ende der Weinkellertreppe. Daher suchte sie nach einer ähnlichen Öffnung mit einem Riegel, die sie zu ihrer großen Erleichterung auch fand.

Auf der anderen Seite der Tür, die sich leicht und geräuschlos aufziehen ließ, erblickte sie im Fackelschein eine riesige Höhle. Der Bereich unmittelbar hinter der Tür lag im Schatten eines seltsam geformten Felsvorsprungs. Hugo konnte sie nirgends entdecken.

Sorcha hielt die Tür einen Spaltbreit offen und schlüpfte rasch hindurch, bevor sie wieder zufallen konnte. Erst da bemerkte sie, dass der Einlass auf dieser Seite aus feuchtem, unbehauenem Felsgestein und nicht aus glattem Mauerwerk wie im Tunnel bestand.

Ein Licht flammte auf, so als würden mehrere Fackeln gleichzeitig entzündet. Als sie rasch zurück in den Schatten trat, fiel die Tür mit einem kaum wahrnehmbaren dumpfen Geräusch hinter ihr zu. Im gleichen Augenblick erschallte so laut eine Trompete, dass Sorcha zusammenfuhr. Sie schlich sich zum nächsten Felsbrocken und spähte dahinter hervor. An den Spiegelungen der Fackeln im Wasser erkannte sie, dass sich ein großer Teich oder See in der Höhle befand. Der Trompetenton verklang, doch dafür ertönte das Trappeln zahlreicher Füße. Sie kauerte sich im Schutze der merkwürdig geformten Felsen zusammen und sah, wie mindestens ein Dutzend schwarz gekleideter Männer in einer Reihe am anderen Ufer des Sees auftauchte. Unmittelbar am Rand der spiegelglatten Wasserfläche, vor einem leicht erhöhten Podium, nahmen sie im Dreieck Aufstellung.

Dann erschallte eine Stimme: »Wächter, habt Ihr den Hauptmann der Wachen wissen lassen, dass wir hier einen Rat abhalten, und ihm befohlen, seine Posten aufzustellen?«

»Ja gewiss, Sir, das habe ich. Die Wachen sind auf ihrem Posten.« Die Stimme klang wie die von Einar Logan.

Um besser sehen zu können, wollte Sorcha gerade ein wenig zur Seite rücken, da bemerkte sie rechts von sich eine Bewegung. Sie erstarrte, als eine Gestalt, die am diesseitigen Ufer des Sees stand, auf sie zukam. Zu ihrer Erleichterung blieb der Mann einige Meter von ihr entfernt stehen und wandte sich mit einer knappen, abgezirkelten Bewegung zu der Versammlung am anderen Ufer um. Es war offensichtlich ein Wachtposten.

»Sind alle Anwesenden wahre Tempelritter?«, ließ sich die erste Stimme erneut vernehmen.

»Es sind alles wahre Templer, Sir«, antwortete die zweite. »Verehrter Großmarschall, der Rat steht zu Euren Diensten.«

Da der Wächter wie gebannt die Vorgänge am anderen Ufer verfolgte, wagte es Sorcha, ein wenig zur Seite zu rücken, damit sie das Podium besser im Blick hatte.

Ein Stuhl stand darauf, auf dem, mit dem Rücken zu ihr, ein blonder Mann saß. Er trug einen goldenen Reif auf dem Kopf. Zwei weitere Männer hatten sich links und rechts von ihm aufgestellt. Obwohl Sorcha sie ebenfalls nur von hinten sehen konnte, erkannte sie in dem einen sofort Hugo. Ebenso wie die anderen hatte auch er mittlerweile schwarze Kleidung angelegt. Zu beiden Seiten des Podiums waren Banner aufgepflanzt. Jetzt erhob sich der Unbekannte, der ebenso groß wie Hugo war, von seinem Stuhl, stieg vom Podium und wandte sich den versammelten Rittern zu.

Sein schwarzes Gewand war mit Spitzen besetzt, um seinen Hals hing ein Medaillon. Sein Stirnreif, die Kette mit dem Medaillon und sein schulterlanges Haar schimmerten golden im Fackelschein. Da er Michael und Hugo ähnlich sah, vermutete Sorcha, dass es sich um Henry, den Fürsten von Orkney, handelte.

Da drehte sich der dritte Mann auf dem Podium um, und sie erkannte Sir Edward.

Der blonde Großmarschall schritt die Reihe der Männer ab und blieb dann am Scheitelpunkt des Dreiecks stehen. Obwohl er die Stimme nicht erhob, konnte Sorcha ihn deutlich verstehen.

»Ihr Ritter, gebt nun die Zeichen.«

Sorcha war so gefesselt von der feierlichen Versammlung, den Männern auf dem Podium und besonders von Hugo, dass sie die übrigen Anwesenden kaum beachtet hatte. Doch nun sah sie, dass der Erste, der der Aufforderung nachkam, Ranald von den Inseln war.

Er vollführte einige schwer zu deutende Handbewegungen, dann machte er eine scharfe Wendung nach rechts und kehrte an seinen Platz zurück, worauf ein Mann nach dem anderen vortrat.

Sorcha, die sich zu langweilen begann, hätte sie am liebsten zur Eile angetrieben. Doch plötzlich trat ein Mann vor, der ganz hinten am Ende des Dreiecks gestanden hatte. Als das Licht auf sein Antlitz fiel, erkannte sie zu ihrem Schrecken ihren Vater.

Rasch vollzog Macleod die gleichen Gesten wie die anderen, gefolgt von einem Mann, den Sorcha bei der Einsetzung Seiner Gnaden gesehen hatte. Doch sie kannte keinen von den Übrigen bis auf Michael, der als Letzter an der Reihe war.

Erst jetzt bemerkte sie, dass Hugo nicht mehr neben dem Stuhl auf dem Podium stand. Besorgt fragte sie sich, wo er wohl geblieben war.

Es folgten weitere Rituale und Gebete. Einmal stellte der Großadmiral Fragen nach irgendwelchen Lagern, worauf jeder der Männer eine Zahl nannte. Sorcha konnte sich keinen Reim darauf machen.

Sie wurde immer unruhiger und entschloss sich, umzukehren, bevor die Versammlung sich auflöste und Hugo in den Gang zurückkehrte. So leise wie möglich schlich sie sich bis zu der Tür im Fels und tastete herum, bis sie die Öffnung mit dem Riegel gefunden hatte.

Ihre innere Unruhe war fast unerträglich geworden, als sich plötzlich eine Hand auf ihren Mund legte. Ganz nah an einem Ohr erklang das drohende Wispern einer wohlbekannten Stimme: »Keinen Mucks, Skelpie, oder ich drehe Euch auf der Stelle den Hals um.«

19

Hugo hielt sie so fest an sich gepresst, dass sie sich nicht rühren konnte. An dem leisen Luftzug merkte sie, dass er die Tür geöffnet hatte, und als er sich mit ihr zusammen umdrehte, konnte sie den Wachtposten sehen, der noch immer reglos dastand und in die andere Richtung blickte. Offensichtlich hatte er nichts mitbekommen.

Hugo hob sie ein wenig hoch und trug sie durch die Türöffnung. Dann wartete er, bis die Tür leise zufiel, bevor er sie wieder absetzte. Er grub seine Finger schmerzhaft in ihre Schultern und drehte sie zu sich herum.

»Was zum Teufel habt Ihr hier zu suchen?«, fragte er mit mühsam beherrschter Stimme. »Ihr habt doch versprochen, die Burg nicht zu verlassen.«

»Ich habe gesagt, ich würde sie nicht ohne Euch verlassen«, entgegnete sie. »Und schließlich bin ich Euch doch gefolgt. Aber was machen mein Vater und Ranald hier? Und was sollte das mit den Lagern bedeuten?«

Er verstärkte den Griff, dass sie zusammenzuckte, dann ließ er sie unvermittelt los und sagte: »Ich kann jetzt nicht darüber reden, weil ich zurück sein muss, bevor die anderen etwas merken. Sie nehmen wahrscheinlich an, ich würde die Posten kontrollieren. Mit der Wache da draußen habe ich tatsächlich ein Wörtchen zu reden. Und mit Euch auch; also bleibt hier, bis ich wiederkomme. Und wenn Ihr noch einmal diese Tür anrührt, lege ich Euch übers Knie. Darauf gebe ich Euch mein Wort, und *ich* pflege mein Wort zu halten.«

Ohne ihre Antwort abzuwarten, drehte er sich um. Sie hörte wieder dieses leise Klicken, dann war sie allein. Auch wenn die Dunkelheit sie vollkommen umschloss, war sie froh, dass er fort war und sie sein Gesicht nicht hatte sehen können. Das war allerdings auch nicht nötig gewesen, denn seine Wut war geradezu körperlich spürbar gewesen.

Ihr Herz hämmerte derart, dass es ihr in den Ohren dröhnte. Doch ansonsten war es so still, als sei sie vollkommen allein auf der Welt. Kein Wort, kein Schritt – nicht einmal das Rascheln eines kleinen Tieres drang an ihr Ohr.

Das Trippeln von Ratten oder Mäusen wollte sie allerdings in dieser Finsternis bestimmt nicht hören, und schon gar keine fremde Stimme, denn das würde bedeuten, dass sich jemand im Tunnel aufhielt, der noch weniger das Recht hatte, hier zu sein, als sie selbst.

Das Ritual war so faszinierend gewesen, dass sie ihre schmerzenden Füße fast vergessen hatte. Doch nun brachten sie sich wieder in Erinnerung. Es war keine verlockende Vorstellung, sich auf den Felsboden zu setzen, doch der Gedanke an den langen Rückweg nach Roslin gab schließlich den Ausschlag. Behutsam ließ sie sich nieder, lehnte sich mit dem Rücken an die Wand und wartete. Als sie die Hände im Schoß faltete, spürte sie wieder Adelas Nachricht.

Hugo war bereits so böse mit ihr, dass es ihr schwerfiel, ihm alles zu beichten, doch ihr blieb keine andere Wahl. Zum einen hatte sie versprochen, ihm nichts zu verschweigen, zum anderen konnten weder sie noch Adela Waldron trauen.

Sie beschloss, ihm auf der Stelle von der Botschaft zu erzählen. Bei seiner schlechten Laune würde er die Neuigkeit wohl nicht gut aufnehmen, doch vielleicht entging sie so zumindest einer Strafe.

Doch als er mit einer Fackel in der Hand zurückkam, war er nicht allein. Der blonde Mann, der jetzt keinen Stirnreif mehr trug, war bei ihm. Hastig rappelte sich Sorcha auf und versank in einen tiefen Knicks.

»Lady Sorcha Macleod«, stellte Hugo sie in barschem Ton vor. »Sie hat sich zwar nicht besonders vorteilhaft eingeführt, aber ich dachte mir, Ihr würdet lieber unter vier Augen als vor der ganzen Familie mit ihr reden. Wie Ihr wohl schon richtig vermutet habt, Mädchen, ist dieser Gentleman mein Vetter Henry von Orkney. Ich sagte Euch ja bereits, Sir, dass sie heute Nacht hier mehr gesehen und gehört hat, als gut für ihre und unsere Sicherheit ist. Doch es war meine Schuld; sie ist mir durch den Tunnel gefolgt.«

Sorcha, die noch immer mit gesenktem Kopf in ihrem Knicks ausharrte, überlief ein kalter Schauer. Daran, welche Auswirkungen ihr Tun für Hugo haben würde, hatte sie gar nicht gedacht.

Mit ernster Stimme sagte Fürst Henry von Orkney: »Das ist ein schwerwiegendes Problem, Vetter. Aber da du bereit bist, die Verantwortung dafür zu übernehmen, sollst du dich auch darum kümmern. Meiner Meinung nach ist eine gewisse Härte in diesem Fall durchaus angebracht, aber vielleicht kannst du sie ja dazu bringen, dass sie nichts weitererzählt. Immerhin ist sie Isobels Schwester. Ihr dürft Euch erheben, Lady Sorcha«, fügte er streng hinzu.

»Ich danke Euch, Mylord«, sagte sie und blickte ihn an, während sie sich aufrichtete. Dann fügte sie beschwörend hinzu: »Eure Befürchtungen sind unbegründet, Sir. Ich werde Euch nicht verraten.«

Er erwiderte ihren Blick, dann nickte er kurz und sagte zu Hugo: »Also, kümmere dich darum. Ich gebe dir freie Hand.«

Dann war er fort, und sie blieb allein mit Hugo zurück. Sie konnte nur hoffen, dass Henry nicht gemeint hatte, dass er sie umbringen sollte.

»Habt Ihr diese Tür angerührt?«

Sie schaute ihm in die Augen. »Nein, das wisst Ihr doch.«

»Und Ihr wisst, was Ihr für Euer Verhalten verdient habt«, erwiderte er.

»Ich weiß, was Ihr glaubt, dass ich verdient hätte«, gab sie zurück und widerstand der Versuchung, schützend die Hände über ihr Hinterteil zu legen. »Ihr seid zu Recht böse mit mir, weil ich Fürst Henry verärgert habe, doch was auch immer Ihr vorhabt, bringt es rasch hinter Euch, denn ich muss Euch etwas erzählen.«

»Wenn ich Euch hier den Hintern versohle, hört Euch niemand schreien«, sagte er nachdenklich. »Das wäre vielleicht das Beste.«

Angespannt blickte sie auf die Fackel in seiner Hand und fragte sich, was er damit zu tun gedachte.

»Wenn Ihr einen Blick auf die Wände werft, werdet Ihr dort Halterungen sehen«, sagte er, als hätte er ihre Gedanken gelesen. »Soll ich die Fackel jetzt gleich dort platzieren, oder wollt Ihr mir erst Eure Neuigkeiten mitteilen? Ich hoffe für Euch, das es wirklich etwas Wichtiges ist«, fügte er mit trügerischer Sanftheit hinzu.

»Adela hat vor, zu fliehen«, sagte sie. »Ich habe eine Nachricht bekommen. Das wollte ich Euch schon sagen, als Ihr heute Abend nach Hause gekommen seid, aber dann …« Sie schluckte. »Das wäre natürlich besser gewesen.«

»Doch stattdessen wolltet Ihr lieber herausfinden, wohin ich ging. Also habt Ihr uns gestern Abend *doch* vom *laird's peek* aus belauscht.«

Sie befeuchtete ihre trockenen Lippen. Das Gespräch verlief nicht so, wie sie es sich gewünscht hätte, denn soeben hatte sie ihm noch einen weiteren Grund geliefert, sie zu bestrafen.

Egal … sie griff in ihren Ärmel und zog den Zettel von Adela heraus.

»Ihr solltet das hier lesen«, sagte sie und faltete das Papier auseinander, bevor sie es ihm reichte, da er noch immer die Fackel hielt.

Er blickte sie stirnrunzelnd an, bevor er die Botschaft überflog. »Woher habt Ihr das?«, fragte er dann.

»Das darf ich Euch nicht sagen«, erwiderte sie. »Ich habe mein Wort gegeben.«

»Nun gut, ich kann es mir sowieso denken«, sagte er. »Ivor

Ross hat einen Vetter, einen groben Kerl, der Waldrons Diener ist. Bestimmt hat Gil Euch das hier gebracht.«

Sie erwiderte seinen Blick. »Dazu sage ich nichts, und es spielt auch keine Rolle. Wir müssen Adela retten, Sir. Ich weiß, dass Ihr Waldron morgen noch einmal auffordern sollt, nach Roslin zu kommen, damit die Gräfin ihn für seine Vergehen zur Rechenschaft ziehen kann. Aber nach allem, was Ihr mir erzählt habt, bezweifle ich, dass er gehorchen wird.«

»Er wird bis zuletzt Widerstand leisten«, stimmte Hugo ihr zu. »Ich hoffe nur, dass er sich nicht in der Burg verbarrikadiert. Eine Belagerung kann langwierig und teuer sein.«

»Ich möchte auf keinen Fall, dass Adela noch einen Tag länger dort bleiben muss«, erklärte Sorcha. »Ich muss ihr unbedingt helfen. Aber ich habe ja versprochen, Euch vorher zu fragen, und da dachte ich …«

»Was, glaubt Ihr denn, könntet Ihr gegen meinen Willen ausrichten?«

»Ich habe keine Ahnung«, erwiderte sie aufrichtig. »Ich weiß nur, dass ich etwas unternehmen muss, denn ich werde sie auf gar keinen Fall im Stich lassen. Allerdings habe ich auf Eure Unterstützung gehofft. Diese Botschaft beweist ja, dass sie nicht freiwillig mit ihm gegangen ist.«

»Wisst Ihr, was das hier wert ist?« Er hielt das Zettelchen hoch.

»Das Papier, meint Ihr?«

»Ja. Es wird aus Leinen gemacht und ist sehr kostspielig. Man führt es aus Frankreich oder Italien ein. Wie ist Eure Schwester wohl Eurer Meinung nach daran gekommen?«

Sie zögerte. Darüber hatte sie noch gar nicht nachgedacht, doch sie sah natürlich, worauf er hinauswollte. »Euer Vetter wird es wohl von einem Verwandten in Frankreich haben.«

»Glaubt Ihr vielleicht, er lässt es herumliegen, damit sich jeder daran bedienen kann?«

»Ich glaube, ehrlich gesagt, dass er es ihr gegeben und ihr beim Schreiben geholfen hat«, sagte Sorcha. »Adela kann besser schreiben als ich, doch wenn sie ihre Rezepte notiert, fragt sie oft, wie man ein Wort buchstabiert. Ich kann mir nicht vorstellen, dass sie schon jemals eine Botschaft an irgendjemanden verfasst hat. Und außerdem würde sie nicht alles so haarklein erklären. Wahrscheinlich hat er es ihr diktiert.«

Hugo blickte sie scharf an. »Und wozu?«

»Das weiß ich nicht«, musste sie zugeben. »Vielleicht hat er genug von ihr.«

»Er benutzt sie wohl eher noch immer als Köder.«

Sie nickte. »So wie er sie und Isobel bei Ratho als Druckmittel einsetzen wollte.«

»Und so wie Ihr mich durch Eure Flucht nach Ratho locken wolltet«, sagte er leise.

»Dann glaubt Ihr also, dass er mich dazu veranlassen möchte, nach Edgelaw zu kommen, um mich dort ebenfalls festzuhalten.«

»Eines muss man Euch lassen, Skelpie – Ihr seid nicht auf den Kopf gefallen. Aber dann werdet Ihr auch verstehen, warum ich Euch nicht gehen lassen kann, selbst wenn ich es wollte.«

»Das verstehe ich keineswegs«, entgegnete sie. »Jetzt, wo wir wissen, was er vorhat, können wir uns ja in Acht nehmen. Schließlich dürfen wir die Botschaft nicht einfach ignorieren, denn vielleicht irren wir uns ja auch.«

»Was ist, wenn er das hier selbst geschrieben hat und gar nicht beabsichtigt, sie gehen zu lassen?«

»Nein, das ist Adelas Schrift«, erwiderte sie. »Und er wird sie zumindest bis zu diesem Wachturm gehen lassen, für den Fall, dass jemand vom Hügel Ausschau hält.«

Erneut runzelte er die Stirn, doch dieses Mal offensichtlich nicht über sie.

Sorcha hielt den Atem an.

»Waldron wird ebenfalls Posten aufstellen, sofern er es nicht bereits getan hat«, sagte er.

»Ihr habt doch Sir Michael erzählt, dass Ihr zusätzliche Wachen postiert habt«, erinnerte sie ihn.

Als er sie mit zusammengekniffenen Augen anblickte, fiel ihr wieder ein, auf welche Weise sie zu diesem Wissen gekommen war. Schnippisch sagte sie: »Seht mich nicht so an! Ja, ich war im *laird's peek,* und Ihr könnt dazu sagen, was Ihr wollt, aber später. Denn jetzt ...«

»Jetzt muss ich erst einmal nachdenken«, unterbrach er sie. »Außerdem haben wir noch etwas zu erledigen, bevor wir in die Burg zurückkehren.«

Sie erstarrte, doch zu ihrer Verblüffung zuckten seine Lippen, und seine Augen funkelten mutwillig. »Ich sehe mit Freuden, dass Ihr einen gewissen Respekt vor mir habt, Skelpie, doch darum geht es jetzt nicht«, sagte er. »Ihr habt Henry versprochen, zu schweigen, und er hat gesagt, ich soll mich darum kümmern, also ...«

»Wenn Ihr nicht die Absicht habt, mich zu schlagen, was wollt Ihr denn dann tun?«

»Ihr habt ja selbst gehört, dass Henry mir gestattet hat, Euch so viel zu verraten, dass Ihr wisst, wie entscheidend Eure Verschwiegenheit ist.«

»Ach herrje! Und ich habe gedacht, er hätte Euch erlaubt, mich zu töten.«

»Das kann ja noch kommen«, erwiderte er trocken. »Doch zuerst möchte ich Euch erklären, was Ihr dort in der Höhle gesehen habt. Ihr könnt Euch also wieder hinsetzen, während ich die Fackel befestige.«

Als er zu der Wandhalterung ging, starrte sie ihm verwundert nach. Er hatte sie ja schon öfter überrascht, doch so sehr noch nie.

Hugo steckte die Fackel in den Halter und lehnte sich Sorcha gegenüber an die Mauer. Er hätte sich gern neben sie auf den Boden gesetzt, doch er hielt es für besser, ein wenig Abstand zu wahren, falls sie wieder etwas sagte, was ihn dazu reizte, sie zu schlagen oder zu küssen. Zu beidem hätte er in der letzten halben Stunde mehr als einmal Lust gehabt.

Die Hände um die Knie gefaltet, blickte sie gespannt zu ihm auf.

»Habt Ihr schon einmal von den Tempelrittern gehört?«, fragte er.

Sie zog die Stirn kraus. »Ich bin nicht sicher. Sie kamen in den Geschichten vor, die Tante Euphemia uns von den Kreuzrittern erzählt hat, als wir noch klein waren. Aber ich weiß nicht viel über sie.«

»Der Orden wurde während der Kreuzzüge gegründet«, fuhr er fort. »Wenn Ihr wollt, erzähle ich Euch darüber ein andermal mehr. Zu Beginn dieses Jahrhunderts erklärte der Papst dann alle Mitglieder zu Ketzern. Als König Philip IV. von Frankreich daraufhin die Templer in seinem Land verhaften ließ, flohen viele von ihnen nach Schottland, auf die Inseln.«

»Was hat das alles mit der Zeremonie heute Nacht zu tun?«

»Nachdem die Flüchtlinge angekommen waren, zerstreuten sie sich in alle Winde«, erklärte er. »Einige von ihnen verhalfen Robert the Bruce zu seinem Sieg bei Bannockburn. Andere tauchten unter und fingen ein neues Leben an. Doch sie alle vergaßen den Orden nicht. Ursprünglich gelobten alle Tempelritter Keuschheit, doch diejenigen, die hierherkamen, merkten schnell, dass sie dieses Gelübde nicht aufrechterhalten konnten, wenn sie dem Orden weiter dienen wollten. Denn in einem Land, das den meisten von ihnen unbekannt war, ließen sich unmöglich genügend neue vertrauenswürdige Mitglieder anwerben, um den Orden am Leben zu erhalten. Daher wäre die Bruderschaft mit ihnen gestorben.«

Sorcha nickte. »Familie bleibt eben Familie. Nur dadurch, dass man Kinder zeugte und sie von klein auf im Sinne des Ordens erzog, konnte dieser überleben.«

»Ja«, erwiderte er. »Bevor sich die Geflohenen zerstreuten,

trafen sie diese Entscheidung und schworen, die Mysterien des Ordens zu bewahren und seine geheimen Zeichen nur an ihre Söhne weiterzugeben. Doch noch immer war ihnen die Kirche auf den Fersen und beabsichtigte, sie auszulöschen. Es dauerte Jahre, bis sie es wieder wagten, an eine Zusammenkunft zu denken, und in der Zwischenzeit hatten sie sich aus den Augen verloren.«

»Aber Ihr habt sie wiedergefunden.«

»Einige von ihnen«, sagte er. »Vor ein paar Monaten fand ich heraus, wer diese ersten Templer waren, und in einigen Fällen gelang es mir, ihre Nachkommen aufzuspüren. Die Männer, die Ihr heute Nacht hier gesehen habt, sind die Repräsentanten derjenigen Nachkommen, die noch immer dem Orden angehören.«

»Mein Vater auch?«

»Ja, Euer Urgroßvater war ein Tempelritter.«

»Aber die Kreuzzüge sind doch lange vorbei«, sagte sie. »Womit beschäftigen sich die Templer heute, und warum diese Heimlichtuerei?«

Hugo war sich nicht sicher gewesen, wie viel er ihr verraten sollte. Doch als sie ihn mit ihrem ruhigen, verständigen Blick ansah, fiel ihm die Antwort auf einmal ganz leicht. Er vertraute ihr ebenso sehr wie sich selbst, denn sie traf ihre Entscheidungen auf die gleiche Art wie er. Sie tat, was sie für richtig hielt, ohne Rücksicht auf die Folgen. Doch ihr Ehrgefühl war so ausgeprägt wie das seine. Daher konnte er ihr alles offenbaren, bis auf die wenigen Geheimnisse, die er mit ins Grab zu nehmen geschworen hatte. So einfach war das.

»Die Templer waren in der ganzen Welt als Bankiers tätig«, erklärte er weiter. »Ihr riesiges Vermögen, das in Paris lagerte, bestand aus Gold, Silber, Edelsteinen, heiligen Reliquien und allen möglichen anderen Kostbarkeiten. König Philip IV. zerschlug den Orden mit der Hilfe Papst Clemens'. Am Freitag, dem dreizehnten Oktober 1307, ließ Philip die Templer gefangen nehmen und ihr Vermögen einziehen.«

»An einem Freitag dem Dreizehnten?« Sie schaute ihn mit großen Augen an. »Hält Vater ihn deswegen für einen Unglückstag?«

»Ja. Es war ein schrecklicher Tag, denn die Gefangenen – und es waren viele – erlitten die schlimmsten Qualen, die ihnen die Inquisition nur zufügen konnte. Viele starben oder begingen Selbstmord. Doch einige entkamen der Verfolgung und verschwanden, und mit ihnen verschwand der gewaltige Schatz der Templer.«

»Der wurde also auch hierhergebracht?«

»Ja, zuerst auf die Inseln«, erwiderte er.

»Und wo ist er jetzt?«

»Das kann ich Euch nicht sagen«, erwiderte Hugo. »Ein Teil davon war eine Zeit lang hier verborgen. In der Umgegend gibt es noch viele andere Höhlen, darunter diejenige, in der sich der große Wallace einst versteckt hielt. In einer anderen soll Robert the Bruce Zuflucht gesucht haben. Doch Gott sei Dank weiß ich nicht, wo sich der Schatz heute befindet.«

Er rechnete damit, dass sie fragen würde, wer es denn wüsste, doch stattdessen sagte sie: »Waldron ist also auf den Schatz aus. Aber warum ist er der Meinung, er wäre Eigentum des Vatikans?«

»Die Kirche war der Überzeugung, die Templer seien die Armee des Papstes, doch die Templer dienen Gott und nicht Seiner Heiligkeit.«

»Waren die frühen Tempelritter denn nun Ketzer?«

»Nein. Der Orden wurde nur zu reich für Philips Geschmack. Außerdem schuldete der König den Templern eine enorme Summe und hatte keine Lust, sie zurückzuzahlen. Da war er übrigens nicht der Einzige. Im Laufe von fast zweihundert Jahren hatte der Orden große Reichtümer angehäuft, und die Ritter liehen vielen gekrönten Häuptern beträchtliche Summen.«

»Aber wenn sie das meiste verliehen …«

»Es blieb ihnen noch genug übrig«, erwiderte er. »Darüber hinaus wurden sie durch ihre Geldgeschäfte ja noch reicher. Der Schatz muss wirklich enorm groß gewesen sein.«

»Wollt Ihr damit sagen, dass Ihr nicht wisst, wie groß er war?«

»Das stimmt«, erwiderte er. »Ich bin nicht einmal sicher, ob alles nach Schottland gebracht wurde. Vielleicht sind Teile davon auch an andere Orte gelangt.«

»Aber warum kamen die Flüchtlinge überhaupt hierher? Gibt es nicht Häfen, die näher an Paris liegen.«

»Die Templer waren hier sicher, weil der Papst ein Jahr zuvor Robert the Bruce exkommuniziert hatte. Daher scherte sich Bruce nicht um die Anordnung des Papstes, die Templer gefangen zu nehmen. Vielleicht hatte er als Exkommunizierter den Befehl auch gar nicht erhalten. Er schätzte das militärische Können der Ritter und ließ bekannt geben, dass in Schottland jeder Templer Zuflucht finden könne.«

»Vielleicht haben die Männer, die hierherkamen, den Schatz ja unter sich aufgeteilt.«

Er schüttelte den Kopf. »Ihre Anführer haben ihn versteckt, und ich glaube, dass er für lange Zeit auf den Inseln verblieb. Denn zu jener Zeit beherrschte Edward von England das ganze schottische Gebiet südlich von Edinburgh. Irgendwann hat man den Schatz dann doch fortgeschafft, aber da waren die meisten derjenigen, die von seiner Existenz wussten, bereits gestorben. Und die Männer, die ihn wegbrachten, haben offenbar keinem davon erzählt. Daher lag er wiederum jahrelang in einem Versteck.«

»Und das war hier.«

»Ja, zumindest für einen Teil des Schatzes. Und jetzt lässt Henry die Treffen unseres Rates hier abhalten, solange ihm der Ort sicher erscheint.«

»Aber die Männer, die ich heute Nacht hier gesehen habe, sind nicht durch die Burg gekommen.«

»Es gibt noch weitere Eingänge«, sagte er. Dabei fiel ihm

etwas ein. »Zuerst gab es nur einen Zugang, und der führte ausgerechnet durch einen Brunnen. Weiß der Himmel, wie derjenige, der den Ort gewählt hat, darauf verfiel. Wir haben uns jedenfalls etwas Praktischeres einfallen lassen.«

»Wo liegt denn dieser ursprüngliche Eingang?«

»Wir haben dafür gesorgt, dass der Brunnen zugeschüttet wurde«, antwortete Hugo. »Es wussten zu viele davon. Die Leute sind der Familie Sinclair zwar treu ergeben, trotzdem hielten wir es für besser, den Zugang aufzugeben. Ich werde Euch jetzt nicht verraten, wo die anderen sich befinden«, fügte er lächelnd hinzu. »Vielleicht zeige ich sie Euch eines Tages, doch je weniger Leute davon wissen, desto besser.«

»Wie viele kennen den Tunnel zur Burg?«

»Soweit ich informiert bin, nur Michael, Henry, Ihr und ich. Und vielleicht noch Isobel. Ihr dürft aber nicht mit ihr darüber reden. Zum einen weiß ich nicht, wie viel ihr wirklich bekannt ist, und zum anderen kann es uns eine Menge Ärger einbringen, wenn Ihr mit jemand anderem oder an einem weniger geheimen Ort als diesem über den Orden sprecht.«

»Dann werde ich es nicht tun«, versprach sie.

»Ich glaube Euch«, sagte er. »Ich müsst Euch jedoch darüber im Klaren sein, was dieses Versprechen bedeutet. Es geht dabei nicht nur um mein Vertrauen, sondern auch um Henrys. Wenn auch nur ein Wort von dem, was Ihr heute Nacht gesehen habt, an die falschen Leute gerät, könnte das eine Katastrophe auslösen. Daher solltet Ihr das Thema am besten vermeiden.«

»Den Schatz, meint Ihr? Das ist nicht weiter schwer, da ja sowieso keiner darüber Bescheid weiß. Aber wahrscheinlich dachtet Ihr auch an Dinge wie die Höhle und den Rat.«

»Ja. Manchmal führen harmlose Bemerkungen auf gefährliches Terrain«, erwiderte er. »Es ist also besser, wenn man über manche Dinge gar nicht erst redet.«

»Ich weiß nicht genau, was Ihr meint.«

»Es könnte zum Beispiel schon problematisch sein, wenn Ihr erwähnt, dass Ihr heute Nacht Euren Vater gesehen habt. Oder falls jemand von der Weinkammer spricht, solltet Ihr Euch nicht anmerken lassen, dass Ihr den Raum kennt. Es ist schwer, ein Geheimnis zu bewahren, Mädchen. Aus diesem Grund habe ich Henry erzählt, was Ihr getan habt. Er ist mein Lehnsherr, und wenn Ihr etwas ausplaudert, muss ich dafür geradestehen, ebenso wie heute Nacht für Eure Anwesenheit hier.«

»Aber Ihr konntet doch gar nicht wissen, dass ich Euch gefolgt bin!«

»Ich habe Euch nach Roslin mitgebracht und Eure Neugier geweckt«, erwiderte er nur.

»Du meine Güte, wenn sie solche Angst vor Entdeckung haben, warum hat Henry Euch dann nicht einfach befohlen, mich umzubringen, und Euch hinterher dafür hängen lassen?«

»Sie vertrauen mir, Mädchen, und ich vertraue Euch. Ich weiß, dass ich mich auf Euch verlassen kann.«

Sorcha stockte der Atem, und einen Augenblick lang dachte sie, sie müsse weinen. Er war so wütend auf sie gewesen, und dennoch vertraute er ihr. Und das konnte er auch, er konnte es wirklich, denn sie würde eher sterben, als ihn verraten. Doch eine Kleinigkeit hatte er offensichtlich vergessen.

»Ich kann aber andererseits Adela nicht im Stich lassen«, sagte sie zögernd. »Wie könnt Ihr so sicher sein, dass ich Euch nicht an Waldron verrate, um sie freizubekommen?«

Mit unbewegter Miene antwortete er: »Ihr seid klug genug, um zu wissen, dass er in diesem Fall weder für Euch noch für Adela weitere Verwendung hätte. Er würde Euch beide töten. Aber wo wir gerade dabei sind – ich muss mir noch gut überlegen, ob ich Euch morgen zu diesem Wachturm gehen lasse. Schließlich bin ich nicht sonderlich erpicht darauf, Adela zu heiraten.«

»Aber Ihr wolltet es mir doch ohnehin nicht gestatten.«

»Na ja, ich werde noch einmal darüber nachdenken. Aber wie auch immer, jetzt ist es jedenfalls höchste Zeit, dass wir zur Burg zurückkehren.«

Sie blickte ihn mit zusammengekniffenen Augen an und überlegte, ob er sich wohl einen Spaß mit ihr erlaubte. Doch Hugo meinte eigentlich immer, was er sagte, selbst wenn er sie neckte.

Er streckte die Hand aus und half ihr beim Aufstehen. Seine warmen Finger hielten die ihren noch ein wenig, während er ihr in die Augen schaute. Sie blickte ernst zurück und wartete auf seine Einwilligung, sich mit Adela treffen und sie nach Roslin bringen zu dürfen.

Wieder einmal schien er ihre Gedanken gelesen zu haben. »Selbst wenn ich es Euch erlaubte, kann ich nicht mit Euch gehen«, sagte er. »Ich muss nach Edgelaw und mit Waldron reden. Und ich kann Euch auch keine Eskorte stellen. Denn erstens sollt Ihr ja allein kommen, und zweitens brauche ich jeden verfügbaren Mann, um mit mir zu reiten oder das Tal und Roslin zu bewachen. Aber einen kann ich Euch doch mitgeben, den keiner von Waldrons Posten entdecken wird.«

»Aber wenn sie mich nun auch gefangen nehmen …«

»Das werden wir zu verhindern wissen.«

Ihr war klar, dass er ihr nicht alles gesagt hatte. »Ihr habt einen Plan.«

»Ja. Es ist einfach zu gefährlich, Waldron Edgelaw weiterhin zu überlassen. Dort ist er eine Bedrohung für uns alle.«

Sie verzog das Gesicht. »Also bin ich für Euch auch nur ein Köder.«

»Ihr wisst genau, dass das nicht stimmt.«

»Ach ja? Ich weiß, dass es mir lieber wäre, wenn Ihr nicht versprochen hättet, Adela zu heiraten. Ich weiß, dass die Gräfin behauptet, Ihr würdet mit jeder Frau schäkern, die Euch über den Weg läuft. Was gibt es sonst noch zu wissen?«

Er sah sie an, und plötzlich spürte sie wieder diese knisternde Energie, die von ihm ausging. Ihr war klar, dass sie sich auf dünnem Eis bewegte.

»W-wir gehen jetzt besser«, sagte sie.

»Ja.« Er nahm eine frische Fackel aus einem Halter neben der Tür zur Höhle und zündete sie an seiner alten an, die er daraufhin löschte.

Als sie ein Stück gegangen waren, sagte sie leise: »Es tut mir leid.«

Ihr schien, als hätte sie ein unterdrücktes Lachen gehört, doch das konnte wohl schwerlich sein.

»Ich möchte doch zu gern wissen, wofür Ihr Euch diesmal entschuldigt habt«, sagte er schließlich.

»Das ist verständlich«, seufzte sie. »Schließlich habe ich Euch mehr als einmal verärgert. Ich wollte mich dafür entschuldigen, dass ich die ganze Sache ins Rollen gebracht habe.«

»Tut Euch das wirklich leid?«

Sie wollte schon Ja sagen, doch die Worte blieben ihr im Halse stecken. Wenn sie nicht die Botschaften geschickt hätte, hätte sie ihn niemals kennengelernt. Dann würde er jetzt nicht neben ihr gehen, den Arm vertraulich um ihre Schultern gelegt.

Trotzdem hatte sie ein schlechtes Gewissen. »Eigentlich nicht, aber die arme Adela! Ich hoffe, sie wird nie erfahren, dass Ihr sie nur aus Ehrgefühl genommen habt.«

»So ehrenhaft fühle ich mich im Augenblick gar nicht«, erwiderte er.

»Warum nicht? Ihr habt Euch doch nichts zuschulden kommen lassen.«

»Noch nicht, aber gleich«, gab er zurück.

Er fasste sie noch fester um die Schultern und drehte sie zu sich herum. Dann steckte er die Fackel in einen Wandhalter, legte ihr die freie Hand unters Kinn und presste die Lippen hart auf ihren Mund.

Er war schon wieder aufgebracht; das konnte sie an seinen

Bewegungen spüren. Mit einem Arm hielt er sie fest umschlungen, während er jetzt mit der anderen Hand ihren Hinterkopf hielt, als hätte er Angst, sie könnte sich ihm entziehen. Doch stattdessen schmiegte sie sich an ihn, und ihre Lippen öffneten sich bereitwillig seiner Zunge, die darüberfuhr und dann in ihren Mund eindrang. Er stöhnte leise, als ihre Zunge ihm spielerisch entgegenkam. Es erschien ihr so natürlich, als hätte sie ihn schon unzählige Male geküsst.

Seine Hand glitt von ihren Schultern nach unten und presste sie gegen seine Hüften. Sie konnte seine Erregung spüren.

Jede seiner Bewegungen brachte ihr Blut mehr in Wallung und ließ es heiß durch ihre Adern kreisen. Ihre Brustwarzen wurden hart, und ihre Brüste fühlten sich so prall an, als wollten sie das Mieder sprengen. Sie stöhnte auf, als er ihre linke Brust umfasste und mit dem Daumen über den Nippel strich.

So unvermittelt, wie er sie geküsst hatte, ließ er sie auch wieder los. Stumm und mit undurchdringlicher Miene stand er da und betrachtete sie, und seine Augen waren ganz dunkel.

»Lasst uns gehen«, sagte er schließlich, und sie nickte.

Diesmal legte er nicht den Arm um sie. Ihre Lippen fühlten sich geschwollen an, doch ihr ganzer Körper sang.

Am Durchgang zur Burg blieb er stehen und sagte: »Seht Euch vor, Mädchen, falls noch jemand auf den Beinen ist. Zu dieser späten Stunde sollte uns weder die Gräfin noch Euer oder mein Vater zusammen sehen.«

»Übernachtet mein Vater denn auf Roslin?«

»Ja. Er kommt heute Abend mit Michael.«

»Und was ist mit den anderen?«

»Sie reiten mit Henry zurück nach Edinburgh. Die Leute werden glauben, dass sie sich die ganze Zeit mit ihm in seinem Haus bei Holyrood Abbey aufgehalten haben. Aber rasch jetzt, und kein Wort mehr, bis Ihr in Eurer Kammer seid.« Mit diesen Worten öffnete er den Durchlass.

Als sie an der Tür zur Weinkammer standen, fiel Sorcha plötzlich etwas ein.

»Wartet! Ich habe gar nicht mehr an Kenna gedacht. Was ist, wenn sie Alarm geschlagen hat?«

»Das wird sie schon nicht, bei all den Gästen, die heute Abend eintreffen. Sie war bestimmt den ganzen Tag über beschäftigt und wird sich erst um Euch kümmern, wenn Ihr sie ruft.«

Hoffentlich hatte er recht. Ungeduldig wartete Sorcha darauf, dass er die Tür aufmachte. So spät würde sich wahrscheinlich kein Diener mehr hier aufhalten, falls überhaupt jemals einer an diesen Ort herunterkam; dennoch hätte sie es klüger gefunden, die Fackel zu löschen. Doch als er ohne zu zögern in den Vorratsraum trat, fiel ihr ein, dass sicher niemanden seine Anwesenheit hier überraschen würde.

»Ich gehe vor«, flüsterte er. »Falls uns jemand begegnet, lenke ich ihn ab, und Ihr lauft schnell die Treppe hinauf. Dann kann Euch nur noch jemand von oben entgegenkommen.«

»Das könnte niemand außer meinem Vater, Isobel oder vielleicht noch der Gräfin sein«, entgegnete sie ebenso leise. »Aber bevor Ihr geht, sagt mir bitte noch, was Ihr für morgen geplant habt, Sir.«

»Ich gebe Euch Einar mit«, erwiderte er, die Hand schon auf der Klinke. »Aber Ihr müsst genau tun, was er sagt, und dürft kein unnötiges Risiko eingehen, Skelpie. Die Gefahr ist am größten, solange Ihr Euch allein in der Nähe des Turms aufhaltet. Wir wissen ja nicht, wie viele sich in seinem Innern verborgen halten. Da fällt mir noch etwas ein«, fügte er hinzu. »Falls Adela dort ist, geht unter keinen Umständen in den Turm hinein; ganz gleich, was sie sagt.«

»Nein, Sir. Aber wisst Ihr, vermutlich ist Euer Vetter gar nicht auf die Idee gekommen, dass Adela ihm nur zur Flucht verholfen hat, um Isobel und mich und das Baby zu retten. Was ist, wenn er sie einfach freilassen will?«

»Was genau er will, spielt überhaupt keine Rolle und sollte Euch nicht kümmern. Ihr braucht Euch nur mit Adela zu treffen. Falls irgendetwas schiefgeht, lauft Ihr sofort zurück zu Einar. Und wenn das nicht möglich sein sollte, bleibt ruhig und geht jedem Ärger aus dem Weg, bis ich Euch zu Hilfe kommen kann.«

»Das werde ich tun«, sagte sie.

»Wenn es an der Zeit ist, schicke ich Euch Kenna«, sagte er. »Ihr braucht Euch ja erst kurz vor Mittag auf den Weg zu machen, und ich muss bis dahin noch etwas vorbereiten. Und was mein schändliches Benehmen heute Abend angeht, so sollte ich mich eigentlich dafür entschuldigen. Ich tue es aber nicht.«

Abermals legte er ihr die Hand auf den Hinterkopf und küsste sie sacht auf die Lippen. Dann öffnete er die Tür, spähte hinaus und verließ die Weinkammer.

Sie folgte ihm die Treppe hinauf bis auf Höhe der Halle. Dort schritt er durch den Torbogen und gab ihr einen Wink, ins Treppenhaus hinüberzulaufen.

Aus der Halle drangen Männerstimmen. Hugo trat erst ein, nachdem Sorcha um die erste Biegung der Treppe entschwunden war. Seine Tante war nicht dort, doch sein Vater, Michael, Macleod und einige andere saßen an der hohen Tafel und hatten Becher, Krüge und Platten mit Speisen vor sich stehen.

»Wie du siehst, sind wir bereits eingetroffen, Vetter«, grinste Michael. »Komm und begrüße meine Gäste.« Hugo gehorchte, doch bei der ersten Gelegenheit ging er zu Macleod und bat ihn um ein Gespräch unter vier Augen.

Ohne Zwischenfälle gelangte Sorcha in ihre Kammer, wo bereits zwei Kohlepfannen glimmten. Die Bettdecke war zurückgeschlagen, und das Nachthemd, das sie sich von Isobel geliehen hatte, lag ordentlich gefaltet darauf.

Sie zog sich aus, wusch sich das Gesicht, löschte das Feuer und legte sich hin. Sie hatte sich vorgenommen, noch einmal gründlich über die Zeremonie nachzudenken, deren Zeuge sie geworden war, und sich so viele Einzelheiten wie möglich zu merken. Doch das Einzige, woran sie denken konnte, war Hugos »schändliches« Benehmen und dass sie Verrat an Adela begangen hatte.

Hugo glaubte nach wie vor, dass Adela ihn nicht liebte, doch nach allem, was sie ihren Vater darüber hatte sagen hören, war Liebe keine Bedingung für eine Heirat. Dennoch wünschte sie, Hugo hätte nicht so offen über seine Gefühle gesprochen. Sie hatte schon genug Gewissensbisse, ohne dass sie sich für den Rest ihres Lebens vorwerfen musste, ihn zu einer Ehe ohne Liebe gedrängt zu haben. Wenn Männer sagten, Opfermut sei etwas Edles, dann meinten sie damit gewiss nicht, dass es in Ordnung wäre, das Glück eines anderen Menschen zu opfern. Bei diesem Gedanken kamen ihr die Tränen, und als Kenna sie am nächsten Morgen weckte, war Sorchas Gesicht noch immer ganz verquollen.

20

»Ihr müsst Euch rasch anziehen, Mylady«, sagte Kenna, als sich Sorcha den Schlaf aus den Augen rieb und sich möglichst unauffällig die Spuren der Tränen von den Wangen wischte. »Ich habe Euch lange schlafen lassen, doch Sir Hugo hat gesagt, Ihr würdet heute Morgen ausreiten. Er wollte Euch noch ein Pferd aussuchen, bevor er nach Edgelaw aufbricht.«

»Ich kann auf keinen Fall in demselben Kleid ausreiten, das ich schon gestern und vorgestern angehabt habe«, sagte Sorcha. »Könntest du mir nicht die Sachen heraussuchen, in denen ich angekommen bin?«

»Aber nicht doch, Mylady. Lady Isobel besitzt ein hübsches grünes Reitkleid. Das leiht sie Euch sicher gern. Ich laufe gleich und hole es, während Ihr Euch das Gesicht wascht.«

Sorcha hatte gar nicht vorgehabt, zu reiten, da Edgelaw, wie Hugo gesagt hatte, nur drei Meilen entfernt lag. Zu Fuß würde sie weniger als eine Stunde brauchen. Und außerdem konnte Einar schwerlich mit ihr reiten, falls er nicht gesehen werden wollte.

Da ihr jedoch vom gestrigen Gewaltmarsch in Isobels dünnen Schuhen noch immer die Füße schmerzten, hatte sie nichts gegen Hugos Vorschlag einzuwenden. Dann konnten sie, wenn nötig, auch schneller vom Turm verschwinden, selbst wenn Adela mit auf Sorchas Pferd reiten musste.

Zwanzig Minuten später war Sorcha fertig. Sie trug zu Isobels waldgrünem Reitkleid weiche Lederstiefel und hatte das Haar unter einem Spitzennetz und einer flachen grünen

Kappe verborgen. Eilig rannte sie die Treppe hinab und geradewegs zum Stall. Im Laufen steckte sie sich Stücke von dem Weißbrot in den Mund, das Kenna ihr zum Frühstück gebracht hatte.

Während sie gedankenverloren kaute, stellte sie sich vor, wie sie auf Black Thunder dahinpreschte. Der Hengst würde sogar zwei Frauen in Windeseile davontragen.

Doch das Pferd, das Hugo am Zaumzeug führte, war ein sanftmütig wirkender Zelter, der wahrscheinlich noch nie in seinem Leben galoppiert war.

Bei Hugos Anblick wurde ihr so heiß, als hätte er sie soeben geküsst, und in ihren Lippen pulsierte das Blut. Als er ihr in den Sattel half, hätte sie ihn am liebsten umarmt.

Er reichte ihr eine Holzpfeife und sagte grinsend: »Blast fest hinein, wenn Ihr in Not seid, Mädchen. Sie gibt einen recht lauten Pfiff ab und verrät Einar und jedem, der es hört, dass Ihr Hilfe braucht.«

Sie lächelte zurück, froh darüber, dass sie endlich etwas unternehmen konnte.

Dann fragte sie: »Finden Eure Männer es nicht merkwürdig, dass Ihr mich allein reiten lasst?«

»Wenn es so ist, dann sagen sie es zumindest nicht«, erwiderte er. »Und nun hört mir genau zu. Ihr überquert den Fluss auf der steinernen Bogenbrücke. Auf der anderen Seite haltet Ihr Euch nach links und folgt dem schmalen Feldweg durch das Tal und hügelaufwärts, bis Ihr knapp eine Meile voraus eine graue Burg auf einer großen Lichtung seht.«

»Das ist wohl Edgelaw.«

»Ja. Von dort aus könnt Ihr auch den Turm sehen, der zwischen der Anhöhe und der Burg liegt. Meine Männer und ich nehmen die Hauptstraße, die am östlichen Rand des Tals verläuft. Wir sind wahrscheinlich schon an Ort und Stelle, wenn Ihr kommt. Einar hält sich in der Nähe des Turms auf und wird Euch informieren, falls es Neuigkeiten gibt. Vielleicht schickt er Euch aber auch zurück nach Roslin.«

Als er sah, wie ihr Körper sich versteifte, legte er ihr die Hand aufs Knie, blickte ihr in die Augen und sagte: »Ich muss mich darauf verlassen können, dass Ihr ihm gehorcht.«

»Das muss ich ja wohl, wenn auch ungern«, seufzte sie. »Vergesst aber nicht, dass ich Euch ebenso vertraue wie Ihr mir.«

»Das weiß ich, deswegen lasse ich Euch auch nicht im Stich. Wir befreien Adela, und ich werde mein Bestes tun, damit die Gräfin Waldron zur Rechenschaft ziehen kann. Ich kann Euch nichts versprechen, aber für gewöhnlich gelingen meine Pläne. Und wenn Ihr tut, was Einar und ich Euch sagen, seid Ihr bald alle drei wieder sicher zurück.«

Darauf drückte er leicht ihren Arm und fügte hinzu: »Geht nun, und seid auf der Hut.«

»Das werde ich, Sir. Und danke für Euer Verständnis dafür, dass ich das hier tun muss.«

»Ich verstehe Euch sehr gut, Skelpie«, erwiderte er mit einem etwas gequälten Lächeln. »Es wird Euch freuen zu hören, dass ich gestern Abend mit Eurem Vater gesprochen habe. Ich habe ihm gesagt, es wäre mir eine Ehre, Lady Adela zu heiraten, falls sie mich haben will.«

Sie schauderte leicht, erwiderte jedoch nur: »Was hat er dazu gesagt?«

»Er hält es für eine vorzügliche Lösung. Und nun ab mit Euch, und viel Glück!«

Sorcha trieb ihr Pferd ein wenig härter an als beabsichtigt.

Hugo blickte ihr nach und hoffte, dass er keine Fehlentscheidung getroffen hatte. Sorcha war furchtlos, scharfsinnig und intelligent. Und sie schien ein Talent dafür zu haben, stets ungeschoren davonzukommen. Sie hatte meistens Glück gehabt, doch wie jeder Soldat wusste, war das Glück ein unzuverlässiger Freund. Es konnte einen jederzeit im Stich lassen.

Er hatte für ihre Sicherheit getan, was er konnte, und nichts deutete darauf hin, dass sie in eine Falle lief. Doch solange er nicht wusste, was Waldron vorhatte, konnte er sich dessen nicht sicher sein.

Immerhin hatte er mit Macleod gesprochen, und zwar über viel mehr, als er Sorcha verraten hatte. Falls Macleod recht behielt, würden sich Hugos Angelegenheiten bald wieder nach Wunsch entwickeln. Diese Aussicht war jeden Einsatz wert, solange dabei nur seinem Mädchen kein Leid geschah.

Sorcha fand den Weg ohne Schwierigkeiten. Mittlerweile hatte sie sich auch an die geruhsame Gangart ihres Pferdes gewöhnt und sagte sich, dass Hugo und seine Männer schließlich genügend Zeit brauchten, um nach Edgelaw zu reiten.

Und Einar Logan musste auch mit ihr Schritt halten, obgleich sie noch keine Spur von ihm entdeckt hatte. Nur einmal hatte sie gemeint, ein Rascheln im Unterholz zu hören. Doch von Wachtposten, seien es nun Hugos oder Waldrons, war weit und breit nichts zu sehen.

Sie durchquerte einen dichten, grünen Wald. An diesem klaren Tag drangen die Sonnenstrahlen durch das Blätterdach und ließen die Tautropfen an Farnen und Büschen wie Diamanten funkeln. Die Vögel sangen, und die Eichhörnchen keckerten, doch sonst war alles still, als sie in gemächlichem Tempo dahinritt.

Sie überwand die Anhöhe und erblickte kurz dahinter am Fuß des Hügels den Wachturm, der wie ein hohes steinernes Monument inmitten einer kleinen Lichtung aufragte. Weiter hinten auf einer großen Wiese erhob sich die Burg.

Sorcha wusste, dass es sich bei dem Fluss, der schäumend durch die Wiesen dahinströmte, nicht um den North Esk handelte.

Denn sie war dem Lauf des Esk durch das Tal gefolgt, bis der Feldweg abknickte und zum Hügelkamm hinaufführte. Und als sie mit Hugo im Mondschein auf den Zinnen von

Roslin stand, hatte sie bemerkt, dass der Esk aus den Hügeln im Westen kam, bevor er die Burg umfloss und sich dann nach Norden zum Firth of Forth wandte.

Sie erschrak, als plötzlich aus einem Busch Einar Logans Stimme ertönte: »Schaut nicht her, Mylady, sondern reitet weiter zu dem Turm dort. Aber steigt auf keinen Fall vom Pferd, egal, was Lady Adela sagt. Von den Eingangsstufen des Turms oder einem großen Stein aus kann sie leicht hinter Euch aufs Pferd steigen. Also bleibt unter allen Umständen im Sattel. Und sobald sie oben ist, wendet und reitet sofort los. Ein kräftiger Tritt in die Flanken wird den Gaul schon antreiben.«

Als er verstummte, setzte Sorcha ihren Weg fort und hielt dabei angestrengt Ausschau nach einem Lebenszeichen. Doch nichts regte sich, bis sie am Turm angelangt war. Kaum hatte Sorcha jedoch am Rand der Lichtung haltgemacht, öffnete sich die eisenbeschlagene Bogentür, und Adela trat heraus. Sie trug noch immer ihr schmuddelig gewordenes blaues Hochzeitskleid und darüber eine Art dunkles Cape. Schweigend winkte sie Sorcha zu sich heran.

Diese blickte sich unruhig um, ob in den Kronen der Bäume ringsumher nicht womöglich Waldrons Leute saßen. Doch ihr Gefühl sagte ihr, dass niemand außer Adela hier war.

Obwohl sie keineswegs sicher war, dass sie ihrem Instinkt vertrauen konnte, nahm sie allen Mut zusammen und lenkte den Zelter bis an die flachen Eingangsstufen heran.

Adela stand reglos und blickte sie mit großen Augen an. »Du bist tatsächlich gekommen«, sagte sie, als Sorcha unmittelbar vor ihr das Pferd zum Stehen brachte. »Damit habe ich nicht gerechnet.«

»Natürlich bin ich gekommen.« Sorcha wendete ihr Pferd, das genau zu wissen schien, was sie vorhatte. »Steig auf, dann sehen wir zu, dass wir wegkommen.«

Adela blickte sich um, als warte sie auf jemanden, doch

vergeblich. »Es ist alles so seltsam«, sagte sie schließlich. »Ich war so lange gefangen, dass ich mir selbst ganz fremd bin. Ich kann noch gar nicht glauben, dass du hier bist, und noch viel weniger, dass er mich wirklich gehen lässt.«

»Steh nicht rum und schwatze«, erwiderte Sorcha ungeduldig. »Wenn du von dort aus nicht aufsteigen kannst, müssen wir uns einen Felsbrocken suchen.«

»Du bist kleiner und leichter als ich«, widersprach Adela. »Steig ab und hilf mir in den Sattel, dann kann ich dich hochziehen.«

»Du musst schon allein aufsteigen, Adela. Ich tue, was ich kann, doch ich werde auf diesem Pferd sitzen bleiben. Wo ist Waldron?«

»Er hat gesagt, er werde in der Burg bleiben. Sir Hugo will kommen und ihn dazu bringen, dass er vor der Gräfin erscheint. Sie ist böse mit ihm. Habe ich das in meiner Botschaft nicht erwähnt?«

»Wir können unterwegs weiterreden, also beeil dich! Was machen wir, wenn er uns verfolgt?«

»Das wird er nicht. Er hat gesagt, er würde mich freigeben. Angeblich hat Gott ihm befohlen, mich gehen zu lassen, weil ich meine Strafe abgebüßt habe. Aber ich glaube nicht, dass wir ihm trauen können. Ich weiß immer noch nicht, womit ich das alles verdient habe.«

Sorcha mochte sich gar nicht ausmalen, was Waldron ihr angetan hatte. »Los jetzt, Adela, sitz endlich auf«, drängte sie.

Endlich bequemte sich Adela, in den Sattel zu steigen. Es war nicht weiter schwer, weil das Pferd sich unbeweglich wie ein Standbild hielt. Als Sorcha ihm die Fersen in die Seiten stieß und losritt, hatte sie das unangenehme Gefühl, jemand würde sie beobachten.

Sie schrieb es ihrer Nervosität zu; trotzdem nestelte sie die Pfeife aus ihrem Mieder hervor, wo sie sie versteckt hatte, und hielt sie in der Hand, während sie das Pferd noch energischer antrieb. Überraschend schnell preschte es den Hügel hinauf.

Doch Sorchas Eindruck, beobachtet zu werden, wollte einfach nicht weichen.

Eine halbe Stunde zuvor hatten Hugo und seine Männer das versperrte Tor der Burg Edgelaw erreicht. Als er Einlass begehrte, ertönte eine Stimme vom linken Torturm: »Ich werde es dem Herrn melden lassen, Sir.«

Hugo versuchte, sich seine Ungeduld nicht anmerken zu lassen. Diese Genugtuung gönnte er Waldron nicht. Die ganze Zeit über spitzte er die Ohren nach einem Signal aus Sorchas Pfeife, denn mittlerweile musste Sorcha bereits bei Adela sein, falls diese überhaupt aufgetaucht war.

Zehn Minuten später gab er zwei von seinen Männern ein Zeichen, die Burg zu umrunden, während er selbst nach Bogenschützen auf den Zinnen ausspähte. Doch es blieb alles ruhig.

Wie die meisten seiner Männer trug auch Hugo einen Lederpanzer, dicke Lederhosen und Stiefel. Das Einzige, was ihn von den anderen unterschied, war sein schwarzer Helm mit dem weißen Löwen von Dunclathy und die Tatsache, dass ein Knappe mit dem Banner der Sinclairs an seiner Seite ritt.

Sein Vater und Michael, die ebenfalls mitgekommen waren, trugen eine ähnliche Ausrüstung und schwarze Helme. Von Weitem konnte man sie durchaus mit Hugo verwechseln.

Da ließ sich erneut die Stimme vom Turm vernehmen: »Der Herr sagt, er ist im Augenblick beschäftigt und wird Euch in einer halben Stunde empfangen.«

»Die Gräfin Isabella lässt deinem Herrn ausrichten, dass sie ihm die Pacht für die Burg kündigt, wenn er mir nicht auf der Stelle öffnet und noch heute vor der Gräfin erscheint«, rief Hugo zurück. »Alle, die sich dann noch widerrechtlich innerhalb dieser Mauern aufhalten, kann sie zum Tod durch den Strang verurteilen.«

»Ich habe es vernommen, Sir, und werde dem Lord Eure Botschaft überbringen.«

Hugo machte sich auf eine weitere Geduldsprobe gefasst. In diesem Augenblick lenkte Michael sein Pferd unmittelbar hinter ihn und sagte leise: »Können wir eigentlich sicher sein, dass er hier ist?«

Hugo verzog unwillig das Gesicht und murmelte, ohne sich umzudrehen: »Keiner von den Jungs hat ihn wegreiten sehen. Mehr weiß ich nicht.«

Michael schwieg, doch die beiden Männer verstanden einander auch ohne Worte. Als die beiden Späher berichteten, es gebe keine Anzeichen dafür, dass die Burgbesatzung sich auf eine Belagerung vorbereite, wussten sowohl Michael als auch Hugo, dass Waldron ihnen höchstwahrscheinlich entwischt war. Fragte sich nur, wie viel Mann er dabeihatte und worauf er aus war.

Hugos Gedanken rasten. Gleich nachdem ihm die Gräfin ihre Entscheidung mitgeteilt hatte, hatte er auf dem Hügelrücken oberhalb des Roslin Glen Posten aufstellen lassen, die Edgelaw und seine Umgebung ununterbrochen beobachteten, doch Waldron stand seinem Vetter Michael in nichts nach, wenn es darum ging, sich unsichtbar zu machen. Eine ganze Gruppe Bewaffneter hätte dagegen nicht unbemerkt die Burg verlassen können, und Hugos Posten hatten auch nicht festgestellt, dass die Besatzung der Burg größer als gewöhnlich war. Also wurde Waldron vermutlich nur von zwei oder drei seiner fähigsten Getreuen begleitet. Als er zu diesem Schluss gekommen war, sagte Hugo leise zu Michael: »Ich glaube, er ist weg. Doch seine Männer sind bestimmt noch in der Burg und erwarten uns. Es ist an der Zeit.«

»Ja, gehen wir«, erwiderte Michael.

Sorchas Haut brannte wie im Fieber. Adela, die eng an sie geklammert hinter ihr saß, fragte: »Wohin reiten wir?«

»Nach Roslin. Isobel und das Baby sind dort.«

»Oh nein, ich will sie nicht sehen! Wie könnte ich den beiden jemals wieder in die Augen blicken?«

»Es wird schon gehen«, erwiderte Sorcha beruhigend und zwang sich, hinzuzufügen: »Sir Hugo wird dafür sorgen, dass alles wieder gut wird, Adela. Ich weiß, dass du ihn liebst, und er hat zu Vater gesagt, dass er dich heiraten wird. Dann bist du eine ehrbare Ehefrau, und keiner kann dir mehr etwas anhaben.«

»Das würde Hugo tun? Nach allem, was geschehen ist?«, fragte Adela verblüfft.

»Ja. Es tut ihm leid, dass er uns damals nichts von seinem Versprechen gegenüber Ranald erzählt hat. Wenn er uns mitgeteilt hätte, dass er in Donalds Zug mitreiten musste, wäre niemand auf die Idee gekommen, er könnte dein Entführer sein.«

»Ist er deshalb nicht gekommen?«

»Ja, und wenn wir das gewusst hätten, wären euch Vater und Ardelve und die anderen Männer sofort nachgeritten und hätten dich befreit.«

»Ich bin nicht sicher, ob es ihnen gelungen wäre, doch es ist sehr freundlich von Sir Hugo«, erwiderte Adela.

Sorcha hätte am liebsten gesagt, dass es nichts mit Freundlichkeit, sondern mit Pflichtbewusstsein zu tun hatte. Doch sie brachte es nicht übers Herz, weil Adela ihn schließlich liebte und sie ihr nicht die Freude verderben wollte. Dass sie ihr eigenes Glück opferte, um Adelas guten Ruf zu retten, war nur ...

Doch Sorcha brachte den Gedanken nicht zu Ende, denn plötzlich fiel ihr ein, dass sie Einar noch nicht wieder gesehen hatte.

»Die Gegend hier gefällt mir nicht«, sagte Adela. »Es ist, als wäre der Wald verwunschen.«

»Pst!« Sorcha ließ den Zelter in Schritt fallen. Sie wollte nicht nach Einar rufen, denn Adela hatte recht – auch ihr kam es so vor, als lauerte hinter jedem Busch ein Verfolger.

Falls Einar noch am Leben war, würde er sich bestimmt bald bemerkbar machen.

Sie schauderte bei dem Gedanken, dass er tot sein könnte, riss sich jedoch zusammen und spähte scharf aus, ob sich zwischen den Bäumen etwas bewegte.

Sie wäre gern schneller geritten, doch sie wollte Einar nicht abhängen. Außerdem hatte sie Angst, dass ihr Pferd nach dem anstrengenden Anstieg bocken würde, wenn sie es zu sehr antrieb. Mit dem Gedanken, dass Hugo das Tier wohl nicht zufällig für sie ausgesucht hatte, versuchte sich Sorcha zu beruhigen.

Plötzlich stieß Adela einen erstickten Schrei aus: »Da drüben im Gebüsch ist ein Mann!«

»Reitet weiter, Mistress, ich bin's nur«, flüsterte Einar gerade laut genug, dass sie ihn hören konnte. »Ich halte mich dicht hinter Euch. Aber seid auf der Hut, und wenn irgendetwas passiert, sitzt auf keinen Fall ab, bevor ich es Euch nicht sage.«

Sorcha war erleichtert. Sie nickte knapp, sodass ein Beobachter denken musste, Adela habe etwas zu ihr gesagt.

Zwanzig Meter weiter sprang plötzlich ein Fremder aus dem Gebüsch und griff nach den Zügeln. Zu Sorchas Überraschung stieg das Pferd und schlug wütend mit den Vorderhufen aus. Als der Mann sich mit einem Satz zur Seite in Sicherheit brachte, ließ das Tier sich wieder auf seine vier Hufe fallen, drehte sich blitzschnell um und keilte nach hinten aus. Dabei traf es den Angreifer so hart, dass er zu Boden stürzte.

Sorcha stieß dem Ross die Fersen in die Seiten, um es anzutreiben, während Adela nach hinten blickte. »Um Himmels willen!«, rief sie plötzlich. »Er steht wieder auf und kommt uns nach! Oh, Sorcha, er holt uns ein!« Dann keuchte sie entsetzt. »Oh! Er ist gestürzt. Er … er hat ein Messer im Rücken und rührt sich nicht mehr! Ich erkenne ihn, Sorcha. Es ist einer von den Männern Seiner Lordschaft.«

»Wer ist denn Seine Lordschaft?«

»Waldron natürlich. Ich weiß gar nicht, warum ich ihn wieder so genannt habe.«

»Schade, dass es nicht Waldron selbst war«, erwiderte Sorcha. Sie war sicher, dass das Messer Einar gehörte.

»So etwas solltest du nicht sagen! Du kennst ihn nicht so gut wie ich.«

»Ich dachte, du wärst froh, dass du diese Bekanntschaft nicht fortzusetzen brauchst«, entgegnete Sorcha ein wenig verstimmt. »Er ist ein schlechter Mensch, und die Gräfin will ihn aus Edgelaw hinauswerfen.«

»So etwas hat er sich schon gedacht«, sagte Adela. »Aber er ist nur ein Mann, der tut, was er für richtig hält, auch wenn er gelegentlich grausam sein kann.«

Sorcha wollte gerade einwenden, dass Waldron einfach ein gefährlicher Verrückter war, als ein Schrei von Adela sie unterbrach.

»Da ist noch einer hinter uns!«

Als Sorcha sich umblickte, sah sie, wie Einar dem toten Mann das Messer aus dem Rücken zog und ihn vom Weg zerrte.

Daraufhin zügelte sie ihr Pferd.

»Um Gottes willen, was tust du denn da?«, rief Adela.

»Das ist einer von Hugos Männern. Derjenige, der sich vorhin im Gebüsch verborgen und mit mir geredet hat«, erklärte Sorcha. »Jetzt, wo wir es schon bis ins Tal geschafft haben, sind wir bestimmt in Sicherheit.«

In diesem Augenblick sah sie, wie Einar vornüberfiel. In seinem Rücken steckte ein Pfeil.

Sorcha riss hart an den Zügeln, dann warf sie sie Adela mit den Worten »Halt mal!« zu, schwang ein Bein über den Hals des Pferdes und sprang hinunter. »Wenn mir etwas zustößt, dann reite so schnell du kannst zur Burg. Von hier aus sind es nicht mehr als zehn, fünfzehn Minuten. Wenn du dich beeilst, kannst du es schaffen.«

»Aber Sorcha ...«

Doch Sorcha hörte nicht zu, sondern raffte ihre Röcke und rannte zurück zu der Stelle, wo Einar lag.

»Bitte sei nicht tot«, flüsterte sie, als sie neben ihm auf die Knie fiel.

»Ich bin noch nicht tot, aber gleich werden wir Waldron auf dem Hals haben«, murmelte er. »Seht Ihr die große Buche da vorn, wo der Weg abzweigt?«

»Ja, aber ich kann dich doch hier nicht liegen lassen.«

»Das müsst Ihr aber, sonst zieht mir der Herr das Fell über die Ohren. Also hört jetzt gut zu. Reitet weiter bis zu der Buche. Dort steigt Ihr beide ab und versetzt dem Pferd drei Schläge aufs Hinterteil. Dann läuft es zurück in den Stall. Ihr verschwindet hinter dem Baum im Unterholz und kriecht weiter durchs Gebüsch bis zu der Felswand dort drüben. Es ist nicht weit, aber passt auf, dass man Euch vom Weg aus nicht sieht.«

»Aber wenn der Bogenschütze uns nachkommt, Einar ...«

»Er sitzt ein ganzes Stück hinter uns auf einem Baum, und er hat kein Pferd. Bis hierher braucht er fünf Minuten, vielleicht etwas weniger.« Er zuckte vor Schmerz zusammen. »Er wird den Hufspuren folgen, dadurch bekommt Ihr genügend Vorsprung. Erinnert Ihr Euch noch an die Höhle, Mädchen?«

Sie erschrak, als er die Höhle erwähnte, doch dann fiel ihr ein, dass sie dort wahrscheinlich seine Stimme gehört hatte. Also nickte sie und sagte »Ja«, als sie sah, dass er die Augen geschlossen hatte.

»Wenn Ihr zu der Felswand kommt, seht Ihr einen verkrüppelten Baum, der aus dem Gestein wächst. Nördlich davon, hinter ein paar dichten Myrtensträuchern, ist der Eingang zur Höhle. Er ist leicht zu finden. Aber nun geht, und keinen Mucks, sobald Ihr den Weg verlassen habt. Falls Ihr Lady Adela nicht trauen könnt, lasst sie lieber weiterreiten.«

»Ich muss dir vorher noch helfen, dich zu verstecken, Einar.«

»Macht Euch keine Sorgen um mich. Ich bringe mich schon in Sicherheit, wenn Ihr erst einmal fort seid. Falls Euch etwas zustößt, ist mein Leben ohnehin verwirkt. Und jetzt fort mit Euch!«

Sorcha liefen die Tränen übers Gesicht, als sie sich zum Gehen wandte. Sie war überzeugt, dass er sein Leben für sie und Adela geopfert hatte. Doch von Adela konnte sie sich auf keinen Fall trennen, denn ihre Schwester würde sie niemals verraten, und außerdem würde sie ohne Sorchas Hilfe schwerlich lebend nach Roslin kommen.

Also rannte Sorcha zu Adela zurück, nahm ihr die Zügel aus der Hand und führte das Pferd eilig bis zur Wegbiegung an der alten Buche.

Sobald Einar außer Sicht war, befahl sie Adela, aus dem Sattel zu springen. Dann versetzte sie dem Pferd drei kräftige Schläge, sodass es davonstob, und packte Adela bei der Hand. Mit den Worten: »Ganz still jetzt! Wir müssen so schnell wir können zu der Felswand da vorn laufen«, zog sie sie ins Gebüsch.

»Aber warum denn? Ich dachte, wir reiten nach Roslin.«

»Mein Gott, Adela, jemand hat gerade auf Hugos Mann, der uns beschützen sollte, geschossen. Unser Feind sitzt dort hinten auf einem Baum und braucht höchstens fünf Minuten, um hierherzugelangen. Dem Schuss nach zu urteilen kann er ausgezeichnet mit dem Bogen umgehen.«

Adela schnappte nach Luft. »Waldron! Er muss es sein! Ihm können wir nicht entkommen, Sorcha, das weiß ich!«

»Halte lieber den Mund, statt weiter solchen Unsinn zu reden!«, fuhr Sorcha sie an. »Ich lasse dich nicht allein zurück. Wenn du hierbleiben willst, dann erwischt er uns eben beide.«

»Oh, nein!«

»Dann komm! Und achte darauf, dass du keine Zweige knickst, die er vom Weg aus sehen könnte. Er soll dem Pferd folgen.«

Adela schüttelte missbilligend den Kopf, erhob jedoch keine Einwände mehr. Schweigend folgte sie Sorcha durch das Gestrüpp, bis sie weit genug vom Weg entfernt waren. Ohne die hohe Felswand vor ihnen hätten sie sich in dem dichten Unterholz bestimmt verirrt. Nach einer Weile entdeckte Sorcha den krummen Baum, den Einar ihr beschrieben hatte, und beschleunigte ihren Schritt.

»Sieh dich nach hohen, dichten Myrtensträuchern vor der Felswand um«, flüsterte sie.

»Ich weiß nicht, wie Myrte aussieht, und dicht sind hier alle Sträucher«, erwiderte Adela in normaler Lautstärke. Als Sorcha sie wütend anfunkelte, fuhr sie mit gesenkter Stimme fort: »Warum müssen wir denn flüstern? Hier kann uns doch keiner mehr hören.«

»Das weiß man nie. Also still jetzt«, wisperte Sorcha.

Sie musste mehrere Sträucher absuchen, bevor sie den Höhleneingang fand. Von Nahem wirkte er mehr wie ein schmaler Spalt im Fels, und einen Augenblick lang dachte Sorcha, sie hätte sich geirrt.

Durch diese Ritze passte bestimmt kein Erwachsener – weder Hugo noch Michael oder Sir Edward. Und schon gar nicht ihr beleibter Vater.

Doch als sie sich an einer Felsplatte abstützte, um sich durch den Spalt zu zwängen, gab der Stein plötzlich nach, und sie merkte, dass es sich um eine Tür handelte wie diejenigen in dem unterirdischen Tunnel. Der Gang dahinter war breit genug, dass sie nebeneinander stehen konnten. Sorcha versuchte, die Tür wieder zuzuschieben, doch die Platte rührte sich nicht.

»Hier, wo uns jeder hören kann, können wir nicht bleiben«, flüsterte sie. »Wir müssen weiter hineingehen.«

»Aber was ist das hier für ein Ort?«

»Nur eine Höhle«, erwiderte Sorcha. Sie überlegte fieberhaft, was sie sagen sollte, falls Adela weitere Fragen stellte. Sie wollte ihre Schwester nicht belügen, durfte jedoch das

Versprechen, das sie Hugo gegeben hatte, nicht brechen. Plötzlich fiel ihr ein, was sie sagen konnte.

»Hier hat sich einst Wallace versteckt. Vielleicht war es auch Bruce, ich weiß es nicht mehr. Auf jeden Fall ist die Höhle in der Gegend hier berühmt. Hier sind wir bestimmt sicher.«

»Aber wenn sie doch berühmt ist …«

»Die Leute wissen nur, dass es sie gibt, aber nicht, wo genau sie liegt, Adela. Und außerdem befindet sie sich auf dem Land der Sinclairs.«

»Es ist schrecklich finster. Wie lange müssen wir hierbleiben?«

»Bis uns jemand holen kommt«, antwortete Sorcha und überlegte.

Sollten sie sich weiter in die Höhle hineinwagen, wo es zahlreiche Möglichkeiten gab, sich zu verstecken – auf die Gefahr hin, dass sich Adela später an die Stelle erinnerte –, oder sollten sie in der Nähe des Eingangs bleiben und riskieren, dass Waldron sie aufspürte? Sorcha war sich keineswegs sicher, dass sie sich auf Adela verlassen konnte, wenn Waldron nach ihr rief.

Doch wenn sie ihn gar nicht erst hörte …

»Ich habe mir sagen lassen, dass es weiter drinnen Fackeln gibt«, sagte Sorcha. »Falls jemand auch Feuerstein und Zunderbüchse dagelassen hat, könnten wir Licht machen.«

Adela fühlte sich merklich unbehaglich in der Höhle und fürchtete sich, weiterzugehen. Doch noch mehr Angst hatte sie davor, allein im Dunkeln zurückzubleiben. Also tasteten sie sich voran, bis Sorcha die Fackeln nebst Feuerstein und Zunder gefunden hatte. Sie reichte Adela eine Fackel und nahm selbst eine, zündete sie jedoch erst an, als sie so weit vom Eingang entfernt waren, dass sie kein Tageslicht mehr sehen konnten.

»Schnell jetzt«, drängte sie. »Von draußen darf keiner den Fackelschein sehen.« Je länger sie darüber nachdachte, desto merkwürdiger erschien es ihr, dass die Steinplatte sich nicht ebenso hatte schließen lassen wie die Türen im Gang. Vielleicht lag ein Hindernis im Weg. Sie hätte genauer nachsehen sollen.

Vor ihnen erstreckte sich die riesige Höhle.

Obwohl die Fackeln nur einen Teil erhellten, stockte Adela der Atem. »Meine Güte! Ist das da hinten Wasser?«, flüsterte sie.

»Ja, das ist ein ... ein See ...« Sorchas Stimme erstarb, als das Licht ihrer Fackel auf zwei große, messingbeschlagene Truhen fiel, von denen eine unmittelbar am Wasser und die andere ein Stück davon entfernt neben dem Podium stand.

»Oh Gott, es ist der Schatz!«, rief Adela. »Jetzt wird er bestimmt herkommen. Das weiß ich genau!«

Auf dem Rücken von Black Thunder stürmte Hugo in vollem Galopp dahin. Mit jedem Schritt des mächtigen Rosses stieg Hugos Angst, dass er zu spät kommen könnte. Das Mädchen hatte nicht gepfiffen, oder er hatte es nicht gehört. Die Pfeife konnte Sorcha nützlich sein, wenn sie in der Nähe des Turms in Gefahr geriet, doch wenn sie sich erst einmal im Tal befand, wäre sie schon zu weit weg.

Nachdem er und Michael unauffällig die Pferde getauscht hatten, war Hugo losgeritten, während sein Freund das Kommando über den kleinen Trupp übernommen hatte.

Hugo war überzeugt davon, dass Waldron und die Burgbesatzung sein Täuschungsmanöver nicht bemerkt hatten. Waldron kannte Black Thunder nicht, der ja Hector gehörte. Zudem ritten mehrere seiner Männer einen Rappen, und Hugo selbst hatte während seiner Verfolgungsjagd mehrmals das Pferd gewechselt.

Außerdem achteten Waldrons Anhänger wohl eher auf die Gruppe vor dem Tor als auf einen davongaloppierenden Reiter.

Zwei seiner Männer begleiteten Hugo, damit es so aussah, als ritten sie nach Roslin, um Verstärkung zu holen.

Die Helme brauchten Hugo und Michael nicht zu tauschen, denn Michael trug einen schwarzen Helm mit dem weißen Hahn der Sinclairs darauf, der von Weitem als Hugos Löwe durchgehen würde.

Bald hatte Hugo seine beiden Begleiter hinter sich gelassen und sprengte in vollem Galopp dahin. Sein Instinkt sagte ihm, dass er in Kürze auf Waldron treffen würde.

Hugo fürchtete nicht, dass Waldron Sorcha töten könnte, da er sie als Geisel brauchte, um Informationen über den Schatz zu erpressen.

Dagegen befand sich Adela jetzt, da sie keinen Nutzen mehr für ihn hatte, in großer Gefahr.

Hugo durfte unter keinen Umständen zulassen, dass ihr etwas zustieß, denn das hätte Sorcha ihm nie verziehen, und er selbst hätte sich sein Leben lang Vorwürfe gemacht. Dass Sorcha noch immer darauf bestand, dass er ihre Schwester heiratete, stand auf einem anderen Blatt. Er konnte nur hoffen, dass Adela ebenso wenig an dieser Verbindung interessiert war wie er. Doch das war jetzt nebensächlich. Ihr Leben lag in seiner Hand, er durfte sie nicht im Stich lassen.

Sorcha starrte Adela an. »Wie kommst du darauf, dass der Schatz in diesen Truhen ist?«

»Du hast gesagt, die Höhle liegt auf dem Land der Sinclairs. Also muss das hier der Schatz sein, den sie der Heiligen Kirche geraubt haben und den Waldron sucht. Was sonst sollte man an einem solchen Ort verstecken?«

»Das weiß ich auch nicht«, erwiderte Sorcha. »Aber du darfst auf keinen Fall darüber reden, denn sonst halten dich die Leute für verrückt. Oder jemand entführt dich noch einmal, um herauszubekommen, wo der Schatz liegt. Gib mir mal deine Fackel, damit ich beide anzünden und in die Wandhalter stecken kann. Es ist viel bequemer, wenn wir sie nicht tragen müssen.«

»Ja, Mädchen, gib ihr die Fackel, damit wir nachsehen können, was in den Truhen da ist«, ertönte in diesem Augenblick eine Stimme. Die beiden Schwestern fuhren erschrocken herum, und Adela rief: »Ich wusste, dass Ihr kommen würdet!«

Eine Hand am Griff seines Schwertes, stand Waldron im Eingang zum Tunnel, durch den sie gerade gekommen waren.

»Ist sonst noch jemand hier?«, fragte er und schaute Adela an.

21

Während Waldron auf sie zukam, stand Sorcha regungslos und überlegte so ruhig wie möglich, ob ihre Fackel wohl als Waffe taugte. Sie hatte die Pfeife wieder in ihr Mieder geschoben; hier drinnen, wo niemand sie hören konnte, nutzte sie ihr ohnehin nichts.

»Zündet Adelas Fackel an und steckt die Eure in den Halter neben Euch, Lady Sorcha«, sagte er. »Und zwar ein bisschen plötzlich, Mädchen. Glaubt nicht, Ihr könntet mich übertölpeln«, fügte er hinzu.

Adela trat neben Sorcha und streckte ihr die Fackel entgegen. »Schnell«, sagte sie, »Wir dürfen ihn nicht verärgern.«

»Du hast deine Lektion gelernt, was, Mädchen?«, sagte er.

Wortlos steckte Sorcha Adelas Fackel an, zögerte jedoch noch, die ihre aus der Hand zu geben. Ohne Fackel hätte sie sich noch verwundbarer gefühlt.

Blitzschnell und ohne Vorwarnung riss Waldron sie ihr weg und holte mit der freien Hand zum Schlag aus.

»Seht doch, Sir«, sagte Adela rasch, machte ein paar Schritte und beleuchtete die spiegelnde Wasserfläche. »Meint Ihr nicht auch, der Schatz, den Ihr sucht, könnte in diesen Kisten hier sein?«

»Bleib weg davon!«, rief er und ließ die Hand sinken.

Doch Adela schien ihn nicht zu hören, sondern ging geradewegs zur ersten Truhe und versuchte vergeblich, den Deckel anzuheben. Noch bevor Waldron bei ihr war, begann die Truhe plötzlich wegzurutschen.

Adela schrie auf, und Waldron machte einen Satz, um die Kiste aufzuhalten. Doch es war zu spät – sie glitt ins Wasser.

»Tut mir leid, Vetter«, ertönte da eine Stimme. Im Gang

stand Hugo mit gezücktem Schwert. »Ich weiß, dass du alles begehrst, was den Sinclairs gehört, doch diese Truhe bekommst du nicht«, setzte er hinzu.

Waldron wirbelte herum und schleuderte die brennende Fackel auf Hugo. Dann riss er das Schwert aus der Scheide, die er auf den Rücken geschnallt trug, und hielt es angriffsbereit mit beiden Händen.

»Auf diesen Tag habe ich lange gewartet«, knurrte er und machte einen Satz auf Hugo zu.

Verblüfft sah Sorcha, wie Hugo mit der linken Hand die funkensprühende Fackel aus der Luft fing und sie ihr in die Hand drückte. Gleichzeitig trat er einen Schritt vor und stellte sich zum Kampf.

Als die Schwerter klirrend aufeinandertrafen, steckte Sorcha rasch die Fackel in eine Halterung. Dort an der Wand brannte sie stetiger als in ihren zitternden Händen und konnte Hugo mehr nützen.

Adela stand noch immer wie angewurzelt. Ohne die kämpfenden Männer aus den Augen zu lassen, ging Sorcha zu ihr hinüber und nahm ihr vorsichtig die lodernde Fackel aus der Hand. Warum sie das tat, wusste sie selbst nicht.

Adela ließ es widerstandslos geschehen. Sie hielt den Blick starr auf die beiden Männer gerichtet und wagte kaum zu atmen. Wortlos, um Hugo nicht abzulenken, versuchte Sorcha ihre Schwester am Arm aus der Kampfzone zu ziehen, doch Adela schüttelte ihre Hand ab.

Plötzlich machte Waldron einen Ausfall und versuchte, Hugo sein Schwert in die Brust zu rammen. Sorcha blieb fast das Herz stehen, doch Hugo parierte das Manöver geschickt.

Er schlug so fest zurück, dass Sorcha meinte, Waldron müsste das Schwert aus der Hand fliegen, doch der erbitterte Kampf ging weiter. Plötzlich stolperte Hugo.

Sofort sprang Waldron auf ihn zu, doch Hugo riss sein Schwert hoch, sprang behände wie eine Katze auf die Füße und drängte seinen Gegner zurück.

Noch einmal klirrten die Waffen aufeinander, und es gelang Hugo, das Schwert seines Gegners beiseitezudrängen. Er holte zum entscheidenden Schlag aus, doch ehe es jemand verhindern konnte, warf sich Adela zwischen die Kämpfenden.

Waldron packte sie beim Arm und riss sie zur Seite, doch er war nicht schnell genug. Hugos Klinge traf sie beide mit voller Wucht.

Waldron und Adela brachen auf dem felsigen Boden zusammen.

Hugo trat erschrocken einen Schritt auf sie zu, während die entsetzte Sorcha herbeigerannt kam.

»Vorsicht, Mädchen, da ist überall Blut«, sagte er leise.

Doch Sorcha achtete nicht auf ihn und warf sich neben ihrer Schwester auf die Knie. »Sie sind nicht tot«, sagte sie. »Haltet mal!«, rief sie und gab Hugo die Fackel, um Adelas Wunde in Augenschein zu nehmen. Mit bloßen Händen versuchte sie, den Blutfluss zu stoppen. Dabei murmelte sie leise: »Sie darf nicht sterben!«

Waldron stöhnte, doch Adela lag regungslos da. Aus einer tiefen Wunde quoll das Blut und durchtränkte ihr Kleid und den Umhang.

Hugo war klar, das die beiden schwer verwundet waren. Was seinen Vetter anging, der stark aus einer Brustwunde blutete, so war es ihm herzlich egal; schließlich hatte dieser versucht, ihn zu töten. Doch Hugo steckte in einer Zwickmühle.

Er konnte Sorcha allein durch den Geheimgang zurück zur Burg schicken oder sie begleiten und Adela mitnehmen. In jedem Fall musste er Waldron zurücklassen, denn Hugos Männer waren nicht mit ihm gekommen, und von den drei Wachtposten im Tal war nur einer in die Geheimnisse der Höhle eingeweiht.

»Wo ist Einar?«, fragte er Sorcha.

»Waldron hat ihn mit einem Pfeil in den Rücken getroffen«, antwortete sie, während ihr die Tränen über die Wangen liefen. Dabei presste sie einen Zipfel von Adelas dunklem Umhang auf die Wunde und strich ihrer Schwester eine Haarsträhne aus der Stirn. »Ich ... ich habe ihn im Wald zurückgelassen. Er hat mich zur Höhle geschickt.«

»Er ist ein guter Mann«, erwiderte Hugo leise und fügte hinzu: »Wir werden ihn schon finden, Mädchen. Ich habe ihn auf meinem Weg hierher nirgendwo gesehen, und Waldron hatte keine Zeit, ihn zu begraben. Also wird er sich wohl versteckt haben. Ich kann aber nur einen von den beiden hier hinaustragen.«

»Ihr müsst natürlich Adela nehmen.«

»Waldron mag zwar dem Tode nahe sein, aber ich möchte es trotzdem nicht riskieren, ihn zurückzulassen. Und einen bewusstlosen Mann zu töten, bringe ich nicht fertig.«

»Ich kann ein Auge auf ihn haben«, erwiderte Sorcha ungeduldig. »Jetzt kümmert Euch um Adela.«

»Ich lasse Euch nur ungern mit ihm allein«, sagte Hugo. »Aber wenn Ihr einen Streifen von Eurem Hemd abreißt und diese verdammte Fackel haltet, dann verbinde ich ihre Wunde. Mehr kann ich im Augenblick nicht für sie tun, doch auf Roslin gibt es Leute, die ihr helfen können.«

»Wie seid Ihr hergekommen?«

»Als mir klar wurde, dass Waldron nicht in der Burg war, ließ ich die Männer mit Michael und meinem Vater dort zurück und kam hierher. Ich hatte Angst um Euch, doch mittlerweile glaube ich, ihm war alles andere egal, nachdem er die Truhen entdeckt hatte.«

»Adela hat sie ihm gezeigt«, sagte Sorcha, während sie einen breiten Streifen von ihrem Hemd abriss, ihm den Stoff reichte und dafür die Fackel nahm. »Ihr wusstet bestimmt davon, nicht wahr?«

»Ja«, erwiderte er und riss Adelas Kleid an der verwundeten Schulter auf. Er versorgte die Wunde, so gut er konnte, und ging dann hinüber zu Waldron.

Sein Vetter lebte noch, hatte jedoch eine tiefe Wunde in der Brust. Sein Atem ging unregelmäßig und keuchend, und Hugo wusste, dass es nicht mehr lange dauern würde, bis er starb.

In diesem Augenblick schlug Waldron die Augen auf und schaute Hugo an. Ohne ein Wort zu sagen, schloss er sie wieder. Hugo warf einen prüfenden Blick auf Sorcha.

»Was ist?«, fragte sie. »Glaubt Ihr vielleicht, ich hätte Angst? Das stimmt nämlich nicht.«

»Ich weiß«, erwiderte er sanft. »Ihr besitzt das Herz eines Löwen, Skelpie. Aber versucht um Himmels willen nicht, ihm zu helfen.«

»Das werde ich nicht.« Sorcha trat neben Adela und blickte auf sie herab.

»Haltet Euch von ihm fern«, sagte Hugo noch einmal. »Er ist schon ziemlich schwach, doch in der Vergangenheit hat er bewiesen, wie zäh er sein kann. Also bleibt außer Reichweite. Und blast im Notfall in Eure Pfeife. Ich entferne mich nicht weit, sondern rufe nur meine Jungs. Sie sollen Adela zur Burg bringen.«

Sie nickte geistesabwesend, mit den Gedanken ganz bei ihrer Schwester.

»Ich sorge dafür, dass man sie so rasch und vorsichtig wie möglich nach Roslin trägt«, erklärte er. »Dort können wir sie der Obhut meiner Tante überlassen. Ein paar von ihren Leuten sind geschickte Heiler.«

»Könntet Ihr sie nicht einfach durch den Tunnel tragen?«, fragte Sorcha.

Hugo warf Waldron einen beunruhigten Blick zu. Hoffentlich war sein Vetter vom Blutverlust schon so geschwächt, dass er nicht mehr mitbekam, wovon genau Sorcha sprach.

»Ich bleibe nicht lange fort«, erwiderte er nur. »Falls eine von den Fackeln ausgehen sollte, in der Truhe beim Podium sind noch mehr.«

Behutsam nahm er Adela auf die Arme und schritt mit ihr durch den Gang davon.

Sorcha blickte ihm nach. Plötzlich hörte sie hinter sich ein Geräusch, und als sie sich umdrehte, sah sie, dass Waldron sich aufzurichten versuchte.

»Was tut Ihr?«, rief sie.

Er hatte sich aufgesetzt und bemühte sich nun, auf die Beine zu kommen.

»Ich will ins Wasser schauen«, sagte er mit schwacher Stimme, als sei dieser Wunsch das Natürlichste auf der Welt. »Kommt, helft mir auf, Mädchen.«

»Ihr bildet Euch doch wohl nicht ein, dass ich Euch zu nahe komme«, erwiderte sie. »Ihr seid ein böser Mensch, Waldron von Edgelaw, doch unsterblich seid Ihr nicht. Legt Euch wieder hin und schont Eure Kräfte, dann könnt Ihr den heutigen Tag vielleicht überleben. Ich werde Sir Hugo helfen, Eure Wunde zu versorgen, wenn er zurückkommt, aber das ist auch schon alles. Und ich tue es auch nur, weil ich glaube, dass Ihr Euch geopfert habt, um Adela zu retten.«

»Was für eine närrische Idee«, knurrte er. »Es blieb mir ja nichts anderes übrig, als Eure törichte Schwester sich einmischen wollte. Doch Gottes Werk werde ich auf jeden Fall noch zu Ende bringen.«

»Sie hat Euch das Leben gerettet, und das wisst Ihr auch«, sagte Sorcha. »Sie hat sich zwischen Euch und Sir Hugo geworfen. Andererseits hat sie es Euch zu verdanken, dass sie noch am Leben ist.«

»Ihr seid genauso verrückt wie sie«, murmelte Waldron. Er klang verlegen wie ein kleiner Junge.

»Keine von uns beiden ist verrückt«, widersprach Sorcha. »Aber ich verstehe noch immer nicht, warum sie Euch zu Hilfe kommen wollte. Ihr habt sie vermutlich vergewaltigt und auch sonst alles getan, um sie zugrunde zu richten. Wusstet Ihr, dass sie Hugo liebt? Habt Ihr es deswegen getan?«

»Ach was, sie liebt ihn nicht!«, widersprach er. »Jeder kann doch sehen, dass Ihr es seid, die ihn liebt – bis auf Hugo, diesen Tölpel, vielleicht.«

»Meine Gefühle gehen weder Euch noch sonst jemanden etwas an!«, fauchte sie. »Und Adela liebt ihn doch! Wahrscheinlich denkt sie nur, dass er sie jetzt nicht mehr will.«

»Ich habe sie nicht vergewaltigt«, sagte Waldron. »Sie ist noch immer unberührt. Aber sicher wird ihr das keiner glauben, es sei denn, sie ließe sich untersuchen.«

»Eher würde sie ins Kloster gehen«, erklärte Sorcha. Doch seltsamerweise glaubte sie ihm. »Warum habt Ihr sie nicht angerührt?«

»Sie ist mir zu alt«, entgegnete er barsch, doch mit abgewandtem Blick.

»Ihr lügt«, erwiderte sie. »Ihr würdet in Eurer abgrundtiefen Bosheit jede Frau schänden, und sei es auch nur, um ihre verzweifelten Schreie zu hören oder ihren Angehörigen Leid zuzufügen. Ihr seid kein Diener Gottes, Sir! Wahrscheinlich wird Euch nach Eurem Tod der Teufel holen.«

»Ihr habt eine schmutzige Fantasie, so jung ihr auch seid«, sagte er mit schwächer werdender Stimme. Als sei ihm klar, was das bedeutete, versuchte er erneut, auf die Beine zu kommen.

»Wo wollt Ihr hin?«, fragte sie, während sie ihn beobachtete. »Es führt nur ein Weg nach draußen, und so weit kommt Ihr bestimmt nicht.«

Waldron war mühsam aufgestanden und wankte auf den See zu.

»Falls Ihr Euch ertränken wollt, solltet Ihr vielleicht auf Hugo warten und ihn fragen, ob der See überhaupt tief genug ist.«

»Das Wasser ist klar und ganz seicht«, sagte er und watete hinein.

»Was macht Ihr denn da?«

In diesem Augenblick fiel ihr die Truhe wieder ein, die

weggerutscht war. Etwa so groß wie ein Sattelkorb und mit Messingbeschlägen versehen lag sie ungefähr zehn Meter vom Ufer entfernt im Wasser. Man konnte sie gut für eine Schatzkiste halten, auch wenn Hugo behauptet hatte, dass sich der Schatz nicht hier in der Höhle befand. Gespannt verfolgte Sorcha jeden von Waldrons Schritten.

Je näher er der Truhe kam, desto energischer und müheloser wurden seine Bewegungen. Fast schien es ihr, als sei er überhaupt nicht verletzt.

Eilig lief sie hinter ihm her und begann ebenfalls ins kalte Wasser zu waten. Es sickerte in ihre Stiefel und durchtränkte ihr Kleid bis zu den Knien, doch sie ging weiter, ohne ihn aus den Augen zu lassen. Er wirkte in diesem Moment so stark und unbesiegbar, dass sie sich vorstellen konnte, wie er die Truhe aufhob und mit ihr für immer in der riesigen finsteren Höhle verschwand.

Wenn ihm das gelang, hätte Hugo als Bewacher des Schatzes versagt. Die Ehre der Sinclairs und die Geheimnisse der schottischen Tempelritter wären verloren.

Das konnte Sorcha nicht zulassen. Die Templer hatten viel zu sehr gelitten, um ihren Orden zu beschützen, nur um jetzt alles verlieren.

»Halt!«, rief sie und fasste Waldron am Arm. »Das dürft Ihr nicht nehmen!«

Er riss sich los, stieß die Truhe mit dem Fuß weiter ins Wasser und ging hinterher. Die Truhe schlidderte leicht davon, und Sorcha wusste auch, warum, als sie plötzlich auf dem glatten, abschüssigen Felsuntergrund ausglitt.

Um das Gleichgewicht zu halten, griff sie erneut nach Waldrons Arm, doch er drehte sich mit einem wütenden Knurren um und stieß sie von sich. Die Füße rutschten ihr weg, und sie landete mit einem lauten Platschen im Wasser.

Sorcha bekam Angst, sie könnte immer weiter ins Wasser rutschen und in den schweren Stiefeln und den vollgesogenen Röcken womöglich nicht wieder hochkommen. Daher tastete sie fieberhaft nach einem Halt und bekam schließlich einen kleinen Felsvorsprung zu fassen. Sie hielt sich daran fest und stemmte die Füße gegen den Boden.

Jetzt brauchte sie sich nur noch hochzuziehen und langsam und vorsichtig auf dem rutschigen Untergrund an Land zu waten. Kurz darauf hatte sie das rettende Ufer erreicht. Sie hatte Isobels Kappe und Haarnetz verloren und war bis auf die Haut durchnässt.

Waldron war ebenso verschwunden wie die Truhe. Wo er eben noch gestanden hatte, sah sie nur noch ein paar Kräusel auf der Wasseroberfläche.

Immer weiter rutschte die verdammte Truhe, nachdem er ihr einen Tritt versetzt hatte. Der Gedanke, dass ihm selbst dieser kleine Teil des Schatzes durch die Lappen gehen sollte, machte ihn wahnsinnig. Er reckte sich vor und bekam einen der Messinggriffe zu fassen.

Ein schneidender Schmerz durchfuhr ihn, doch er ließ nicht locker. Da verlor er das Gleichgewicht und stürzte kopfüber ins Wasser. Mit letzter Kraft klammerte er sich an die Truhe, die unglaublich schwer war. Bestimmt war sie bis obenhin voller geraubter Juwelen und Gold. Sie riss ihn mit sich, doch er klammerte sich unerbittlich fest. Gott wusste, wie schwach er war, und würde ihm helfen. Er würde seinen getreuen Diener mitsamt der Truhe an die Oberfläche tragen.

Und wenn er erst wieder sicheren Boden unter den Füßen hatte, würde der Herr ihm die Kraft verleihen, die Truhe an Land zu bringen. Dann wollte er sie der Heiligen Kirche zurückbringen, zum Beweis, dass er den lange verschollenen Templerschatz gefunden hatte, den die verfluchten Sinclairs all die Jahre versteckt gehalten hatten. Und dann würde Seine Heiligkeit seine päpstliche Armee in Marsch setzen …

Unversehens packte ihn etwas ums Handgelenk und riss ihn mit unwiderstehlicher Macht in die Tiefe. Da erblickte er in der Ferne ein Licht. Doch es war nicht der goldene

Schein, der das Haupt der Heiligen umgab und den Toren des Paradieses entströmte, von dem er hatte erzählen hören. Dieses Licht hier war glutrot. Fast vermeinte er die Hitze zu spüren.

Vielleicht holte ihn tatsächlich der Teufel, wie das Mädchen es vorausgesagt hatte.

Bei diesem entsetzlichen Gedanken schnappte Waldron unwillkürlich nach Luft. Während das Wasser in seine Lungen drang, wurde es um ihn her wieder dunkel und still wie im Grab.

Als Hugo zurückkam, stand Sorcha noch immer am Ufer und starrte in den See. Sie erkannte seine Schritte, brauchte jedoch noch einen Moment, um richtig zu sich zu kommen. Dann fiel ihr plötzlich Adela wieder ein, und sie drehte sich um.

Schon packte Hugo sie unsanft bei den Schultern. »Ich habe Euch doch gesagt, Ihr sollt Euch von ihm fernhalten!«, rief er. »Was ist geschehen? Geht es Euch gut?«

»Ja. Ich glaube, er ist tot. Wo ist Adela?«

»Wir konnten die Blutung stillen, und Wat MacComas bringt sie nach Roslin. Tam Swanson hat sich auf die Suche nach Einar gemacht. Und jetzt sagt mir, warum Ihr glaubt, dass Waldron tot ist.«

»Weil er der Truhe nachgegangen ist, die Adela ins Wasser gestoßen hat. Die Truhe ist auch weg.« Sie runzelte die Stirn. »Ihr habt doch gesagt, der Schatz wäre nicht hier.«

»Das ist er auch nicht«, erwiderte Hugo. »Beide Truhen enthalten nur Zubehör für unsere Zeremonien, wie beispielsweise den Stirnreif, den Henry letzte Nacht trug.«

»Waldron wollte sie jedenfalls unbedingt haben, und er schaffte es, auf die Füße zu kommen und ins Wasser zu waten. Ich dachte, der See wäre ganz flach, und hatte Angst, Waldron könnte sich mitsamt dem Schatz davonmachen.«

»Das wäre ihm nie und nimmer gelungen. Ich hätte schwören können, dass er sogar zu schwach zum Aufstehen war.«

»Ich auch«, sagte sie. »Aber er hat es doch fertiggebracht. Und um Eure Ehre zu retten, wollte ich ihn aufhalten.«

Ohne auf sein unwilliges Knurren zu achten, fuhr sie fort: »Die Truhe ist immer weiter gerutscht, und als er danach griff, ist er auf einmal versunken und nicht wieder aufgetaucht. Bevor Ihr kamt, habe ich bis tausend gezählt.«

»Und warum, wenn ich fragen darf, seid Ihr klatschnass?«

»Redet nicht so mit mir!«, gab sie zurück. »Mir ist sowieso schon kalt, und wenn Ihr diesen Ton anschlagt, wachsen mir noch Eiszapfen.«

»Das würde Euch ganz recht geschehen. Ich bin Euch ja dankbar, dass Ihr Euch so sehr um meine Ehre gesorgt habt, aber ich hatte Euch befohlen, ihm nicht zu nahe zu kommen. Vielleicht könnt Ihr Euch vorstellen, mein Lämmchen, wie mir bei dem Gedanken zumute ist, Waldron hätte Euch mit sich in die Tiefe gerissen.«

»Aber Sir«, sagte sie und blickte ihn an. »Seit wir uns kennen, wolltet Ihr mir schon so oft den Hals umdrehen. Wäre es für Euch denn wirklich so schlimm gewesen, wenn ich ...«

Sie schrie leise auf, als er sie an sich riss und ihr ohne Rücksicht auf ihre triefnassen Kleider einen langen Kuss gab. Da nahm sie ihn fest in die Arme.

Nass, wie sie war, drückte Hugo sie an sich, genoss den Geschmack ihrer Lippen und dachte bei sich, wie leicht er sie hätte verlieren können. Dabei versuchte er sich einzureden, dass er sie nur festhielt, um sie ein wenig zu wärmen.

Sie wehrte sich nicht, sondern gab sich seinem Kuss hin. Doch nach einer Weile entzog sie sich ihm, blickte mit ernster Miene zu ihm auf und sagte: »Es ist wahrscheinlich grausam von mir, aber ich bin froh, dass er weg ist.«

»Ich auch«, sagte Hugo.

»Ihr wolltet ihn herlocken«, fuhr sie fort. »Der Eingang stand offen.«

Er nickte. »Ja, doch es war anders geplant. Da wir wussten, wie gut Waldron sich aufs Anschleichen verstand, sollte Einar Euch hierherführen. Die Tür ließen wir für ihn angelehnt. Wir gingen jedoch davon aus, dass Einar noch genug Zeit hätte, Euch zu verstecken, und dass ich Waldron auf den Fersen folgen würde.«

»Doch Waldron hielt sich bereits im Wald auf«, warf sie ein. »Es war noch ein anderer Mann bei ihm. Er sprang plötzlich aus dem Busch und griff nach den Zügeln.«

Hugo lächelte. »Was dann geschah, kann ich mir denken. Der Zelter gehört Isabella, und mein Vater hat ihm beigebracht, sich nicht von einem Fremden einfangen zu lassen.«

»Es ist ein feines Tier«, erwiderte sie und setzte hinzu: »Und dann hat jemand aus einem Baum heraus auf Einar geschossen.«

»Waldron war ein guter Bogenschütze.«

»Was wäre gewesen, wenn er mich beim Wachturm erwischt hätte?«

»Wir wissen jetzt, dass er gar nicht dort war. Einer seiner Leute brachte Adela zum Turm und kehrte dann gleich nach Edgelaw zurück, so wie es nach Adelas Nachricht zu erwarten war. Aber Waldron muss sich schon lange vorher heimlich in der Baumkrone postiert haben. Wir sollten jetzt gehen«, schloss er und küsste sie noch einmal.

Als er mit der Hand über ihre Seite strich, um sie warm zu reiben, schmiegte sie sich an ihn. Sein Körper reagierte sofort. Offensichtlich war ihm nicht klar, dass sie nur Wärme suchte.

»Lasst uns hier verschwinden«, murmelte er und küsste ihre feuchten Locken. »Ich werde versuchen, Euch warm zu halten; dennoch wird es ein ziemlich kalter Ritt werden.«

Als er spürte, wie sich ihre Muskeln anspannten, wusste er, dass sie wieder an Adela dachte.

»Seht mich an«, sagte er und umfasste ihr Kinn. »Wir haben uns nichts zuschulden kommen lassen, Mädchen. Es wird schon alles gut werden.«

»Wie denn?«

»Ich weiß noch nicht, aber habt Vertrauen.«

Sorcha hätte ihm nur zu gern geglaubt, doch zugleich hatte sie ein schlechtes Gewissen, weil sie Adela für einen Augenblick völlig vergessen hatte. Adela hatte nicht abgestritten, dass sie ihn liebte, und Hugo hatte Macleod versprochen, um ihre Hand anzuhalten.

Nun konnte Hugo keinen Rückzieher mehr machen, und sie dürfte, sich so etwas auch gar nicht wünschen, dachte sie traurig.

Als sie aus der Höhle traten, wunderte sie sich, dass die Sonne noch immer schien. Nachdem so viel geschehen war, hatte sie damit gerechnet, dass die Dunkelheit hereingebrochen wäre oder es zumindest dämmerte. Doch ihre Stimmung hob sich, als sie den Feldweg erreichten, wo zwei Männer an den Stamm der Buche gelehnt saßen und auf sie warteten. Einer von ihnen sprang auf, als sie näher kamen, doch der andere hob nur grüßend die Hand und grinste Sorcha an.

»Wie Ihr seht, bin ich noch nicht tot, Mylady«, sagte Einar.

»Er ist verwundet, doch sein gepanzertes Wams hat ihm das Leben gerettet, Sir«, erklärte Wat MacComas. »Er behauptet, er könne reiten, daher nehme ich ihn mit auf mein Pferd.«

»Wenn er es sagt, dann ist es auch so, Wat«, erwiderte Hugo vergnügt. »Ich reite mit meinem Mädchen.«

»Ihr dürft mich nicht Euer Mädchen nennen«, flüsterte Sorcha ihm zu, als er sie vor sich auf Black Thunders Rücken hob.

»Habt Vertrauen. Und zieht das hier an.« Mit diesen Worten zog er seinen Lederpanzer aus und legte ihn ihr um. »Er ist ein bisschen schwer, wird Euch aber einigermaßen warm halten.«

Wie immer sorgte allein schon seine Nähe dafür, dass ihr warm wurde. Dennoch verschmähte sie das schwere Lederwams nicht, das noch von seinem Körper aufgeheizt war.

Trotzdem zitterte Sorcha und klapperte vor Kälte mit den Zähnen, als sie nach einem kurzen Ritt auf Roslin anlangten.

Der Burghof wimmelte von Menschen und Pferden. Michael und Sir Edward waren zurück und kamen zu ihrer Begrüßung herbei. Dabei sah Michael seinen Vetter mit hochgezogenen Brauen an.

»Er ist tot«, sagte Hugo.

Michael nickte und sagte: »Kurz nachdem ihr weg wart, haben sich seine Männer ergeben. Sie sagten, er sei fortgeritten und habe nur Fin Wylie mitgenommen. Trotzdem haben wir Edgelaw von oben bis unten nach ihm durchsucht.« Mit einem Blick auf Sorchas nasse Kleider fügte er hinzu: »Du kannst uns den Rest später erzählen.«

Hugo saß ab und hob sie aus dem Sattel. »Ich werde Euch hineintragen«, sagte er, nachdem ihm ein Stallbursche Black Thunder abgenommen hatte.

Dagegen erhob sie keinen Einspruch. Das Letzte, wozu sie Lust hatte, war, in Isobels nassem Kleid und Hugos Panzerwams über den Hof zu laufen. Doch als er sie an der Tür zur Halle vorbeitrug, sagte sie: »Ich möchte Adela sehen, Sir. Ich will mich selbst davon überzeugen, dass sie in Sicherheit ist.«

»Dazu ist später noch Zeit genug, wenn Ihr wieder trocken und aufgewärmt seid«, erwiderte er.

Er trug sie noch ein Stockwerk höher bis zu ihrer Schlafkammer, wobei er einem vorüberkommenden Pagen auftrug, Kenna zu holen. In dem kühlen Raum setzte er Sorcha ab und sagte: »Dreht Euch um, dann löse ich Eure Schnürbänder. Habt Ihr hier irgendwo ein Cape, das ihr umlegen könnt, bis Kenna kommt, oder wollt Ihr Euch ins Bett legen?«

»Du meine Güte!«, rief sie und blickte ihn über die Schulter an. »Wollt Ihr vielleicht hierbleiben, während ich mich ausziehe?«

»Ich werde Euch nicht aus den Augen lassen, bis alles zum Besten geregelt ist, Skelpie.«

»Dann wollt Ihr mir also zusehen?«

Er grinste. »Ich werde mich umdrehen. Also, wie habt Ihr Euch entschieden, Cape oder Bett?«

»Cape«, sagte sie, da sie in seiner Gegenwart nicht nackt ins Bett steigen wollte. »In der Truhe dort drüben ist eins.«

Nachdem er ihr Mieder aufgeschnürt hatte, ging er den Umhang holen und reichte ihn ihr.

»Umdrehen!«, befahl sie, und er gehorchte lachend.

Als Kenna kurz darauf eintrat, machte er noch immer keine Anstalten, zu gehen.

»Reibe sie mit Handtüchern trocken und zieh ihr das wärmste Kleid an, das du finden kannst«, wies er die Zofe an. »Und wenn du gehst, nimm das Cape mit und trockne es am Küchenfeuer.«

»Ja, Sir«, erwiderte Kenna mit einem skeptischen Blick.

Bald war es Sorcha wieder warm, und nachdem sie ein Seidenkleid und ein Überkleid aus Wolle angezogen und das noch immer klamme Haar unter einem Netz und einem seidenen Schleier verborgen hatte, fühlte sie sich hinreichend gerüstet, um sich allem zu stellen, was da kommen mochte.

Kenna sagte ihnen, dass Adela in einer nahe gelegenen Kammer untergebracht war, und sie gingen zusammen zu ihr, um zu sehen, wie es ihr ging. Beim Öffnen der Tür fiel Sorchas Blick sogleich auf ihre Schwester, die in einem hohen Bett an der gegenüberliegenden Wand ruhte. Zu Sorchas großer Erleichterung war Adela wach und ganz offensichtlich bereits auf dem Weg der Besserung.

»Gott sei Dank!«, rief Sorcha und lief zu ihr. »Ich hatte solche Angst um dich!«

»Und ich um dich«, erwiderte Adela und ergriff die Hand

ihrer Schwester. »Er ist ein gefährlicher Mann, Liebes, und du bringst dich so leicht in Schwierigkeiten.«

»Er kann dir nichts mehr tun«, sagte Sorcha. »Aber warum hast du dich bloß zwischen ihn und Hugo geworfen?«

»Ich weiß es wirklich nicht«, antwortete Adela. »Anscheinend weiß ich überhaupt nicht mehr, warum ich etwas tue oder sage oder denke. Ich konnte einfach nicht zulassen, dass Hugo ihn tötet.«

»Wie du siehst, habe ich dir Hugo mitgebracht«, sagte Sorcha rasch, bevor der Mut sie verließ.

Adela lächelte Hugo zu, doch dann schaute sie wieder Sorcha an und schüttelte den Kopf. »Ich weiß ja, dass du glaubst, ich hätte mich in ihn verliebt, mein Liebes, aber …«

»Sonst hast du es doch auch nicht abgestritten«, erinnerte Sorcha sie.

»Doch, das habe ich, und zwar mehr als einmal«, widersprach Adela.

»Aber heute nicht.«

»Nein, das nicht. Aber bevor ich hierher nach Roslin kam, habe ich mich auch nicht sicher gefühlt. Eigentlich habe ich mich nicht mehr sicher gefühlt, seit …« Ein Schatten glitt über ihre Züge, und sie holte tief Luft, bevor sie fortfuhr: »Aber darüber möchte ich nicht mehr sprechen. Ich weiß noch, dass du mir sagtest, Hugo würde mich nicht im Stich lassen. Doch dann erfuhr ich, dass Ar…«

»Aber warum willst du ihn denn nicht heiraten?«, fragte Sorcha.

Adela lächelte. »Weil ich ihn nicht liebe, und er mich auch nicht. Du solltest eigentlich am besten wissen, wen Hugo liebt. Würdest du diese Liebe tatsächlich für mich opfern?«

Plötzlich war Sorcha die Kehle wie zugeschnürt, und sie wandte sich zu Hugo um, der hinter ihr stand. Gespannt und ein wenig beunruhigt wartete er darauf, was Sorcha als Nächstes sagen würde. Doch sie biss sich nur auf die Lippe, und eine einzelne Träne rann ihr übers Gesicht.

Da breitete er die Arme aus, und sie ging zu ihm. Erneut wandte sie sich an Adela: »Ich hätte es wirklich getan. Aber was willst du jetzt machen? Wenn Vater Lady Clendenen heiratet, kannst du nicht mehr auf Chalamine bleiben.«

»Ardelve ist hier«, sagte Adela nur und strahlte sie an.

»Willst du damit sagen, er will dich immer noch?«, platzte Sorcha heraus.

»Ja, und ich will ihn auch. Mehr denn je nach diesem Albtraum. Er bringt mir so viel Zuneigung entgegen, ohne dafür mehr zu verlangen, als dass ich freundlich zu ihm bin und ihm den Haushalt führe. Außerdem ist er noch nicht zu alt, um Vater zu werden. Und überhaupt ist er der netteste Mann, den ich kenne.«

»Meine Güte, ich glaube fast, du magst ihn wirklich!«

»Das tue ich auch, und ich bin Hugo dankbar, dass er ihn hat holen lassen.«

»Nein, Mädchen, das war Euer Vater«, entgegnete Hugo. »Er hat ihm gestern Abend eine Botschaft geschickt. Doch da war Ardelve bereits in Edinburgh. Wahrscheinlich, weil er dachte, die Entführer hätten Euch dorthin gebracht.«

»Er ist mit Donalds Flottille gekommen«, erinnerte ihn Sorcha.

»Ja, schon, aber er gehörte nie zu Donalds Anhängern. Er hätte es lieber gesehen, wenn Ranald Lord der Inseln geworden wäre. Als ich Macleod davon erzählte, schickte er einen Boten zu ihm nach Edinburgh. Ihr werdet ihn also heiraten, Mylady?«, fragte er Adela.

»Ja, Sir, und zwar mit Vergnügen. Und Euch wünsche ich, dass Ihr glücklich werdet.«

»Das werde ich«, erwiderte er und lächelte Sorcha zärtlich an. Dann fuhr er in sachlichem Ton fort: »Aber zuerst gibt es noch eine Menge zu erledigen. Michael wird alles haarklein erfahren wollen, und mein Vater ebenfalls. Und Isabella wird sicher jedem von uns eine angemessene Hochzeitsfeier ausrichten wollen – oder uns allen zusammen eine große. Dabei müssen wir auch noch auf Euren Vater mit seinem Aberglauben Rücksicht nehmen. Ich fürchte, das nimmt alles gar kein Ende!«

Sorcha wurde mulmig. So gern sie ihn auch heiraten wollte, fand sie das Bild, das er heraufbeschworen hatte, doch ziemlich beängstigend.

Er sah sie an und sagte schicksalsergeben: »Wir gehen jetzt wohl besser nach unten und erzählen ihnen alles, damit wir es hinter uns haben.«

Sorcha nickte und folgte ihm schweigend hinaus. Sie fürchtete sich ein wenig davor, den anderen gegenüberzutreten, wollte jedoch nicht in Adelas Gegenwart oder im Treppenhaus über ihre Gefühle sprechen.

Am Eingang zur Halle blieb er stehen und sagte: »Ich habe Euch noch gar nicht gefragt, aber ich hoffe trotzdem, dass Ihr mich heiraten wollt, Liebste.«

»Das wisst Ihr doch«, entgegnete sie lächelnd.

»Ihr vertraut mir also?« Seine Augen funkelten. »Ich weiß ja, wie gern Ihr mir widersprecht, doch dieses eine Mal solltet Ihr es lieber bleiben lassen.«

Als sie nickte, gab er ihr rasch einen Kuss, dann traten sie ein.

Die anderen saßen in der Kemenate beisammen. Sir Edward und die Gräfin spielten eine Partie Schach, Michael und Isobel hatten sich ans Fenster gesetzt, den kleinen William Robert Sinclair in seiner Wiege neben sich, und Sidony saß auf einem Kissen dabei und kitzelte das Baby unterm Kinn. Ein wenig entfernt an einem Tischchen waren Ardelve und Macleod in ein Würfelspiel vertieft.

Hugo blieb in der offenen Tür stehen und legte den Arm um Sorcha.

Als alle aufblickten, sagte er: »Da Lady Sorcha ihr Einverständnis gegeben hat, erkläre ich uns hiermit für Mann und Frau.«

Es erhob sich lautes Stimmengewirr, das jedoch verstummte, als Hugo die Hand hob und fortfuhr: »Wir begeben uns nun nach Hawthornden und bitten Euch, uns drei Tage zu gewähren, bevor Ihr der Braut Eure Visiten macht.«

»Aber du wirst doch Kleider brauchen, Sorcha«, warf Isobel ein. »Sag Kenna, sie soll ...«

»Für die nächsten drei Tage braucht sie zumindest keine«, widersprach Hugo. »Danach kann jemand ihr etwas zum Anziehen bringen.« Mit diesen Worten scheuchte er die verblüffte, lachende Sorcha aus dem Zimmer und schloss die Tür, hinter der erstaunte Ausrufe laut wurden.

»Wie konntet Ihr nur!«, rief sie. »Man erklärt sich doch nur selbst für verheiratet, wenn kein Priester oder Kaplan verfügbar ist oder wenn ein Notfall vorliegt.«

»Wenn das hier kein Notfall ist, Skelpie, dann weiß ich nicht«, erwiderte Hugo und schloss sie in die Arme.

22

Hawthornden Castle, Lothian

Sie erreichten Hawthornden mit Einbruch der Dunkelheit, sodass Sorcha ebenso wenig von der Umgebung erkennen konnte wie von der Burg selbst, die massig auf ihrem hohen Felsen thronte. Doch das kümmerte sie nicht; ihre Gedanken kreisten nur um Hugo.

Als sie in die Halle traten, wies er die Dienstboten an, das Abendessen zu bereiten und sogleich Wein herbeizubringen. »Ich möchte mit meiner Braut anstoßen«, sagte er.

Als ein Page sich eilends auf den Weg gemacht hatte, sagte Sorcha lachend: »Dem Jungen habt Ihr wirklich einen Schrecken eingejagt, Sir. Und mir übrigens auch. Sind wir jetzt tatsächlich verheiratet?«

»Ja, mein Schatz, und deshalb musst du von jetzt an tun, was ich dir sage«, antwortete er, während er sie zu ihrem Stuhl an der hohen Tafel führte.

Sie nahm Platz und erwiderte: »Ich wüsste nicht, dass ich etwas Ähnliches gelobt hätte, Sir.«

Da musste er lachen. »Dann muss ich dich eben davon überzeugen.«

»Und wie?«, fragte sie.

Er ließ sich an ihrer Seite nieder, nun wieder ernst. »Was weißt du eigentlich über die Pflichten und Freuden des Ehelebens?«, wollte er wissen.

»Nur dass ich als Eure Frau die Dienstboten zu überwachen habe und so weiter«, musste sie zugeben. »Aber ich weiß, dass Isobel gern mit Michael verheiratet ist und ich mich auf die Ehe mit Euch freue. Ich möchte Kinder mit Euch haben, Sir, und Ihr werdet mir doch gewiss beibringen, was ich wissen muss, nicht wahr?«

»Ja, Mädchen, das werde ich. Ich bringe dir alles bei, was ich weiß«, antwortete er und lächelte wieder.

»Wisst Ihr denn so viel, Sir?«

Seine Augen funkelten spitzbübisch, doch er sagte nur: »Ah, hier kommt ja unser Wein.« Er nahm dem Pagen den Krug ab, schenkte einen Becher voll und reichte ihn Sorcha.

Während sie daran nippte und ihm zusah, wie er seinen eigenen Becher füllte, dachte sie, wie dumm es von Adela war, Ardelve vorzuziehen. Das brachte sie auf einen anderen Gedanken. Sie setzte den Becher ab und rief: »Wir haben Adela gar nicht erzählt, dass Waldron tot ist! Das hätten wir aber tun müssen, damit sie weiß, dass sie keine Angst mehr zu haben braucht.«

»Das kann Ardelve übernehmen, Mädchen«, erwiderte er. »Sie wird seine Unterstützung nötig haben, wenn sie hört, dass Waldron nicht mehr lebt. Es ging ihr nämlich nicht um mich, als sie sich während des Kampfes zwischen uns warf. Und auch er hat nicht an mich gedacht, als er seine Deckung vernachlässigte, um sie wegzustoßen.«

»Aber sie kann ihn doch unmöglich geliebt haben!«

»Ich weiß nicht, was sie für ihn empfunden hat«, sagte Hugo. »Doch es war zumindest genug, um sich einem Schwerthieb in den Weg zu stellen, der ihn geradewegs in die Hölle geschickt hätte. Eine solche Leidenschaft löst sich nicht einfach in Luft auf, daher wird es eine Weile dauern, bis sie darüber hinweg ist. Trink jetzt deinen Wein. Ich glaube nicht, dass ich noch aufs Abendessen warten will.«

Das taten sie dann doch, ohne sich jedoch lange damit aufzuhalten. Er musste sie immerzu ansehen, und jeder Blick von ihm war wie ein Kuss. Ihr wurde ganz heiß.

Schließlich sagte er mit rauer Stimme: »Komm jetzt mit nach oben, mein Schatz.«

Auf einmal war sie ganz kleinlaut. »Wisst Ihr, Sir, wenn mir jemand gesagt hätte, dass ich einen Mann heiraten würde, den ich seit kaum einer Woche kenne, hätte ich es nicht für möglich gehalten.«

Er schüttelte den Kopf. »Frauen heiraten oft einen Mann, den sie noch nie zuvor gesehen haben und von dem sie nicht das Geringste wissen, nur weil ihre Väter die Ehe arrangiert haben.«

»So etwas wollte ich nie«, sagte Sorcha. »Meine Schwester Cristina hat auf Vaters Befehl hin geheiratet, und Hector wollte sie noch nicht einmal. Ich an ihrer Stelle wäre einfach weggelaufen.«

»Du bist ja auch weggelaufen«, erinnerte er sie und öffnete eine Tür. »Das ist meine Schlafkammer.«

Jemand hatte Kohlepfannen entzündet und ein Feuer im Kamin entfacht, und auf dem Waschständer wartete ein Krug mit heißem Wasser. Doch was Sorchas Interesse am meisten auf sich zog, war das Bett – Hugos Bett, das sie von nun an mit ihm teilen würde.

Sie zitterte bei dem Gedanken, ob sie ihm wohl alles recht machen würde und ob die Ehe so schön werden würde, wie sie es sich erhoffte.

Er stand vor ihr, die Hände leicht auf ihre Schultern gelegt. »Bist du bereit, Liebste?«, fragte er. »Ich möchte, dass du gern mit mir schläfst.«

»Ja, Sir«, antwortete sie, doch ihre Handflächen waren feucht. »Wollt Ihr mir wirklich für drei volle Tage die Kleider wegnehmen?«

»Nicht, wenn du es nicht willst«, sagte er, zog sie in seine Arme und küsste sie. »Ich habe Isobel nichts davon verraten, aber meine Schwester Kate hat ein paar Gewänder hiergelassen, die dir bestimmt passen werden. Ich glaube, du wirst Kate mögen, und Meg übrigens auch. Bei Eliza bin ich mir nicht so sicher. Sie hat genauso viel Temperament wie du und ist außerdem älter als ich.«

»Also uralt«, erwiderte sie.

»Ach, mein Mädchen, ich kann nicht länger warten«, sagte er und zog sie noch enger an sich.

Als er die Hände über ihren Körper gleiten ließ und seine Lippen auf ihren Mund presste, erwiderte sie seinen Kuss überraschend hingebungsvoll. Hemmungen und Bedenken waren vergessen; sie wollte nur noch lernen, ihm Vergnügen zu bereiten. Er seinerseits wollte sich alle Zeit der Welt für sie nehmen und sie lehren, diesen wunderbaren neuen Zeitvertreib zu genießen.

Im Handumdrehen hatte er ihr das wollene Überkleid abgestreift und es zu Boden fallen lassen. Als Nächstes kam das Seidenkleid an die Reihe, das ebenfalls als Stoffhäufchen zu ihren Füßen landete.

Doch als sie im Hemd vor ihm stand, sagte er plötzlich: »Dir wird wieder kalt werden, Mädchen. Da bringe ich dich lieber ins Bett.«

Ohne ihre Antwort abzuwarten, hob er sie hoch, trug sie zum Bett und zog ihr die Decke bis zum Kinn hinauf. Dann legte er Holz im Kamin nach. Sorcha beobachtete ihn mit zärtlichem Lächeln und dachte, dass sie es ihm unbedingt abgewöhnen musste, alle Entscheidungen für sie zu treffen. Das konnte auf die Dauer nämlich nicht gut gehen.

Doch als er wiederkam, seine Kleider ablegte und zu ihr ins Bett schlüpfte, war alles andere vergessen, und sie freute sich nur noch auf das, was er ihr beibringen würde.

Sie bebte noch immer ein wenig unter seiner Berührung, doch als er die Hände sanft über ihren Leib gleiten ließ, wurde sie ruhiger.

Sein warmer Körper schmiegte sich so angenehm an sie, als glühe im Bett ein wärmendes Feuer. Seine Berührungen erregten ihre Sinne, und sie empfand eine unaussprechliche Freude darüber, dass sie endlich mit ihm allein war.

Er küsste sie hungrig und drang mit seiner Zunge in ihren Mund. Während Sorcha sie mit ihrer Zunge umspielte, überlegte sie, was er wohl als Nächstes tun würde.

Hugo konnte es gar nicht fassen, wie seidig ihre Haut war. Während er sie küsste, streichelte er sie und freute sich an ihrem glatten Körper. Er umfasste erst eine weiche Brust, dann die andere, bevor er sie beobachtete, während sein Daumen sanft über die Brustwarze fuhr. Nach einem weiteren langen Kuss auf ihren Mund und Hals rutschte er ein wenig tiefer und nahm ihre Brustwarze zwischen die Lippen. Als Antwort auf seine Liebkosungen bäumte sich ihr Körper auf. Daraufhin ließ er seine Hand zwischen ihre Schenkel gleiten. Nirgendwo verströmte ihr Körper eine solche Hitze wie an dieser Stelle. Er schob behutsam einen Finger zwischen ihre Schamlippen, woraufhin sie keuchend alle Muskeln anspannte; sie wehrte sich jedoch nicht.

Sie atmete bereits schwer, und als er seinen Kopf auf ihre Brust legte, konnte er ihr Herz pochen hören. Ein kleiner Laut entschlüpfte ihrer Kehle, als sein Finger in sie eindrang, doch sie war schon ganz feucht und beinahe bereit für ihn.

Er wusste nur zu gut, dass ihre erste Vereinigung kein reines Vergnügen für sie werden würde, doch bevor der Schmerz kam, sollte sie es genießen, und er wusste, dass es umso leichter für sie werden würde, je besser er sie darauf vorbereitete.

Doch ihre erst zaghaften, dann immer leidenschaftlicheren Liebkosungen hatten ihn derart erregt, dass sich alles in ihm nach Erlösung sehnte. Er musste jetzt rasch weitermachen, bevor seine Wollust größer wurde als seine guten Vorsätze.

Daher presste er seine Lippen erneut auf die ihren und drang zugleich mit dem Finger weiter in ihren heißen, feuchten Schoß vor, bis sie stöhnte und sich lüstern wand. Als sie sich bis zu seinem Bauch und weiter hinuntertastete, nahm er ihre Hand und führte sie an die richtige Stelle. Er stöhnte auf, als ihre schlanken Finger sich um seinen Penis legten.

Sie drehte den Kopf ein wenig; da blickte er auf und fragte: »Tue ich dir weh?«

»Nein«, antwortete sie. »Aber werdet Ihr dort hineinpassen?«

Er lachte leise. »Ja, bestimmt. Aber beim ersten Mal wird es nicht allzu angenehm für dich werden. Später geht es dann besser. Ach, mein Mädchen, du bist so weich und warm.«

»Ihr seid auch warm«, erwiderte sie. »Das habe ich schon früher bemerkt, aber das hier ... so etwas hätte ich mir nie träumen lassen.«

Da richtete er sich auf, schob seine Knie nacheinander zwischen ihre Beine und drückte sie sanft auseinander. Sein Körper war gespannt wie eine Bogensehne und lechzte nach Befriedigung.

Sie war ebenso angespannt; ihre Lippen öffneten sich erwartungsvoll, und ihr Gesicht zeigte eine Art ängstlicher Neugier. Ihre wunderschönen Brüste, die im Feuerschein golden schimmerten, hoben und senkten sich rasch im Rhythmus ihres Atems.

Er küsste sie, bevor er sich über sie beugte und sachte ihre Beine noch ein wenig mehr spreizte. Nach kurzem Zögern drang er behutsam in sie ein. Vor Schmerz stockte ihr der Atem, doch er übte noch etwas mehr Druck aus, bevor er sich wieder ein Stück zurückzog. Das wiederholte er noch einige Male, bis der Widerstand überwunden war. Dann stieß er kräftig zu. Ohne auf ihren leisen Aufschrei zu achten, bewegte er sich langsam und gleichmäßig in ihr, bis seine Erregung sich nicht länger zügeln ließ. Noch ein paar rasche, harte Stöße, und er erreichte keuchend den Höhepunkt.

Als er sich von ihr herunterrollen ließ, sah er, dass sie ihn mit großen Augen, die Lippen leicht geöffnet, anstarrte. Sie keuchte beinahe so sehr wie er.

»Alles in Ordnung?«, fragte er.

»Ja. Ich wusste es nur nicht.«

»Was denn?«

»Dass eine Frau so etwas empfinden kann.«

»Habe ich dir denn nicht wehgetan?«

»Doch, aber Ihr habt ja gesagt, es würde nie wieder so schmerzen. Und was das Übrige angeht ...« Sie strahlte ihn an.

»Ich liebe dich«, sagte er und erhob sich. »Und jetzt hole ich uns etwas, womit wir uns säubern können.«

»Dass Ihr mich liebt, sagt Ihr jetzt, aber ich möchte wetten, beim ersten Widerwort, das ich Euch gebe, werdet Ihr ganz anders reden, Sir.«

»Ich wollte dir eigentlich noch etwas anderes Schönes zeigen«, sagte er, als er mit einem weichen Lappen wiederkam, den er zuvor mit Wasser aus dem Krug befeuchtet hatte. »Aber wenn du jetzt schon von Widerworten sprichst ...« Ohne den Satz zu beenden, wischte er ihr das Blut von den Schenkeln. »Wirst du mir denn noch einmal widersprechen?«, fragte er.

»Das nehme ich doch stark an«, sagte sie und schnappte ein wenig nach Luft, als er mit dem Lappen zwischen ihre Schamlippen fuhr. »So ... so bin ich eben. Das kommt wohl davon, wenn man einen Vater hat, der einem eine Anweisung gibt und sie im nächsten Augenblick wieder vergessen hat. Oh, nicht aufhören!«

Lachend stand er auf und goss Wasser in die Schüssel, um sich zu waschen. »Macleod hätte dir den Hosenboden stramm ziehen sollen, wenn du widerspenstig warst«, sagte er über die Schulter gewandt.

»Na ja, das hat er auch manchmal getan«, erwiderte sie und ließ sich entspannt in die Kissen sinken. »Aber erstens war sein Zorn stets schnell verraucht, und außerdem hatte ich eben immer meinen eigenen Kopf. Ihr seht also, selbst wenn ich es gar nicht will, werde ich Euch bestimmt noch öfter verärgern.«

»Ich verstehe«, sagte Hugo grinsend und kletterte wieder ins Bett. Dann fügte er hinzu: »Ich muss dir etwas gestehen, Skelpie. Ich habe mir einmal ausgemalt, wie die vollkommene Ehefrau beschaffen sein sollte.«

»Ich fürchte, sie war ganz und gar nicht wie ich«, erwiderte sie mit gespieltem Bedauern.

»Nicht im Geringsten«, pflichtete er ihr bei.

»Wie war sie dann?«

»Einfach ein langweiliges Weib mit einem hübschen Gesicht und einer netten Figur, das mir den Haushalt führt und mir Kinder schenkt, die alle genauso wohlerzogen sind wie ihre Mutter.«

»Bin ich vielleicht nicht hübsch?«

»Du bist der Inbegriff der Schönheit. Aber, weißt du, ich habe mir eben ein friedliches Eheleben ausgemalt. Kein Zank, kein Theater, kein Ärger.«

»Und was wolltet Ihr zu dieser Idylle beitragen?«

»Das hier«, sagte er mit belustigtem Glucksen, beugte sich über sie und begann ihren Körper bis hinunter zu ihrer Scham mit Küssen zu bedecken.

»Oh!«, hauchte Sorcha, als er seine Zunge spielen ließ. »Wenn Ihr das jedes Mal macht, nachdem Ihr an mir herumgemeckert habt, dann dürft Ihr nach Herzenslust schimpfen.«

Liebe Leserin, lieber Leser,

ich hoffe, *Die List des Highlanders* hat Ihnen gefallen. Bevor ich auf einige, hoffentlich interessante, historische Details zu sprechen komme, muss ich noch einen kleinen Fehler berichtigen, der Sir Michael St. Clair (und nicht etwa der Autorin) in *Der Schatz des Highlanders* unterlaufen ist. Es handelt sich um den Titel, den er führen durfte, nachdem sein Bruder Graf von Orkney geworden war.

Wäre Henry in Schottland als Fürst von Orkney anerkannt worden, dann hätte Michael den Ehrentitel Lord Michael erhalten. Doch wie in *Der Schatz des Highlanders* zu lesen ist, galt Henry in Schottland »nur« als Graf von Orkney. Sein Sohn führte später den Titel eines Barons (von Roslin) und wäre Lord Sinclair gewesen. Doch selbst als Henrys Erbe hätte sich Michael immer nur Sir und nicht Lord nennen dürfen. Ich weiß wirklich nicht, was er sich dabei gedacht hat, aber ich kann Ihnen versichern, es tut ihm leid!

Ich sollte vielleicht noch einige erklärende Worte für diejenigen unter Ihnen hinzufügen, die der Meinung sind, eine Erstlingsgeburt könne niemals so schnell gehen wie bei Isobel. Irrtum. Als die Autorin in Omaha ihren Sohn zur Welt brachte, dauerte der gesamte Vorgang von der ersten Wehe bis zum ersten Schrei des Kindes nicht länger als eine Stunde und siebenundzwanzig Minuten. Ich schaffte es nur deshalb noch ins Krankenhaus, weil ein heftiger Schneesturm aufzog und bei einer ähnlichen Gelegenheit einige Wochen zuvor vier Babys von ihren eigenen Vätern mithilfe telefonischer Anweisungen auf die Welt gebracht worden waren.

Manch einer mag bezweifeln, dass das Papier, auf dem Isobel ihre Briefe schreibt und das Adela für ihre Botschaft an Sorcha verwendet, damals überhaupt verfügbar war. In der Tat war Papier bis zur Mitte des fünfzehnten Jahrhunderts in Großbritannien äußerst rar. Man konnte es jedoch in Italien, Frankreich und anderen Ländern erwerben, zu denen die Sinclairs und die Bewohner der Inseln und des westlichen Hochlandes Verbindungen unterhielten. Es wurde im zweiten Jahrhundert n. Chr. (im Jahr 105) von den Chinesen erfunden, kam im achten Jahrhundert über Bagdad nach Westeuropa und war bereits einhundert Jahre früher, als unsere Geschichte spielt, in Italien erhältlich.

In Adelas Verhalten als Waldrons Geisel werden viele von Ihnen sicherlich die Symptome des Stockholm-Syndroms wiedererkennen. Dieses psychische Phänomen wurde zwar erst im zwanzigsten Jahrhundert beschrieben, trat jedoch seit Anbeginn der Zeiten auf – nicht nur bei Menschen, die von Terroristen oder anderen Verbrechern als Geiseln genommen wurden, sondern auch bei missbrauchten und misshandelten Frauen und Kindern.

Für diejenigen unter ihnen, die sich – wie die Autorin – für wissenswerte Kleinigkeiten interessieren, sei gesagt, dass laut *Collins Encyclopedia of Scotland* Glenelg der einzige Ortsname im Hochland mit sieben Buchstaben ist, den man vorwärts wie rückwärts lesen kann. Das Dorf Glenelg ist herrlich abgelegen und ausgesprochen malerisch. Besonders interessant erschien der Autorin ein Grabmal auf dem Dorffriedhof, das mit dem Totenkopf und den gekreuzten Knochen wie der Grabstein eines Templers aussieht. Diese Tatsache und ihre Begeisterung für Glenelg haben die Autorin dazu bewogen, dort das fiktive Chalamine Castle anzusiedeln.

Die Überzeugungen Waldron von Edgelaws gehen auf die Assassinen, eine orientalische Sekte zur Zeit der Kreuzzüge, sowie auf Glaubensinhalte der Tempelritter und anderer

Kreuzfahrer zurück. Zwischen den Assassinen und den Templern bestanden zahlreiche Verbindungen, und die Überzeugung der Kreuzritter, dass alles, was ein Soldat Christi tat, unter göttlichem Schutz stand, hat ihre Entsprechung (und vielleicht sogar ihren Ursprung) im Glauben des Islam. Danach vergab der Allmächtige einem Soldaten alle Untaten – selbst Folter und Mord –, solange dieser sie nur im Glauben an die Heiligkeit seines Auftrags beging.

Die Vorstellung, dass auf einen Krieger Gottes im Himmel zahlreiche Jungfrauen warten, stammt ebenfalls aus dem Glauben der Assassinen und findet sich noch heute bei einigen extremen religiösen Gruppierungen. Waldrons Auffassung, dass Gott ihn durch den Vorfall mit Isobel auf den Zinnen von Roslin Castle (in *Der Schatz des Highlanders*) zur Keuschheit bewegen wollte, ist dagegen Waldrons ganz persönliche Deutung der Ereignisse.

Einzelheiten zur Einsetzung Donalds als zweiten Lords der Inseln habe ich den Werken *House of Islay* von Donald Grumach (Argyll 1967) und *The Clan Donald* von Reverend A. MacDonald (Inverness 1896) entnommen.

Die Beschreibung der Zeremonie, die Sorcha in der Höhle beobachtet, lehnt sich an das Kapitel »Knights Templars« in *Richardson's Monitor of Freemasonry* von Jabez Richardson (New York 1993, S. 109–123) an.

Wie bereits in *Der Schatz des Highlanders* erwähnt, ist nicht bekannt, wann genau all die Gänge auf Roslin gegraben wurden. Viele von ihnen entstanden, als William Sinclair, vierter Graf von Orkney, im sechzehnten Jahrhundert die berühmte Rosslyn-Kapelle erbaute. Andere gehen dagegen bereits auf die Zeit Fürst Henrys zurück.

Auch die nahe gelegene Wallace-Höhle, benannt nach William Wallace, der dort Unterschlupf fand, war schon lange vor der Zeit des Vierten Grafen bekannt.

Falls Sie an weiteren Informationen über den Schatz der Templer interessiert sind, hier noch einmal meine Buchempfehlungen: *Holy Blood, Holy Grail* (*Der Heilige Gral und seine Erben*) von Michael Baigent und Richard Leigh (New York 1982); *The Temple and the Lodge* (*Der Tempel und die Loge*), ebenfalls von Michael Baigent und Richard Leigh (New York 1989); *Pirates & the Lost Templar Fleet* von David H. Childress (Illinois 2003); *The Stone Puzzle of Rosslyn Chapel* von Philip Coppens (Niederlande 2004); *The Da Vinci Code Decoded* von Martin Lunn (New York 2004) und *The Lost Treasure of the Knights Templar* von Steven Sora (Vermont 1999).

Näheres über die Assassinen finden Sie in: *The Assassins* (*Die Assassinen. Zur Tradition des religiösen Mordes im radikalen Islam*) von Bernard Lewis (London 1967).

Abermals gilt mein Dank Donal Sean MacRae und Alasdair White, die stets bereit sind, mich an ihrem umfangreichen Wissen teilhaben zu lassen.

Und wie immer möchte ich mich auch bei meinen großartigen Agenten Lucy Childs und Aaron Priest bedanken, ebenso bei Beth de Guzman, Vizepräsidentin und Cheflektorin von Warner Books, sowie Devi Pillai, der aufregendsten Lektorin der Welt.

Ohne diese Menschen könnte ich all das hier nicht bewerkstelligen!

Und natürlich ebenso wenig ohne *Sie*, die Sie meine Bücher lesen und Ihre Meinung dazu äußern. Ihnen allen danke ich noch einmal sehr herzlich für Ihre anhaltende Treue und Unterstützung. Ihre Briefe, Kommentare und Bemerkungen sind mir ein Quell der Inspiration, nicht allein bei meiner Arbeit, sondern in allem, was ich tue.

Herzlichst,
Ihre Amanda Scott

Deutsche Erstausgabe 2008
Weltbild Buchverlag –Originalausgaben–

Dieses Werk wurde vermittelt durch die
Literarische Agentur Thomas Schlück GmbH, 30827 Garbsen.

Projektleitung: Almut Seikel
Übersetzung: Carola Kasperek
Redaktion: Carmen Dollhäubl
Umschlaggestaltung: Hauptmann und Kompanie Werbeagentur GmbH, München
Umschlagabbildung: © Franco Accornero via Agentur Schlück GmbH
Satz: avak Publikationsdesign, München
Gesetzt aus der Sabon 10,5/12,5 pt
Druck und Bindung: CPI Moravia Books s.r.o., Pohorelice

Gedruckt auf chlorfrei gebleichtem Papier

Printed in the EU

ISBN 978-3-86800-035-1